Christiane Franke wurde an der Nordseeküste geboren und lebt immer noch gerne dort. Sie schreibt Küstenkrimis und gibt Anthologien heraus. www.christianefranke.de

Cornelia Kuhnert lebt in Hannover. Sie hat bereits zahlreiche Kriminalromane veröffentlicht und Anthologien herausgegeben. www.corneliakuhnert.de

Mehr über die Friesenkrimis der beiden: www.kuestenkrimi.de

Im Rowohlt Taschenbuch Verlag erschien bereits «Krabbenbrot und Seemannstod», der Auftakt der Reihe um Postbote Henner, Dorfpolizist Rudi und Lehrerin Rosa.

«Ein spaßiger Krimi mit Lokalkolorit.» (Hamburger Morgenpost)

«Tolle knorrige Charaktere, eine witzige Sprache, vor allem gleitet dieser charmante Roman nie ins Triviale und Klischeehafte ab.» (Föhrer Blatt)

«Wer geglaubt hat, dass er Ostfriesland kennt, der wird hier eines Besseren belehrt – und das mit einer saftigen Portion Spannung und vor allem Humor, dem manch einer den knorrigen Charakteren am Nordseestrand nicht zutraut, was aber einmal mehr beweist: Friesland singt nicht nur, es lacht auch!» (Margarete von Schwarzkopf)

«Diejenigen, die Ostfriesland lieben, und alle, die dort noch nie gefroren haben, werden von diesem Trio so begeistert sein wie ich!» (Gisa Pauly)

Christiane Franke **&** Cornelia Kuhnert

DER LETZTE HEULER

Ein Ostfriesen-Krimi

Rowohlt Taschenbuch Verlag

8. Auflage September 2025
Veröffentlicht im Rowohlt Taschenbuch Verlag,
Rowohlt Verlag GmbH, Kirchenallee 19, 20099 Hamburg

Originalausgabe
Zuerst veröffentlicht im Rowohlt Taschenbuch Verlag,
Reinbek bei Hamburg, Mai 2015
Copyright © 2015 by Rowohlt Verlag GmbH,
Reinbek bei Hamburg
Die Nutzung unserer Werke für Text- und Data-Mining
im Sinne von § 44b UrhG behalten wir uns explizit vor.
Umschlaggestaltung yellowfarm gmbh, Stefanie Freischem
Abbildung Kevin Prönnecke, Jochen Tack/image-
BROKER, M. Werner/F1 Online/Corbis; shutterstock.com
Satz Pinkuin Satz und Datentechnik, Berlin
Printed in Germany
ISBN 978-3-499-26994-3

Kontaktadresse nach EU-Produktsicherheitsverordnung:
produktsicherheit@rowohlt.de

SAMSTAG

Heute wird sie ihn umbringen. Der Abend ist perfekt für einen Mord. Dunkle Wolken jagen über den nächtlichen Himmel, verdecken den Mond, der nur ab und zu blitzartig zum Vorschein kommt. Das Klackern seiner Schuhe hallt durch die menschenleere Gasse. Sie drückt sich in den Torbogen und hält den Atem an. Die Schritte kommen näher. Sie umklammert das Messer. Jetzt oder nie.

Flatsch. Ein dicker weiß-grüner Klecks landet auf der Tastatur des Laptops und reißt Rosa Moll aus den Tiefen des Krimis, den sie gerade schreibt. «Pepe, du Ferkel!», schimpft sie, worauf ihr Beo fröhlich seinen Lieblingssatz krächzt: «Halt die Klappe!»

Sie wirft mit dem Stift nach ihm, zielt jedoch nicht vernünftig; der Filzschreiber fliegt gegen das weiße Plisseerollo und hinterlässt einen dicken roten Punkt.

«Halt die Klappe!», kreischt der Beo erneut.

«Nee, mein Lieber, so nicht. Ab in den Käfig.» Rosa wirft Pepe einen bösen Blick zu. Ihre Krimistimmung ist verflogen. Blöder Vogel! Resigniert schaut sie auf ihre Armbanduhr. Schon fünf. Der Tag ist wie im Flug vergangen. Dann kann sie sich ebenso gut um ihr Sportprogramm kümmern: Zurück zur Barbie-Figur. Na ja, zumindest in die Nähe davon.

Zehn Minuten später läuft Rosa zum Hafen, hält sich rechts und nimmt die Straße den Deich hinauf. Oben steigt sie über den Zaun für die Schafherde. Die Tiere halten das Gras kurz und trampeln alles schön fest. Das ist gut für den Deich. Rosa schaut aufs Meer. Nichts davon zu sehen. Nur die Salzwiesen. Und ein paar Austernfischer, Möwen und Küstenseeschwalben. Die Salzwiesen sind matschig und das Wasser weit weg. Erst ganz hinten am Horizont glitzert es silbrig. Das kann noch Stunden dauern, bis die Nordsee wieder hier vorn ankommt.

Drüben, auf Wangerooge, glänzen der Westturm und der neue Leuchtturm in der Sonne. Entschlossen läuft sie los, die Arme locker an der Seite schwingend. Eine Möwe zieht kreischend ihre Kreise über Rosa, ein Schaf blökt. Dunkle Köttel hängen hinten am Fell. Auch nicht gerade hygienisch. Rosa steigert das Tempo, atmet tief ein und wieder aus. Tatsächlich, sie schmeckt das Salz in der Luft. Henner, der unter ihr wohnt, sagt immer, dass ihm südlich von Aurich dieses Salz in der Luft fehlt.

Einatmen, ausatmen. Weiterlaufen. Weiter vorn auf der Deichkrone sieht sie eine Gestalt mit Hund. Keiner der beiden bewegt sich. Seltsam. Vielleicht ein Jäger. Irgendwo muss man das Ansitzen ja auch üben. Rosa läuft mit ausladenden Schritten auf ihn zu. Der Westwind bläst ihr die blonden Locken ins Gesicht. Gerade als sie sie wieder nach hinten streicht, hört sie ein eigenartiges Heulen. Sie wird schneller und kneift die Augen zusammen. Das Jammern kommt von weiter vorn. Und es klingt wie ein Baby! Ohne zu zögern, biegt sie ab und läuft den Deich hinunter.

«Keinen Schritt weiter!»

Rosa zuckt bei dem Kommandoton zusammen. In Zeitlupe dreht sie sich um. Es ist der Mann mit dem Hund. Jetzt kommt Bewegung in den Kerl. Nicht nur, dass er brüllt, er kommt direkt auf sie zugelaufen. Die graue Pelerine, farblich mit dem Wattenmeer korrespondierend, bläst sich im Wind auf.

«Bleiben Sie stehen!», schreit er zornig.

«Ich ...» Weiter kommt Rosa nicht.

«Jaja. Sie wollten nur mal gucken. Und genau damit verschrecken Sie das Muttertier. Es ist immer das Gleiche. Da liegt ein Seehundbaby am Strand, und schon kommen die Gaffer angerannt. Haben Sie überhaupt eine Ahnung, dass Sie und Ihresgleichen die Seehundbabys gefährden?»

«Ich ...», setzt Rosa an, doch wieder lässt er sie nicht ausreden.

«In der Mehrzahl der Fälle ist die Mutter nämlich gar nicht fort, sondern nur auf der Suche nach Nahrung», doziert der Mann. Sein Hund, ein Weimaraner, blickt gelangweilt über die Salzwiesen.

Rosa taxiert den Schlaumeier. Er trägt einen grauen Bart. Genau so einen wie der Rektor in Hannover, wo sie vor ihrer Versetzung nach Esens unterrichtet hat. Henriquatre nennt man das Ding. Also den Bart. Was für ein bescheuerter Name. Der ist was für Wichtigtuer und kleingeistige Besserwisser.

«Dann verraten Sie mir doch mal, wo die Mutter dieses süßen Kleinen sein soll. Ich sehe hier jedenfalls nichts. Nicht mal Wasser.»

Der Mann im grauen Plastiküberwurf tätschelt den Feldstecher, der vor seiner Brust baumelt. «Ich beobachte das Tier inzwischen schon seit fast zwei Stunden. Weit und breit kein Muttertier. Eine kritische Situation.» Er räuspert sich. «Gestatten, Ewald Reitemeyer, Doktor Ewald Reitemeyer, Oberstudienrat a. D. aus Kiel. Man sollte dem Seehundjäger Bescheid sagen.» Als er Rosas gerunzelte Stirn bemerkt, fügt er hinzu: «Nicht zum Abschießen. Der soll das Tier in die nächstgelegene Seehundaufzuchtstation bringen.»

«Das sind doch keine Seehundjäger. Das sind Wattenjagdaufseher.»

«Bei uns heißen die Seehundjäger.»

Der Typ ist ganz klar ein Wichtigtuer *und* Besserwisser.

«In Norddeich gibt's die Seehundstation Nationalpark-Haus.» Sie greift in ihre Hosentasche und zieht ihr Telefon heraus. Resigniert guckt sie auf das abgeschabte Klapphandy. Nee, da ist die Telefonnummer der Aufzuchtstation nicht drin. Wenn doch bloß ihr Smartphone aus der Reparatur zurück wäre, dann könnte sie die Telefonnummer googeln. Aber das dauert wohl noch. Immerhin kann sie mit diesem Ding telefonieren. Die wichtigsten Nummern sind eingespeichert. Rudis gehört dazu. Und wenn einer in diesem Fall der Richtige ist, um zu helfen, dann er: Rudolf Hieronymus Bakker, der Dorfpolizist von Neuharlingersiel. Aber statt Rudis forscher Stimme ertönt nach fünfmaligem Klingeln die automatische Ansage der Mailbox.

«Keiner da», sagt sie zum Schlaumeier, «aber ich habe noch einen anderen Telefonjoker.» Sie drückt die Kurzwahl für Henner.

«Jo.» Ruck, zuck ist ihr Nachbar am Telefon. Wenigstens auf ihn ist Verlass. Wie ein Wasserfall redet Rosa auf Henner ein, obwohl sie sich bemüht, die wichtigsten Fakten auf den Punkt zu bringen. Allerdings ist das mit dem Auf-den-Punkt-Bringen noch nie ihre Stärke gewesen. «Was soll ich jetzt tun? Ich kann Rudi nicht erreichen, und der Kleine heult zum Gotterbarmen!»

«Rudi ist mit Sven in Bremen. Letztes Werder-Heimspiel der Saison. Ich würde ja gerne helfen, aber ich bin in Neustadtgödens. Ruf doch mal bei der Brakenhoff an.»

«Neustadtgödens? Was machst du da denn?» Das interessiert Rosa augenblicklich mehr als der Heuler. Der Ort ist immerhin eine gute Dreiviertelstunde mit dem Auto entfernt. Beruflich hat Henner dort garantiert nichts zu schaffen. Ist ja gar nicht sein Zustellbezirk. Ob eine Frau dahintersteckt?

«Was ich hier mache? Du hörst aber auch nie zu. Übernächste Woche findet hier der Ausrufer-Wettbewerb statt. Da muss ich mich noch um einiges kümmern, ich bin doch im Festausschuss.»

«Ach so, dieser Wettbewerb. Und was soll ich jetzt mit dem Seehundbaby machen?»

«Ruf die Brakenhoff an. Hab ich doch schon gesagt. Die ist Tierärztin und arbeitet in der Seehundstation. Die wird dir weiterhelfen.»

«Dass ich da nicht selbst draufgekommen bin. Ich kenn die. Vor zwei Wochen wollte ich mit Pepe zu ihr in die Praxis. Aber dann war sein Dünnpfiff plötzlich weg.»

Der Studienrat hat ihr die ganze Zeit regungslos zugehört. Rosa zeigt mit dem Finger zur Landseite. In einiger Entfernung stehen ein paar Häuser zwischen den Bäumen. «Sehen Sie das Haus mit dem spitzen Giebel?» Ohne eine Antwort abzuwarten, redet sie weiter: «Dort wohnt die Tierärztin. Da flitze ich jetzt hin, und Sie sichern das Gelände.»

Kurz darauf erreicht Rosa den roten Klinkerbau. Rechts befindet sich die Tierarztpraxis, links der Privateingang. Dazwischen wuchern Heckenrosen, ein paar Blüten haben sich schon geöffnet. Rosa zögert, dann drückt sie die Klinke herunter. Abgeschlossen. Rosa klingelt an der anderen Tür. Ein dunkler Gong ertönt. Sie wartet, aber niemand öffnet. Natürlich kann sie verstehen, dass Frau Brakenhoff am Wochenende ihre Ruhe haben will, aber hier handelt es sich um einen Notfall. Energisch klopft sie gegen die Tür. Zu ihrem Erstaunen ist sie nur angelehnt. «Hallo, ist da wer?» Keine Antwort.

Sie macht einen Schritt in den Flur. «Frau Doktor Brakenhoff? Ich hab einen Heuler gefunden und brauche Hilfe.»

Immer noch rührt sich nichts. Rosa zögert. «Hallo!?», ruft sie erneut und schaut den Flur entlang. Die gegenüberliegende Tür ist nur angelehnt. Langsam geht sie darauf zu und drückt sie vorsichtig auf.

Sie lugt durch den Spalt. Und erbleicht.

«Das war echt klasse.» Rudi haut seinem Sohn Sven begeistert auf die Schulter, als sie inmitten Tausender begeisterter Fans das Bremer Weserstadion verlassen. «Eins zu eins. Mann, fällt mir ein Stein vom Herzen.»

Sven wedelt mit dem grün-weißen Werder-Schal herum und brüllt: «Olé, olé, olé, oleeeeee ... Erste Liga!»

«Und ohne Relegationsspiele. Das ist doch mal was. Und in der nächsten Saison rollen wir das Feld von hinten auf.» Rudi freut sich ehrlich, auch wenn Werder besser hätte abschneiden können. Aber lieber den Spatz in der Hand als die Taube auf dem Dach.

Rudi ist immer noch hin und weg, dass die Zitterpartie endlich ein Ende hat, während Sven beginnt, jeden einzelnen Werder-Spieler und seine Aktionen auf dem Platz zu bewerten. Vielleicht sollte sich Sven nächstes Jahr nach dem Abitur in Richtung Sportjournalismus orientieren. Rudi hat vor kurzem gesehen, dass das *Jeversche Wochenblatt* einen Volontär in der Sportredaktion sucht. Das wäre doch was für ihn. Da kann er umsonst zu Fußballspielen gehen, Spieler interviewen, Artikel darüber schreiben und vor allem: Er läuft nicht Gefahr, sich mit seinem Umweltaktivismus um Kopf und Kragen zu reden. Aber so darf er seinem Sohn die

Sache natürlich nicht verkaufen. Da ist Fingerspitzengefühl gefragt.

Auf dem Parkplatz finden sie Rudis Auto auf Anhieb, es fahren ja kaum noch Enten auf den Straßen. Vielleicht zu Recht. Rudi weiß, dass sein Auto sicherheitstechnisch auf dem absolut letzten Tabellenplatz liegt. Er weiß selbst nicht, warum er an diesem nostalgischen Gefährt festhält. Aber auch ein Polizist muss nicht immer logisch und rational denken. Denise hat ihm zwar oft genug vorgeworfen, dass er ein Kopfmensch ist, doch das stimmt nicht. Wenn sie recht haben würde, hätte es ihm nicht so weh getan, als sie ihn und Sven verlassen hat. Und wenn sie recht hätte, würde er nicht so an seiner Ente hängen. Inzwischen hat sie sogar schon ein H-Kennzeichen. Immerhin spart man bei einem Oldtimer die Autosteuer, sagt sein Schrauber-Freund Knut immer, wenn Rudi die alte Dame mal wieder aus seiner Werkstatt abholt und sich über die Rechnung aufregt.

Er öffnet die hintere Tür und zieht unter der Wolldecke auf der Rückbank sein Handy hervor. Er ist doch nicht so blöd und nimmt es mit ins Stadion, um es sich da womöglich klauen zu lassen. Er versteckt Handy und Schlüssel immer im Auto. Manchmal auch das Portemonnaie. Sicher ist sicher. Der Blick aufs Display zeigt drei Anrufe in Abwesenheit. Rosa. Die Frau ist eine echte Nervensäge. Aber sie hat auch so etwas Gewisses ... Rudi zögert. Er könnte nicht mal genau sagen, was es ist. Vielleicht möchte sie ihn ja für heute Abend einladen. Nö, das kommt nicht in Frage. Er und Sven werden sich nachher in aller Ruhe die Sportschau ansehen und noch einmal das Tor des Belgiers genießen. Der Abstieg von Werder ist abgewendet. Das muss mit einem Männerabend gefeiert werden. Vielleicht hat Henner ja auch Zeit. Rudi wirft Sven die Autoschlüssel zu. «Hier. Fahr du zurück.»

Sein Sohn starrt ihn mit offenem Mund an. «Echt?»

«Jo. Wird Zeit, dass wir auch auf der Autobahn üben.»

«Cool!» Begeistert klettert Sven auf den Fahrersitz. Bislang hat Rudi ihn nur auf der Strecke von Neuharlingersiel nach Esens ans Steuer gelassen. Rudi klappt den unteren Teil der Fensterscheibe hoch, stützt sich mit dem Ellenbogen ab und gibt, kaum dass Sven den Wagen angelassen hat, vom Beifahrersitz Anweisungen: «Weiter nach links, pass auf, da kommt einer von rechts – Vorsicht!»

«Papa!»

«Ist ja schon gut. Ich wollte sowieso telefonieren.»

Er drückt die Wahlwiederholungstaste.

«Rudi!», ruft Rosa in einer Lautstärke in den Hörer, als ob er so schwerhörig wie Henners Vadder wäre.

«Was gibt's denn? Muss ja wichtig sein, wenn du innerhalb von fünf Minuten dreimal anrufst. Hast du wieder eine Leiche gefunden?» Er lacht laut auf über seinen Scherz.

«Darüber macht man keine Witze!» Rudi zuckt bei Rosas hysterischem Tonfall zusammen. Kaum macht man mal einen kleinen Spruch, sind die Frauen beleidigt. Dabei hat *sie* es doch so eilig gehabt, mit ihm zu reden. «Ich wollte ja nur sagen ...» Gerade in diesem Moment schnellt von rechts ein BMW aus einer Parklücke.

«Pass auf!», ruft Rudi, was Sven mit einem genervten «Mach ich doch» und Rosa mit einem fragenden «Ist alles in Ordnung bei dir?» kommentiert.

Er hätte ihre Anrufe einfach ignorieren sollen. Wäre bestimmt auch noch ein vierter gekommen. «Jo. Ist alles in Butter. Wir kommen gerade vom Werder-Spiel – und Sven fährt.»

«Ach so.»

Wahrscheinlich versteht Rosa nicht einmal ansatzweise,

was er ihr damit sagen will, wie denn auch, sie hat ja keine Kinder, vor allem keine, die mit siebzehn den Führerschein gemacht haben. Das Probejahr für Fahranfänger ist echt nichts für schwache Nerven. Genauso wenig wie die letzte Saison von Werder.

«Also, was gibt's denn so Wichtiges?», fragt er, als Sven auf die B6 einfädelt. Blinker, Seitenblick. Rudi atmet erleichtert auf und lauscht Rosas Redeschwall, der sich wie der Platzregen zu Beginn der zweiten Halbzeit über ihn ergießt und nicht nachlässt.

«Also, da war erst ein Heuler, deswegen hab ich dich angerufen, wegen der Seehundstation. Ist ja Ebbe und das Muttertier weit und breit nicht zu sehen. Und dann bist du nicht rangegangen. Ich hab's noch zweimal versucht, und dann hab ich Henner angerufen. Der war aber in Sachen Ausruferwettbewerb unterwegs. Ich bin dann rüber zur Tierärztin. Du weißt schon: zu der Brakenhoff. Aber die war nicht da, dafür liegt in ihrem Wohnzimmer ein toter Mann.»

«Ein toter Mann?»

«Ja.»

«Also. Mal ganz langsam. Da ist ein Heuler am Strand ...»

«Rudi, der ist doch jetzt nicht wichtig!» Rosa kreischt beinahe. «Hinter mir im Haus liegt ein toter Mann im Wohnzimmer. Sein Hemd ist voller Blut. Ich hab die 110 angerufen, weil du ja schon beim Heuler nicht ans Telefon gegangen bist, und die haben mir gesagt, ich soll vor der Tür warten und nichts anfassen. Also bin ich raus und warte seitdem hier.»

Rudi hört förmlich, wie sie am ganzen Leib zittert. «Bleib ganz ruhig. Wir sind auf dem Weg.» Er wirft einen Blick auf den Tacho. Siebzig Stundenkilometer. Schneller darf Sven hier auch gar nicht fahren. Viel mehr als hundert könnte er aus seiner Ente sowieso nicht herausholen. Das bedeutet, sie brauchen mindestens noch eine Stunde, bis sie zu Hause sind. Rudi knirscht mit den Zähnen. Da passiert mal was in Neuharlingersiel, und er ist nicht vor Ort. So ein Schiet.

«Ich muss jetzt auflegen!», brüllt Rosa in sein Ohr. «Dein Chef und Schnepel steigen gerade aus. Und Emterbäumler auch. Also, tschüs.»

Haueisen und Schnepel. Rudi kann sich jetzt schon die Genugtuung in Schnepels Gesicht vorstellen, wenn Rudi als Letzter am Tatort ankommt. «Drück auf die Tube», zischt Rudi seinem Sohn zu, als sie endlich auf die Autobahn fahren.

Langsam kann Rosa verstehen, warum Rudi immer eine Flappe zieht, wenn er von seinem Kollegen Schnepel erzählt. Bleibt der doch wie angewurzelt stehen und starrt sie an, als er aus dem Auto springt.

«Sie schon wieder», ist das Einzige, was er sagt. Als wenn sie etwas dafür könnte, dass da ein Toter auf dem Teppich liegt. Und statt zu fragen, wie es ihr geht, verschwindet er gleich im Haus. Haueisen ist auch nicht besser, nickt nur kurz zum Gruß und rennt Schnepel hinterher. Der Rechtsmediziner Emterbäumler ist der Einzige, der Manieren hat. Obwohl der Bayer an sich ja eher als Grantler bekannt ist. Grüß Gott, hat er gesagt und sie mit seinen spitzen Vampirzähnen angelächelt. Der sollte sich unbedingt die Vorderfront richten lassen. Ein ordentliches Gebiss würde aus dem einen ganz anderen Menschen machen. Die Leute der Spurensicherung in ihren weißen Overalls grüßen ebenfalls freundlich. Ein großer Dünner sogar ganz besonders galant, das hat sie genau registriert. Dass Haueisen und Schnepel sie übergangen haben, wurmt Rosa. Sie wollte doch nur Hilfe holen, weil das

Leben eines Heulers auf dem Spiel steht. O Gott. Der Heuler. Den hat sie in dem ganzen Durcheinander völlig vergessen. Ob der Schlaumeier das Tier immer noch bewacht?

Rosa blickt zum Haus. Die weißen Gestalten huschen drinnen und draußen herum. Zwei sperren alles mit Flatterband ab, um Schaulustige fernzuhalten. Tatortsicherung ist das A und O, hat Rudi bei dem Mord in den letzten Wintertagen gesagt, kaum dass er den Toten auf der Eisscholle gesehen hat. Richtig hektisch hat der alles abgesperrt. Da sind die hier viel entspannter beim Abrollen. Jetzt holt ein anderer einen Aluminiumkoffer aus dem VW-Bus. «Entschuldigung», sagt sie zu dem großen dünnen Kriminaltechniker, der damit aufs Haus zusteuert. «Sie haben doch bestimmt ein Smartphone. Könnten Sie mir einen Gefallen tun?»

Er setzt seinen Koffer ab und lächelt ihr zu. Links und rechts auf den Wangen graben sich zwei tiefe Grübchen ein. «Wie kann ich Ihnen damit helfen?»

«Ich brauche eine Telefonnummer. Weil da hinten ein Heuler ist.»

«Ein Heuler?»

«Ja. Der kleine Seehund liegt hinter den Salzwiesen, Richtung Hafen. Ganz alleine. Ich bin ja bloß hier, weil Frau Brakenhoff für die Seehundstation arbeitet.» Rosa seufzt. «Können Sie mir die Nummer von der Station in Norddeich raussuchen?»

Zwei Minuten später hat Rosa die Telefonnummer. Sie tippt sie in ihr Handy. Besetzt. «So ein Mist.» Dann hat sie eine Idee. «Ich bin gleich wieder da», sagt sie zu dem Kriminaltechniker und schlägt zügig den Weg hinauf zum Deich ein. Schon von weitem sieht sie den Oberstudienrat und seinen Hund. Neben ihm stehen ein junges Mädchen mit Pferdeschwanz, eine Familie mit zwei Jungs in Gummistiefeln – höchstens Kindergartenalter – und ein Paar mittleren Alters. Die Frau trägt eine stramm sitzende Jogginghose und ein hautenges T-Shirt, jede einzelne Fettrolle drückt sich durch den Stoff. Rosa schwört sich augenblicklich, ihre tägliche Joggingrunde ohne Murren zu absolvieren. «Huhu, hier bin ich wieder», ruft sie, während sie auf die Gruppe zurennt. Alle drehen sich um. Der Schlaumeier als Erster, er zupft an seinem Henriquatre und wirft ihr missbilligende Blicke zu.

«Das hat aber lange gedauert. Wo ist denn die Tierärztin?», fragt er in oberlehrerhaftem Ton. Er wird Rosa immer unsympathischer.

«Manchmal kommt es anders, als man denkt», sagt sie. «So wie jetzt. Im Haus der Tierärztin liegt ein Toter.»

«Een Toter?», wiederholt die Frau in der Jogginghose und starrt dabei ihren Mann an. Der legt gleich den Arm um sie.

«Reg dich nicht auf, Liebes. Menschen sterben nun mal.»

«Was ist denn passiert?», fragt das Mädchen mit dem Pferdeschwanz.

«Ich glaube, der wurde ermordet.» Rosa erzählt in aller Ausführlichkeit, wie sie den Toten gefunden, dann die Kripo gerufen und anschließend gewartet hat, bis das komplette Team einschließlich Spurensicherung vor Ort war. Und dass sie natürlich gleich wieder hinmuss. Sie ist schließlich eine wichtige Zeugin. «Ich hab jetzt aber die Telefonnummer der Seehundstation. Da war gerade nur besetzt.»

«Dann haben wir wohl mit denen telefoniert.» Der Studienrat redet nach wie vor im Oberlehrerton. «Das junge Frollein hier hat alles mit ihrem iPhone erledigt. Der Seehundjäger kommt gleich.»

«Wattenjagdaufseher», korrigiert Rosa. Was der kann, kann sie schon lange.

In diesem Moment rast ein dunkelgrüner Pick-up die

Deichstraße hoch und stoppt auf der Krone. Weiter heranfahren kann er nicht. Ein junger Mann mit rotem, kurz gestutztem Bart steigt aus dem Auto. Er trägt eine dunkelblaue Fleecejacke. Hinten ist groß das Emblem der Seehundstation Nationalpark-Haus drauf, vorne das Gleiche in klein.

«Moin. Timo Gerrjets», stellt er sich vor. «Ich komme wegen des Heulers. Wo ist er denn?»

Rosa zeigt Richtung Salzwiesen. «Sehen kann man ihn nicht, aber hören.» Der Mann in der Fleecejacke spitzt die Ohren. Der Kleine jault immer noch zum Herzerweichen. Timo Gerrjets ortet ihn schnell.

«Kann es sein, dass das Muttertier noch in der Nähe ist?»

Sofort reißt der Oberstudienrat das Gespräch an sich: «Ich habe alles genauestens beobachtet. Da ist von einem Muttertier weit und breit nichts zu sehen. Ich habe ...»

«Wie denn auch? Bei Ebbe.» Rosa kann es nicht lassen.

Reitemeyer wirft ihr einen wütenden Blick zu.

Der Wattenjagdaufseher holt von der Ladefläche des Pickups einen Weidenkorb und einen Kescher und streift sich ein Paar Stulpenhandschuhe über.

«Was wollen Sie denn mit dem Kescher?», fragt Rosa neugierig. «Der ist doch viel zu klein für den Seehund.»

Der junge Mann lächelt. Er hört diese Frage wohl nicht zum ersten Mal. «Den Kescher kriegt der Kerli gleich über den Kopf. Damit fixiere ich ihn, die kleinen Biester sind unheimlich beweglich. Die kommen mit ihrem Maul bis an die hinteren Flipper. Und genau da muss man ihn packen und hochheben. Glauben Sie mir, wenn der könnte, würde der mich beißen. Ist eben ein Raubtier. Das darf man nicht vergessen.»

Fasziniert beobachten Rosa und die anderen, wie Gerrjets in seinen Gummistiefeln zum Heuler marschiert.

«Darf ich mal?», fragt Rosa und deutet auf das Fernglas des Studienrats. Der überlässt es ihr tatsächlich, und so kann sie beobachten, wie der junge Mann den Kescher direkt vor den Kopf des Heulers hält, der auch sofort zubeißt. Jetzt greift Gerrjets den Heuler an der Schwanzflosse, hebt ihn auf und legt das bissige Kerlchen in den Weidenkorb. Erst als er den Deckel auf den Korb gelegt und den Gummistropp festgezurrt hat, streift er die Stulpenhandschuhe ab.

«Hilft mir mal einer?», ruft er.

Reitemeyer eilt diensteifrig nach unten. Gemeinsam heben sie die Kiste an und tragen sie den Deich hinauf zum Pick-up.

«Kann ich irgendwie erfahren, was aus dem kleinen Kerl hier wird?», will Rosa wissen.

«Natürlich. Rufen Sie einfach an. Wenn Sie mögen, können Sie auch eine Patenschaft für ihn übernehmen. Kostet fünfhundert Euro, aber dafür dürfen Sie dem Kleinen auch einen Namen geben.»

«Und nun?», fragt einer von den beiden kleinen Jungen.

«Nun bringt er den Heuler in die Seehundstation. In die Quarantäne», erklärt Rosa.

«Stimmt nicht ganz», widerspricht Timo Gerrjets. «Die Quarantänestation ist im Waloseum. Dort untersucht der Tierarzt den Heuler und guckt, ob er ansteckende Krankheiten hat. Viele der kleinen Kerle haben den Lungenwurm, einen hartnäckigen Parasiten. Mit dem haben sie keine große Chance zu überleben und müssen getötet werden.» Er lächelt den Jungen an. «Aber der hier sieht noch ganz fit aus, also wird er sicher geimpft, gechipt und kommt nach ein paar Tagen zu uns in die Seehundstation. Da päppeln wir ihn dann auf.»

Der Bulli der Spurensicherung steht ebenso wie Haueisens Kombi noch vor dem Haus, als Rudi und Sven um kurz nach sieben endlich in Neuharlingersiel ankommen.

«Ich lauf dann nach Hause», sagt Sven, parkt die Ente in die einzige freie Lücke vor der Tierarztpraxis und drückt Rudi den Autoschlüssel in die Hand.

«Is gut.» Bestimmt will Sven noch schnell mit rein. Logisch, so ein Mord interessiert ja jeden. Aber seinen Sohn anscheinend nicht. Der verabschiedet sich mit einem «Bis denne». Rudi sieht ihm sprachlos hinterher. Von Denise und ihm hat Sven das nicht. Vielleicht von Rudis Vater, aber den kennt er ja selbst nicht. Der ist noch vor seiner Geburt irgendwo auf den Weltmeeren verschollen.

Immer noch kopfschüttelnd, doch voller Elan schlüpft Rudi unter dem Absperrband durch und betritt das Haus. Emterbäumler, Haueisen und Schnepel sitzen in der Küche, Rosa mittenmang. Hätte Rudi sich eigentlich denken können, dass die sich nicht so schnell vertreiben lässt.

«Moin», sagt Rudi forsch, als er an den Tisch tritt.

«Was machst du denn hier?» Schnepel blickt ihn vorwurfsvoll an.

«Ist schon in Ordnung. Bakker kennt hier jeden. Da ist es gut, wenn er dabei ist», bremst Haueisen Schnepel aus.

Rudi strahlt übers ganze Gesicht und setzt sich neben Rosa. Endlich weist Haueisen den Meckerpott mal in die Schranken. Und noch besser: Das ist quasi ein Lob von seinem Chef. Das hat Rudi nicht so oft.

«Frau Moll hat schon erzählt, dass Sie beim Werder-Spiel waren. Gerade mal unentschieden. Oder?» Watsch, so einfach loben geht bei Haueisen nicht. Das war ganz klar eine Anspielung auf das HSV-Spiel heute. Rudi weiß genau wie Haueisen, dass Hamburg auswärts 1:4 gewonnen hat.

«Reicht ein Unentschieden denn für den Klassenerhalt?» Schnepel grinst fies.

«Jaja, der ist geschafft.» Das wäre jetzt echt nicht nötig gewesen. Rudi strahlt trotzdem. Nicht mal von Schnepel, diesem Zwergenfurzer, lässt er sich die Freude darüber kaputt machen.

«Also, kommen wir zur Sache. Wir sind ja nicht hier, um über Fußball zu reden.» Haueisen wirft Rudi einen mitleidigen Blick zu. «Der Tote ist Hans-Otto Brakenhoff. Er wurde erschossen. Wie es aussieht, aus kurzer Distanz und von vorne.»

«Erschossen.» Rudi reißt die Augen auf. «Wieso denn erschossen?»

«Ja, lieber Kollege, das würden wir auch gern wissen. Darum sitzen wir hier.» Schnepels näselnder Tonfall bringt Rudis Blut zum Brodeln. Er hält aber lieber den Mund, sonst wird er noch ausfällig. Zum Glück meldet sich der Rechtsmediziner Emterbäumler zu Wort: «Zum Wieso kann i nix sagen, aber zu den Fakten. Da gibt's sowohl 'nen Einschussdefekt als auch 'nen Ausschussdefekt. Beide sind klein. Das passt zu einer geringen Schussdistanz, aber auch zu der gefundenen Hülse. Neun Millimeter. Es gab kaum Spritzblutung nach außen, die Blutung bahnte sich langsam den Weg durch die Kleidung.»

«Das sieht nach kaltblütiger Hinrichtung aus», vermutet Haueisen.

«Hinrichtung?» Rosa guckt entsetzt. «In Neuharlingersiel? Rudi …», sagt sie beinahe hilfesuchend, als ob er etwas an der Überlegung seines Chefs ändern könnte.

«Ja mei, das würd i zu diesem Zeitpunkt nun nicht unterschreiben», widerspricht auch Emterbäumler Haueisens Theorie. Das gefällt Rudi. Hinrichtung in Neuharlingersiel, das geht ja gar nicht. Das passt nach Palermo oder sonst wohin, aber nicht nach Ostfriesland.

«Lasst uns doch erst mal zusammentragen, was wir über Brakenhoff wissen», schlägt er deshalb vor.

«Stimmt. Dann ergeben sich die nächsten Schritte automatisch. Gut mitgedacht», sagt Haueisen, und diesmal ist Rudi sicher: Das war ein Lob. Dementsprechend dienstbeflissen nickt er.

«Also, ich kannte das Opfer nur vom Sehen. Die Brakenhoffs wohnen noch nicht lange im Ort. Vor vier Jahren hat seine Frau sich hier als Tierärztin selbständig gemacht. Vormittags hält sie eine Kleintiersprechstunde ab, und nachmittags kümmert sie sich ums Großvieh. Kühe und Pferde und so. Ich war mal mit einem meiner Friesenhühner bei ihr, weil ich das mit den Milben einfach nicht in den Griff bekommen habe. Sie hatte sofort das richtige Mittel ...» Rudi bemerkt Haueisens verdrehte Augen und lässt den Satz in der Luft hängen. «Jedenfalls habe ich bei der Gelegenheit ihren Ehemann vor der Haustür getroffen. Der machte einen ganz passablen Eindruck. Hat gegrüßt und vom Wetter geredet. Netter Kerl, hab ich gedacht.» Rudi überlegt, was ihm noch einfällt. «Ich hab ihn allerdings ein wenig bedauert. Weil man sich seinen Ruhestand ja nicht so vorstellt, dass man selbst alle Freiheiten hat, die Frau aber noch zwanzig Jahre schuften muss. Obwohl, das hat er natürlich gewusst, als er sich so 'ne Junge genommen hat. Brakenhoff ist übrigens auch Arzt. Aber nicht für Tiere, sondern für Menschen. Der war in Wittmund Chefarzt in der Kinderklinik. Als er in Rente is, sind die beiden hierhergezogen. Viel mehr weiß ich nicht. Ich werd mich aber mal umhören.» Bestimmt ist Henner inzwischen aus Neustadtgödens zurück, der weiß bestimmt mehr. Als Postbote kennt er so einige Geheimnisse in seinem Zustellbezirk. Auch wenn Henner steif und fest behauptet, dass er nie die Postkarten liest, bevor er sie in den Kasten steckt.

Haueisen macht sich Notizen. Ohne aufzusehen, sagt er: «Machen Sie das. Wir müssen unbedingt mehr über diesen Mann wissen. Emterbäumler hat nämlich die Patronenhülse identifiziert.»

Alle Augen richten sich auf den Rechtsmediziner.

«I glaub scho», bestätigt der. «Ganz gerade und ohne Rand. I kenn diese Munition, und ohne der Kriminaltechnik vorgreifen zu wollen, bin i mir sicher, dass es sich bei der Tatwaffe um eine 9×18 PM handelt. Eine Makarow. I hab selbst so eine zu Hause.» Als Emterbäumler Rudis überraschten Blick auffängt, fügt er hinzu: «Nach der Wende hab i die in Ostberlin bei einem Straßenverkäufer erstanden.»

«Eine russische Schusswaffe?» Rosa kommt aus dem Staunen gar nicht wieder raus, und Rudi schwant Böses, als er sich vorstellt, was sich gerade in ihrem Kopf abspielt.

«Genau.» Haueisens Stimme hebt sich. «Und damit nimmt der Fall ungeheure Dimensionen an. Denn wenn Brakenhoff mit einer Standardwaffe der ehemaligen Sowjetarmee getötet wurde, muss das Motiv ganz klar politisch sein.»

«Vielleicht ist Brakenhoff einer dieser inoffiziellen Mitarbeiter gewesen und war von hier aus für die Stasi tätig.» Schnepel springt voll auf den Zug auf. Das wundert Rudi eigentlich nicht. Schnepel ist und bleibt ein Trittbrettfahrer. Rudi schüttelt den Kopf. «Und woher sollte der fünfundzwanzig Jahre nach der Wende den Auftrag bekommen haben?»

«Keine Ahnung. Müssen wir eben rauskriegen. Vielleicht gibt es auch eine Verbindung zur NSA, und im Zuge des ganzen Abhörskandals ist er jetzt mit aufgeflogen.»

«Genau, Chef, so kann es gewesen sein!», begeistert sich Schnepel für Haueisens Theorie.

In diesem Moment hören sie die Eingangstür klappern, ein

Schäferhund kommt bellend angelaufen, und eine weibliche Stimme ruft: «Hallo? Was ist passiert?»

Haueisen erhebt sich bedächtig. Er sieht wie immer müde aus mit den dunklen Ringen unter seinen Augen und dem aufgedunsenen Gesicht. Aber Rudi weiß, dass dieser Eindruck täuscht. Haueisen ist ein ganz ausgefuchster Kerl.

«Ja, dann woll'n wir mal», sagt er nun und tritt auf den Flur. «Frau Brakenhoff? Ich bin Kriminalhauptkommissar Haueisen. Wir haben eine schlechte Nachricht.»

Es geht doch nichts über ganz jungen Matjes. Die Abendluft ist lau, und Henner hat sich mit seiner Portion jungfräulicher Heringe auf der friesisch-blau gestrichenen Holzbank vor dem Haus niedergelassen. In der Wohnung mag er bei dieser Frühsommerluft den Abend nicht verbringen. Dazu waren sowohl Winter als auch Frühjahr streng und kalt und lang genug. Da genießt er jeden Sonnenstrahl, jedes Grad mehr. Auch wenn durch den fast sprunghaften Frühling die Pollen explosionsartig durch die Luft flirren und einer allergischen Invasion gleichen. Doch er hat vorgesorgt. Stets hat er sein Asthmaspray in der Tasche, und seit vier Tagen nimmt er sein Antihistamin, sodass er einen Großteil der Pollen abwehren kann. Egal ob Blüten von Gräsern, Blumen, Büschen oder Bäumen. Bei den Eltern auf dem Hof ist es allerdings kritischer. Da gibt's ja neben den feindlichen Pollen auch noch die ganzen Tierhaare. Milchkühe, der Hofhund Butscher, am schlimmsten aber sind die Stallkatzen. Die stehlen sich liebend gern ins Haus, wenn man mal nicht aufpasst. Vor allem Miss Sofie, eine weiße, übergewichtige Katze mit schwarzen Flecken und rosa Nase, nutzt jede geöffnete Tür. Sie scheint zu wissen, auf welchem Platz Henner sitzt, obwohl er sich angewöhnt hat, immer mal wieder woanders zu sitzen. Entweder Miss Sofie hat prophetische Kräfte, oder sie legt sich aus reiner Gemeinheit auf jeden gerade verfügbaren Stuhl. Im Frühjahr hält es Henner ohne Asthmaspray keine zwei Stunden in der elterlichen Küche aus.

Umso mehr schätzt er den leichten Wind, der an diesem Abend durchs Dorf weht und der das Salz des Meeres mit sich trägt. Es war ein anstrengender Tag in Neustadtgödens. Aber sie haben den Ablauf des Ausruferwettbewerbs heute festgezurrt. Das ist schon mal gut.

Auf dem Rückweg überfiel ihn ein ungeheurer Appetit auf frischen Matjes, und so hat er kurz vor Ladenschluss in der Fischereigenossenschaft noch holländischen Doppelmatjes gekauft. Handfiletiert. Eine wahre Delikatesse. Er hat gleich ein paar mehr genommen. Als kleine Überraschung für Rosa, aber die ist nicht da. Rudis Ente steht auch nicht vor dem Haus, dabei müsste er längst vom Stadion zurück sein. Egal, dann isst er eben einen mehr.

Er langt zum Wachspapier, packt den nächsten Matjes an der Schwanzflosse, hebt ihn hoch, legt den Kopf in den Nacken und öffnet gerade den Mund ... als die durchdringende Stimme seiner Obermieterin mitten in sein Ritual platzt: «Was sind das denn für Tischsitten?»

Irritiert lässt Henner den Fisch sinken. «Is hier ein Tisch?»

«Bitte?» Rosa scheint angefasst, als ob sie ein Feuerwerk verschluckt hätte.

«Ich sitz immerhin nicht an einem Tisch, sondern auf einer Gartenbank. Und esse den jungen Matjes, wie es sich gehört. Am Schwanz packen, Mund auf und ... flutsch ... reingleiten lassen.»

«Ih! Du bist ja so was von versaut.»

«Versaut?» Henner sieht sie entgeistert an. Was hat sie denn nun schon wieder? «Ich hab doch nur ...»

«Und überhaupt! Da sitzt du hier, und es ist dir vollkommen egal, was passiert ist.»

Schnell zieht Henner das Papier mit dem Fisch zu sich. Gerade noch rechtzeitig, denn schon lässt Rosa sich neben ihn auf die Holzbank plumpsen.

«Du könntest ja wenigstens mal fragen.»

Henner fährt sich mit der Zunge über den Mund und betrachtet den Matjes, der in seiner Hand baumelt. «Heuler sind hier an der Küste um diese Jahreszeit nicht so ganz unüblich», versucht er, sich an dieses für sie anscheinend so sensible Thema heranzutasten. Als er ihren genervten Blick bemerkt, lenkt er ab: «Willst du auch einen Matjes? Die sind ganz frisch.» Er lässt den Fisch aus seiner Hand in den Mund gleiten.

«Der Mann der Tierärztin ist tot», stößt Rosa hervor, als Henner herzhaft abbeißt. Japsend versucht er, Luft zu bekommen. Sein Kopf wird puterrot, und er keucht. Rosa überlegt nicht lange und haut ihm auf den Rücken. In hohem Bogen fliegt ihm das Fischstück aus dem Hals.

«Wie? Der ist tot?», presst Henner heraus, kaum dass er wieder Luft bekommt.

«Der ist erschossen worden. Mitten in seinem Wohnzimmer. Und ich hab ihn gefunden.»

«Was hast du denn in seinem Wohnzimmer gemacht?»

«In der Arztpraxis war niemand, da hab ich es in der Privatwohnung versucht. Die Tür stand offen. Und im Wohnzimmer lag er. Auf dem Rücken. Die Brust voller Blut.» Rosa schüttelt sich. «Ich bin vor lauter Angst und Panik gleich wieder rausgerannt. Manchmal steht so ein Mörder ja noch hinter dem Vorhang. Ich hab mich im Carport versteckt und die Polizei gerufen, die Haustür immer fest im Auge. Haueisen und Schnepel kamen mit denen von der Kriminaltechnik. Die haben vielleicht geguckt, als sie mich gesehen haben. Unmöglich! Als ob ich was dafür könnte, dass der Mann erschossen wurde.»

Eine erneute Hustenattacke überfällt Henner, und Rosa fasst das als Aufforderung auf, noch einmal auf seinen Rücken zu hauen. «Die Waffe stammt aus alten Militärbeständen, sagt Emterbäumler. Maka-so-wie-noch. Hat wohl ein spezielles Kaliber. Rudi kennt das. Der kommt nach, wenn er da fertig ist», sagt sie, während sie zu einem weiteren Schlag ausholt.

«Rudi kommt noch?» Henner schiebt ihre Hand beiseite. «Das reicht jetzt.»

«Ja. Der musste noch am Tatort bleiben und sich um die Witwe kümmern. Ich wollte ihm eigentlich dabei helfen, aber das war nicht erwünscht. Die haben mich einfach weggeschickt. Dieser Schnepel ...» Sie zieht eine Schnute. Insgeheim schmunzelt Henner. Er kann sich gut vorstellen, welches Theater sie gemacht hat, als man sie herauskomplimentiert hat.

«Sag mal», fängt Rosa an, und ein Lächeln huscht über ihr Gesicht. «Dieser Emterbäumler, wieso ist der eigentlich hier oben im Norden?»

Henner zuckt mit den Schultern. «Keine Ahnung. Wieso fragst du?»

«Nur so», murmelt Rosa und zupft an ihrem Kragen. «Für einen Bayern ist der ziemlich nett.» Die beiden schweigen eine Weile.

«Gibt es schon einen Verdächtigen?», fragt Henner schließlich.

«Nee. Die nehmen erst mal alles auf und rätseln herum. Haueisen wittert die ganz große Verschwörung. Russische Agenten, Stasi, NSA. Ich glaube das aber nicht. Das ist garantiert eine Beziehungstat. Ist doch meistens so. Du weißt doch: Cherchez la femme.» Die letzten Worte werden von Rosas Magenknurren begleitet, und sie wirft Henner einen Blick zu, dass ihm ein wohliger Schauer über den Rücken läuft.

«Iss lieber was», sagt er verlegen und hebt einladend das Papier mit dem Fisch.

Wieder lächelt sie, und der wohlige Schauer verstärkt sich.

«Kannst du mir das zeigen? Also, wie man so einen Matjes isst?»

«Klar.»

«Und kannste mir auch noch mehr über den Brakenhoff und seine Familie erzählen?»

Henner stockt kurz. «Die Brakenhoffs sind so eine ganz eigene Sorte. Sind auch noch nicht lange hier.» Dann hebt er den Matjes und beißt genussvoll zu.

Die Sonne ist untergegangen und zaubert letzte Glanzlichter auf die hereindrängende Flut, die die Wattrillen Linie für Linie verschlingt. Alles sieht so friedlich aus. Rudi braucht einen Moment für sich und ist auf den Deich rauf. Seine Gedanken kreisen um den Mord. Iris Brakenhoff wirkte seltsam unberührt. Dabei ist ihr Mann erschossen worden. Sie ist weder in Tränen ausgebrochen noch zusammengeklappt. Vielleicht haben Ärzte ein anderes Verhältnis zum Leben, zum Sterben und vor allem zu Toten. Da muss man ja nur an Emterbäumler denken. Freiwillig den ganzen Tag an irgendwelchen Leichen rumzuschneiden, sie aufzusägen, Organe zu wiegen –

da kann man ja nicht normal sein. Vermutlich ist das bei Tierärzten nicht anders. Rudi schlendert den Deich hinunter, steigt in seine Ente und tuckert los. Am liebsten würde er sich jetzt mit einer Flasche Jever zu seinen Hühnern setzen und seinen Gedanken nachhängen. Aber Rosa wartet. Er hat ihr versprechen müssen, noch vorbeizukommen. Eigentlich hat er genau das nicht vorgehabt, aber nachdem Schnepel Rosa mehr oder weniger aus dem Raum geschoben hat, noch dazu unter Verwendung einiger wenig schmeichelhafter Ausdrücke, war Rudi nichts anderes übrig geblieben. Immerhin hatte sie an der Aufklärung von seinem letzten Fall einigen Anteil. Da muss man ihr gegenüber Kompromisse machen. Natürlich liegt das nicht wirklich im Rahmen seiner beruflichen Kompetenzen. Mehr so im Freundschaftsbereich. Aber falls sie nicht nach dem ersten Klingeln öffnet, geht er zu Henner. So viel ist klar.

Rudi parkt seine Ente in der Garage und gibt ihr einen liebevollen Klaps aufs Stoffverdeck. Wenn die alte Dame ihn nach Bremen und zurück ohne Pannen fährt, ist das jedes Mal ein Grund zur Freude.

Aus dem Vorratsregal nimmt er einen Korb und legt zwei Flaschen Bier hinein. Nach kurzem Zögern legt er eine dritte dazu, vielleicht sind ja beide da. Henner und Rosa. Ach was, Vorsicht ist die Mutter der Porzellankiste, drei weitere Buddeln folgen. Man weiß ja nicht, wie es um Henners Vorräte bestellt ist.

Es sind nur wenige Schritte von Rudis Haus zu dem von Henners Tante, in dem sein bester Freund schon seit etlichen Jahren wohnt. Rosa erst seit Jahresbeginn. Nachdem der Finanzbeamte samt Saxophon in das Neubauviertel gezogen ist. Kaum biegt Rudi um die Ecke, sieht er die beiden einträchtig nebeneinander auf der Bank vor dem Haus sitzen. Rosa lehnt den Kopf zurück und hebt ihre Hand. Henner greift nach ihrem Ellbogen und schiebt ihn höher. Jetzt drückt Henner sich ein bisschen dichter an Rosa heran. Also stören wollte Rudi eigentlich nicht. Er überlegt, wie er unauffällig den Rückzug antreten kann, als er sieht, dass in Rosas Hand etwas baumelt, was etappenweise in ihrem Mund verschwindet. Sofort verzieht sich Rudis Mund zu einem breiten Grinsen.

«Guten Appetit!», ruft er über den Zaun und beschleunigt seinen Schritt. «Ist noch einer für mich übrig? Ich habe auch was mitgebracht, dann können die kleinen Jungfrauen besser schwimmen.» Rudi hebt den Korb mit den Bierflaschen.

«Sicher.» Rosa strahlt ihn an und ergänzt mit vollem Mund: «Den Spruch mit den jungfräulichen Fischen kannst du dir übrigens sparen – und die anderen Sauereien auch. Hat Henner alles schon erzählt. Aber das mit dem Bier ist eine gute Idee.»

Schon hat Rudi die Flaschen aus dem Korb geholt und lässt die Kronkorken mit Hilfe eines Feuerzeuges springen. Erst einmal ist nichts zu hören außer dem Gluckern.

«Ihr macht ja wieder Sachen», sagt Henner und schaut Rudi an. «Rosa hat mir das mit dem toten Brakenhoff erzählt. Können wir grad zu Beginn der Touristensaison ja nun gar nicht brauchen.»

«Jo», stimmt Rudi zu. «Ist auch so was von unklar, der Fall.» Er nimmt einen Schluck aus der Flasche und spürt die Kühle des Bieres in seiner Kehle. «Es gab nur einen Schuss. Emterbäumler glaubt, die Waffe ist eine russische Makarow. Haueisen und Schnepel denken deswegen an einen Auftragsmord. Morgen soll ich alle Hotels und Pensionen in der Gegend abklappern und überprüfen, ob in den letzten Tagen irgendwelche Gäste aus den Ostblockstaaten abgestiegen sind. Die haben echt 'ne Macke.»

Rosa hat den letzten Bissen Matjes heruntergeschluckt und wischt sich mit der Hand über den Mund. «Und was ist mit der Witwe? Könnte die das nicht gewesen sein? Die wirkte ja sehr gefasst.»

Rudi nickt. «Den Eindruck hatte ich auch. Aber sie hat ein Alibi. Sie war ab mittags unterwegs, ein Pferd mit Husten musste verarztet werden. Dann hatte sich eine Kuh in Neßmersiel ziemlich schwer am Stacheldrahtzaun verletzt. Sie hat die Wunde genäht, so mit allem Drum und Dran. Anschließend war sie bei drei anderen Bauern und hat nach deren Pferden gesehen. Zwischendurch hat sie etwas gegessen und ist dann ein bisschen am Wasser spazieren gegangen, weil die Sonne so schön schien.» Rudi zuckt mit der Schulter. «Muss ich aber noch überprüfen, ob das alles stimmt.»

Rosas Blick wandert von Rudi zu Henner und wieder zu Rudi zurück. «Was ist denn nun mit den Brakenhoffs?», will sie wissen. «Henner meinte, die beiden wären eine Nummer für sich. Aber mit viel mehr ist er nicht rausgerückt.»

«Na ja. Brakenhoff war schon ziemlich speziell.» Rudi zeigt auf die Tüte der Fischereigenossenschaft. «Is noch einer drin?»

«Jo.» Henner hält Rudi das Pergamentpapier hin. Während Rudi den Kopf in den Nacken legt und der Matjes über seinen Zähnen baumelt, versucht Henner, einen Anfang zu finden: «Brakenhoff war früher Chefarzt der Kinderklinik in Wittmund, und seine Frau hat sich hier als Tierärztin selbständig gemacht. Sie arbeitet auch ehrenamtlich in der Seehundstation. Das hat ihrem Mann gar nicht gepasst. Der hat immer gemeckert, man solle die Heuler doch erschießen. Ansonsten machte er gern einen auf Privatier und hat sich vor allem mit Segeln beschäftigt. Ist von Frühjahr bis Herbst fast nur auf dem Wasser gewesen.»

Rosa unterbricht ihn: «Wieso war er dann heute zu Hause bei diesem Sahnewetter?»

«Keine Ahnung», entgegnet Rudi. «Aber das prüf ich mal nach. Wo liegt eigentlich Brakenhoffs Yacht?»

«In Neßmersiel. Das weiß ich, weil er immer Post vom Yachtclub bekommt. Außerdem jede Menge Werbeprospekte über Segelausrüstungen und so 'n Gedöns.» Henner zögert einen Moment. «Anfang des Jahres hat sich die Brakenhoff den rechten Arm gebrochen. Da war's natürlich Essig mit arbeiten. Aber sie hat sich für drei Monate einen Aushilfstierarzt aus Brandenburg in die Praxis geholt. Der hat bei Onkens zur Untermiete gewohnt. Möbliert. Adelheid hat erzählt, dass die Brakenhoff abends oft da gewesen ist. Das hat sie von Anke Onken. Die wohnt ja im Erdgeschoss. Es gibt einen gemeinsamen Eingang, und von dort geht eine Treppe hoch.»

«Weiß deine Schwester denn, weshalb die Brakenhoff da gewesen ist?», bohrt Rudi nach.

«Du stellst Fragen! Gearbeitet werden sie in seiner Wohnung ja wohl kaum haben», prustet Rosa los.

Henner verdreht die Augen. «Du weißt doch, wie die Gerüchteküche funktioniert. Da fängt einer an, und die anderen schüren das Feuer unter dem Topf noch ordentlich. Aber richtig was sagt keiner. Ich erinnere mich, dass Adelheid sich darüber amüsiert hat, dass dieser Doktor Schröter, jetzt fällt mir der Name auch wieder ein, mit einem ordentlichen Veilchen in ihren Andenkenladen kam.» Er feixt. «Natürlich wollte Adelheid sofort wissen, was passiert ist. Ihr kennt sie ja. Und da war dann schnell klar, dass der Brakenhoff ihm das verpasst hat.»

«Hat der tatsächlich gesagt, dass Brakenhoff ihn geschlagen hat?», fragt Rosa, und ihre Stimme vibriert vor Begeisterung.

«Nee, so direkt natürlich nicht. Aber so ungefähr.»

Als Henner Rosas Blick auffängt, brummt er: «Der Schröter hat sich damit rausgeredet, dass man als Tierarzt eben nicht ungefährlich lebt und ein alter Ochse ihm das verpasst hätte.»

«Alter Ochse gegen jungen Bullen. Eindeutig Brakenhoff.» Rudi hält die Flasche gegens Licht. Kaum noch was drin.

«Jo», sagt Henner. «Der Schröter kommt überhaupt gut an bei den Frauen. Meine Schwestern schwärmen richtig von dem. Ist so ein Typ wie der Rettungsschwimmer aus dieser amerikanischen Serie, von der Adelheid vor Jahren keine Folge ausgelassen hat.»

«Baywatch? Mit David Hasselhoff? Ja, der war klasse.» Rosas Augen blitzen wie bei einem Hund, der Witterung aufgenommen hat. «Und wo ist dieser Schröter jetzt?»

«Der soll in Norddeich Praxisvertretung machen und ab und zu in der Seehundstation arbeiten. Hat Adelheid mir erzählt. Und die weiß das von Gudrun.»

«Das wird ja immer interessanter! Die Brakenhoff arbeitet doch auch da.» Vor Aufregung röten sich Rosas Wangen. «Ich sage doch immer: Cherchez la femme.»

«Aber der Schröter ist doch ein Mann», widerspricht Henner und sieht Rosa verständnislos an.

«Ich mein das doch im übertragenen Sinn. Eine Frau, zwei Männer. Einer davon alt, der andere jung. Das ist der Klassiker schlechthin. Hitchcock hat in dieser Richtung ...»

«Rosa, wir sind hier in Neuharlingersiel ...»

«Eben. Und deshalb müssen wir die Sache selbst in die Hand nehmen und dürfen das Feld nicht Haueisen und Schnepel überlassen.»

«Aber die fangen doch gerade erst an», versucht Rudi Rosas Enthusiasmus zu stoppen. «Da können wir nicht gleich dazwischenfunken.» Schließlich weiß er, was es bedeutet, wenn Henners Obermieterin Witterung aufnimmt.

«Die können ruhig ihre Arbeit erledigen, da will ich die gar nicht aufhalten. Aber ich denke, es wird gut sein, sich diese Frau Doktor Brakenhoff näher anzusehen. Du weißt nicht zufällig, wer deren Praxisräume sauber macht?» Rosas Augen funkeln regelrecht.

«Garantiert Clara und ihr Team von ‹Alles sauber?›», vermutet Henner.

«Na, dann ist die Sache doch geritzt.» Bei diesen Worten reicht Rosas Lächeln vom linken bis zum rechten Ohrläppchen.

Rudi beschleicht ein ungutes Gefühl.

SONNTAG

Be-kannt-machung! Be-kannt-machuuung! In meinem Heimartort Neuharlingersiel gibt es inzwischen mehr Morde als in all den Orten zusammen, aus denen meine Ausruferkollegen kommen.» Inbrünstig intoniert Henner die Sätze, während er mit einem Becher Sonntagstee im Bett sitzt. Er muss beim Teepalast in Wilhelmshaven unbedingt neuen bestellen, seine Vorräte gehen zur Neige. Den kleinen Gewissensbiss, weil er schon um acht Uhr früh so laut seine Rede probt, schiebt er achselzuckend beiseite. Rosa hat ihn mehr als einmal frühmorgens am Wochenende aus dem Bett geklingelt, nur weil ihr Beo entflogen war oder sie nicht wusste, wie sie die Sicherung im Keller wieder einstöpseln musste.

Nein, Rosa gegenüber braucht er kein schlechtes Gewissen zu haben.

«Be-kannt-machung! Be-kannt-machuuung! In meinem Heimartort Neuharlingersiel gibt es inzwischen mehr Morde als in all den Orten ...» Nein. Das geht eigentlich gar nicht. Er kann doch sein Heimatdorf nicht darstellen, als ob hier neuerdings Sodom und Gomorra herrschen. So schlimm ist das ja nun doch nicht. Trotzdem. Der arme Brakenhoff. Man kann gegen den sagen, was man will, aber dass da einfach einer kommt und den abknallt wie im Wilden Westen, das geht gar nicht. Wer das wohl war? Henner trinkt einen Schluck vom guten Sonntagstee und versucht die Gedanken an den

Mord wegzuschieben. Er hat gerade mal zwei Wochen Zeit, dann muss sein Text fertig sein. Und er braucht einen guten, wenn er nicht wieder nur auf dem dritten Platz landen will wie letztes Jahr. Ihm fällt aber nichts ein. Missmutig schlägt er die Bettdecke beiseite und steht auf. Unter der Dusche ist ihm schon so manch guter Einfall gekommen.

Das Wasser läuft heiß über seinen Rücken, und er fängt von vorne an: «Be-kannt-machung ... Be-kannt-machuu-ung ...» Weiter kommt er nicht. Große Leere breitet sich in seinem Kopf aus. Er greift zur Duschlotion und seift sich den Bauch ein. Vielleicht hilft das, denkt er, als das Telefon klingelt.

Nein. Da geht er jetzt nicht ran. Bestimmt ist es wieder Rosa. Zugegeben, es gibt durchaus ansprechende Züge an ihr, doch ihre Eigenart, ihn in seiner Sonntagsruhe zu stören, kostet sie den einen oder anderen Sympathiepunkt. «Be-kannt-machung ... Be-kannt-machuuung», versucht er es erneut. Doch es hat einfach keinen Sinn. Da muss er auch nicht weiter Wasser verschwenden. Henner dreht den Hahn zu, schnappt sich das Handtuch, das am Ende der Badewanne liegt, wo die aufgesetzte Duschabtrennung aufhört, und rubbelt sich ab. Fürs Baden ist die Wanne viel zu klein. Genau genommen auch fürs Duschen. Bei seinen großen Füßen muss er sich schon ein wenig quer stellen. Hätte er nie gedacht, dass sich Badewannen für Schuhgröße achtundvierzigeinhalb nicht wirklich eignen. Deshalb hätte er auch gerne eine richtige Dusche. Als er letztes Jahr zur Hochzeit von Cousine Jutta in einem Hotel übernachtet hat, hatte sein Zimmer einen extra Raum zum Duschen, und das Wasser kam von oben aus einem riesigen runden Ding. «Raindance» hieß das. Henner hat den Mann an der Anmeldung gefragt und sich das aufschreiben lassen. Das fühlte sich so an, als wenn man nackig im Regen steht. Henner kann sich noch gut daran erinnern, wie sie als Kinder splitterfasernackt durch den Bauerngarten seiner Mutter geflitzt sind. Rudi und er vorneweg und seine acht Schwestern wie die Orgelpfeifen hinterher. Manchmal haben die Tropfen fast ein bisschen gekitzelt. Schön hat sich das angefühlt.

Wenn es nach ihm ginge, hätte er sein Bad schon längst in so einen Regentempel umgebaut, aber Tante Hildegard will davon nichts hören. Dabei würde er sich sogar an den Kosten beteiligen. Sein Bausparvertrag ist nächstes Jahr fällig.

Er hält sich an der Schiene der Duschabtrennung fest, steigt aus der Wanne und wickelt sich fest das Handtuch um die Hüften. Dann nimmt er einen großen Schwamm, wischt die Fliesen an der Wand ab und mit einem Mikrofasertuch das Plexiglas der Duschabtrennung. Seine Mutter hat ihm eingetrichtert, ganz besonders sorgfältig mit dem Inventar umzugehen, weil Tante Hildegard so pingelig ist. Und das macht er auch. Seit knapp zwanzig Jahren.

Das Telefon klingelt zum zweiten Mal. Das kann nicht Rosa sein. Die wäre längst schon runtergekommen und hätte lautstark an seine Wohnungstür gehämmert. Ob was mit Vadder ist? Der sah in letzter Zeit so blass aus. Oder hat Rudi etwa den Mörder gefasst? Nur das Handtuch um die Hüfte, läuft er in den Flur zum Telefonschränkchen.

«Steffens.» Er klingt abgehetzt, aber nicht so abgehetzt wie die Stimme am anderen Ende der Leitung.

«Verdammt, was dauert das so lange!», brüllt sein Schwager Thomas Sackschewsky, Chef des Neuharlingersieler Campingplatzes, in sein Ohr. «Hier ist Land unter, wir brauchen deine Hilfe. Sofort!»

Land unter? Henner runzelt die Stirn. Von einer Sturmflut war doch in den Nachrichten gar keine Rede. Und dass der

Regen in der Nacht so heftig war, hat er gar nicht mitgekriegt. «Ich bin in fünf Minuten da. Wie hoch steht das Wasser denn?»

«Hä?»

«Na, die Sturmflut. Wie viel Wasser hat sie reingespült?»

«Nix Sturmflut. 'ne Leitung ist geplatzt. Nun sprudelt das Wasser, und der Klempner sucht die Ursache. Aber bis der die gefunden hat, müssen wir das Wasser aufhalten. Damit es nicht in die Zelte schwappt. Also brauch ich jeden verfügbaren Mann.»

«Bin schon unterwegs.» Henner legt auf und eilt ins Schlafzimmer. Er ist erleichtert. Kein Mord. Keine Sturmflut. Nur ein Wasserschaden. Aber so ohne ist Wasser nie. Weder wenn es aus dem Meer kommt noch aus einer defekten Leitung. Im Emstunnel haben sie vor gar nicht langer Zeit erleben müssen, was ein Loch von fünf Zentimetern für einen Schaden anrichten kann. Nur weil einer bei den Reparaturarbeiten ein bisschen danebengebohrt hat, mussten die ewig lange das Wasser abpumpen. Alle haben gezittert, dass sich die Tunnelröhren absenken. Das war vielleicht ein Theater. Von den Kosten gar nicht zu reden. Aber so schlimm wird's auf dem Campingplatz schon nicht sein.

Schnell zieht Henner sein Jägermeister-T-Shirt über und steigt in eine alte Jeans, die er ganz unten im Kleiderschrank liegen hat – für Arbeitseinsätze. Was braucht er noch? Seinen Sweater, Handy, Schlüssel und Gummistiefel. Die stehen vor der Wohnungstür. Er lauscht, als er in den Hausflur tritt. Oben ist noch alles still. Gut so.

Arbeitseinsatz am Sonntag. Rudi flucht, als sein Wecker klingelt. Die von der Polizeiinspektion Wittmund könnten doch einfach die Meldungen der Hotels checken und ihn ausschlafen lassen. Das hat er alles nur diesem Schleimscheißer Schnepel zu verdanken. Richtig hinterfotzig hat Schnepel beim Chef ganz nebenbei angeregt, dass Rudi doch vor Ort alles einfach und unauffällig herausfinden könnte. Und prompt hat Haueisen Rudi den Auftrag aufs Auge gedrückt. Rudi befürchtet ja, dass so manche Deern an der Rezeption heutzutage gar nicht mehr weiß, was die Ostblockstaaten sind. Und das heißt für ihn: jedes Meldebuch genau studieren, statt seine sonntägliche Joggingrunde zu drehen.

Sven schläft noch, als Rudi sich einen Tee aufbrüht. Sein Sohn ist erst kurz nach fünf nach Hause gekommen. Rudi lässt an den Wochenenden seine Schlafzimmertür geöffnet, damit er mitbekommt, wenn Sven den heimatlichen Hafen erreicht. Immerhin ist er als Vater rein rechtlich für alles verantwortlich, was Sven in den verbleibenden Monaten bis zu seiner Volljährigkeit macht. Und da will er sich von seiner Exfrau Denise nichts nachsagen lassen.

Der Tee schmeckt. Es ist der gute von Bünting. Und erst das Rosinenbrot, das Henners Mudder ihm gebacken hat! Er schmiert neuerdings aber nur wenig Butter drauf. Man muss ja in Form bleiben. Rosa hat er auch schon dabei ertappt, dass sie Joggingrunden auf dem Deich dreht. Bloß Henner treibt außer Boßeln keinen Sport. Mit seinem Dienstfahrrad macht er zwar den einen oder anderen Kilometer, aber das gilt eigentlich nicht. Das ist ja sein Arbeitsgerät.

Rosinenbrot und Tee sind vertilgt, Rudi streift sich seine Uniformjacke über und schlüpft in seine Dienstschuhe. Fehlt nur noch die Schirmmütze.

Wo soll er mit dem Befragen eigentlich beginnen? Bei den großen Hotels am Hafen? Genau genommen müsste man ja auch noch die ganzen Fremdenzimmer dazunehmen. Die offiziellen und die inoffiziellen. Und das sind 'ne Menge. Ohne Eile macht er sich auf den Weg und startet gleich bei sich um die Ecke. Weder im Hotel Meerblick noch im Süderhof haben sie Gäste aus dem Ostblock. Nur einen aus Ost-Holstein. Aber der zählt nicht. Sechs Pensionen hat Rudi gleich auch noch mit abgeklappert. Auch ohne Ergebnis. Von der Pension Sielmöwe ist es nicht mehr weit bis zu Iris Brakenhoff. Bei der wollte er sowieso vorbeischauen. Gut sieht die aus. Groß, schlank, lange dunkle Haare und eine Ausstrahlung hat die ... ein bisschen wie Iris Berben. Nicht, dass er die Brakenhoff gut kennt. Er war ja nur einmal bei ihr. Viel Geld zum Doktor zu bringen, davon hält er grundsätzlich nichts. Nur in Ausnahmefällen. Dazu isst er viel zu gerne Hühnerfrikassee.

Kurz darauf steht er vor der Tierarztpraxis, einem lang gezogenen Klinkerbau. Er klingelt am Privateingang. Es dauert zwei lange Minuten, bis Iris Brakenhoff die Tür öffnet. Ganz in Schwarz. Mit der Berben hat sie heute wenig Ähnlichkeit. Blass ist sie und fahl. Und kleiner wirkt sie. «Moin, Frau Brakenhoff. Ich hab da noch ein paar Fragen an Sie.»

Iris Brakenhoff lächelt schmal. «Ach, Herr Bakker. Kommen Sie doch rein.» Ohne weiter auf ihn zu achten, geht sie vor. Rudi schließt die Haustür und folgt ihr in die Küche.

«Trinken Sie einen Kaffee mit?»

«Wenn es keine Umstände macht, gerne.» Rudi setzt sich auf einen Stuhl. «Kann ich vielleicht etwas für Sie tun? Jemand verständigen?»

Die Tierärztin dreht sich zu ihm um, der Vollautomat blubbert. «Danke.» Sie atmet schwer. «Ich komme schon klar. Gestern Abend habe ich noch die Familie informiert. Obwohl ich auf das Telefonat mit Hans-Ottos Exfrau gern verzichtet hätte. Sie und seine Kinder haben seit der Scheidung einen ziemlichen Rochus auf mich.»

«Das ist ja nix Neues, dass Kinder so was nicht gut finden. Wie lange ist das denn her?» Rudi kennt so ein Verhalten von Sven. Der war auch nicht grad begeistert, als Denise damals weggegangen ist.

«Ich war zehn Jahre mit Hans-Otto zusammen. Damals war er noch verheiratet. Vor fünf Jahren hat er sich scheiden lassen, und ein halbes Jahr später haben wir geheiratet. Fast zeitgleich mit Hans-Ottos Emeritierung.»

«Emeret was?»

«Pensionierung.» Sie reicht Rudi eine Tasse und zeigt auf den Zuckertopf und ein Milchkännchen. «Bedienen Sie sich.»

Rudi ist ein bisschen rot geworden. Warum sagt sie das nicht gleich mit der Rente. Immer diese Fremdwörter. Er nippt an seinem Kaffee. Heiß und bitter. Mit zwei Löffeln Zucker ist es besser. «Das ist jetzt eine schwere Zeit für Sie.» Rudi blickt sie aufmunternd an. «Es ist kein Makel, wenn man in einem solchen Fall Hilfe von Freunden und der Familie annimmt, Frau Brakenhoff.» Das klingt zwar irgendwie banal, aber was Besseres fällt ihm auf die Schnelle nicht ein.

Sie nimmt einen Schluck Kaffee und sieht ihn an. «Wissen Sie, ich habe hier im Ort nicht viele Freunde. Eigentlich gar keine.»

«Und wie sieht es mit Feinden aus? Hatte Ihr Mann welche? Schließlich hat ihn ja jemand erschossen.» Das ist jetzt doch ein guter Ansatz, findet Rudi.

«Feinde», wiederholt sie nachdenklich und starrt auf ihre Kaffeetasse. «Ich weiß nicht. Hans-Otto hat sich verändert, seit er nicht mehr in der Klinik arbeitete. Dauernd musste er allen erzählen, was sie zu tun und zu lassen haben. Egal, ob sie es hören wollten oder nicht. Mit fast allen Nachbarn ist er verkracht. Im Yachtclub redet kaum noch jemand mit ihm. Und mit den Krabbenfischern hat er es sich auch verscherzt, weil er in der großen Krise mit der Krabbenschälfabrik zu allem seinen Senf dazugeben musste.» Sie stellt die Tasse ab und verschränkt ihre Finger ineinander. «Aber eigentlich sind das ja keine Feindschaften. Eher Meinungsverschiedenheiten.»

«Denken Sie in Ruhe nach, vielleicht fällt Ihnen noch etwas ein.» Rudi wartet, und tatsächlich kommt noch etwas.

«Hans-Ottos Cousin war am Freitag zu Besuch, um den Nachlass einer verstorbenen Tante zu regeln. Dabei sind beide auch laut geworden. Aber das ist bestimmt nicht wichtig. Der ist ja schon wieder abgereist, bevor Hans-Otto … also, bevor er starb.»

«Hat dieser Cousin auch einen Namen?»

«Reiner.»

«Reiner. Und weiter?»

«Ich denk, Brakenhoff. Hans-Otto hat immer nur von Reiner gesprochen. Ich hab den nur zweimal in meinem Leben gesehen.»

Nun denn. Reiner Brakenhoff. Er speichert das in der Wichtig-Ecke seines Gehirns ab. Das klappt immer hervorragend. Vergessen hat er so noch nichts. Jedenfalls nicht, dass er wüsste. Jetzt sollte er die Sache mit ihrem Alibi ansprechen. Auch wenn ihm das irgendwie unangenehm ist. Er räuspert sich. «Sie sagten gestern, Sie seien den ganzen Nachmittag in Sachen Großtiereinsatz unterwegs gewesen. Können Sie mir sagen, wo Sie zu welcher Zeit waren?»

Iris Brakenhoff sieht ihn mit waidwundem Blick an. «Muss das wirklich sein?»

«Je mehr wir wissen, umso eher können wir Sie aus dem Kreis der Verdächtigen ausschließen», erklärt er.

«Aus dem Kreis der Verdächtigen?» Iris Brakenhoff fällt die Kinnlade herunter.

«Ist leider so. Der Großteil solcher Gewalttaten wird aus dem engsten Umfeld heraus begangen. Deshalb müssen wir da ein genaues Auge drauf haben.»

Die Tierärztin presst die Lippen aufeinander. Rudi sieht geradezu, wie ihre Gedanken durcheinanderwirbeln. «Ich kann Ihnen die Liste der Klienten geben, deren Tiere ich behandelt habe. Wissen Sie, wenn ich unterwegs bin, so wie gestern, dann habe ich gleich mehrere Kunden auf der Liste. Zwei Fliegen mit einer Klappe, wenn Sie verstehen. Als Erstes war der Hengst von Graf von Wörtz und Klosterberg an der Reihe. Er hatte Husten. Danach habe ich die Kuh vom Bauer Stolle am Bein genäht. Die hatte sich am Stacheldrahtzaun verletzt. Das war so gegen eins. Anschließend war ich bei Bauer Gerdes. Seine Kuh hatte Schwierigkeiten beim Kalben. Gerade als ich eintraf, ging es richtig los mit der Geburt. Mit vereinten Kräften mussten Gerdes und ich das Kalb rausziehen. Auf dem Rückweg hab ich noch auf drei anderen Weiden nach meinen Pappenheimern geguckt. Ein Pferd, zwei Kühe und ein Schaf. Da waren die Eigentümer aber nicht dabei. Wozu auch. Waren ja keine großen Sachen.»

«Das kenne ich», sagt Rudi. «Die Chefärzte in den Krankenhäusern machen das bei den Privatpatienten auch so. Stecken eben ihren Kopf ins Zimmer, fragen: Wie geht's uns denn heute?, haben die Tür zu, bevor man groß was sagen kann, und schon muss der Patient einen Haufen Geld berappen.»

Iris Brakenhoff lacht auf. «Also, das halte ich für ein Gerücht. Mein Mann war jedenfalls nicht so. Der hat sich auch am Wochenende immer Zeit für seine Patientinnen genommen. Und ich fahre gerne einmal mehr bei meinen vorbei, um mich zu vergewissern, dass es ihnen besser geht. Für solche Besuche stelle ich in der Regel auch keine Rechnungen. Mir ist es wichtig, dass es den Tieren gut geht. Darum engagiere ich mich auch ehrenamtlich bei der PETA und in der Seehundstation in Norddeich.» Sie lehnt sich zurück und umfasst ihren Kaffeebecher mit beiden Händen.

«Da arbeitet doch auch Dr. Schröter.»

«Ja.»

Mehr sagt sie nicht. Rudi sieht sie wortlos an. Er weiß, dass sie weiß, was er denkt. Falls es stimmt, was Henner gesagt hat.

«Mein Mann hat das nicht so gern gesehen», bestätigt sie, was er als Nächstes gefragt hätte, und redet sich regelrecht in Rage. «Hans-Otto hat Tiere nicht im selben Maß als schützenswert betrachtet wie Menschen. Für ihn sind Tiere Fleischlieferanten. Keine gleichberechtigten Lebewesen. Das war seine Ansicht. Und von den Robben gäbe es viel zu viele. Die fressen das ganze Wattenmeer leer. Haben keine natürlichen Feinde mehr, so in dieser Art waren seine Sprüche. Am meisten hat er über die Heuler geschimpft. Erschießen sollte man die, hat er gesagt.»

«Frau Dr. Brakenhoff. Bitte. Nicht weiterreden. Ich bin ja dienstlich hier. Also, ich werde das, was Sie jetzt gerade gesagt haben, natürlich *nicht* zu Protokoll nehmen, aber bitte ... nicht weiterreden. Mit jedem weiteren Wort belasten Sie sich selbst.»

Mit einem Lächeln, das dem seiner Lieblingsschauspielerin wieder erstaunlich ähnlich ist, sieht sie ihn an. «Danke, Herr Bakker.»

Rudi senkt verlegen den Kopf.

«Und ich versichere Ihnen: Ich habe meinen Mann nicht erschossen. Ganz bestimmt nicht.» Ernst und direkt blickt sie ihm in die Augen. «Ehrenwort.»

Sonntags hat Henners Postfahrrad eigentlich Ruhetag. Aber bevor er zu Fuß läuft, nimmt er lieber die Berta, wie er sein gelbes Dienstfahrzeug liebevoll nennt. Henner tritt in die Pedale, und kurze Zeit später fährt er an der Schranke vorbei auf den Campingplatz. An der Rezeption hält er Ausschau nach Thomas, dem Mann seiner Schwester Gudrun, der von seinen Freunden nur Sacky genannt wird. Doch der ist nirgends zu sehen. Dabei sollte die Rezeption immer besetzt sein. Das ist eine von Sackys Regeln. Regeln sind enorm wichtig für seinen Schwager. Jeder, der auf *seinem* Campingplatz eincheckt, wie er immer sagt, muss erst einmal die Allgemeinen Geschäftsbedingungen unterschreiben. Als Nächstes folgt die Anerkennung der Platzregeln, in denen von der Mittagsruhe bis zum Geräuschpegel von Kindern, dem Halten von Hunden und Katzen alles geregelt ist. Sogar ansteckende Krankheiten finden Erwähnung.

Henner fährt mit ordentlichem Tempo über die gepflasterten Wege. Wenn sein Schwager die eigenen Regeln missachtet, muss wirklich Land unter sein.

«He, junger Mann, hier wird nicht gerast. Zehn Kilometer in der Stunde. Mehr ist hier nicht erlaubt!», ruft ihm eine kräftige Frau im türkisfarbenen Trainingsanzug zu. Der Wohnwagen, vor dem sie steht, ist umzingelt von einer Windschutzplane, um die die Truppen der Heereslager im Dreißigjährigen Krieg sie beneidet hätten. «Ich sag dem Chef Bescheid, der mahnt Sie ab!», ruft sie Henner noch hinterher, doch der ist längst in den nächsten Weg abgebogen. Auch hier sind die Wohnwagen mit Planen und Stoffzäunen voneinander abgegrenzt. Er nimmt direkten Kurs auf den Wassergraben. Schon von weitem kann er eine Menschenansammlung vor dem dahinterliegenden Waschhaus sehen.

Kaum hat Henner Berta am Weg abgestellt, sieht er die

Bescherung. Eine riesige Wasserlache breitet sich vom Sanitärgebäude her aus. Die Wege drum herum sind überflutet, auch ein paar Minigärten stehen unter Wasser. Männer in Gummistiefeln versuchen, mit Schaufeln und Eimern das Wasser aufzufangen. Einer ruft: «Wir müssen einen Graben ziehen, sonst läuft alles in die Vorzelte.» Ein anderer meint, es wäre besser, einen Stichkanal zum Wassergraben zu schaufeln.

«Das ist nach den Platzregeln aber verboten», kann sich der Mann einen Seitenhieb auf den nervös auf und ab gehenden Sacky nicht verkneifen. Sein Schwager sieht fix und fertig aus. Blass im Gesicht, grün um die Nase und das Handy am Ohr. So kennt Henner ihn gar nicht. Normalerweise kommandiert er alle rum.

Henner zögert. Am besten, er bleibt erst mal am Rand stehen und guckt, was los ist. Wuseln eh schon genug Leute um das Waschhaus herum.

«Was ist denn passiert?», fragt Henner einen kräftigen Mann mit Baseballmütze, der gerade an ihm vorbeiläuft. Irgendwie kommt der ihm bekannt vor. Der Mann stellt den Eimer ab.

«Keene Ahnung, wat jenau. Die sind ja noch am Suchen. Is wohl een Wasserrohrbruch. Jestern war noch allet in Ordnung, aber dann kam heut Nacht der Dauerregen. Hängt vielleicht damit zusammen. Hier sickert ja ooch nüscht ab. Is allet von den Wohnwagen und den Wohnmobilen festjefahren.»

«Nee, das liegt am Kleiboden. Der lässt nichts durch», berichtigt Henner ihn. Sein Schwager regt sich jedes Mal auf, wenn die Leute ihm das mit dem festgestampften Boden und den Wohnwagen an den Kopf werfen. «Dass es die ganze Nacht durchregnet, kommt öfter mal vor. Nach Starkregen dauert es eine Weile, bis das Wasser wieder ganz weg ist.

Aber selbst dann ist es nie so viel wie jetzt. Haben Sie wohl recht mit dem Wasserrohrbruch.»

«Da sind bestimmt wieder Kinder für verantwortlich», wirft ein anderer Mann ein, der sich zu ihnen gesellt. «Die sollten überhaupt nicht alleine in die Waschhäuser gehen dürfen. Diese Zehnjährigen sauen doch am meisten herum. Letztens erst haben die aus lauter Jux und Dollerei zwei Klos im Männerwaschraum verstopft.» Der Mann ereifert sich immer mehr, aber Henner hört ihm nicht weiter zu, sondern geht die paar Schritte zu seinem Schwager. Der hat sein Gespräch beendet und steckt sein Handy in die Hosentasche.

«Ganz schöner Schiet, was?» Henner schlägt ihm auf die Schulter.

Sacky sieht ihn erschöpft an. «Jo, das Wasser sprudelt und sprudelt. Die Klempner haben geguckt, können aber nichts machen. Ist ein Rohrbruch vor der Wasseruhr. Da müssen die Leute vom Wasserwerk ran. Aber bis die hier sind ... Ist echt kritisch. Ich seh schon die Schadensersatzklagen der Dauercamper vor mir, wenn wir das hier nicht schnell in den Griff kriegen und denen die Vorzelte absaufen. Zumindest bringt die Klempner-Firma Pumpen, mit denen wir einen Teil rauskriegen. Das ist schon mal viel wert.» Sacky wischt sich die Schweißperlen von der Stirn. «Dazu noch dieser Regen heute Nacht. Es scheint sich alles gegen uns verschworen zu haben. Die Kommentare im Internet möchte ich gar nicht lesen.»

«Nun beruhige dich doch erst mal. Wann habt ihr es denn bemerkt?»

«Um halb sieben, als die von ‹Alles Sauber?› zum Putzen kamen. Der Klempner aus Esens ist nach dem Notruf schnell da gewesen, und ich hoffe, auch die vom Wasserwerk kommen bald. Ist doch Saison. Da sind wir auf jedes Waschhäuschen angewiesen. Du weißt doch: Die Camper benutzen ja nur ungern ihr Chemie-Klo, wenn sie Platzgebühren zahlen. Warteschlangen am Klo ist ein No-Go. Das gibt Negativeinträge ins Gästebuch ohne Ende.»

«Ick will mir ja nicht einmischen, aber stellense doch ein paar Dixi-Klos auf», sagt der kräftige Mann mit der Baseballmütze. «Dann hamse wenigstens 'ne Überjangslösung.»

Thomas Sackschewsky wirft ihm einen überraschten Blick zu, und langsam glätten sich die Falten auf seiner Stirn. Klares Signal für Henner, dass seinem Schwager diese Idee gefällt. So wie er ihn kennt, müsste jetzt jedoch ein Einwand kommen. Denn Gudruns Mann hat immer ein «Aber» parat.

«Aber ...» Es folgt eine kurze Kunstpause, und Henner ist gespannt, was jetzt kommt. Als sein Schwager weiterredet, ist er ganz der korrekte Angestellte des Kurvereins, für den er als Abteilungsleiter den Campingplatz führt. «Wo sollen wir jetzt Dixi-Klos herbekommen? Am heiligen Sonntag? Außerdem wird um zehn Uhr der Zeltgottesdienst auf dem Platz abgehalten. Mit Posaunenchor und allem Pipapo. Das macht doch einen Riesenkrach, wenn ein Lkw mit Klohäusern kommt. Das gibt Mordsärger mit dem Bibelbund und der Aktion ‹Kirche unterwegs›.» Neue Schweißtropfen glänzen auf Sackys Stirn.

«Dat hier sind ja woll janz besondere Umstände. Da soll'n sich die vonne Kirche mal nicht gleich anpinkeln. Und ick kann Ihnen natürlich helfen», sagt der kräftige Mann und nimmt seine Baseballmütze ab. «Wo ick doch für den Bezirk Nordwest mit den Dixi-Klos zuständig bin.» Er grinst breit. «Wennse wolln, hamse in 'ner Stunde 'ne Fuhre hier.»

Erleichterung macht sich auf Sackys Gesicht breit. «Unbedingt.» Er schlägt sich mit der flachen Hand gegen die Stirn. «Entschuldigen Sie, ich hab Sie in dem ganzen Trubel überhaupt nicht erkannt, Herr Matschker.» Er reicht dem Mann seine Hand. «Und das würden Sie machen?»

«Aber klar doch. Ick helf doch jerne, wenn ick kann.»

Natürlich. Jetzt weiß Henner auch, wo er den Knaben hinstecken soll. Matschkers aus der Nordseestraße. Die wohnen noch nicht so lang im Ort. Höchstens zwanzig Jahre. Ihn sieht man nicht oft, der ist viel unterwegs. Die Frau eher. Die bestellt viel im Internet, und Henner muss ihr die kleineren Päckchen bis an die Tür bringen. Zum Glück ist sie meistens zu Hause.

Auf dem Weg Richtung Hafen hat Rudi im Fischerhuus geklingelt. Dort gibt es zwei Ferienwohnungen. Das Liebespaar aus Köln in der ersten muss er aus dem Tiefschlaf geholt haben. Die waren alles andere als begeistert, einen Polizisten in Uniform vor ihrer Tür stehen zu sehen. Die älteren Herrschaften aus Diepholz in der anderen Wohnung waren bedeutend freundlicher, aber genauso wenig aus dem Ostblock. Was für eine bescheuerte Idee, alle Gäste zu überprüfen. Selbst wenn der Mörder aus dem Osten kommt, muss er ja nicht zwangsläufig in Neuharlingersiel schlafen. Das wäre ja auch ziemlich dämlich von ihm. Ein Killer würde nach dem Mord doch gleich wieder verschwinden. Schnepel hat das Ganze mal wieder nicht zu Ende gedacht, und Haueisen hat sich von ihm einwickeln lassen. Und Rudi kann sich jetzt die Füße platt laufen.

Mittlerweile ist er am Hafen angekommen. Beim Hotel Rodenbäck hat er kein Glück, genauso wenig wie bei Janssen's. Keine Gäste aus dem Ostblock. Dafür bekommt er überall eine Tasse Kaffee. Wenn das so weitergeht, kriegt er einen ordentlichen Kreislaufklabaster.

An der Rezeption vom Hotel Mingers sitzt ein junges Mädchen. «Hallo, Herr Bakker!», grüßt sie und steht auf.

«Karen, das ist ja eine Überraschung. Machst du hier eine Ausbildung, oder ist gerade Schulpraktikum?»

Die jüngere Schwester von Svens bestem Freund Malte grinst ihn keck an. «Praktikum. Gut erraten. Ach was, gut kombiniert.» Sie schlägt die Augen weit auf und klimpert mit den Wimpern. «Aber was soll man von einem Superbullen auch anderes erwarten?»

Rudi läuft rot an.

«Sven erzählt immer so tolle Sachen von Ihnen. Aber das darf ich Ihnen vielleicht gar nicht verraten.» Wieder ein Augenaufschlag, als ob sie mit ihren gerade mal fünfzehn schon eine ernstzunehmende junge Frau wäre. Richtig niedlich ist das. «Ich würde gerne mal euer Gästebuch sehen», sagt er in dienstlichem Tonfall. «Oder weißt du, ob hier jemand aus dem Ostblock abgestiegen ist?»

«Ostblock?» Karen guckt ihn skeptisch an. Wie Rudi es sich gedacht hat: Die jungen Leute heutzutage haben echt keine Ahnung mehr.

«Gib mir einfach das Verzeichnis, dann schau ich da mal eben rein.»

Sie schüttelt bedauernd den Kopf. «Da komme ich jetzt nicht ran. Das ist nur im Computer, und ich kenne das Passwort nicht. Die Chefs sind aber gerade weg. Die haben gesagt, sie sind gegen halb eins zurück. Ich soll nur aufschreiben, wenn wer anruft und ein Zimmer buchen will.»

Aus dem Restaurant «Meeresleuchten» dringt Stimmengewirr und das Klappern von Besteck. Prompt knurrt Rudis Magen. Ein kleiner Imbiss wäre jetzt nicht schlecht. Vielleicht ein Salat oder ein Krabbenbrot. Irgendetwas mit wenig Kalorien. «Gut. Dann warte ich. Kannst mir schon mal ein kühles

Helles bringen.» Den Frühschoppen hat Rudi sich bei dieser Sonntagsarbeit verdient. «Und danach vielleicht einen kleinen Salat oder ...»

«Wir haben ganz frische Schollen.»

Rudi zögert. «Mit gebratenem Speck? Finkenwerder Art?»

«Ja. In Butter gebraten. Mit Salzkartoffeln.»

«Geht auch mit Bratkartoffeln?»

«Aber klar doch.»

Schiet wat auf die Kalorien. Zufrieden lehnt Rudi sich in seinem Stuhl zurück und beobachtet das Treiben am Hafen. Sind jetzt schon viele Touristen unterwegs. Auch wenn die Sommerferien erst nächsten Monat beginnen. Etliche stehen vor Fietes Krabbenkutter. In der Saison bietet der immer Rundfahrten an.

«Karen, machste mir noch ein Pils?» Hat ja keiner gesagt, wie schnell er die Unterkünfte abarbeiten soll. Außerdem ist Sonntag. Die Wartezeit auf das nächste Bier nutzt er und notiert sich die Hotels, Pensionen und Ferienwohnungen, bei denen er schon nachgefragt hat. Viele sind es noch nicht. Er sollte sich eine komplette Liste erstellen, die er dann systematisch abarbeiten kann. Zum Bespiel in Excel. Erst im letzten Jahr war er bei so einem Kurs. Leider hat er das meiste schon wieder vergessen. Die im Fremdenverkehrsbüro haben bestimmt so eine Liste. Oder er könnte Sven um Hilfe bitten. Der Junge sitzt sowieso den ganzen Tag vorm Computer. Da würde der zur Abwechslung mal was Vernünftiges machen.

Kaum hat Rudi den letzten Namen notiert, steigt der Geruch von heißem Speck, Scholle und Bratkartoffeln in seine Nase. Mit breitem Lächeln stellt Karen den Teller vor ihm ab. «Guten Appetit!»

Das sieht ja nun verdammt lecker aus. Vorsichtig schiebt Rudi das obere Filet der Scholle von den kleinen Seitengräten zur Mittelgräte. Manche stellen sich da ordentlich bei an, für ihn ist das aber kein Problem. Als Friesenjung hat er quasi mit der Muttermilch gelernt, Schollen auf dem Teller so zu zerlegen, dass da keine Gräten mehr drinstecken. Mit dem ersten Bissen entfaltet sich der Geschmack des zarten Fleisches in seinem Mund. Köstlich! Jeder Bissen ein Genuss – und erst die Bratkartoffeln.

Da rumpelt es neben ihm. Rudi guckt hoch. Ludwig Twenge, der eifrige Blogger des Ortes, kommt schwerfällig auf Krücken gestützt an seinen Tisch. «Moin, Rudi. Was machst du denn hier? Noch dazu in Uniform.»

«Siehste doch, ich esse.» Der hat Rudi gerade noch gefehlt.

«Hab dich aber noch nie am Sonntagmittag in Uniform gesehen. Hier schon gar nicht. Und ich komme mit Sigrid fast jeden Sonntag zum Essen her.» Ludwig krückt näher, beugt sich zu ihm vor und wispert: «Hat das was mit dem Mord zu tun?»

«Ludwig», ruft Sigrid, die schon ein paar Tische weiter Platz genommen hat, «lass doch den Rudi in Frieden essen.»

«Ich werde ja wohl noch mal fragen dürfen, was der hier in Uniform macht. Am heiligen Sonntag. Sind bestimmt geheime Ermittlungen im Fall Brakenhoff. Der soll ja erschossen worden sein», raunt Ludwig verschwörerisch.

«Na, dann weißt du doch schon alles.» Rudi hat nun wirklich keine Lust, mit Ludwig zu reden und sein Essen dabei kalt werden zu lassen.

«Nix weiß ich, aber ich würde gerne mehr wissen.»

«Ludwig. Wenn du jetzt nicht gleich den Rudi in Ruhe lässt und dich zu mir setzt, dann gehe ich.» Sigrids Stimme schwillt bedrohlich an – mit Erfolg. Ludwig schleppt sich weiter. Er setzt sich so, dass er zwar keine gute Aussicht auf das Hafenbecken, dafür aber auf Rudi hat.

Dem ist der Appetit nun gründlich vergangen. Viel ist sowieso nicht mehr an der Scholle dran, und wenn er die Bratkartoffeln nicht komplett aufisst, tut das seiner Figur eher gut. Ein letzter Schluck Bier, dann winkt er Karen heran, um zu bezahlen.

Kaum steht er wieder auf der Straße, kommt Olaf Popken, der Geschäftsführer des Hotels, auf ihn zu.

«Moin, Rudi. Du wolltest wissen, ob wir Gäste aus dem Ostblock haben, sagt Karen.»

«Jo.»

«Wir hatten einen aus Leipzig, der ist aber gestern wieder abgereist. Der war drei Nächte hier.»

«Ich brauch den Meldeschein. Ihr habt doch die Adresse notiert?» Rudi blickt Olaf Popken streng an.

«Also ... ich weiß, das müssten wir, aber, mal im Ernst, das macht man nicht immer. Und in dem Fall ... ich müsste nachgucken. Ich hab auf jeden Fall eine E-Mail-Adresse von dem, er hat das Zimmer übers Internet gebucht.»

In diesem Moment tippt ihm jemand auf die Schulter. Rudi dreht sich um und blickt in die undefinierbar graubraunen Augen eines Mannes, der überhaupt undefinierbar graubraun zu sein scheint. Selbst sein Bart sieht matschfarben aus.

«Gestatten, Reitemeyer. Doktor Ewald Reitemeyer, Oberstudienrat a. D. aus Kiel. Ich überlege schon die ganze Zeit, ob ich bei der Polizei vorsprechen soll, und nun laufen Sie mir quasi als Arm des Gesetzes direkt über den Weg. Da muss ich die Gelegenheit ergreifen und mit Ihnen sprechen.»

«Worum geht's denn?» Rudi hat für Touristen jetzt echt keine Zeit und ärgert sich darüber, seine Uniform angezogen zu haben. Die Einheimischen kennen ihn sowieso, da hätte er seine Fragen auch in Zivil stellen können.

«Gestern Nachmittag habe ich mit meinem Hund einen längeren Spaziergang am Deich gemacht. Dabei habe ich einen Heuler entdeckt.»

Ach, jetzt kommt *die* Geschichte. Das muss der Schlaumeier sein, von dem Rosa erzählt hat.

«Ordnungsgemäß habe ich Abstand gehalten und beobachtet, ob sich die Seehundmutter vielleicht nur auf Futtersuche befindet und somit keine Gefahr für den Seehundwelpen besteht.»

«Kommen Sie bitte zur Sache», drängt Rudi, der zwar nicht scharf drauf ist, weiter die Hotels und Pensionen abzuklappern, aber noch weniger Interesse hat, sich den Vortrag des Oberlehrers anzuhören.

«Ich wartete also fast zwei Stunden am Deich. Und wie das so beim Warten ist, lässt man seine Blicke schweifen. Schon Eichendorff hat in ‹Aus dem Leben eines Taugenichts› geschrieben, dass ...»

«Zur Sache. Bitte.»

Der Mann schluckt und räuspert sich. «Gut», sagt er pikiert. Er ist es offensichtlich nicht gewohnt, unterbrochen zu werden. «Nicht weit entfernt von der Stelle, an der ich gewartet habe, kam jemand von der Landseite den Deich hoch. Der hat kurz verschnauft und ist dann ruhig auf dem Deich Richtung Ort gelaufen. Ich hab noch gedacht, dass sich da jemand wohl heftig gestritten hat, aber dann hab ich es wieder vergessen. Der Heuler hat alles in den Hintergrund gedrängt. Es war ja auch aufregend, als der junge Mann von der Seehundstation kam und den Kleinen mitnahm. Aber gestern Abend, da fiel es mir wieder ein. Und wo doch die blonde Frau gesagt hat, dass im Haus der Tierärztin jemand ums Leben gekommen ist, dachte ich, das ist vielleicht wichtig zu melden, dass ich den Mann gesehen habe.»

«Was?» Jetzt klickert es in Rudis Hirn. «Sie haben gestern jemanden aus dem Haus der Tierärztin kommen sehen?»

«Also, direkt aus dem Haus nicht. Das liegt ja hinter dem Deich, und ich stand oben auf dem Weg. Aber so von der Entfernung her könnte es passen, dachte ich und hab deswegen extra vorhin mit meinem Hund einen Gang in die Richtung auf dem Deichweg gemacht. Und genau da, wo der Mann herkam, steht das Haus der Tierärztin. Also ist die Wahrscheinlichkeit, dass ich den Mörder gesehen habe, durchaus gegeben.»

Rudis Herz macht einen Sprung. Das ist der Durchbruch. Ein Zeuge. Mit betont ruhiger Stimme sagt er: «Wann genau war das?»

«Das muss so gegen vier, halb fünf gewesen sein.»

«Und könnten Sie den Mann beschreiben?»

«Ich kann es versuchen. Meine Augen sind für mein Alter erstaunlich gut, hat mir mein Augenarzt erst vor drei Wochen attestiert.»

Augenblicklich gerät der Hotelgast aus dem Osten in Vergessenheit.

Der auffrischende Wind aus Nordost treibt hohe Schäfchenwolken über den Himmel. Cirrocumulus lacunosus. Mit den runden, ausgefransten Löchern erinnern sie Rosa an locker aufgeschäumte Milch auf einem Cappuccino. Oder an den extrem luftigen Joghurt mit Fruchtcreme, den sie als Kind so gerne gegessen hat. Rosa beschleunigt das Tempo am Ende des Sielhof-Parks und überquert die Straße. Kann sie jetzt noch nicht einmal zum Himmel gucken, ohne dass sie ans Essen denkt? Das ist doch nicht normal. Sie muss unbedingt an ihrer Einstellung arbeiten, sonst bekommt sie die Pfunde nie runter. Die Matjes von gestern Abend hat sie heute Morgen auch gleich wieder auf der Waage gemerkt. Da hilft nur eins: Kalorien verbrennen. In gleichmäßigem Tempo rennt sie am Badewerk und am Kurhaus vorbei. Die bieten auch Fitnessprogramme an. Da sollte sie im Winter unbedingt mitmachen. Jetzt geht es erst einmal zum Strand. Und zum Wasser. Nach wenigen Schritten steht sie auf dem Deich. Juhu. Das Wasser ist da. Sogar bis ganz vorne. Die ersten Unerschrockenen haben sich sogar schon hineinbegeben, doch sie müssen weit laufen, bis ihnen die Wellen gegen den Bauch schlagen. Vor bunten Strandkörben mit gestreiften Polstern bauen Väter mit Kindern Sandburgen, die Mütter stecken ihre Nasen in ein Buch oder helfen mit. Familienidylle pur. Ein wenig wehmütig wird Rosa bei diesem Anblick ums Herz. Gern hätte sie auch eine Familie. Lange hat sie geglaubt, dass Ingo der Richtige dafür wäre, bis dieser Mistkerl ... Nein, bloß nicht an den denken. Das tut ihr nicht gut. Erst wird sie wütend, dann traurig, und schließlich fängt sie an zu heulen. Das kennt sie zur Genüge. Deshalb hat sie sich ja von Hannover hierher versetzen lassen. Weit weg von Ingo. Rosa läuft weiter und schiebt die Gedanken an ihn beiseite. Sie lächelt, als sie die Kinder fröhlich in der Wasserspielanlage auf dem Strand toben sieht. Noch ist ja für sie hormonell nicht alles gelaufen. Auch andere Mütter haben nette Söhne, hat Claudia, ihre Lieblingskollegin in Hannover, sie zu trösten versucht. Und tatsächlich kennt sie in ihrem neuen Heimatort inzwischen gleich zwei Junggesellen. Rosa lacht laut auf bei diesem Gedanken. Sie schüttelt den Kopf über sich selbst, als sie an der Surfschule vorbeiläuft, wo eine Frau mit ergrautem Haar vier jungen Männern die Grundregeln zu erklären versucht. Alle stecken in Neoprenanzügen und üben, auf den im Sand liegenden Boards die Surfsegel hochzuziehen. So fit wie die Surflehrerin möchte sie später auch sein.

Rosa rennt weiter. Einatmen. Ausatmen. Ein regelmäßiger Atemrhythmus ist das Erfolgsrezept beim Joggen. Das macht den Kopf klar. Und einen klaren Kopf braucht sie. Haueisen und Schnepel sind ja alleine gar nicht in der Lage, den Fall aufzuklären. Von wegen Auftragsmord. Der Tote hatte eine wesentlich jüngere Frau. Und als deren Arm eingegipst war, half einige Wochen lang ein junger Tierarzt in der Praxis aus. Der eines Tages mit einem blauen Auge herumlief. Das spricht doch für sich. Vielleicht gab es ja noch andere Nebenbuhler. Schließlich sieht die Brakenhoff gut aus für ihr Alter. Rudi sind ja förmlich die Augen aus dem Gesicht gefallen, als sie plötzlich in der Tür stand. Auch Haueisen und Schnepel haben sie angestarrt. Nur Emterbäumler hat nicht gleich den Gockel gemacht. Man unterschätzt diese Bayern einfach immer. Ob der wohl verheiratet ist?

Einatmen. Ausatmen. Immer wieder das Gleiche. Da heiraten diese Fünfzigjährigen eine Mittzwanzigerin und wundern sich, wenn die sich später für den alten Knochen nicht mehr richtig interessiert und sich neu orientiert. Seltsam nur, dass nicht der Brakenhoff den Rivalen erschossen hat, sondern andersrum. Rosa verlangsamt das Tempo und bleibt stehen. Ja, das ist sehr seltsam. Außer, es wäre eigentlich Brakenhoffs Pistole. Vielleicht wollte er seinen Rivalen erschießen und hat sie deshalb aus dem Waffenschrank genommen. Man müsste nachgucken, ob die Brakenhoffs überhaupt einen Waffenschrank haben. Das wird in den Akten stehen. Und wenn nicht, findet Rudi das ganz leicht raus.

Sie macht eine Stretchbewegung mit dem Oberkörper

nach links, dehnt den rechten Arm, so weit sie kann, über den Kopf. Dann folgt die gleiche Bewegung nach rechts. Doppeltes Leiden, doppelte Wirkung. Spruch ihrer Yogalehrerin aus Hannover. Sie sollte sich unbedingt hier auch eine Gruppe suchen. Das würde ihr guttun. Einatmen durch die Nase bis in den Bauch. Ausatmen durch die Nase und bis sechs zählen. Einmal, zweimal, dreimal. Schließlich beugt sie den gesamten Rumpf und lässt die Fingerspitzen so tief auspendeln, bis sie das Gras spürt. Bis zehn zählen. Und weiter geht es. Vorbei an der Drachenwiese. Ein Vater versucht, mit seinem Sohn einen Wolkenstürmer steigen zu lassen. Mit mäßigem Erfolg. Der Kleine bekommt einen Wutanfall, als der Drachen abstürzt. Einatmen. Ausatmen. Wut. Das ist es. Brakenhoff wird wütend gewesen sein, als der junge Tierarzt ständig um seine Frau herumscharwenzelte. Rosa muss sich um die Gerüchte kümmern. Clara wird sicher einiges wissen. Und Gudrun auch. Rosa nimmt sich vor, Henners Schwestern gleich nach dem Joggen anzurufen. Ein selbstbewusster und erfolgsverwöhnter Mann nimmt bestimmt nicht einfach hin, wenn ein anderer seine Frau anbaggert. Er war immerhin Chefarzt in Wittmund. Ein Gott in Weiß.

Einatmen. Ausatmen. Sie muss dringend mit Rudi sprechen. Der soll recherchieren, wo dieser Vertretungsarzt jetzt ist. Rosas Blick fällt auf die andere Seite des Deiches Richtung Campingplatz. Da scheint was los zu sein, zumindest wuseln dort jede Menge Leute mit Schaufeln und Eimern rum. Und ziemlich viel Wasser ist da. Wo kommt denn hinterm Deich so viel Wasser her? Am Rand schaufelt einer, der aussieht wie Henner. Rosa kneift die Augen zusammen. Tatsächlich. Das ist Henner. Was der wohl dazu sagt, dass sie den Fall quasi beim Joggen gelöst hat? Rosa rennt den Deich hinunter, geradewegs durch die Absperrung und auf Henner zu. Neben ihm stehen zwei andere Männer: Der eine ist Gudruns Mann Sacky, der andere telefoniert. Den breiten Rücken kennt Rosa nicht.

«Hallo, Henner!», ruft sie.

Mit einem Ruck dreht Henner sich um, wobei er sie fast mit dem Spaten erwischt. Rosa registriert ganz genau, dass seine Mundwinkel für einen winzigen Augenblick herabsinken. Freude sieht anders aus.

«Was ist denn hier los?»

«Wasserrohrbruch. Hier geht gar nichts mehr. Wir ziehen kleine Stichkanäle, damit das Wasser nicht in die Vorzelte läuft.» Henner zeigt mit dem Spaten zum Graben. «Gleich kommen sicherheitshalber noch ein paar Dixi-Klos. Man weiß ja nicht, wann man das Waschhaus wieder benutzen kann.»

«In 'ner halben Stunde sindse da, sacht mein Kollege», vermeldet der Mann, der gerade noch telefoniert hat.

«Ich weiß gar nicht, wie ich Ihnen danken soll.» Sacky klopft ihm auf die Schulter.

«Ist doch keen Ding.»

«Ach nee», sagt Rosa, «Sie waren doch gestern auch auf dem Deich, als wir den Heuler gefunden haben!»

«Stimmt. Und Sie kamen genauso abgehetzt wie jetzt an. Rennense immer so durch die Gegend?»

Bevor Rosa antworten kann, dröhnt ein Bariton zu ihnen herüber: «Ihr sollt nicht schnacken, ihr sollt graben! Bei den Kochs da vorn ist das Wasser schon empfindlich nah.»

«Los, Leute. Weiter geht's.» Sacky klatscht in die Hände, und Rosa tritt zur Seite. Sie sieht sich um. Ein Wohnwagen steht neben dem anderen. Alle sind akkurat in Reihe ausgerichtet. Die meisten haben ein Vorzelt und gehören sicher Dauercampern. Vor einem Wohnmobil sitzen fünf Frauen und trinken Kaffee. Die Dicke kommt ihr bekannt vor. Ist das nicht die von gestern, die zu dem Mann mit den Dixi-Klos gehört? Rosa steuert auf sie zu.

«Moin. Das ist ja eine Überraschung. Wir haben uns gestern am Deich gesehen. Der Heuler. Wissen Sie noch?» Rosa lässt sich auf den leeren Klappstuhl neben der Frau fallen. «Wie geht's Ihnen denn? Haben Sie die Aufregung gut überstanden?»

Die Frau mustert Rosa. In ihren Augen ist kein Zeichen des Erkennens abzulesen.

«Gestern, der Heuler. Jetzt ist er in der Seehundaufzuchtstation. Ich habe heute Morgen schon mit denen telefoniert. Es geht ihm gut. Ich hab mir überlegt, mit meiner Klasse mal hinzufahren und vielleicht sogar die Patenschaft für ihn zu übernehmen.»

Rosa rechnet mit Anerkennung, vielleicht sogar Begeisterung. Stattdessen starrt die Frau hinüber zu den Männern, die am Stichkanal arbeiten. Das scheint sie mehr zu interessieren als das Wohlbefinden des Heulers.

«Ach, dann sind Sie die, die die Leiche gefunden hat?», fragt eine Frau in Jeans und ausgebleichtem Sweatshirt. Schwarze Locken fallen ihr in die Stirn. «Wir sind Verwandte von Marina und auf der Durchreise.»

«Von Marina?» Rosa guckt fragend.

«Ja, meine Cousine Marina. Die wohnt doch schon ewig hier.» Sie zeigt auf Rosas Sitznachbarin. «Möchten Sie auch einen Kaffee? Ist noch einer in der Kanne.» Die Schwarzgelockte steht auf und ist blitzschnell mit einem Becher zurück. Derweil bedrängen die anderen sie zu erzählen, was gestern bei der Tierärztin los war.

«Sind Sie bei der Hotelrecherche fündig geworden?» Haueisen ruft gekonnt zu den absolut unpassendsten Zeiten an. Rudi hebt entschuldigend die Hand und entfernt sich einige Schritte von Popken und Reitemeyer.

«Nein, nicht direkt, aber ...»

«Jetzt sagen Sie nicht, dass Sie noch gar nicht angefangen haben. Wir müssen alle rund um die Uhr im Einsatz sein. Gerade in der ersten heißen Phase. Mensch, Bakker, das wissen Sie doch. Und besonders Sie als Beamter vor Ort sind ein enorm wichtiger Teil in diesen Ermittlungen, aber das ist Ihnen ja klar.»

Nö, das hat ihm bislang keiner so direkt gesagt, Rudi hat sich eher als Hilfsgeselle gefühlt. Das sagt er jetzt aber nicht, wo es gerade so gut für ihn läuft.

«Die Presse sitzt uns schon im Nacken, morgen können wir uns auf eine saftige Berichterstattung einstellen.» Kriminalhauptkommissar Haueisen klingt angespannt. Kein Wunder, vermutlich hockt er den ganzen Tag mit Schnepel in der Polizeidirektion und ist kein Stück weitergekommen, während er, Rudi Bakker, ihm nun ein wichtiges Puzzlestück zur Lösung des Falls auf dem Silbertablett präsentieren kann.

«Ich habe einen Zeugen.»

«Wie? Einen Tatzeugen?» Haueisen ist mit einem Mal ganz aus dem Häuschen.

«Jo. Ich hab gerade mit ihm gesprochen. Er hat einen Mann auf der Höhe des Hauses der Brakenhoffs über den Deich rennen sehen. Er hat sich erst nichts dabei gedacht, aber als er vom Mord gehört hat, ist er die Strecke mit seinem Hund abgegangen und ist sich sicher, dass der Typ von den Brakenhoffs kam. Die Uhrzeit passt, also könnten wir es mit dem Täter zu tun haben.»

«Kann Ihr Zeuge den Mann beschreiben?»

«Er sagt, er könne das. Wir brauchen also einen Phantomzeichner. Ich komm dann jetzt mit ihm nach Wittmund. Ist das in Ordnung?»

«Mit dem Phantomzeichner?»

«Nee. Mit dem Zeugen. Um den Phantomzeichner müssen Sie sich kümmern. Möglichst schnell. Bevor der Zeuge seine Beobachtungen vergisst.»

«Wollen Sie mich etwa über meinen Job belehren, Bakker?» Haueisens Stimme klingt bedrohlich.

«Um Gottes willen. Nein. Nie. Ich dachte nur ...»

«Überlassen Sie das Denken mal mir, Bakker. Kümmern Sie sich um Ihre Aufgaben. Ich besorge den Phantomzeichner, und Sie schaffen den Zeugen her. Was ist denn das für einer? Halten Sie den für glaubwürdig?»

«Doktor Reitemeyer ist Gymnasiallehrer, Oberstudienrat im Ruhestand.» Rudi räuspert sich. «Chef, ich hab nur ein Problem. Ich hab kein Einsatzfahrzeug.»

Das hätte er wohl nicht sagen sollen. Haueisen ist gleich wieder auf hundertachtzig. «Soll ich Ihnen eine Kutsche schicken? Mit vier Pferden? Bakker! Sie sind Staatsdiener und werden aufgrund Ihres Gehalts ja wohl über einen motorisierten Untersatz verfügen! Nehmen Sie Ihren französischen Oldtimer oder ordern Sie ein Taxi. Scheißegal. Schaffen Sie den Zeugen her. Ich hab Sie immer als engagierten Kollegen betrachtet. Habe ich mich etwa geirrt?»

«Natürlich nicht, Chef. Meine Ente läuft in letzter Zeit ausgesprochen zuverlässig. Ich werde den Oberstudienrat umgehend nach Wittmund bringen.»

Da ist er mal wieder etwas zu zuversichtlich gewesen. Denn als Rudi mit Reitemeyer auf dem Beifahrersitz auf die Bundesstraße Richtung Wittmund einfädelt, klappert irgendetwas im Motorraum und wird immer lauter, je näher sie dem

Polizeipräsidium kommen. Rudi schwant Böses. Hoffentlich ist nicht schon wieder etwas kaputt.

«Wann kommt denn der Phantomzeichner endlich?», fragt Oberstudienrat Reitemeyer nicht zum ersten Mal, nachdem sie inzwischen schon eine Stunde im Besprechungsraum warten.

Rudi zuckt mit den Schultern. «Keine Ahnung.»

«Also, hören Sie, ich habe keine Lust, den ganzen Tag hier zu verbringen. Ich bin im Urlaub.»

Als ob Rudi was dafür kann, dass der Zeichner vom Landeskriminalamt eine Panne hatte und jetzt irgendwo festsitzt.

«Gibt es denn keinen anderen, der das kann?»

Das ist wirklich eine gute Frage.

«Moment mal eben», sagt er und geht rüber ins Büro von Haueisen. «Chef, der Zeichner ist immer noch nicht da. Reitemeyer ist stinksauer und meckert die ganze Zeit rum.»

«Und, was soll ich jetzt machen? Selber zeichnen?»

«Nö, aber ich wüsste da wen. Hinnerk Stolle, der kann sensationell malen. Der sitzt jedes Jahr beim Hafenfest mit seiner Staffelei vor dem Hotel Rodenbäck und porträtiert die Leute. Die stehen sogar Schlange, um ihm zuzugucken. Ich glaub, der kann auch so 'ne Phantomzeichnung anfertigen.»

«Na, dann nix wie her mit dem Kerl.»

Als Henner aus seinem ausgiebigen Erholungsschlaf erwacht, tut ihm alles weh. Dieses Schippen ist er einfach nicht gewohnt. Und einen Sonnenbrand hat er auch auf der Stirn. Wie hätte er denn auch ahnen können, dass Sackys Anruf in eine regelrechte Maloche ausartet. Einen Graben nach dem anderen haben sie gezogen. Auch als die Dixi-Klos wie versprochen um zwölf Uhr geliefert wurden, war noch kein Ende abzusehen. Zum Glück haben nach dem Gottesdienst noch ein paar mehr Männer mit angefasst, sodass sich Henner gegen drei verkrümeln konnte. Ein heißes Bad, drei Tassen Tee und dann ins Bett – jetzt ist er wieder halbwegs im Lot. Und die Sonntagszeitung hat er auch durch. Er wirft einen Blick auf die Uhr. Es geht auf sechs zu. Eigentlich müsste Rudi gleich kommen. Schließlich wollen sie nachher Tatort gucken und vorher essen. Aber wer weiß, wie lange der noch in Sachen Mordermittlung unterwegs ist. Er hat ja gestern Abend schon gejammert, dass er heute alle Hotels und Pensionen abklappern muss. Da hat er gut zu tun. So viel steht fest.

Henner geht zum Kühlschrank und nimmt das Paket mit den Matjes heraus. Zwölf Stück, das sollte reichen. Die Sahne stellt er gleich daneben. Aus der Speisekammer holt er Kartoffeln, drei Zwiebeln, fünf Äpfel und die Flasche Essig. Ordentlich drapiert er alles nebeneinander. Ganz akkurat in Reihe, wie er es bei seiner Mutter gelernt hat. Auch die Messer, zwei Brettchen und die Schüssel stellt er hin. Er kann ja schon mal anfangen, immerhin muss der Salat noch durchziehen. Gerade will er sich an den Tisch setzen, als es klingelt. «Is offen!», ruft er. «Wird auch langsam Zeit. Kannste mir gleich helfen.»

«Ich wollte nicht so einfach hereinplatzen», hört er Rosas Stimme im Flur, «deshalb hab ich geklingelt. Ist ja heute euer Tatort-Männerabend.» Ohne abzuwarten, ob er sie reinbittet, kommt sie zu ihm in die Küche und setzt sich an den Tisch. «Aber nach dem, was gestern passiert ist, muss ich einfach mit dir reden.» Beiläufig greift sie nach einem kleinen Messer und beginnt eine Zwiebel zu häuten. Henner setzt sich ihr gegenüber. «Mir geht da so viel durch den Kopf. Ich bin heute Morgen extra laufen gegangen, aber es hilft nichts, ich muss immer an den Toten denken. Würfel oder Ringe?», fragt sie und hält die Zwiebel hoch.

«Würfel. Ja, also, ich hab da nicht so viel drüber nachgedacht. War mit dem Grabenbuddeln genug beschäftigt.»

«Hab ich gesehen. Ihr habt ganz schön gerackert. Ich glaube, ich würde auf dem Zahnfleisch kriechen, wenn ich so viel geschaufelt hätte.»

«Ach, alles halb so wild.»

«Dann ist ja gut. Dafür weiß ich jetzt, wer der Täter ist. Rudi muss nur noch ein paar Dinge überprüfen, dann kann man den Fall zu den Akten legen.» Rosa ist mit dem Zwiebelwürfeln fertig. «Was wird das eigentlich?»

«Matjestopf, nach Steffensart. Macht meine Familie schon seit über hundert Jahren. Mudder hat noch ein altes Kochbuch, da steht es drin.»

«Aha.» Ist sie jetzt enttäuscht? Aber diesmal bleibt Henner hart. Er lädt sie nicht ein. Es ist schließlich Männerabend.

Rosa greift nach ihrem Handy, und plötzlich macht es klick.

«Was soll das denn?»

«Ich hab ein Foto gemacht und schick es Rudi. Dann weiß er Bescheid, dass du auf ihn wartest.» Sie zeigt Henner das Foto auf dem Display. Das sieht schon richtig verlockend aus.

«Auf was für Ideen du immer kommst.»

«Gut, ne?»

«Na ja. Rudi weiß eigentlich, dass ich warte. Da muss man ihm kein Foto schicken.»

«Ist auch egal. Ich kann dir ja auch bei den Äpfeln helfen, dann haben wir nachher mehr Zeit zum Reden.»

«Reden? Worüber denn?»

«Na, über den Mordfall!»

Hinnerk sitzt nun schon seit zwei Stunden da und malt und malt. Er gibt sich ordentlich Mühe. Bei seinen Honorarforderungen sollte das aber auch selbstverständlich sein. Zweihundert Euro will der haben. Haueisen hat sie ihm zähneknirschend genehmigt.

«Die Nase war breiter», mäkelt der Oberstudienrat. «Und das Gesicht irgendwie feister. So wie bei diesem Herrn.» Reitemeyer zeigt auf Haueisen, der ebenfalls gespannt zuschaut. Endlich gefällt ihm das Ergebnis. Bis auf die Augenbrauen. «Die sind auch mehr wie die von Ihrem Kollegen. Der ganze Gesichtsausdruck muss noch ein bisschen verschlagener sein.»

Hinnerk malt und malt, zwischendurch schüttelt Reitemeyer immer wieder den Kopf. Nach den vielen Radiergummieinsätzen sieht die Zeichnung ziemlich verwischt aus. Hinnerk nimmt ein neues Blatt und fängt von vorne an.

Haueisen verliert die Geduld. «Ich hab auch noch was anderes zu tun. Geben Sie mir Bescheid, wenn Sie fertig sind.» Schwups ist er raus, und am liebsten würde Rudi ihm folgen. Nach einer weiteren Stunde ist die Zeichnung endlich so, wie es sich der Studienrat vorstellt. Rudi guckt auf die Uhr. Halb sieben. Henner wird stinkig sein. Zu allem Überfluss muss er Reitemeyer auch noch nach Ostbense kutschieren, in seine Ferienwohnung.

Rudi ärgert sich immer noch, als er sein Auto in der Garage abstellt. Ohne sich umzuziehen, eilt er rüber zu Henner. Wie stets ist weder die Haustür noch Henners Wohnungstür verschlossen.

«Tut mir leid, aber heute war die Hölle los», ruft er schon vom Flur aus und hängt seine Uniformjacke an die Garderobe. «Ich», er tritt in die Küche und stoppt mitten im Satz, als er Henner und Rosa gemütlich beieinandersitzen sieht. Als wäre es das Selbstverständlichste von der Welt. Ist es nun aber ganz und gar nicht. Schon gar nicht an einem Sonntagabend. Schon als lütte Stöpkes auf dem Steffenshof haben sie Sonntagabend zusammen im Schlafanzug in der guten Stube sitzen und die Sesamstraße gucken dürfen. Mudder Steffens hat ihnen Mettwurstbrote gemacht, und Rudis Mutter Herta, Gott hab sie selig, hat anschließend aufgepasst, dass sie sich auch die Zähne putzen und das Gesicht waschen. War schon praktisch, dass sie mit auf dem Hof wohnten, und wo Henner und er auch noch am selben Tag geboren sind, sind sie fast wie Zwillinge.

«Rosa ist vorbeikommen, weil sie was wegen dem Mord beschäftigt.» Henner guckt zu Rudi hoch und verdreht die Augen.

«Wir haben den Matjestopf schon geschnippelt», ergänzt Rosa lächelnd. «Ich weiß ja, dass ihr am Sonntagabend gerne alleine seid. Und ich bin auch gleich wieder weg. Es ist nur ...» Sie legt den Kopf zur Seite, wie sie das immer macht, wenn sie was im Schilde führt. «Ich glaube, ich weiß, wer der Mörder ist. Ich hab da so ein Gefühl.»

Ach nee. Nicht schon wieder.

Rudi muss an sich halten, um nicht laut zu werden. «Ich renne den ganzen Tag von Pontius zu Pilatus, um Zeugenaussagen aufzunehmen und Fakten zu ermitteln, und du hast da mal wieder so ein Gefühl.»

«Na ja, es ist mehr so ein Kombinieren. Hat ja schon Poirot gesagt, dass man die grauen Zellen bemühen muss.»

«Graue Zellen ...»

«Was ich sagen will, ist Folgendes.» Rosa fängt noch einmal von vorne an, und Rudi spürt, wie der Ärger langsam seine Speiseröhre hochkriecht. «Ich glaube, es war dieser

Doktor Schröter, der Aushilfsarzt von der Frau Brakenhoff. Der Tote und er hatten bestimmt Streit miteinander. Wo erst mal ein blaues Auge ist, kann bald auch noch mehr sein. Du weißt doch: Wenn es um Frauen und Gefühle geht, kann das richtig heftig werden. Ich finde, du solltest dringend sein Alibi überprüfen.»

Rudi findet eher, dass er jetzt dringend einen kühlen Schluck Bier braucht. Ostfriesenbräu ist keins mehr im Kühlschrank, aber zum Glück noch ausreichend Jever. Als das Bier seine Kehle hinunterrinnt, geht es ihm gleich besser. «Also gut», beginnt er. «Weil's sowieso schon an die Presse raus ist, darf ich euch das auch erzählen.» Wieder setzt er die Flasche an, und es gluckert, bis sie halb leer ist. «Ich hab einen Zeugen ausfindig gemacht, der zur Tatzeit einen Mann aus dem Brakenhoff'schen Haus hat stürzen sehen.» Erwartungsvoll sehen die beiden ihn an, und er fährt mit gesenkter Stimme fort. «Wir haben einen Phantomzeichner vom Landeskriminalamt angefordert. Was gar nicht so einfach war. Doch der hatte dann 'ne Panne.»

«Und?», fragt Rosa.

«Ich hab einfach Hinnerk angerufen. Der kann 1a zeichnen.» Rudi nimmt einen weiteren Schluck Bier. «Aber der Zeuge hatte ständig was zu meckern, Mann, das war vielleicht ein Theater. Auf jeden Fall ist der Verdächtige mindestens Mitte fünfzig – und klein und gedrungen. Und das trifft auf den Tierarzt wohl nicht zu, wenn Adelheid ihn mit dem Schauspieler von Baywatch vergleicht.» Rudi hebt die Augenbrauen. «Du müsstest den Zeugen übrigens kennen. Er hat erzählt, dass er stundenlang beim Heuler Wache gehalten hat. Ist ein Typ in komplett Matschfarben.»

«Ach der», murmelt Rosa und zieht eine Schnute. «Schade. Das hätte so gut gepasst mit dem jungen Tierarzt.»

Jetzt tut sie Rudi schon fast wieder ein bisschen leid. Er gibt sich einen Ruck: «Du kannst ja heute ausnahmsweise zum Essen und zum Tatort bleiben, was meinst du, Henner? Sven kommt eh nicht.»

MONTAG

Es klingelt zur großen Pause. Rosa packt ihre Bücher in die abgewetzte Ledertasche, die sie von ihrem Vater zum zweiten Staatsexamen geschenkt bekommen hat. Sie streicht sich die Haare aus der Stirn. Die ersten zwei Stunden sind geschafft. Die schlimmsten der ganzen Woche. Montagmorgens sind die Kinder immer besonders unruhig. Das muss am Wochenende liegen. Besonders schlimm war Kevin heute Morgen. Der Junge ist blass und müde. Ständig gähnt er. Erst als Rosa erzählte, dass sie am Samstag einen Heuler gefunden hat, kam Leben in den Achtjährigen. Ganz genau wollte er alles wissen: «Wo hast du das Seehundbaby gefunden? Wer hat es abgeholt? Wie transportiert man so ein Tier? Kann ich den mal sehen?»

Was vorher nur als Idee in Rosas Kopf herumgespukt hatte, nahm sofort konkrete Formen an. Spontaneität ist schon immer Rosas hervorstechendste Charaktereigenschaft gewesen. Als sie aus diesem Impuls heraus vorschlug, dass die Klasse die Patenschaft für den kleinen Kerl übernehmen könnte, hat sie den blassen Jungen das erste Mal seit Wochen lachen gesehen. Kevin war regelrecht begeistert von der Idee, den Heuler zu besuchen und ihm einen Namen zu geben. Dass so eine Patenschaft fünfhundert Euro kostet, hat Rosa erst einmal unter den Tisch fallen lassen. Vor allem, weil sich in der Klassenkasse gerade einmal vierunddreißig Euro befinden. Selbst wenn sie mit der Elternvertretung reden würde, ändert das nichts an der Tatsache, dass das Geld nicht da ist. Und auch in absehbarer Zeit nicht da sein wird. Vielleicht ist sie wieder einmal ein bisschen vorschnell gewesen.

Rosa steuert auf das Lehrerzimmer zu und gießt sich eine Tasse Tee aus der Thermoskanne ein. Kräutertee mit Ingwer und Orange. Karina, die Referendarin, sorgt stets für gesunde Pausengetränke. Rosa ist begeistert. Man schmeckt Qualität eben einfach. Und warum soll man an der falschen Stelle sparen? Überhaupt sollte man es mit der Sparsamkeit nicht übertreiben. Sie stellt die Teetasse ab und überschlägt in Gedanken ihren Kontostand. Der Umzug von Hannover nach Neuharlingersiel hat ihr Budget strapaziert. Trotzdem, das Geld für die Patenschaft sollte drin sein. Das ist eine einmalige Gelegenheit, mit der Klasse auf Tuchfühlung zu gehen. Besonders mit so schwierigen Kindern wie Kevin. Sie kann im Unterricht Materialien über Seehunde, Heuler und das Wattenmeer verteilen, das sie dann in Gruppen bearbeiten. Die Überflieger können Referate halten. Filmmaterial gibt es sicher auch. Der Clou wäre ein Ausflug zur Seehundstation.

Am besten gleich Donnerstag. Da hat Rosa die Klasse sowieso den ganzen Tag, weil sie die Kollegin vertreten muss, die Mathematik und Sport unterrichtet. Und außerdem könnte sie gleich mal die Ohren aufhalten, was man in der Seehundstation über die Witwe Brakenhoff so spricht. Cherchez la femme. Von dieser Idee lässt sich Rosa so schnell nicht abbringen.

«Schmeckt dir der Tee?», reißt Karina Rosa aus ihren Gedanken.

«Prima.» Rosa lächelt die Referendarin an, die sie jeden Tag zwei Stunden im Unterricht begleitet. «Tut richtig gut am Montagmorgen!»

«Morgen mache ich noch einen Beutel Schwarztee mit

rein. Hast du vielleicht Hunger? Hier.» Karina schiebt ihr einen Stapel Butterbrote zu, die sie gerade ausgewickelt hat. «Ich habe heute viel zu viele Schulbrote mitgenommen. Möchtest du?»

Da sagt Rosa nicht nein. Sie beißt herzhaft in das Vollkornbrot. Seltsam scharfer Geschmack entfaltet sich an ihrem Gaumen. «Was ist das denn?»

«Mepfel.»

«Mepfel?»

«Das ist ein Gemisch aus Meerrettich und Apfel.»

Sachen gibt's. Sie beißt noch einmal ab. «Das Zeug ist echt gut.»

Ein Strahlen huscht über Karinas Gesicht. Rosa schmunzelt. Karina hält nicht damit hinterm Berg, dass sie Veganerin ist, und versucht, wo sie kann, ihre Kollegen zu überzeugen. Gerade als sie zu einem ihrer Vorträge ansetzen will, unterbricht Rosa sie: «Hast du Lust, am Donnerstag mit meiner Klasse und mir nach Norddeich in die Seehundstation zu fahren? Ich brauche noch eine Begleitperson.»

Zehn Minuten später hat Rosa nicht nur die zweite Mepfel-Schnitte gegessen, sie hat auch von einer alteingesessenen Kollegin erfahren, dass der Küstenbus, die Linie drei, direkt nach Norddeich fährt. Also muss sie nur noch ihrer Rektorin Bescheid sagen, dann kann sie das Anschreiben an die Eltern gleich nach der zweiten großen Pause verteilen. Zum Glück hat sie gerade eine Freistunde. Als Rosa vor dem Kopierer steht, fällt ihr Blick auf die *Ostfriesen-Zeitung*, die aufgeschlagen auf dem Beistelltisch liegt. *Mord in Neuharlingersiel. Professor erschossen mit russischer Waffe. Täter ist flüchtig.* Dann folgt eine längere Passage über Hans-Otto Brakenhoff und die Umstände seines Todes. Und darunter das Phantombild.

Die Bevölkerung wird um Mithilfe gebeten. Rosa betrachtet die Schwarzweißzeichnung genauer. Irgendwie kommt ihr der Mann bekannt vor. Sie kneift das rechte Auge zusammen und konzentriert sich auf die Mundpartie. Nur die Haare stimmen nicht. Rosa legt zwei Finger auf die Stirn. Jetzt passt es. Soll sie Rudi anrufen? Nein, besser nicht. Der könnte befangen sein. Sonst hätte er doch schon gestern etwas gesagt. Entschlossen greift sie zum Telefon und tippt Henners Nummer ein.

«Was ist denn?», fragt er ungehalten. «Ich bin im Dienst.»

«Ich auch», sagt Rosa, und ein ärgerlicher Unterton schleicht sich in ihre Stimme. «Hast du die *Ostfriesen-Zeitung* gesehen?»

«Klar.»

«Was sagst du zu dem Phantombild? Kommt dir der Typ nicht bekannt vor?» Stille in der Leitung. «Henner, hörst du mich?»

«Jo.»

«Erinnert der dich vielleicht an jemanden?»

«Warte mal einen Moment. Ich halte eben beim Kiosk.»

Rosa hört es rascheln, dann ein «Moin, Egon. Haste mal eben die OZ für mich?»

«Musste dir kaufen», ertönt eine gelangweilte Stimme.

«Mensch, ich will doch nur das Phantombild angucken.»

«Sag das doch gleich. Hier isses.»

«Danke.» Nun hat er das Handy wieder am Ohr. «Rosa?»

«Ja, ich bin noch dran.»

«Also, ich hab jetzt das Bild. Stimmt. Du hast recht. Der Typ kommt mir bekannt vor.»

«Und?»

«Wie und?»

«Na, und wer is es?»

«Keine Ahnung.»

«Guck mal genauer. Streng dich doch mal an.»

«Also ... die Nase und der Mund ...»

«Und die Augen!»

«Aber nicht die Haare. Außerdem kann das ja nicht sein.»

«Und wieso nicht?»

«Ja, also ... das geht ja nicht. Die müssen der Presse ein falsches Bild gegeben haben.»

«Also hab ich recht. Der Typ sieht aus wie Rudis Chef.»

«Irgendwie schon.»

«Gut, dann komme ich heute Abend zu dir, und wir besprechen, wie wir weiter vorgehen.»

«Nee, das geht nicht. Da bin ich ... äh ... da sind wir, also Rudi und ich, bei Muddern auf dem Hof. Die hat von Tante Hildegard Unmengen von Spargel bekommen. Von der Verwandtschaft aus Nienburg, wo sie die ganze letzte Woche auf dem Hof ausgeholfen hat. Ein paar von meinen Schwestern kommen auch. Wir sollen alle beim Schälen helfen.»

«Dann helfe ich einfach auch. Ich wollte sowieso mit ... warte mal, Henner. Da kommt gerade ein Anruf rein. Aber bei uns ist ja auch alles klar. Wir sehen uns heute Abend bei deinen Eltern. Tschüs dann.»

Rosa drückt Henner weg und nimmt das eingehende Gespräch an. Es ist Clara, Henners drittälteste Schwester. «Das muss Gedankenübertragung sein. Gerade habe ich Henner gesagt, dass ich dich unbedingt fragen will ...»

«... ob ich vielleicht den Tatort sauber mache? Natürlich. Wer außer ‹Alles sauber?› könnte schon so eine Schweinerei wegmachen? Da sind doch die Putzfrauen von den Ferienwohnungen völlig überfordert. Morgen Nachmittag ab vierzehn Uhr bin ich bei der Brakenhoff angemeldet. Eigentlich bringe ich so ein Zimmer allein wieder auf Vordermann, aber ich hab sofort an dich gedacht. Schließlich hast du ja die Leiche gefunden, und so wie ich dich kenne ... Um es kurz zu machen, wenn du willst, nehme ich dich mit.»

Rosa lacht laut auf. «Ist der Ruf erst ruiniert ... Klar, ich bin dabei. Alles Weitere können wir heute Abend bei deinen Eltern besprechen.»

«Ach, du bist auch da?»

«Henner meinte, deine Mutter hat Unmengen Spargel. Da helf ich doch gern beim Schälen.»

«Na denn, bis später.»

Abends um sieben stehen Henner und Rudi frisch gekämmt in der geräumigen Wohnküche seiner Eltern. Beide sind ordentlich hungrig, schließlich haben sie den ganzen Tag nichts gegessen und sich auf den Spargel bei Mudder Steffens gefreut. Aber wie es aussieht, sind sie noch meilenweit vom Kochen entfernt, denn auf dem blank gescheuerten Tisch türmen sich Berge von Spargel.

«Moin», brummt Henner und kann seine Schwestern kaum hinter den gelbweißen Stangen ausmachen. Drei sind schon fleißig am Schälen. «Hat Tante Hildegard denen in Nienburg überhaupt noch was übrig gelassen?»

«Du kennst sie doch.» Gudrun grinst. «Hildegard ist vom Stamme Nimm. Die muss da alles eingepackt haben, was ihr zwischen die Finger gekommen ist.»

«Und wir dürfen die Berge jetzt für sie schälen.» Clara stöhnt.

«Mann, bloß nicht zu dick!», mahnt Gudrun.

«Immerhin bekommen wir die Hälfte ab», beschwichtigt Henners Mutter ihre Töchter, als sie mit Puschen aus der

Vorratskammer schlappt. «Spargel ist gesund, entgiftet, und lecker ist er allemal. Nun setzt euch, Jungs, und macht euch an die Arbeit. Nach dem Essen gibt es auch noch den Rest der Ostfriesen-Torte von gestern.»

«Mudder, du bist die Beste!» Schon bei dem Gedanken an die Torte läuft Henner das Wasser im Mund zusammen. So ein Sahnestück vertreibt Kummer und Sorgen. Früher gab es die Torte immer zu den Geburtstagen. Und an den Zeugnistagen. Obwohl die nicht immer ein Grund zur Freude waren. Da wirkte die Ossitorte eher als Trostpflaster. Rudi greift sich das letzte Messer und eine Stange Spargel. Ruck, zuck ist sie geschält. Er greift zur nächsten. Henner ist beeindruckt. Bei ihm brechen die Stangen dauernd in der Mitte durch «Soll ich vielleicht die Kartoffeln übernehmen?» Die sind ein bisschen robuster.

«Nee, lass man. Die sind schon fertig. Müssen nur noch aufgesetzt werden. Schneid du man lieber den Schinken», sagt Gerda Steffens und stellt ihm das Brett mit dem saftig geräucherten Schinken vor die Nase. «Das Messer liegt auf dem Tisch. Aber Vorsicht: ist verdammt scharf. Hat Vadder vorhin erst gewetzt. Und schneid die Scheiben nicht zu dünn. Ich mach inzwischen die Sauce hollandaise.»

Henners Mutter holt das Fässchen mit der selbst geschlagenen Butter. Das Quietschen der Kühlschranktür wird vom regelmäßigen Klackern der Spargelschälmesser übertönt. Routiniert fliegen die schmalen Spargelschalenstreifen auf den Tisch, und die fertigen Stangen wandern mit den Spargelköpfen nach vorne in die Plastikschalen. Nach Größe sortiert wird später. Die dicken Stangen bringt Clara morgen zu Tante Hildegard, die mittleren essen alle Steffens in den kommenden Tagen, also Vadder, Mudder, einschließlich ihrer neun Kinder nebst Anhang. Die dünnen Stängelchen werden beiseitegelegt und eingefroren. Mundgerecht zugeschnitten für die ostfriesische Hochzeitssuppe.

«Wo sind denn eigentlich Frieda und Engeline, die wollten doch auch kommen?», fragt Henner.

Seit Frieda ihre Stelle in Aurich als Chemielaborantin bei dieser Kunststofffirma verloren hat, ist sie oft schlecht drauf und geht Henner mit ihrem Gejammer ordentlich auf den Keks. Bei Engeline sieht es nicht viel besser aus. Jedem, der es hören will oder nicht, erzählt sie, dass das eine Sauerei ist, was da mit ihrem Berufsstand passiert. Dass die Versicherungen die freien Hebammen mit den hohen Prämien fertigmachen und dass ihre Einnahmen hinten und vorne nicht reichen.

«Die sind hinten im Schuppen», sagt Clara und schnappt sich die nächste Spargelstange. «Die tüfteln an ihrer Geschäftsidee. Dildos in Heimarbeit.» Sie quiekt vor Lachen.

In diesem Moment kommt Rudi mit einer Flasche Jever in der Hand zurück, ihm folgt Rosa mit einem Blumenstrauß. Freudestrahlend reicht sie ihn Henners Mutter.

«Vielen Dank für die Einladung.» Sie strahlt Mudder Steffens an. «Henner hat gesagt, dass hier jede helfende Hand zum Spargelschälen gebraucht wird und wir hinterher alle zusammen essen. Das finde ich total schön!»

Eine halbe Stunde später sitzen alle um den langen Tisch. Auch Frieda und Engeline. Bis auf die letzten knapp drei Kilo Spargel ist alles geschält. Was nicht gleich in den Topf gekommen ist, türmt sich auf der Anrichte und wartet darauf, weggebracht zu werden oder in die Tiefkühltruhe zu wandern.

«Spargel nehmen wir aber nicht in unser Sortiment auf.» Engeline, das fünfte der neun Kinder, betrachtet eine kräftige Stange. «Ist viel zu dünn.»

Adelheid, Clara, Gudrun, Rosa und vor allem Mudder Steffens glucksen vor Vergnügen.

«Nee, das geht gar nicht. Höchstens ein kleines Spargelbund», schlägt Adelheid vor. «So drei, vier Stangen. Mit Schnittlauch zusammengebunden.»

Wieder quieken alle Frauen, nur Henner, Rudi und Vaddern schweigen. Henner weiß, dass sein Vater nicht begeistert ist von Engelines neuer Geschäftsidee.

«Hört auf mit dem Schweinkram. Da redet man bei Tisch nich von.» Heinrich Steffens spricht ein Machtwort. Augenblicklich ist es mucksmäuschenstill. Man hört nur das Klappern vom Besteck und Vadderns Schmatzen.

«Rudi, nu vertell doch mal, was im Dorf los ist. Schon wieder ein Mord?» Heinrich Steffens spricht mit vollem Mund.

Rudi schluckt noch eben das Stück Schinken runter. «Ja. Leider. Das war vielleicht gestern und heute eine Rennerei. Haueisen und Schnepel haben nur rumtelefoniert, und ich konnte sämtliche Pensionen und Hotels abklappern. Mann, tun mir die Füße weh.»

«Wieso das denn?», fragt Clara. Ihre Kulleraugen funkeln interessiert.

«Mein Chef glaubt, dass hinter dem Mord eine ganz große Sache steckt. Ich darf da ja eigentlich gar nicht drüber reden.» Rudi senkt die Stimme. «Er und Schnepel meinen, dass das was mit Spionage und Agenten zu tun haben könnte. Aus dem Osten. Und tatsächlich ist einer aus dem Osten im Mingers abgestiegen. Für drei Tage. Und gestern ist er wieder weg. Mehr darf ich aber nicht sagen. Ihr wisst schon: laufende Ermittlungen.»

«Wow!» Gudrun schlägt sich die Hand vor den Mund.

«Was hat Rudi gesagt?» Vadder sollte wirklich mal zum Ohrenarzt gehen.

«Rudi het secht, dass ein Agent den Brakenhoff umgebracht hat. Jedenfalls vielleicht», wiederholt Clara.

«Stimmt dat?», fragt Heinrich Steffens ungläubig.

Rudi nickt – und schweigt.

Clara hält als Erste die Stille nicht mehr aus. «Nu sach doch mal, was du weißt, Wir sind doch unter uns.»

«Nö. Das ist Dienstgeheimnis. Da darf ich nicht drüber reden. Aber eines darf ich wohl verraten: Es gab jede Menge Rückmeldungen auf das Phantombild. Dadurch sind wir einen entscheidenden Schritt weitergekommen.»

Ach nee. Henner spürt, dass Rosa ihn anstarrt. Jetzt gibt sie ihm auch noch mit der Fußspitze einen Stups unter dem Tisch.

«Könnt ihr das Bild denn schon einer Person zuordnen?» Henner ist zufrieden mit seiner diplomatischen Formulierung. Gelernt ist eben gelernt – als Stadtausrufer ist es wichtig, dass man sich geschickt ausdrückt. Henner schwelgt noch im Eigenlob, als ihm gegenüber die Tatortmelodie ertönt und zunehmend lauter wird. Rosa greift hektisch in ihre Hosentasche und zieht ihr Smartphone heraus.

«Das ist endlich aus der Reparatur zurück.» Hektisch tippt sie mit der Fingerspitze auf den Bildschirm. Nichts passiert. Sie tippt noch mal, die Musik spielt weiter.

«Du musst wischen, nicht tippen», erklärt Vaddern, woraufhin Rosa wischt und alle ihn verwundert angucken. Der zuckt mit den Schultern. «Hab mir vor kurzem auch so 'n Ding gekauft», sagt er.

Rosa steht auf. Ganz blass ist sie um die Nase geworden.

«Ingo?» Rosa geht Richtung Küchentür, das Handy am Ohr. Was ist das denn für eine neue Masche?, wundert sich Henner. Sonst telefoniert sie doch ungeniert, egal ob andere dabei sind oder nicht. «Was willst du ... Du kannst doch nicht so einfach ... am Mittwoch?» Sie verlässt den Raum. Während die anderen mit Rudi über das Phantombild reden, strengt Henner sich an, ein paar Worte aus der Diele aufzuschnappen. Ingo. Irgendwie kommt ihm der Name bekannt vor. Als Rosa nach langen fünf Minuten zurückkommt, hat sie rote Wangen. Das gefällt Henner gar nicht. Außerdem lächelt sie seltsam. Das hat Henner so noch nicht gesehen. Und das gefällt ihm erst recht nicht. Wer ist überhaupt dieser Ingo?

«Der Tatort ist jetzt übrigens freigegeben», sagt Rudi gerade.

«Ich weiß, wir haben den Auftrag zur Reinigung schon von Frau Brakenhoff gekriegt», erwidert Clara. «Gab's da 'ne größere Sauerei mit Blut?»

«Es geht. Das meiste ist in den Teppich gesickert.»

«Kinners, hört auf damit! Ihr verderbt uns ja den ganzen schönen Nachgeschmack vom Spargel.» Gerda Steffens steht auf. «Wollt ihr nun noch ein Stück Ostfriesentorte?»

«Oh nee.» Clara schüttelt den Kopf, und die anderen stöhnen. Nur Heinrich Steffens grient von einem Ohr zum anderen. «Klar, Muddern», sagt er und gibt ihr dabei einen zärtlichen Klaps auf den Po.

«Jedenfalls», fährt Rudi fort, «sagt Doktor Emterbäumler, dass bei Brakenhoff drei Sachen zusammen zum Tod geführt haben. Erst der Schuss, dann hat er einen Schlaganfall erlitten, und weil sich niemand um ihn gekümmert hat, ist er verblutet.»

«Rudi!», warnt Mudder Steffens.

«Is ja schon gut. Ich hör auf.» Er zwinkert Clara zu. Die wendet sich jetzt an Rosa.

«Bleibt es dabei?»

«Unbedingt.»

«Dann stehe ich morgen um Viertel vor zwei vor deiner Tür. Auf deine kecke Mütze kannst du dieses Mal verzichten.»

Henner schüttelt den Kopf. Wenn das man gutgeht.

DIENSTAG

Ist ja mal wieder klar. Mit mittelschwerer Wut im Bauch schließt Rudi die Haustür und zückt den Schlüssel fürs Garagentor. Wenn einer die Arschkarte in Sachen Fleißarbeit gezogen hat, dann er. War ja in den letzten Jahren immer so. Schnepel hat irgendeinen Trumpf aus seinem glatt gebügelten Hemdsärmel gezogen und durfte an Haueisens Seite ermitteln. Nur er, Rudi, muss bei Wind und Wetter durch Ostfriesland gurken, um irgendwelche Spuren zu verfolgen, die die Herren in Wittmund für wichtig erachten. Oft schon hat Rudi überlegt, ob er bessere Karten bei Haueisen gehabt hätte, wenn Denise bei ihm geblieben wäre und seine Uniformhemden sorgfältiger gebügelt hätte. Aber an das Vergangene zu denken bringt nichts. Es ändert vor allem nichts. Man soll positiv nach vorne blicken und sich vorstellen, dass alles genau so wird, wie man es sich wünscht. Das hat er erst vor kurzem in seiner Fernsehzeitung gelesen. Der Gedanke hat ihm gefallen. Jetzt stellt Rudi sich vor, dass er diesen Fall souverän löst, während Schnepel voll in den Misthaufen greift mit seiner Agenten-Theorie und Haueisen endlich erkennt, was er an Rudi hat. Als Rudi sich in seine Ente fallen lässt, kann er den Moment, in dem Haueisen ihm huldvoll zulächelt und Schnepel in die Wüste schickt, tatsächlich visualisieren. Das fühlt sich gut an. Richtig gut. Rudi atmet wohlig ein und steckt den Zündschlüssel ins Schloss. Gleich darauf ist es vorbei mit seiner Zufriedenheit. Diese verdammte Karre. Wütend haut er aufs Lenkrad. Erneut dreht er den Zündschlüssel. Zweiter Versuch. Nichts. Seine Ente verweigert den Dienst. Muss er wieder bei seinem Kumpel Knut anrufen, bei dem der Wagen in letzter Zeit öfter steht als bei Rudi. Zum Glück ist Sven heute mit dem Bus in die Schule gefahren.

Rudi steigt aus, greift zur Halbschale, die neben dem Garagentor am Haken hängt, und schiebt die DKW Hummel vorsichtig nach draußen.

Er setzt sich den Helm auf den Kopf und zurrt ihn unter dem Kinn fest. Dann lässt er seine Hände in die Fäustlinge gleiten, die nach dem Winter immer noch am Lenker befestigt sind. Ist bei diesen Temperaturen eigentlich ein bisschen zu warm in den Dingern, aber abmontieren mag er sie auch nicht. Erstens gehört die DKW Sven, und wer weiß, aus welchem Grund der die drangelassen hat, und zweitens hat er jetzt gar keine Zeit, selbst dran rumzuschrauben. Er soll das Alibi von Iris Brakenhoff überprüfen. Im Klartext heißt das, dass er die von ihr benannten Zeugen befragen muss. Als ob er nichts Besseres zu tun hätte. Aber die Luft ist mild, es gibt schlimmere Arten, sein Geld zu verdienen, als bei diesem Wetter durch die wunderbare ostfriesische Natur zu gondeln.

Noch hat die Saison nicht begonnen, noch kann man entspannt über die Landstraßen düsen. Rudi genießt es, den Gegenwind zu spüren, über die Felder zu schauen, auf denen Mais, Raps und Lupinen wachsen. Bloß eins gefällt ihm nicht: die vielen Windanlagen, die wie Pilze aus dem Boden schießen und die Landschaft verschandeln. Kann man die nicht da hinbauen, wo sie ihn im Alltag nicht stören? Nach Nordfriesland. Oder Holland. Er muss nur an Spiekeroog denken, schon kann er sich wieder maßlos aufregen. Im letzten Herbst hat er auf der Insel eine Woche Urlaub gemacht. Mannomann, das war echt kein schöner Anblick mehr zum Festland rüber. Überall diese Windräder. Das ist doch schiete, so was.

Rudi hält auf dem Hof von Bauer Stolle. Draußen ist niemand zu sehen. «Hinnerk? Ich bin's, Rudi.»

«Hier.» Die Stimme kommt aus dem Stall, und ganz hinten entdeckt Rudi seinen alten Schulkameraden. Er ist gerade dabei, zwei Wände in seinem neuen Offenstall zu kalken.

«Moin, Hinnerk.»

«Moin, Rudi.» Hinnerk schaut auf. «Brauchst gar nicht zu fragen. Ich mach das nich noch mal. Dieser Klugscheißer ist mir ja wohl so was von auf den Sender gegangen. Hier noch ein büschen anders und da noch ein büschen anders.»

«Ich frag ja auch gar nicht. Trotzdem, danke, dass du das für uns gemacht hast. Ohne dich stünden wir jetzt noch am Nullpunkt», schleimt Rudi und blickt sich um. «Deine Viecher sind alle auf der Weide?»

«Klar. Aber zum Melken hab ich jetzt 'ne neue Anlage. Da geht alles von selbst. Die Kuh läuft rein, zack, der Apparat saugt sich an die Euter, und wenn sie fertig gemolken ist, geht die Kuh wieder raus.» Stolz schwingt in Hinnerks Stimme mit. Rudi schüttelt den Kopf. Er kennt das Melken noch ganz anders aus seiner Kindheit. Da sind Henner und er jeden Morgen früh aufgestanden, um Vadder Steffens zu helfen. Das hat Spaß gemacht. Jedes Euter wurde kurz per Hand vorgemolken, bevor die vier Zitzenbecher drübergestülpt wurden. Bis Henner diese Allergie bekam und nicht mehr in den Stall konnte. Mann, war das ein Drama für die Familie. Der einzige Erbe kriegt 'ne Tierhaarallergie. Aus Solidarität blieb Rudi dann auch länger im Bett. Trotzdem, wenn er sich so erinnert, findet er, dass Melken damals noch etwas Persönliches hatte. Jede Kuh kannte er beim Namen, genau wie ihre Eigenarten. Und die Milch schmeckte auch besser.

«Sach mal, Hinnerk, was wir am Sonntag bei all der Hektik ganz vergessen haben: Die Frau Brakenhoff, war die am Samstag bei dir?»

«Warum willste das wissen?»

«Ich überprüf ihr Alibi.»

Hinnerk runzelt die Stirn. «Du glaubst doch nicht, dass die das war?»

«Hab ich ja auch gar nicht gesagt. Ich überprüf nur ihr Alibi.» Besonders helle ist Hinnerk noch nie im Kopf gewesen, aber malen kann er. «Also, war die nun bei dir?»

«Jo.»

«Wann?»

«So gegen zwei.»

«Aha. Danke.» Hat die Witwe also nicht geschummelt. «Dann man tau.»

«Tschüs.» Hinnerk werkelt weiter, und Rudi stapft aus dem Stall. So kutschiert er von Hof zu Hof. Drei Bauern und zwei Pferdehalter bestätigen die Angaben. Ilse, Sophie, Erna, Henriette und auch Binigo sind von Iris Brakenhoff behandelt worden. Von Nähen bis Geburtshilfe war alles dabei. Hätte Rudi sich gleich denken können. Bleibt als Letztes ein Besuch bei Graf von Wörtz und Klosterberg. Wenn er den Titel nur hört, sträuben sich ihm die Nackenhaare. Wahrscheinlich Inzucht hoch zehn.

Er lässt die DKW in der engen Gasse neben der Toreinfahrt stehen. Schloss Dornum ist ein imposantes Wasserschloss, umgeben von tiefen Gräben, die früher Schutz vor Angreifern boten. Es muss Unsummen verschlingen, die Mauern und Fundamente vor Wasserschäden zu schützen. Da möchte er nicht für verantwortlich sein.

An der Brücke zum Schlossvorplatz wachen zwei steinerne Löwen. Rudi ist wider Willen beeindruckt, hebt den Messingklopfer an der großen Pforte und lässt ihn niederfallen. Als niemand reagiert, versucht er es noch einmal. Einige Minuten später wird das Tor von einem Mann im Tweedsakko geöffnet. Er ist größer als Rudi, seine dunkelblonden Haare sind gescheitelt, und auf der linken Wange ist deutlich eine Narbe zu erkennen. Ob das der Graf ist? Nö. Grafen haben doch immer Bedienstete. Die gehen garantiert nicht selbst an die Tür.

«Sie hätten auch klingeln können», sagt der Mann und weist auf den Klingelknopf neben der Tür. «Dann hätte ich Sie schneller gehört.»

Klar. Wo Rudi ein Fettnäpfchen erwischen kann, tritt er voll hinein.

«Ich würde gern mit Graf von Wörtz und Klosterberg sprechen.» Rudi versucht, seiner Stimme jenen aristokratisch gelangweilten Tonfall zu geben, von dem er denkt, der sei hier angemessen.

«Na, dann haben Sie ja gleich den Richtigen erwischt. Worum geht es denn?» Der Mann im Tweedsakko lächelt – und Rudi würde am liebsten sofort im Boden versinken.

Die Türglöckchen bimmeln, als Henner Doros Internet-Café und Copy-Shop betritt. Verführerischer Kaffeeduft weht ihm entgegen. An einem der Kopierer steht Jens. Er hat die Hoffnung noch nicht aufgegeben, einen Bestseller zu schreiben, und kopiert sein neues Manuskript in zehnfacher Ausführung. Dabei könnte Henner wetten, dass Jens schon alle großen Verlage mit seinem Werk beglückt hat. Ein wenig bewundert er den kauzigen Schreiberling für seine Ausdauer. Andere hätten schon längst aufgegeben. Auch Rosa redet kaum noch von ihrem Krimi, an dem sie seit Monaten sitzt. Er fragt schon gar nicht mehr danach.

Seine Schwester steckt ihren blonden, kinnlangen Pagenkopf durch die Falttür, die Shop und Büro voneinander trennt. Wie immer weht dabei ein Schwall kalten Rauchs in den Laden «Hey, Henni, das ist ja schön, dich zu sehen.»

Henner mag ihre dauernden Verniedlichungen nicht und den Kosenamen Henni schon gar nicht.

«Moin», brummt er und hält ihr einen Stapel Kataloge hin.

«Was hältst du von Kaffee? Hab grad frisch aufgebrüht.»

Das allerdings mag er an Doro: Sie hat keinen Kaffeevollautomaten, der einen Caffè Crema ausspuckt. Sie lässt das Wasser noch durch einen mit ganz normalem Kaffeepulver gefüllten Filter laufen. Das gibt den richtigen Kaffee.

«Mit ordentlich Milch und zwei Stück Zucker?»

«Jo.»

Doro wendet sich an den verkannten Bestsellerautor: «Jens, auch einen Kaffee?»

«Nee, danke. Bin gleich fertig.»

Drei Minuten später hat Henner den Kaffeebecher in der Hand und steht neben seiner Schwester im Büro. Doro hat schon umgerührt. Hoffentlich hat sie den Löffel nicht vorher für ihren eigenen Kaffee benutzt und abgeleckt. Das macht sie nämlich gern.

«Ist ja ein Ding mit dem Brakenhoff», sagt Doro und zündet sich eine Zigarette an. «Wird der einfach so erschossen.»

Henner rümpft die Nase.

«Hat Rudi schon eine Ahnung, wer es gewesen ist?»

«Nee.»

«Gar keine?»

«Seine Kollegen in Wittmund vermuten einen Agenten-Auftragsmord. Wegen der Waffe. War 'ne russische.»

«Aber?»

«Rosa denkt eher, dass 'ne Frau dahintersteckt.»

«Eifersucht ist immer ein Grund. Passt besonders bei dem Brakenhoff. Der muss total eifersüchtig auf den Schröter gewesen sein, hab ich vorhin gehört. Und dass es deshalb zum Streit kam. Und zu Handgreiflichkeiten.»

«Schröter?»

«Na, der Tierarzt. Der bei Iris Brakenhoff ausgeholfen hat, als sie den Gipsarm hatte. Die haben sich doch sehr gut verstanden. Ein Herz und eine Seele, sagt Adelheid. Und die muss es wissen, die hört ja die Flöhe husten.» Doro inhaliert tief.

«Meinste?»

«Aber ja doch! Ludwig vermutet das auch. Er hat sogar das Phantombild in seiner Online-Postille verbreitet. Ludwig ist voll als investigativer Reporter unterwegs. Der hat sich richtig gemausert.»

Henner stellt den leeren Becher auf einen Stapel Papier.

«Doch da nich hin, das sind Rechnungen, die ich noch bezahlen muss.» Doro nimmt den Becher weg.

«Kann ich mir das noch mal eben in der Mitmachzeitung angucken?»

«Klar. Nimm man wieder Spiekeroog, da kennste dich schon mit aus.» Doro hat ihre Internet-PCs nach den ostfriesischen Inseln benannt.

Eine Stunde später klingelt Henner bei Ludwig Twenge. Bertas Posttaschen sind schon fast leer, da kann er hier ein wenig trödeln. Heute ist die Tür verschlossen, und es dauert, bis Ludwig den Türsummer drückt. Eilig nimmt Henner zwei Stufen auf einmal, und schon steht er dem Mitmach-Reporter gegenüber.

«Mann, was bist du heute stürmisch.» Ludwig schnappt

sich seine blauen Krücken und humpelt ins Wohnzimmer. «Wenn du einen Tee willst ...»

«Nee, lass man. Ich hab bei Doro schon Kaffee gehabt.» Jedermann kennt es. Wenn Ludwig Tee trinken möchte und Sigrid außer Haus ist, fragt er seinen Besuch, ob der Tee möchte. Und ehe man sichs versieht, schickt Ludwig einen in die Küche zum Wasseraufsetzen. Dazu hat Henner jetzt aber überhaupt keine Lust.

«Na gut. Wer nicht will, der hat schon.» Ludwig wirkt eingeschnappt, doch Henner geht darüber hinweg.

«Du engagierst dich im Fall Brakenhoff in der Mitmachzeitung?»

«Natürlich.» Ludwig lässt sich auf den curryfarbenen Spezial-Ledersessel fallen, der am Fenster steht. Henner tritt näher und hebt die Gardine. Im Hafen ist heute wieder jede Menge los. Die Krabbenkutter sind zwar ausgelaufen, aber ein Touristenkutter liegt noch dort – in einer Stunde geht die nächste Fahrt –, und rund ums Hafenbecken laufen jede Menge Landratten, die Eis schlecken oder Fotos machen. Gerade postiert sich wieder eine Familie vor den Bronze-Statuen mit den beiden Krabbenfischern auf der Kaimauer. Der kräftige Junge klammert sich um den Rücken des alten und das kleine Mädchen um den des jungen Fischers. Hoffentlich fällt keiner von denen ins Hafenbecken, denkt Henner. Hat es alles schon gegeben. Sein Blick wandert aufs Meer hinaus. In der Ferne sieht man eine Fähre auf dem Weg zurück zum Festland. Vorn am Hafen ist man schon dabei, die Gepäckcontainer an Bord zu hieven, und gleich wird die Spiekeroog II die nächsten Gäste zur Insel bringen. Ja, von hier sieht das Leben friedlich und harmonisch aus.

«Nun setz dich doch. Du machst mich ganz nervös, wenn du da rumstehst und glotzt», fordert Ludwig.

«Und? Wie läuft es mit deiner Mitmachzeitung?»

«Da geht ordentlich was ab», sagt Ludwig mit Genugtuung. «Die User melden sich fast schon im Minutentakt. Vor allem, nachdem ich das Phantombild eingestellt hab.»

«Wo hast du das überhaupt her?»

«Ich hab's abfotografiert.»

Henner verschluckt sich beinahe. «Abfotografiert?»

«Mit meinem iPad. Und dann hab ich es in die Mitmachzeitung eingestellt und bei Facebook hochgeladen.» Ludwig sitzt entspannt in seinem Sessel. Jetzt erst fällt Henner der Tablet-PC auf, der auf dem Couchtisch zwischen dem Kunstblumenarrangement und Sigrids Strickutensilien liegt.

«Mit deinem iPad?» Henner staunt nicht schlecht, dass Ludwig so ein Ding hat.

«Ist echt praktisch. Da muss ich nicht am Schreibtisch sitzen, sondern kann entspannt vom Sessel aus auf die Einträge der User reagieren. Willste mal sehen, wie viele den Artikel schon angeklickt haben?» Schwups greift Ludwig zum Tisch.

«Nee. Lass mal.» Ludwig und seine User, das wird ja immer schlimmer mit dem.

«Da kommen auch jede Menge Kommentare», berichtet Ludwig zufrieden. «Also, Hinweise, wer das wohl sein könnte, da auf dem Bild. Na ja. Sind nicht alle ernst gemeint. Einer hat sogar einen Schauspieler genannt. Aber weißt du, wer mir einfiel, als ich das Phantombild gesehen hab?»

«Nee.»

«Der Kerl sieht aus wie Rudis Chef. Der heißt doch Haueisen, oder? Vielleicht haben die da bei der Polizei den Bock zum Gärtner gemacht. Apropos. Das ist eine gute Überschrift für meinen neuen Artikel.» Ludwig schnappt sich das Tablet und tippt auf die Glasscheibe. Henner verabschiedet sich, ohne tschüs zu sagen. Irgendwie hat er ein ungutes Gefühl.

Pünktlich um Viertel vor zwei hält Clara vor dem Haus.

«Steig ein, wir bringen noch eben schnell den Spargel bei Tante Hildegard vorbei. Ich hab das heute Morgen nicht geschafft. Ich musste auf meinen Enkel aufpassen.» Clara grinst breit, und ihre großen Zähne blitzen auf. «Der kleine Tilli hält einen ganz schön auf Trab.»

Enkelkind? Rosa selbst hat mit Mitte dreißig noch nicht mal den Mann fürs Leben gefunden und muss sich mit Typen wie Ingo rumschlagen, da kümmert sich Clara schon um einen Enkel. Sie schluckt. «Wie alt ist er denn?»

«Drei.» Mit Schwung biegt Clara in eine Nebenstraße am Hafen und bremst vor einem Backsteinhaus. Tante Hildegard schaut im Parterre aus dem Fenster, die Arme auf ein Polsterkissen gestützt. Vor sich ein Blumenkasten mit roten Geranien.

«Na endlich. Ich warte schon seit heute Morgen.» Tante Hildegard schiebt den Kopf weiter nach draußen, um besser sehen zu können. «Wer sitzt denn da neben dir?»

Clara steigt aus. «Ich freu mich auch, dich zu sehen, Tante Hildegard.» Sie zeigt auf Rosa, die im Wagen sitzen geblieben ist. «Das ist doch deine Mieterin. Die über Henner wohnt. Du solltest mal zum Augenarzt.» Clara geht an die Laderaumklappe, um den Spargel rauszuholen, und Rosa sagt freundlich durch das offene Autofenster: «Moin, Frau Steffens.»

«Ach, die Frau Moll. Kommen Sie doch mit rein. Ich mache uns gleich einen schönen Bohnenkaffee. Ich hab heute Morgen eine Ostfriesentorte gebacken. Als wenn ich es geahnt hätte.»

«Tante Hildegard, wir haben jetzt keine Zeit», fährt Clara dazwischen. «Ein anderes Mal. Wir haben wirklich zu tun.»

«Diese jungen Leute. Nie haben sie Zeit. Dann nehmt wenigstens ein paar Stücke mit. Für Henner am besten auch ein Stück. Oder zwei. Der isst die doch so gerne.»

«Tante Hildegard, wir haben es wirklich eilig.»

«Papperlapapp. Während du den Spargel reinbringst, packe ich die halbe Torte ein.»

Der kleine Umweg und der knapp gehaltene Klönschnack mit der jüngeren Schwester von Heinrich Steffens haben keine zehn Minuten gedauert. Pünktlich um vierzehn Uhr stehen die beiden Frauen mit dem Auto vor dem Haus der Tierärztin. Clara öffnet den Kofferraum und holt zwei weiße Overalls heraus.

«Hier, zieh den über.» Sie reicht Rosa den Anzug. «Dann siehst du wie ein Profi aus.»

Im Schutzanzug, in der Hand einen Aluminiumkoffer, drückt Clara auf den Klingelknopf. Rosa beschleicht ein seltsames Gefühl. Ein Haus sauber zu machen ist das eine, aber das hier ist was anderes. Hoffentlich hat sie sich damit nicht übernommen. Manchmal verflucht sie ihre Spontaneität.

«Hallo, Frau Brakenhoff. Noch einmal mein herzlichstes Beileid. Das ist meine Kollegin, Frau Moll.»

Die Tierärztin trägt Jeans und eine weiße Bluse, die Haare hat sie zu einem Zopf nach hinten gebunden. «Moin. Wie gesagt, Sie müssen sich nur um das Wohnzimmer kümmern.»

Rosa und Clara folgen der Witwe. Gerade mal vier Tage ist es her, als Rosa, nichts Böses ahnend, einen Blick in dieses Zimmer geworfen hat. In der Mitte des Raums hat der Tote gelegen. Der umgefallene Sessel ist jetzt zur Seite gerückt. Die Konturen des Männerkörpers sind mit hellen Klebestreifen festgehalten. Genauso hat Brakenhoff dagelegen. Die Arme weit von sich gestreckt. Der Oberkörper zur Seite gebogen. Blutflecken überall. Rosa wendet sich ab. Sie sieht nicht nur die Klebestreifen auf dem Boden, sie hat den blutverschmierten Körper vor Augen. Sie schüttelt sich, um die Erinnerung zu vertreiben.

«Der Bestattungsunternehmer hat mir Ihre Firma empfohlen. Passt ja eigentlich gut, wo Sie auch die Praxis reinigen.» Frau Brakenhoff mustert Clara von oben bis unten. «Hab ich gar nicht gewusst, dass Sie auch so etwas machen.»

«Na ja. Ich bin staatlich geprüfte Desinfektorin.»

«Was es alles gibt», murmelt die Tierärztin. «Dann legen Sie mal los. Ich bin nebenan in der Praxis, falls Sie mich brauchen.»

Kaum sind die beiden alleine, fragt Rosa: «Hast du dir das ausgedacht mit der Desinfektorin?»

«Quatsch. Die Ausbildung habe ich vor zwei Jahren gemacht. In Bremen. Drei Wochen lang haben die uns alles Mögliche über Bakterien, Pilze und Viren erzählt und uns beigebracht, wie man so einen Ort ordentlich desinfiziert und sterilisiert.» Clara fängt Rosas überraschten Blick auf. «Die neunhundert Euro hat mein Chef bezahlt. Eine Investition in die Zukunft von ‹Alles sauber?›. Schließlich gibt es hier an der Küste keine andere Firma, die auf Tatortreinigung spezialisiert ist. Muss ja auch nicht immer ein Mord sein. Ab und zu stirbt jemand einfach so, und keiner kriegt es mit. Manchmal merken es die Nachbarn erst am fiesen Geruch. Und um die Wohnung hinterher wieder in Schuss zu bringen, braucht man dann eben einen Experten. So wie mich.» Clara zeigt auf den Koffer neben Rosa. «Mach den mal auf. Da ist alles drin, was wir brauchen.»

Rosa öffnet den Verschluss und klappt den Deckel zur Seite. Flaschen, Instrumente und Werkzeuge stehen ordentlich nebeneinander.

«Im oberen Fach sind die Plastikhandschuhe. Die gib mal her. Den Mundschutz kannste liegen lassen. Der ist eigentlich auch Vorschrift, aber der Brakenhoff hat ja nicht lange hier gelegen.» Clara wirft ihr einen aufmunternden Blick zu. «Dann machen wir uns mal daran, das Blut zu entfernen. Für die Sesselbeine nehmen wir die weiße Flasche.» Rosa ist irritiert und hört gar nicht genau hin. Für Clara scheint es keinen Unterschied zu machen, ob sie irgendwo das Treppenhaus putzt oder hier das Blut beseitigt. Rosa schnuppert. Sie hat gar nicht gewusst, dass Blut wirklich so metallisch riecht.

«Mit dem Teppich hat das keinen Zweck. Da bleibt nur eins: entsorgen. Ich hab im Auto extra große Säcke für so was.» Clara wirft Rosa einen aufmunternden Blick zu. «Ja, Blut ist ein ganz besonderer Saft. Das hat schon Schiller gesagt.»

«Das war Goethe. Im Faust.»

«Jetzt keine Haarspalterei. Ob Goethe oder Schiller, ist doch egal. Sind ja beides deutsche Dichter. Ich rühr schon mal das Desinfektionsmittel für die Sesselbeine an. Da können wir nämlich nicht so ein einfaches Putzmittel nehmen. Das geht hier alles streng nach den Vorschriften des Robert Koch-Instituts. Sonst könnte das ja jeder machen.»

Als Iris Brakenhoff zwei Stunden später ins Wohnzimmer schaut, sind die beiden fast fertig. Die antike Anrichte aus Kirschholz ist neu poliert und der schwarze Ledersessel ebenso. Kein Staubkorn ist auf den Blättern der Yuccapalme zu sehen, und auch die zerknüllten Papiertaschentücher liegen nicht mehr unter dem Sofa. Die Tierärztin staunt: «So sauber ist das hier noch nicht mal beim Einzug gewesen.»

«Wir haben unser Bestes gegeben. Die Bilderrahmen haben wir auch abgefeudelt und die Glaskristalle vom Kronleuchter abgewischt, wo wir schon dabei waren.» Clara zeigt auf den Teppich im Plastiksack: «Den würd ich für Sie entsorgen, wenn Sie einverstanden sind. Den Fleck bekommt man nicht wieder raus. Zum Glück hat der Parkettboden keinen Schaden genommen. Ist jetzt alles wieder klinisch rein. Brauchen Sie keine Angst zu haben, dass noch Blutreste irgendwo kleben. Wir haben auch alles vorsorglich desinfiziert.»

«Danke.» Ein Hund bellt. Die Tierärztin zieht ein Handy aus der vorderen Hosentasche. «Entschuldigung.» Sie dreht sich um und geht in die Küche. «Das ist im Moment schlecht, Volker, ich melde mich später.» Im nächsten Moment bellt der Hund schon wieder. «Brakenhoff ... Danke, es geht so. Stimmt, wir müssen uns unbedingt treffen. Nein, heute Abend geht nicht. Ich muss noch die ...» Die Stimme der Tierärztin wird leiser, und Rosa kann nichts mehr verstehen. Das ist bestimmt dieser Vertretungsarzt. Rosas Herz flattert aufgeregt. Erst schlägt Brakenhoff ihm zu Lebzeiten ein blaues Auge, und kaum hat der das Zeitliche gesegnet, scharrt der Liebhaber mit den Hufen. Rosa ahnt es ja schon die ganze Zeit. Die Lösung liegt manchmal so nah.

«Entschuldigung, das war mein Anwalt. Ich muss noch die Papiere sichten. Allein die Akten meines Mannes füllen ein ganzes Regal! Da sitze ich sicher Tage dran, bis ich die alle durchgesehen habe. Ich hab mich um so etwas nie gekümmert. Das hat immer Hans-Otto gemacht.» Die Wange der Tierärztin zuckt unkontrolliert, und Rosa glaubt zum ersten Mal eine Gefühlsregung bei ihr zu bemerken. Aber genauso schnell hat sie sich wieder im Griff und fragt: «Wie weit sind Sie denn?»

«Fertig», antwortet Clara. Das ist ungeschickt. Claras knappe Antwort beendet das Gespräch. Sie müsste es anders anfangen. Etwa: Ja, es ist eine schwere Zeit, die vor Ihnen liegt. Oder: Sie müssen jetzt stark sein, Frau Brakenhoff. Nein, das passt auch nicht. Stark wirkt diese Frau sowieso.

Plötzlich wiehert ein Pferd. Rosa sieht sich irritiert nach allen Seiten um, als die Tierärztin längst ein anderes Handy aus der hinteren Hosentasche gezogen hat. «Es tut mir leid. Im Augenblick passt es nicht. Ich melde mich, sobald es mir möglich ist.»

Beim letzten Satz ist der Blick der Tierärztin auf Rosa gerichtet.

Rudi macht noch einen Abstecher zu Adelheid und mal früher Feierabend. Er fühlt sich völlig zerschlagen. Den ganzen Tag diese Hetzerei, das ist er einfach nicht gewohnt. Nicht mal am Wochenende hatte er seine Ruhe. Er stellt die DKW neben der Garage ab, damit Opas alte Fellhandschuhe auslüften können. Die sind nämlich patschnass vollgeschwitzt. Ist ja nun schon lang kein Winter mehr, sondern frühsommerlich.

Er läuft über den Rasen zum Hühnerstall. Nichts entspannt ihn besser als ein Blick auf das lebhafte Treiben im Gehege. Aber da gibt's kein Getümmel. Sein brauner Hahn Waldemar liegt in einer flachen Sandkuhle unter dem Holunderbusch und rührt sich nicht. Dem macht anscheinend der Temperatursprung zu schaffen. Seiner weißbraunen Hühnerschar geht es nicht anders. Dicht gedrängt stehen die acht Hennen am Zaun. Gar nicht so blöd, die Viecher. Die teilen ihre Kräfte ein. Rudi sperrt das Gatter auf und will gerade in den Verschlag kriechen, als Sven hinter ihm ruft: «Ich hab die Eier schon rausgeholt.» Sein Sohn hat das Küchenfenster weit geöffnet. «Heute waren es sechs. Ich hab gelesen, dass die in

Hamburg für so ein grünes Ei einen Euro zahlen. Vielleicht ist das mal 'ne neue Geschäftsidee. Dazu bräuchten wir allerdings deutlich mehr Hühner, sonst lohnt sich die Fahrerei nicht. Oder wir bieten die den Hotels an. Cholesterinarme Eier sind mal was Besonderes für die Gäste.»

Geschäftstüchtig ist Sven ja. Ein stolzes Lächeln umspielt Rudis Mundwinkel. Von ihm hat er das allerdings nicht. «Wie war's in der Schule?»

«Geht so. Ich hab übrigens Henner vorhin vorm Haus getroffen. Der kommt gleich rüber.»

Dann hat er bestimmt Neuigkeiten. Wenn Rudi in seiner Polizeiuniform aufläuft, machen die Leute ja oft gleich dicht. Obwohl er jetzt auch nicht unbedingt behaupten kann, dass Hinnerk, der olle Janssen oder die anderen Bauern unfreundlich zu ihm gewesen sind. Nicht mal der Graf. Aber mit Henner reden die Leute eben mehr so im Plauderton.

«Was ich noch sagen wollte», fängt Rudi an, «du kannst mal die Handschuhe vom Moped abbauen. Ich hab mir da vielleicht heute einen abgeschwitzt. Der Schweiß steht noch immer in Pfützen drin.»

«Iiih.» Angewidert verzieht Sven das Gesicht. «Hat auch keiner gesagt, dass du mein Moped nehmen sollst.»

«War ein Notfall. Die Ente ist mal wieder nicht angesprungen.»

«Ach, geht das schon wieder los.» Sven grinst breit. «Ich sag doch schon die ganze Zeit, dass du dir ein neues Auto anschaffen solltest. Die Eltern von Felix haben gerade einen Audi A3 gekauft und die von Basti einen Landrover. Die springen immer an.»

Wer den Schaden hat, braucht für den Spott nicht zu sorgen. Sven nutzt mittlerweile jede Gelegenheit, ihn blöd dastehen zu lassen. Und das sind leider nicht wenige. Rudi will gerade etwas entgegnen, da schließt Sven das Fenster und ist verschwunden. Auch gut, hat er wenigstens seine Ruhe. A3, Landrover. Ob der Junge weiß, was die kosten und was er als einfacher Kommissar verdient? Wenn er endlich mal befördert würde, sähe die Sache natürlich anders aus.

Rudi starrt weiter auf den Hahn, der sein Gefieder immer wieder aufplustert und sich im Sand hin und her schiebt. Sand reinigt die Federn und ist gut gegen Milben. Das hat Iris Brakenhoff ihm erklärt, als er vor Wochen in ihrer Praxis gewesen ist. Iris Brakenhoff. Nette Frau. Alle reden nur gut über sie. Ihr Mann hingegen war weniger beliebt. Vorhin, bei Adelheid im Andenkenladen, hat Rudi wieder einiges gehört. «Keine Frau war vor Brakenhoff sicher», hat Adelheid gesagt. «Egal ob Krankenschwester oder Kollegengattin. Seine Exfrau hat das alles hingenommen. Hauptsache, Frau Professor konnte den ganzen Tag in den Pferdestall und sich um ihre Zossen kümmern. Vielleicht fand sie es sogar praktisch, dass ihr Mann mit ihrer Tierärztin anbändelte. Aber das ist natürlich nur ein Gerücht. Bestimmt hat sie nicht damit gerechnet, dass es dieses Mal für ihren Mann ernster war. Bei der Scheidung musste Brakenhoff ordentlich bluten. Von anderen Frauen hört man seitdem nichts mehr. Tja, auch der wildeste Hengst wird mal ruhiger. Oder es liegt am Alter», hat sie noch hinzugefügt und dabei spitzbübisch Rudi angegrinst. Da ist er dann ganz schnell gegangen.

Rudi hält sein Gesicht in die Sonne und schließt die Augen. Ist aber auch ganz schön viel, das alles. Peinlich, die Sache beim Grafen. Aber da kann ja nun keiner mit rechnen, dass der selbst die Tür öffnet. So ein Schloss möchte Rudi gar nicht haben. Wenn, dann nur mit Personal. Na, zumindest hat der Graf bestätigt, dass die Brakenhoff da gewesen ist. Genau wie die Bauern, die Rudi vorher abgefahren hat. Und damit stimmt ihr Alibi. Hat er sich doch gleich gedacht. Obwohl, ein winzig kleines Zeitfenster ist noch offen. War ja keiner dabei, als sie nach den Tieren auf der Weide geguckt hat. Aber im Prinzip passt das alles zusammen. Bleibt Haueisens Theorie mit Agenten und Spionen. Eigentlich glaubt er nicht daran, dass da was dran ist, aber wer weiß. Haueisen ist ja nicht umsonst der Chef. Bloß, dass die jetzt in Wittmund auf oberwichtig machen, stört Rudi. Telefonieren den ganzen Tag mit irgendwelchen Fuzzis vom LKA. Sogar mit denen vom Bundeskriminalamt. Es würde Rudi nicht wundern, wenn sie auch noch die Spionageabwehr an der Strippe hätten. Mann, Mann. Und so wie er Schnepel kennt, ist die ganze Agententheorie nachher nur heiße Luft. Die Waffe wurde vielleicht einfach auf dem Flohmarkt verhökert. Muss ja nicht gleich die russische Geheimpolizei dahinterstecken, nur weil einer eine russische Waffe hat. Er ist ja auch kein Franzose, nur weil er einen Citroën fährt. Wie Rudi noch so darüber nachdenkt, was das wohl zu bedeuten hat, steht Henner plötzlich neben ihm.

«Magste ein Bier?» Henner reicht ihm ein Ostfriesenbräu. Plopp. Plopp. Dann rinnt das braune Landbier den beiden durch die Kehle.

«Ist ja verdammt warm heute», murmelt Rudi und wischt sich mit dem Handrücken über den Mund. «Da könnte man fast im Meer baden gehen.»

«Fast. Is aber grad Ebbe.»

Die beiden starren einige Minuten stumm ins Hühnergehege. Dann fragt Rudi: «Haste was Neues?»

In diesem Moment hält Claras Wagen mit quietschenden Reifen vorm Haus.

«Hab ich mir doch gedacht, dass ihr hier seid», ruft Rosa

vom Beifahrersitz. «Wir haben Ostfriesentorte mitgebracht. Mit schönem Gruß von Tante Hildegard. Außerdem kommen wir gerade vom Tatort. Da brauchen wir unbedingt frische Luft. Gibt's 'nen Tee bei dir?»

«Tee gibt's immer. Ich setz gleich Wasser auf.» Rudi macht eine einladende Handbewegung.

Eine Viertelstunde später sitzen alle unter dem alten Apfelbaum am runden Holztisch. Clara hat eine Tischdecke aus der Wäschekammer geholt, von der Rudi gar nicht mehr gewusst hat, dass es die noch gibt. Gleich sieht alles viel gemütlicher aus. Das muss er zugeben. Frauen haben für so etwas einfach ein besonderes Geschick.

In der Mitte des Tisches thront die halbe Ostfriesentorte. Sie ist ein bisschen flacher als die von seiner Mutter, stellt Henner fest. Aber man soll ja nicht meckern.

«Na, dann mal her damit.» Rudi hält Clara seinen Teller hin. Nacheinander kriegen auch Sven, Rosa und er ein Stück, nur Claras eigener Teller bleibt leer.

«Und du?», fragt Henner.

«Nee, danke. So viel Sahne vertrag ich nicht.» Sie klopft mit der Hand auf ihren flachen Bauch. «Der soll so bleiben, wie er ist.» Sie zwinkert Henner zu und grinst breit. Manchmal kann seine Schwester so was von gemein sein.

Kurz darauf ist es ganz still, nur das Gackern der Hühner und das eine oder andere vorbeifahrende Auto ist zu hören. Rosa seufzt genussvoll nach dem ersten Bissen. «Boah, schmeckt das lecker. Besonders die Rosinen. Da könnte ich mich reinsetzen.» Sie balanciert eine mit Rumrosine belegte Sahnerosette auf der Kuchengabel in den Mund und verdreht die Augen. «Göttlich! Schmeckt fast noch besser als bei deiner Mutter gestern.»

Clara will etwas erwidern, schüttelt dann aber den Kopf. Henner nimmt sich vor, Rosa den Tipp zu geben, solche Dinge besser nicht in Claras und noch besser nicht in Mudders Gegenwart zu sagen. Es wundert ihn allerdings, dass Clara ruhig geblieben ist. Normalerweise liebt sie kleine Sticheleien über alles. Rosa hingegen ist Claras innerer Kampf entgangen. Manchmal merkt auch sie nicht alles.

«Wie war es denn nun so als Tatortreiniger?» Rudi lächelt Rosa an. Der scheint auch nichts gemerkt zu haben.

«Das ist echt nicht jedermanns Sache. Ich war ganz überrascht, dass Clara sogar staatlich geprüfte Desinfektorin ist.»

Dann berichten Clara und Rosa von ihrem Nachmittag. Alles schön und gut, findet Henner, aber nun sind sie auch nicht schlauer. Abgesehen davon, dass die Witwe Anrufe bekam und nicht in der Gegenwart der Reinigungstruppe reden wollte. Aber Anrufe zu kriegen ist ja normal, und zwei Handys zu haben ist nun nicht unbedingt verdächtig. Eins für den Job und eins für privat. Hat er auch schon bei anderen gesehen. Außerdem war ihr Mann Chefarzt in Wittmund. Da werden sich schon ein paar wichtige Leute melden, um zu kondolieren. Zumindest der Bürgermeister. Und der Landrat. Und Brakenhoffs Nachfolger im Krankenhaus.

Bevor Rosa stundenlang weiterredet, tippt Henner Rudi auf die Schulter: «Was gibt es Neues von der Polizeiarbeit?»

Mit dieser Frage trifft er genau Rudis Nerv, den die Details der Fleckenentfernung auch nicht weiter interessieren.

«Den ganzen Tag bin ich rumgefahren, um das Alibi der Brakenhoff zu überprüfen. Die hat an dem Samstagnachmittag ein ganz schönes Programm absolviert. Blöderweise hat die Ente heute Morgen wieder schlapp gemacht. Ich musste den ganzen Tag mit der DKW rumkurven. Mein Hintern tut mir vielleicht weh!» Rudi scheint auf bedauernde Rückmeldungen zu hoffen, aber da kann er lange warten. Henner ist schließlich den ganzen Morgen mit seiner Berta unterwegs gewesen. Mit Eigenantritt. Deren Sattel ist garantiert nicht bequemer als der von Svens Moped. «Haueisen und Schnepel lassen den Computer und das Telefon von Hans-Otto Brakenhoff gerade überprüfen. Die beiden stehen außerdem im engen Kontakt mit dem Bundeskriminalamt. Das ist aber alles noch ziemlich verschwommen. Dafür steht der Todeszeitpunkt jetzt fest. Brakenhoff ist zwischen sechzehn und siebzehn Uhr gestorben. Der hätte auch längst ein paar Bypässe gebraucht, scheint aber nie beim Arzt gewesen zu sein. Unser Emterbäumler ist ganz entsetzt über Brakenhoffs Gesundheitszustand.»

«Das ist wie beim Schuster. Der hat meist auch die schlechtesten Schuhe», wirft Rosa ein, pikst die nächste Rumrosine auf und schiebt sie sich in den Mund.

«Jedenfalls hilft uns die Todeszeit nur bedingt weiter. Emterbäumler vermutet, dass der Schuss auf Brakenhoff mindestens eine Stunde vorher abgegeben worden ist. Vielleicht sogar zwei Stunden eher.» Rudi senkt die Stimme. «Unter den Fingernägeln der rechten Hand hat er Hautpartikel gefunden. Gewebespuren. Vermutlich stammen die vom Täter. Das bleibt aber unter uns.»

«Hautpartikel?», fragt Henner.

Rosa wirft ihm einen ungeduldigen Blick zu. «Hab ich doch schon längst gesagt. Vor dem Schusswechsel gab es ein Gerangel. Der Sessel war ja auch umgeschmissen. Vermutlich hat Brakenhoff seinen Mörder festgehalten und seine Finger in dessen Arme oder Hände gekrallt. Vielleicht sogar ins Gesicht.»

Anscheinend kann man hier gar nichts mehr sagen, ärgert sich Henner und nimmt sich noch ein zweites Stück von der Ostfriesentorte.

«Ihr solltet unbedingt mal diesen Doktor Schröter vorladen und euch seine Hände ansehen. Vielleicht löst sich dann das Problem von ganz alleine.» Rosa zögert einen Moment. «Oder hat Haueisen eine Verletzung, die er am Freitag noch nicht hatte?»

Henner sieht Rudi an, dass Rosa ihn damit in die Bredouille gebracht hat. Rudi läuft rot an. «Ich kann doch nicht zum Chef gehen und sagen: Krempeln Sie bitte mal Ihre Ärmel hoch, ich möchte sehen, ob Sie dort einen Kratzer haben.»

«Und warum nicht?» Rosa lässt nicht locker.

«Weil ich ... weil Haueisen ... er ist immerhin mein Chef.» Rudi rutscht unbehaglich auf seinem Stuhl herum. Einerseits möchte Henner ihm beistehen, andererseits hat Rosa recht. Sie hat ja manchmal dieses sehr spezielle Gespür. Und sogar Ludwig hat die Ähnlichkeit zwischen dem Phantombild und Haueisen bemerkt.

«Ich hab heute mit Ludwig gesprochen», sagt Henner mit vollem Mund. «Der hat wieder mal seine ganz eigenen Ideen, was den Mord betrifft.» Rosa soll ruhig noch ein bisschen zappeln. In diesem Moment ertönt die Tatortmelodie ihres Telefons. Gleich wischt sie über das Display und hält sich das Handy ans Ohr. «Ingo?»

Rosa steht auf und läuft auf den Schuppen zu. Henner sieht ihr hinterher und spitzt die Ohren. «Ach, du kommst schon morgen Mittag.»

Ingo. Bingo. Jetzt fällt ihm ein, woher er den Namen kennt. Vor ein paar Wochen hat Rosa ihre Eltern in Hannover besucht, und er hat ihren Beo gefüttert. Und wie er da so in der Küche stand, ist sein Blick auf einen Stapel Papier gefallen.

Engbedruckte Seiten. Ein bisschen geniert hat er sich schon, als er die gelesen hat. Aber wenn Rosa die Krimis veröffentlichen will, lesen andere das ja auch. Merkwürdig, dass sie in jeder Geschichte einen Ingo umbringt.

MITTWOCH

Heute sind die Posttaschen wieder besonders prall gefüllt. Fast jeder Haushalt kriegt einen Brief von Kabel Deutschland. Die hauen da aber auch ein Geld raus für Werbung. Das sollten sie lieber ihm geben. Er wüsste da schon was mit anzufangen. Als Henner im Birkenweg ankommt, sitzt Gisela Frerichs in ihrem Vorgarten auf einem kleinen grünen Plastikhocker und kratzt das Moos aus den Fugen des gepflasterten Weges. «Moin.»

Gisela schaut ihn über den Jägerzaun hinweg an.

«Moin, Henner. Guck mal. Sind meine Pfingstrosen nicht klasse? Die blühen dieses Jahr besonders üppig.» Sie strahlt wie ein Honigkuchenpferd.

«Jo. Sieht toll aus.» Das findet Henner wirklich, er selbst hat keinen grünen Daumen, sein Vorgarten besteht aus Rasen ohne Beete.

«Ich hab auch extra Blaukorn drangegeben. War ein Tipp in der Mitmachzeitung.»

«Mitmachzeitung, ich hör nur noch Mitmachzeitung. Gibt es denn gar nichts anderes mehr?»

«Wieso? Ist doch eine gute Sache. Was da alles drinsteht, das können die anderen Tageszeitungen gar nicht so ausführlich machen. Ist wie Facebook für Neuharlingersiel. Da kann man sich prima austauschen. Alle Vereine können ihre Ergebnisse reinschreiben und was sie sonst so machen. Und alles ist immer ganz aktuell. Und kostenlos.»

«Ist die *Guten-Morgen-Sonntag* auch. Und die wird sogar in den Briefkasten gesteckt.»

«Ja, da ist aber auch ganz viel Werbungsbeilage drin. Hast du schon mal überlegt, wie viele Bäume dafür sterben müssen?»

Henner stutzt. So hat er das noch gar nicht gesehen.

«Und bis die Sonntagszeitung von dem Mord an Brakenhoff berichtet, ist der garantiert schon aufgeklärt. Die erscheint schließlich nur einmal in der Woche. Ludwig hat vorhin geschrieben, dass er über fünfzig Hinweise auf den Täter bekommen hat. Und alles nur, weil er das Phantombild in der Mitmachzeitung und bei Facebook eingestellt hat. Auf so eine Idee kommt ja nicht mal die Polizei. Ist schon doll, was unser Ludwig so alles im Internet zaubert.»

«Wenn du meinst. Hier.» Er reicht Gisela den Brief von Kabel Deutschland über den Zaun.

«Ja, meine ich.» Schwerfällig steht Gisela auf. «Wart mal eben.» Sie kommt auf Henner zu. Dem schwant Böses, und er weicht zurück. Dabei schmeißt er fast seine Berta um.

«Nun wart doch mal. Ich tu dir ja nichts. Ich wollt dir nur was erzählen. Und das muss Marga von nebenan ja nicht gleich mitbekommen.» Gisela senkt ihre Stimme mit jedem Wort ein bisschen mehr. «Da stand auch was von 'ner Waffe in Ludwigs Artikel.»

Henner mustert Gisela wortlos. Auf ihrem Gesicht breiten sich rote Flecken aus.

«Das soll ja 'ne russische Waffe gewesen sein, schreibt Ludwig. Stimmt das?»

«Woher soll ich das denn wissen? Da musst du Rudi fragen. Der ist der Polizist, ich bin nur der Postbote.»

«Aber du wirst doch sicher mit Rudi drüber gesprochen haben. Nee, nee, da kannst du mir nichts vormachen. Ihr seid doch wie siamesische Zwillinge. Also, ist der Brakenhoff mit so 'ner russischen Pistole erschossen worden?»

«Warum interessiert dich das denn so?»

Sie streckt den Kopf noch ein Stück weiter vor. «Weil ich vielleicht einen kenne, der so eine Waffe hat.» Zwei weitere rote Flecken bilden sich.

Nun ist Henners Neugierde geweckt. «Und wer soll das sein?»

«Ich weiß nicht, ob ich dir das so einfach sagen darf.»

Henner zuckt mit den Schultern. «Wie du meinst. Ich muss sowieso weiter.»

«Nun warte doch.» Sie schielt zur Küchengardine ihrer Nachbarin und flüstert dann: «Ich hab doch diese Ferienwohnung am Ende der Straße.» Wenn Gisela jemanden hat, der ihr zuhört, nutzt sie das gnadenlos aus. Henner legt schon mal seine Hände auf den Lenker. Gisela versteht das Signal. «Ich mach's kurz: Also, ich weiß das so genau, weil die ja erst bei mir in der Ferienwohnung gewohnt haben, bevor die ganz hierhergezogen sind.»

«Die Brakenhoffs?» Nun ist Henner überrascht.

«Nee. Nicht die Brakenhoffs. Die Matschkers.»

«Ach. Die aus der Nordseestraße. Der, der Sacky die Dixi-Klos geliefert hat.»

«Genau. Andy und Marina. Ein nettes Paar. Die sind weg aus Berlin, weil sie doch Asthma hat und ihr die Ärzte zum Klimawechsel geraten haben. Außerdem hatte er ja seinen Job verloren.»

«Und wie kommst du darauf, dass er so 'ne Waffe hat?»

«Na, Andy war früher doch Grenzpolizist in der DDR, und da hatte doch jeder so eine.» Jetzt ist Giselas Gesicht komplett rot. «Ich will die beiden natürlich nicht anschwärzen. Die haben es sowieso nicht leicht. Den Umzug an die Nordsee haben die sich viel einfacher vorgestellt. Aber nicht nur, dass hier alles anders ist als in der DDR und Andy sich mit den Plastik-Klos selbständig gemacht hat, weil er sonst keinen Job fand, da war ja auch noch das mit dem toten Baby. Ich sag ja immer, manche greifen auch ständig in den Schietbüddel. Trotzdem wollt ich dir das sagen, damit Rudi das vielleicht mal eben überprüft. Ich glaub natürlich nicht, dass der Andy das war, aber er hat doch auch immer so auf die Ärzte in Wittmund geschimpft ... Vielleicht ist das ja ein sachdienlicher Hinweis. Gibt es für so etwas eigentlich eine Belohnung?»

Wieder einmal muss Rudi auf Svens DKW zurückgreifen, um nach Wittmund zu kommen. Seine Ente wird heute früh von seinem Schrauberfreund Knut abgeholt. Langsam überlegt Rudi, ob Sven nicht recht hat. Ein neues Auto ist viel zuverlässiger. Andererseits hängt er so an der Ente. Rudi schiebt das Garagentor hoch. Man muss das ja alles nicht überstürzen. Kommt Zeit, kommt Rat, sagt Henners Vadder immer. Und irgendwie stimmt das. Meistens jedenfalls.

Mit der Halbschale auf dem Kopf und ohne Opas Mopedhandschuhe – die hat Sven gestern Abend tatsächlich noch abmontiert – düst er los. Er hält noch schnell beim Hotel Mingers, weil Olaf Popken ihm immer noch nicht die Adresse von diesem Gast aus dem Osten gegeben hat. Gut, dass ihm das heute früh eingefallen ist, als er unter der Dusche stand.

Kurze Zeit später hat er den Zettel in der Tasche. Darum kümmert er sich, wenn er wieder in Esens ist. Während er über die Landstraße tuckert, überlegt er sich, wie er seinem Chef beibringen soll, dass der aussieht wie der Mann auf dem Phantombild. Das ist eine blöde Sache. Warum ist es ihm nicht gleich schon am Sonntag aufgefallen, dass Reitemeyer eigentlich Haueisen beschrieben hat? Aber daran denkt ja keiner. Das ist ja außerhalb des Vorstellbaren. Dennoch, es hat auch schon Fälle gegeben, in denen Polizisten zu Mördern wurden. Mit mulmigem Gefühl betritt Rudi das Kommissariat.

Schnepel steht am Kaffeeautomaten. Das ist 'ne gute Idee. Erst mal mit einem Cappuccino stärken. Rudi zückt sein Portemonnaie und wirft die Münzen in den Schlitz, während sein Kollege sich an den Automaten lehnt und in seinem Becher rührt.

«Sag mal, Bakker, wegen dem Phantombild», Schnepel grinst süffisant, «ist dir da auch eine gewisse Ähnlichkeit aufgefallen mit jemandem, den wir kennen?»

Bevor Rudi antworten kann, stößt Schnepel sich vom Automaten ab und geht in Richtung Büro. Rudi wartet noch. In seinem Kopf rattert es. Wenn sogar Schnepel das bemerkt hat, dann kann er gar nicht anders, dann muss er Haueisen drauf ansprechen. Es wird schon eine logische Erklärung dafür geben.

Zehn Minuten später läuft Haueisens Kopf erst rot an, dann brüllt sein Chef los: «Bakker, sind Sie nicht ganz bei Trost? Mir mit solchen ...», er ringt nach Worten, «dubiosen Sachen zu kommen. Wir stecken mitten in einer Mordermittlung!»

«Aber diese Hinweise sind in der Mitmachzeitung eingegangen. Die kann man doch nicht so einfach übergehen. Immerhin wurde Ihr Name zweimal von Bürgern genannt.» Und mindestens viermal laut gedacht, wenn man ihn selbst, Schnepel, Henner und Rosa dazuzählt.

«Und was stellen Sie sich nun vor? Wollen Sie mich vorladen und verhören?»

Rudi streckt seinen Rücken durch und nimmt seinen ganzen Mut zusammen. «Mir würde es schon reichen, wenn Sie mir sagen, wo Sie zur fraglichen Zeit gewesen sind, als der Zeuge, immerhin ein Oberstudienrat, die Person aus dem Brakenhoff'schen Haus hat kommen sehen. Dann kann man sämtliche Angriffe gegen Sie gleich entkräften. Ist schließlich nicht gut, wenn die Leute reden. Und in den neuen Medien verbreitet sich alles ja rasend schnell.» Jetzt ist es endlich raus.

«Bakker, du hast sie doch nicht mehr alle!», fällt ihm Schnepel in den Rücken. Das hat er sich bei diesem Speichellecker ja gleich denken können. Der hat keinen Mumm, wenn's mal drauf ankommt. Der kann nur Andeutungen am Kaffeeautomaten machen.

Haueisen steht auf, tritt ans Fenster und starrt regungslos auf den Park vor der Villa. Seine Hände liegen auf der Fensterbank, die Mittelfinger tippen im Takt. Rudi schwant Böses. Vor allem, als er Schnepels fieses Grinsen bemerkt und die zusammengekniffenen Augen. Jetzt wird ihm klar, dass der Kerl ihn schon wieder aufs Glatteis geführt hat. Und zwar mit voller Absicht. Rudi überlegt noch, wie er aus dieser Nummer herauskommt, als sich Haueisen mit einem Ruck umdreht. «Was redet man denn so?»

Rudi zieht seine Uniformjacke straff und nimmt Haltung an. Er hat ja gleich gewusst, dass er seinen Chef besser nicht darauf ansprechen sollte, aber Henner und Rosa haben ihn gedrängt. Der Gipfel war, als Henner behauptet hat, Rudi sei wohl auch eine von diesen Krähen, die der anderen kein Auge aushackt. Das darf er nun wirklich nicht auf sich sitzenlassen.

«Los, Bakker, haste nicht gehört, was dich der Chef gefragt hat?» Rudi hört den unterdrückten Triumph aus Schnepels Stimme. Wenn er doch bloß schon wieder raus wäre.

«Na ja, es wird geredet, dass Sie es gewesen sein könnten, der Brakenhoff angeschossen hat. Und von Vetternwirtschaft munkelt man und dass mit zweierlei Maß gemessen wird.» Rudi registriert, dass Haueisens Backenzähne hin und her mahlen.

«Sie haben recht, Bakker. Besser man reagiert, bevor noch mehr Unsinn verbreitet wird. Guter Ansatz.» Haueisen dreht sich zu Schnepel um. «Warum kommen Sie eigentlich nicht auf solche Sachen?»

«Ich, ääh.» Schnepel gerät ins Stottern, und das gefällt Rudi gut. Außerordentlich gut sogar.

«Fangen wir am besten gleich an», schlägt Haueisen vor. «Bakker, legen Sie los.»

«Ja, ähhh, wie?» Schnepel ist sichtlich verdattert.

«Also», beginnt Rudi mit breitem Wohlgefühl in der Brust. So macht die Arbeit mal richtig Spaß. «Wo waren Sie am Samstag gegen 15:30 Uhr?»

«Da war ich beim Krafttraining im Keller meines Hauses.»

Rudi dreht sich zu Schnepel um. «Schreib mal bitte das Protokoll dazu. Muss ja alles seine Ordnung haben.» Er lächelt Haueisen an. «Nichts für ungut, Chef. Haben Sie dafür einen Zeugen?»

«Zeugen?» Haueisen kräuselt die Lippen. «Nun übertreiben Sie man nicht, Bakker.»

«Chef, Sie kennen doch die Spielregeln. Also, gibt es einen Zeugen?»

«Nein, ich war alleine zu Hause.»

Schnepel sieht Haueisen fragend an. «Soll ich das wirklich so aufschreiben? War Ihre Frau nicht doch da? Sagten Sie nicht so was?»

«Keine Zeugen. Natürlich schreiben Sie das so auf», fährt Haueisen ihn an. «Ich will mir nichts nachsagen lassen. Das kommt dann nachher doch alles raus. Ich betone noch einmal: Ich habe Professor Brakenhoff nicht umgebracht. Ich glaube, das war's dann wohl.»

«Haste alles?» Rudi macht es Spaß, Schnepel zu piesacken. Oft hat er ja nicht die Gelegenheit dazu.

«Dann können Sie jetzt gehen, Bakker.»

«Äh ... Chef ...», Rudi kratzt sich verlegen am Kopf, «darf ich fragen, ob Sie eine frische Verletzung haben?»

«Verletzung?»

«Na, wegen der Hautpartikel unter Brakenhoffs Fingernägeln.»

Einen Moment befürchtet Rudi, dass Haueisen nun endgültig die Hutschnur reißt. Aber der reagiert ruhiger, als er gedacht hat, und sagt: «Nein, ich habe keine Verletzung, und ja, Sie können meinetwegen den Speicheltest machen. Ich habe nichts zu verbergen.»

Rudi ist erleichtert. Doch schon hat er das nächste Problem. «Ich hab so was aber nicht dabei.»

«Macht nix», entgegnet Haueisen, «ich mach das schon. Sie können los, ich geb das Stäbchen dann ins Labor.»

«Aber ...», will Rudi protestieren, doch damit hat er Haueisens Geduld eindeutig überstrapaziert.

«Nun reicht's. Ich hab gesagt, ich mach das. Also, verschwinden Sie.» Haueisen wendet sich Schnepel zu. «Sie nicht. Mit Ihnen muss ich noch reden.»

Rudi fasst es nicht. Haueisen hat ihn abgebügelt. Einfach so. Und er lässt sich wie ein Depp rausschicken. Haueisen darf das doch nicht selber machen. Das geht ja wohl gar nicht. Das stinkt regelrecht zum Himmel. Gerade als die Tür ins Schloss fällt, schnappt er noch irgendwas von wegen LKA auf.

Die Sache mit der russischen Waffe geht Henner nicht mehr aus dem Kopf. Er hat Gisela versprochen, Rudi davon zu berichten. Der wird schon wissen, was in so einem Fall zu machen ist. Wozu ist er bei der Polizei. Aber der Kerl geht nicht ans Telefon. Henner beschließt, seine Runde ein wenig abzuändern. Wenn die in der Nurdachsiedlung die Post erst später kriegen, kräht da auch kein Hahn nach. Und die Postkarte für Hauke Matthiesen kann noch einen Tag warten. Sein Bruder ist ja noch länger am Wörthersee. Versteht sowieso keiner, warum der Urlaub in den Bergen macht.

Er biegt in die Nordseestraße ein. Andreas und Marina Matschker bekommen nicht so oft Briefe. Eher Bücherpäckchen und Pakete. Das mit den Paketen hat Finja von der Poststelle ihm erzählt, weil er mit dem Fahrrad ja keine Pakete verteilen kann. Bücherpäckchen gehen gerade noch. Die Matschker bestellt wohl dauernd was im Internet. Finja hat im Herbst gesagt, dass die die Umtauschqueen von Neuharlingersiel ist. Noch vor seiner Schwester Doro. Henner war völlig von den Socken, als er das gehört hat, und hat Doro erst mal ordentlich die Meinung gegeigt. «Mit diesen Bestellungen machst du die kleinen Läden im Ort kaputt.»

«Welche denn?», hat Doro gekontert. «Gibt es hier etwa einen Laden mit raffinierten Dessous?»

Henner hatte nur mit dem Kopf geschüttelt und abgewunken. Gefruchtet hat Henners Protest trotzdem. Wenn auch anders als gedacht. Seitdem gibt Doro regelmäßig Dessouspartys in ihrem Partykeller. Er war allerdings noch nie dabei. Männer sind dort unerwünscht.

Er versucht's noch mal bei Rudi. Der meldet sich tatsächlich nach dem dritten Klingeln.

Rudi ist schon fast wieder am Kaffeeautomaten, als die Fanfare seines Handys ertönt. Das Display zeigt Henners Nummer. Dem kann er gleich mal erzählen, dass er seinen Tanz auf dem Vulkan hinter sich hat. Dazu kommt er aber nicht. Der sonst so maulfaule Henner redet ohne Punkt und Komma auf ihn ein und schließt mit dem Satz: «Und was sagst du nun?»

«Das ist ja echt ein Ding. Das müssen wir überprüfen.»

«Bin ich schon dran. Ich bin gleich bei deren Haus.»

«Bei mir dauert das noch. Ich bin noch in Wittmund.»

Zufrieden klappt Rudi sein Telefon zusammen und steckt es wieder in seine Hosentasche. Manchmal ist Henner ein echter Tausendsassa. Haueisen und Schnepel ziehen an allen Strippen und kriegen nix gebacken. Da hat er gleich einen neuen Trumpf, den er aus dem Ärmel ziehen kann. Ohne lange zu überlegen, läuft er zurück und klopft noch einmal an Haueisens Tür. «Chef, ich hab 'ne brandwichtige Info für Sie.»

Überrascht blicken sowohl Haueisen als auch Schnepel auf, und Schnepel läuft fast der Sabber aus dem Mund, als er hört, was Rudi zu berichten hat.

«Ich sag es doch die ganze Zeit», triumphiert Schnepel. «Es steckt ein großes Ding dahinter. Ein ehemaliger Grenzsoldat. Ha! Brakenhoff muss in üble Dinger verstrickt gewesen sein. Ich bin auch schon dabei, seinen PC zu durchsuchen, aber der ist verdammt raffiniert vorgegangen. Hat entweder alles gut getarnt oder so geheim versteckt, dass ich es nicht finde. Aber die Experten in Hannover werden da schon was entdecken, nicht wahr, Chef?»

«Na, nun nehmen Sie mal 'nen Gang raus», bremst Haueisen die Euphorie seiner Kollegen. «Erst mal müssen wir überprüfen, ob das tatsächlich stimmt. Dass der beim Grenzschutz war und obendrein noch die Waffe besitzt. Das kann dauern. So besonders hilfsbereit sind die Kollegen eigentlich nicht.»

«Ich könnte das auf dem kleinen Dienstweg machen. Dann brauchen wir nicht gleich ganz oben anfragen», bietet Rudi an. «Wenn ich hingeh, sieht es vielleicht noch nicht ganz so offiziell aus, als wenn Sie beide da aufschlagen. Nur für den Fall, dass Gisela sich irrt. Obwohl die sich eigentlich nie irrt. Das mit dem Grenzsoldaten stimmt garantiert.»

«Nicht ganz so offiziell? Wenn du in Uniform auftauchst?», spottet Schnepel, doch Haueisen ignoriert ihn.

«Das ist eine gute Idee, Bakker. Übernehmen Sie das.»

«Okay, Chef.» Rudi ist zufrieden. Bevor er geht, kann er sich eine kleine Spitze aber nicht verkneifen. «Sie denken aber an den DNA-Test?»

«Raus», ruft Haueisen ihm hinterher, und Rudi grinst, als er die Bürotür schließt.

Das Fertighaus könnte neue Farbe vertragen. Die Fenster haben schon bessere Tage gesehen, und ob das Dach dem nächsten Wintersturm trotzt, bezweifelt Henner. Dafür ist der Rasen perfekt getrimmt und die Hecke akkurat gestutzt.

«Moin, Frau Matschker.» Die Frau, die gerade dabei ist, ein Männerunterhemd mit Wäscheklammern an der Leine zu befestigen, dreht sich um. Ihre strähnigen Haare sind zu einem dünnen Zopf zusammengebunden. Das Gesicht wirkt aufgedunsen. Massige Oberarme quellen aus dem sackförmigen Kleid mit großformatigem Blumenmuster. Mann, Mann. Henner hält ja nichts von diesen dürren Models, nur Hunde spielen bekanntlich gern mit Knochen, aber die hier hat eindeutig zu viel auf den Rippen.

«Ja?» Marina Matschker linst hinter dem Klammerbeutel an der Wäscheleine hervor.

«Ich hab Post für Ihren Mann.»

«Ein Einschreiben?»

«Erwarten Sie eins?»

«Ick weeß nich.» Ihre Schultern heben sich erst unentschlossen nach oben, dann senken sie sich wieder. «Ick mein nur, weil Sie det so sagen. Mein Mann is jedenfalls nich da.»

«Wo ist er denn?»

Misstrauisch beäugt Marina Matschker ihn. «Wat wollense denn von Andy?»

«Ich wollt ihn was fragen. Wir haben doch am Sonntag zusammen auf dem Campingplatz die Gräben ausgeschaufelt.»

Zum ersten Mal huscht ein Lächeln über das Gesicht der Frau. Henner bekommt eine vage Ahnung davon, dass sie einmal sehr hübsch gewesen sein muss.

«Andy taten danach richtich die Arme weh.» Marina lächelt. Sie scheint Vertrauen gefasst zu haben.

«Mir auch. Aber der wahre Retter in der Stunde war Ihr Mann. Dass der auf die Schnelle so viele Klos zum Campingplatz beordern konnte, das war schon 'ne Wucht. Hut ab.»

«Ja, der Andy hat jetzt ooch den janzen Nordwest-Bezirk. Der kommt viel rum.» Marina strahlt, und Henner weiß, dass er jetzt das Eis endgültig gebrochen hat. «Heute isser in Cuxhaven.»

«Ist aber für Sie ja nicht schön, wenn Sie so viel allein sein müssen.»

«Och. Det is halb so wild. Ick bin ja inzwischen ziemlich stabil. Dr. Haberwein sacht, er ist sehr zufrieden mit mir. Die neuen Medikamente schlagen jut an.» Sie klatscht sich mit den Händen auf die Hüften. «Die haben nur eenen Nachteil, die machen fett.»

Das Windspiel bimmelt, als Rosa den Frisiersalon betritt. Sofort kommt Schecki bellend auf sie zugerannt und springt an ihren Beinen hoch.

«Schecki, aus.» Anita, Inhaberin des gleichnamigen Salons, verscheucht den Mischling, eine Kreuzung aus dem Yorkshireterrier von Henners Tante und dem Pudel seines Großonkels Fritjof. Gudruns Herz hat er im Sturm erobert. Rosa geht es ähnlich. Wenn Pepe nicht wäre, könnte sie schwach werden und sich auch so ein kleines Wollknäuel zulegen. Zum Schmusen ist ein Hund einfach besser. Und der kackt auch nicht dauernd ins Zimmer. Jedenfalls nicht, wenn man ihn richtig erzieht.

«Danke, dass ich so schnell einen Termin bekommen habe.» Rosa beugt sich zu Schecki herunter und streichelt ihn.

«Aber für Sie doch immer. Gudrun kommt gleich. Nehmen Sie schon mal Platz. Am besten hier vorne.»

Kaum sitzt Rosa, sieht sie im Spiegel, dass sich der Perlenvorhang zum Personalbereich bewegt. Gudrun eilt mit einem Lächeln auf sie zu und gibt ihr rechts und links ein Küsschen. «Dass Schecki aber auch nicht hören kann. Ich glaub, ich muss mit ihm mal zum Hundetrainer.»

«Och, ich finde ihn total süß.»

«Nee, nee, wenn man die Kerle nicht richtig erzieht, tanzen die einem auf der Nase rum.»

«Das gilt besonders für Rüden», wirft eine andere Kundin vom Nachbarplatz ein, über deren Kopf Plastikfolie gespannt ist. «Ist wie im wahren Leben. Männer brauchen auch eine starke Hand. Sonst machen die, was sie wollen.»

«Annelore, sitz mal ruhig. Bei dem Gewackel komm ich gar nicht richtig durch die Folie.» Anita hebt drohend die Häkelnadel, mit der sie die Strähnchen herauszieht.

«Sabine hat recht», stimmt Annelore zu. «Ich muss Ubbo

manchmal auch die Daumenschrauben anziehen, sonst läuft der aus dem Ruder.»

«Weiberweisheiten», sagt Gudrun lachend. Aber keine schlechten. Hätte Rosa diese Einsichten früher gehabt, dann wäre in ihrem Leben vielleicht vieles anders gelaufen. Aber statt den Männern zu sagen, wo es langgeht, hat sie sich einwickeln lassen. Immer wieder. Und zwar nach Strich und Faden. Aber damit ist jetzt Schluss.

Gudrun legt ihre Hand auf Rosas Schulter. «Was darf's heute sein? Waschen, Fönen, Umlegen oder wie immer?»

«Waschen, Fönen, Umlegen. Machst du jetzt den Scherzbold?», fragt Annelore von gegenüber. Die ersten dunkelblonden Haarsträhnen sind aus der Plastikfolie auf ihrem Kopf herausgefädelt und stehen in alle Richtungen ab.

«Wieso Scherzbold? Rosa hat doch schon wieder einen Toten gefunden. Den Brakenhoff. Das stand doch in der Zeitung.»

«Ach, Sie waren das?», fragt Annelore voller Neugier.

«Und jetzt wollen Sie uns mal wieder aushorchen, nich? So wie vor Ostern», flötet Sabine unter der Trockenhaube und wartet erst gar nicht auf eine Antwort. «Die Frau von dem, die war ja auch öfter hier. Nich, Anita?»

«Jeden zweiten Tag zum Waschen und Fönen, als sie sich den Arm gebrochen hatte», bestätigt Anita.

«Was willst du damit jetzt sagen?», wundert sich Gudrun.

«Nun erzähl nicht, dass du das nicht auch gemerkt hast. Seit dieser Vertretungsarzt bei ihr in der Praxis ausgeholfen hat, war die doch wie ausgewechselt. Die hat sich in der Boutique in Aurich, wo meine Cousine arbeitet, von oben bis unten neu eingekleidet. Ich bitte euch, das sagt doch alles.»

«Ich hab die und den Schröter mal in Norddeich gesehen», sagt Sabine. «Als ich da in die Saunawelt wollte.»

«Du hast die beiden zusammen in der Sauna gesehen?» Die Frauen drehen sich zu Sabine um.

«Nee. Das nun nicht. Aber die Seehundaufzuchtstation ist gleich neben dem Ocean Wave. Und da arbeiten die ja beide.»

Rosa bohrt noch weiter nach, aber mehr wissen die Damen nicht über die Tierärztin und ihren Kollegen. Da muss sie sich dann wohl selber drum kümmern. Morgen ist eine gute Gelegenheit, wenn sie den Ausflug mit ihrer Klasse nach Norddeich macht.

«Und wenn Sie es genau wissen wollen, ich hab da ja auch so meine Vermutung, wer der Täter sein könnte.» Sabine hebt die Trockenhaube etwas an.

«So?» Rosa schreckt aus ihren Gedanken hoch. Da ist sie aber gespannt wie ein Flitzebogen. «Und an wen denken Sie?»

«Ich ...»

«Sabine, nun halt mal den Kopf ruhig. Sonst wird das mit der Farbe nichts. Seit du immer zur gleichen Zeit wie Annelore kommst, seid ihr nur am Quatschen. Demnächst bekommt ihr getrennte Termine.»

«Nun mecker nicht rum, Anita», lacht Sabine. «Bring uns lieber ein Glas Sekt. Dann plaudert es sich besser. Du weißt doch: Das Beste am Norden ist unser Chic.»

Alle prusten los, diesen Werbespot kennt hier jede.

«Celine, hol mal die Flasche Rotkäppchen», weist Anita den Lehrling an. «Die Damen müssen den Pegel ausgleichen.»

«War doch nur ein Scherz», korrigiert Sabine und verschwindet wieder unter der Haube.

«Bei mir auch. Los, Celine, nun mach mal hinne. Und bring für alle Gläser mit.»

Die Auszubildende, ein junges Mädchen mit gepiercten Nasenlöchern, verschwindet hinter dem Perlenvorhang. Ein Korken knallt, dann klirren Gläser. Es splittert.

«Celine, was hast du nun schon wieder angerichtet?» Anitas Stimme ist schriller und lauter geworden.

«Ist nur ein Glas runtergefallen. Die anderen sind heil geblieben.»

«Dann kriegst du eben nichts. Strafe muss sein.» Anita hält nicht viel vom Verhätscheln des Nachwuchses.

«Ja, denn man Prost», sagt sie wenig später, und alle Damen heben ihr Glas. Sekt am Mittag belebt die Sinne, denkt Rosa und ist gleich richtig aufgekratzt.

«Ich bin ja vorhin nicht zu Ende gekommen.» Sabine, deren stattliche Figur Rosa vorhin gar nicht so wahrgenommen hat, beugt sich wieder unter der Haube vor. «Ich mein, so wegen des Mordes. Und wegen dem Täter. Man soll ja nichts Schlechtes über Zugezogene sagen, aber bis auf den Tod von van Kerpen im Frühjahr leben wir hier ja seit Jahr und Tag friedlich. Aber vor ein paar Wochen sind so ein paar Bärtige hinten beim Mathildenhof eingezogen. In das Haus vom Detlef Meyer. Die haben lange schwarze Bärte.» Sie zieht ihre Hand vom Kinn nach unten bis auf Brusthöhe. «Die sehen aus wie dieser Terrorist. Dieser bin Laden.»

«Ja, und?», sagt Gudrun, kämmt eine Haarsträhne nach oben und kappt sie.

«Na, das ist doch verdächtig. Bei solchen Leuten weiß man doch nie. Was wollen die denn hier? In Neuharlingersiel?» Sabine verkriecht sich wieder unter der Trockenhaube. Mit der rechten Hand deutet sie noch einmal die Form des Bartes an. «So lang sind die.»

«Aber das ist doch jetzt modern. So laufen in Hamburg viele rum. Erst recht in Berlin. Das hat überhaupt nichts zu sagen. Und außerdem sieht der Täter ganz anders aus.» Rosa ist heftiger geworden, als sie wollte. Platte Vorurteile mag sie nicht. Das macht sie ihren Schülern auch immer wieder klar.

«Und woher weißt du das?» Sabine streckt ihren Kopf erneut wie aus einem Schneckenhaus hervor. «Hast du den Mörder etwa gesehen?»

«Nee, das nicht. Aber in den Zeitungen war ja überall das Phantombild zu sehen. Und das war ohne Bart.»

Sabine ist für einen Augenblick still. Dann kommt ihr die rettende Idee. «Vielleicht haben die sich den ja abrasiert. So als Tarnung. Das sollte man bei der Polizei unbedingt verfolgen.»

«Dann gib denen doch den Tipp», schlägt Gudrun vor und zeigt gleichzeitig auf Rosas Stirn. «Hier vorne könnte was weg, da würde ich gerne was ganz Neues versuchen. Was hältst du von einer Ponyfrisur? Das ist jetzt total angesagt.»

Als von Rosa keine Einwände kommen, legt Gudrun los. Mit dem Klackern der Scherblätter fliegen die Haare auf den Fußboden. «Ich glaub, das wird super», sagt Gudrun begeistert, als sie die Schere weglegt. «Jetzt noch ein bisschen Festiger und dann Fönen.»

Rosa betrachtet ihr Spiegelbild. «Kannst du die Locken heute mal glatt ziehen? So, dass ich ganz klassisch und edel aussehe.» Ingo wäre bestimmt überrascht. Mit so etwas rechnet er nicht. Rosa als Femme fatale. Schließlich soll Ingo bloß nicht glauben, dass sie ihm nachtrauert. Das hat sie längst hinter sich. Aber es interessiert sie doch, warum der so plötzlich hier auftaucht. Erst meldet er sich monatelang nicht, und dann will er gleich bei ihr übernachten. Da stimmt irgendetwas nicht.

«Glätten? Aber du hast doch so schöne Locken», protestiert Gudrun. Wieder liegen ihre Hände auf Rosas Schultern.

«Stimmt. Aber manchmal tut eine Veränderung gut.»

«Nun lass sie doch», mischt sich Annelore ein, die offenbar jedes Wort mit verfolgt. «Vielleicht will sie wen überraschen.»

Damit hat die Frau mit den stachelig vom Kopf abstehenden Haaren den Nagel auf den Kopf getroffen. Wenn Ingo Rosa nachher sieht, dann soll es ihm leidtun, dass er sie so abserviert hat. Abserviert? Kaltschnäuzig ins Nirwana geschickt hat er sie, als diese rehäugige Miss Hannover in der Disco am Raschplatz auftauchte. Und das, nachdem Rosa ihm sein halbes Studium finanziert hat.

«Ist das wegen Henner?», will Gudrun zwinkernd wissen.

«Wegen Henner?» Rosa sieht Gudrun überrascht an. «Äh ... nein. Ich bekomme Besuch aus Hannover. Ein alter Freund.»

Voller Enthusiasmus schwingt sich Rudi auf die DKW. Nun kommt die Sache richtig ins Rollen. Ausnahmsweise ärgert er sich nicht darüber, dass Sven das Frisieren des Mopeds bislang noch nicht rückgängig gemacht hat.

Vor dem Haus der Matschkers flattert die Wäsche an der Leine. Alles sieht ganz normal aus. Alltäglich. Einen Moment stockt Rudi. Hängt man frische Wäsche raus, wenn man kurz zuvor einen Menschen umgebracht hat? Andererseits kümmert sich Matschker garantiert nicht um die Wäsche, sondern überlässt das seiner Frau. Rudi drückt auf den Klingelknopf. Es dauert eine Weile, bis Marina Matschker die Tür öffnet.

«Ja, bitte?» Als sie seine Uniform bemerkt, zuckt sie zusammen.

«Keine Angst. Es ist alles in Ordnung», beruhigt Rudi sie. «Ich wollte eigentlich nur kurz mit Ihrem Mann reden.» Er fühlt sich unwohl. Schließlich ist er hier, um in Erfahrung zu bringen, ob Matschker eine Makarow besitzt. Und wenn das so ist, ist überhaupt nichts in Ordnung.

Noch immer stehen sie an der Haustür. Marina Matschker macht keine Anstalten, ihn hineinzubitten. Gastfreundlich ist das nicht. Aber Rudi kennt das. Kaum jemand lässt einen Polizisten gerne ins Haus.

«Der is nicht da.» Marina verschränkt die Arme ablehnend vor dem Bauch. So viel Körpersprache kann Rudi deuten.

«Wann ist er denn zurück?»

«Kann ick Ihnen ooch nich sagen. Morgen. Aber wann, weeß ick nich.»

Ihr Berliner Dialekt ist gewöhnungsbedürftig.

«Wenn er sich vorher bei Ihnen meldet, bitten Sie ihn, mich anzurufen. Hier kann er mich erreichen.» Rudi nimmt seine Visitenkarte aus der Brusttasche des Uniformhemdes. Matschkers Frau greift danach, sieht ihn aber argwöhnisch an.

«Hat Andy wat ausjefressen?»

«Nein. Ich möchte ihn nur etwas fragen. Aber vielleicht können Sie mir auch helfen.» Vielleicht sollte er es einfach auf dem direkten Weg versuchen. «Besitzt Ihr Mann eine russische Waffe? Eine Makarow?»

«Weeß ick nich. Müssense Andy schon selbst fragen.» In ihrem Gesicht gehen die Rollläden herunter. Sie macht einen Schritt zurück und knallt die Tür zu.

Wie gern hätte Rudi jetzt den Chef angerufen und ihm den Fund der Waffe gemeldet. Stattdessen fährt er resigniert nach Esens in die Polizeistation. Der flache, rot geklinkerte Bungalow liegt in zweiter Reihe, und so schön wie bei seinem Chef in Wittmund ist der Blick aus seinem Büro nicht. Hier guckt man nur auf einen gepflasterten Parkplatz und die Räume eines Pflegedienstes.

Rudis Kollege Bernie Bütefisch sitzt am Schreibtisch

hinter dem Empfangstresen und löst das Kreuzworträtsel in der *Ostfriesen-Zeitung*. Rudi vermutet schon lange, dass er die Zeitung überhaupt nur wegen des Rätsels abonniert. Und wegen der Kreisliga-Boßelergebnisse. Einmal hat Rudi für Bernie ein Rätselheft bei Adelheid gekauft. 333 Rätsel für Anspruchsvolle. Aber das war nichts für ihn. Das Heft ist in seiner Schreibtischschublade verschwunden und nicht wieder aufgetaucht. Für Bernie geht eben nichts über das Rätsel in der *Ostfriesen-Zeitung*. Manchmal schnappt er sich sogar noch Rudis Zeitung und löst das Rätsel gleich ein zweites Mal. Dann fühlt er sich hinterher immer besonders gut.

«Moin.»

«Moin.» Bernie guckt nicht mal auf. Das ist auch gut so, denn Rudi hat keine Lust auf eine Unterhaltung. Er lässt sich auf seinen Schreibtischstuhl fallen, fährt den PC hoch und faltet den Zettel auseinander, den Olaf Popken ihm heute Morgen gegeben hat.

Reinhold Münsterberg. Rudi lässt den Namen durch das Zentralregister laufen. Kein Eintrag. Aber bei Google wird er fündig. Münsterberg ist 1962 in Berlin geboren, hat 1982 das Abitur gemacht, also einer mit Ehrenrunde. Aufgewachsen ist er in Leipzig. Dort lebt er noch immer und hat einen Maler-Betrieb. Na, dann will er den mal anrufen. Rudi greift zum Telefon. Die Mobilfunknummer dieses Münsterbergs hat er auf der Homepage des Malermeisters gefunden.

Nach dem vierten Klingeln geht jemand ran.

«Münsterberg.»

«Kripo Wittmund, Kommissar Bakker», meldet Rudi sich. «Herr Münsterberg, sind Sie letzte Woche für drei Tage in Neuharlingersiel gewesen?»

«Wer sind Sie noch mal?»

«Kripo Wittmund. Kommissar Bakker.»

«Tut mir leid, ich bin gerade im Gespräch mit einem Kunden. Ich melde mich später. Ihre Nummer habe ich ja im Telefonspeicher.» Ohne Rudis Antwort abzuwarten, legt Münsterberg auf. Blödmann. Na gut, dann kümmert er sich jetzt mal um den Cousin, von dem die Witwe sprach. Reiner Brakenhoff.

Aber weder im Zentralregister der Polizei gibt es einen Vermerk, noch wird ein Reiner Brakenhoff im Personenregister geführt. Auch Google liefert kein einziges Ergebnis.

Keine Wolke ist am Himmel zu sehen. Zwanzig Grad zeigt das Thermometer, gefühlt sind es eher fünfundzwanzig. Die Temperaturen sollen zum Wochenende weiter steigen. Da gibt es bestimmt wieder einen Ansturm von kurzentschlossenen Küstenurlaubern. Aber Henner will nicht meckern. Ist ja gut, wenn die Touristen ihr Geld hierlassen.

Henner schiebt seine schwerbeladene Berta an der Sparkasse vorbei und steuert auf das Verwaltungsgebäude der Versicherung zu, die hier seit fast zweihundert Jahren ihren Firmensitz hat. Am Empfang sitzt wie immer Dörte Waader. Vor ihr steht ein groß gewachsener Mann im Tweedsakko mit einer Narbe auf der linken Wange.

«Ich möchte aber jetzt mit Herrn Freese sprechen. Auch ohne Anmeldung.»

«Herr Graf, so gern ich Ihnen helfen würde, aber Herr Freese hat im Moment keine Zeit. Heute Nachmittag um fünfzehn Uhr oder morgen früh um zehn kann ich Sie dazwischenschieben.»

Der Mann ändert den Tonfall, und Henner ist überrascht über den Schmelz, der nun mitschwingt. «Frau Waader. Bitte. Es ist wirklich sehr dringend. Ich weiß, dass Sie es möglich machen können, dass Freese mir ein paar Minuten abzwackt.» Henner mustert den Mann, der Charme verströmen möchte, seine Ungeduld jedoch nicht verstecken kann. Seine Finger klopfen im Takt auf den Tresen.

«Herr Graf ...»

«Frau Waader ...»

Genau in diesem Moment ertönt ein freudiger Aufschrei von der Treppe. «Graf von Wörtz und Klosterberg. Wie schön, Sie wiederzusehen.» Mit ausgestrecktem Arm eilt Björn Freese, seines Zeichens Abteilungsleiter für Schadensversicherungen, auf den Grafen zu. «Kommen Sie, wir gehen in mein Büro.»

Der Adlige dreht sich noch einmal zu Dörte um und verzieht selbstzufrieden den Mund.

Als die beiden die Treppe hinauf verschwinden, grinst Henner Dörte an, die wieder aussieht wie aus dem Ei gepellt. Heute trägt sie eine Bluse mit rosa Tupfen. Dörte liebt Tupfenblusen. Rosafarben ist auch das Tuch um ihren Hals. Sie hat einfach ein Händchen dafür, alles farblich aufeinander abzustimmen.

«Moin, Dörte. Was war das denn für einer?»

Dörte lacht selig und zeigt dabei ihre blitzend weißen Zähne. «Das ist der Graf von Wörtz und Klosterberg. Leider kommt er viel zu selten her.» Ein schwärmerisches Lächeln folgt, und Henner weiß nicht, ob es ihm gilt.

«Hast du Post für mich?»

«Na klar, und nicht zu knapp.»

Dörte steht auf und legt ihre gepflegten Hände auf den Empfangstresen. Selbst ihr Nagellack passt perfekt zur Bluse. Auf was Frauen so alles achten, bevor die morgens aus dem Haus gehen. Henner packt den Stapel Briefe neben ihre manikürten Fingernägel.

«Und?» Dörte streckt ihre Finger und legt sie dicht nebeneinander.

Hat sie was mit ihren Haaren gemacht? Nee, der Zopf sieht aus wie immer. Die Hornbrille auch. Henner guckt, aber ihm fällt nichts auf.

«Ich hab heute Geburtstag.»

«Oh.» Das ist Henner jetzt wirklich peinlich. Da kennt er Dörte schon aus Sandkastentagen und vergisst doch jedes Jahr ihren Ehrentag. Henner reicht ihr die Hand. «Dann alles Gute zum Geburtstag.»

Dörte stellt sich auf die Zehenspitzen und beugt sich über den Tresen. «Einen Geburtstagskuss könntest du mir aber schon geben.»

«Ja, also», druckst Henner und spitzt seine Lippen. Ihm ist diese neumodische Küsserei unangenehm. Aber er weiß auch nicht, wie er aus dieser Nummer wieder rauskommt. Da hilft nur eins: Augen zu und durch. Er peilt Dörtes Wange an, doch im letzten Moment dreht sie den Kopf, sodass seine Lippen auf ihren landen. Weich fühlt sich das an. Und gar nicht mal so unangenehm. Dennoch zieht er seinen Kopf erschrocken zurück. Dörte strahlt ihn an.

«Danke. Das war schön.» Sie wird tatsächlich ein wenig rot. «Und danke auch für das Geburtstagsgeschenk. Das ist eine ganz tolle Idee. Adelheid hat es mir vorhin gebracht.»

Was hat die sich bloß dieses Jahr ausgedacht? Gesagt hat sie ihm nichts, da ist er sich ganz sicher. Wird aber schon gut sein. Adelheid kümmert sich seit Jahren um Dörtes Geschenk, sie war früher schließlich ihre Babysitterin. Da kennt die Dörte aus dem Effeff.

«Ihr könnt einfach immer meine geheimsten Wünsche erraten. Gleich heute Nachmittag fahre ich nach Bagband und schau mir alles an. Willst du nicht mitkommen?»

Bagband. Jetzt ist er wieder auf sicherem Boden. «Jo. So eine Führung im Brauereimuseum ist wirklich eine dolle Sache. Und erst der Biergarten im Ostfriesenbräu. Aber heute Nachmittag ist bei mir nicht so gut. Ich muss mich dringend um meine Stadtausruferrede kümmern. Schließlich ist Samstag in einer Woche der Wettbewerb, und ich hab sie immer noch nicht ganz fertig.»

Dörte sagt nichts, sondern hält ihm eine Papierrolle hin. Langsam rollt er sie auf. Ganz oben steht: RTC. Das hat nichts mit dem braunen Landbier zu tun, das er so gerne trinkt. Auch die vielen Fotos von Pferden passen nicht dazu. RTC. Reitsport-Touristik-Centrum Ostfriesland. Jetzt erinnert er sich. Ist aber bestimmt schon drei Wochen her, dass Adelheid vorgeschlagen hat, Dörte ein paar Reitstunden zu schenken. «Die wollte doch als lütte Deern immer schon reiten», hat Adelheid beim Sonntagnachmittagskaffee in der Steffens'schen Bauernküche gesagt. Clara war sofort begeistert, sogar seine zweitälteste Schwester Bärbel fand die Idee gut, und die hält sich sonst immer raus.

«Stimmt», hat Bärbel gesagt, «erinnert ihr euch noch, dass Vadder Dörte immer auf unsere Roswitha gesetzt hat, damit die Lütte zumindest ein Gefühl dafür kriegt, wie es sich auf dem Rücken eines Tieres anfühlt?»

Alle haben bei der Erinnerung an diese Bilder gelacht. Roswitha war die gutmütigste Kuh, die sie je auf dem Hof hatten.

«Freut mich, dass dir unser Geschenk gefällt. Onkel Fritjof sagt ja immer: Auf dem Rücken der Pferde liegt das Glück dieser Erde.»

«Das hast du süß gesagt, Henner.» Sie stellt sich noch einmal auf die Zehenspitzen, und ehe er sichs versieht, umfasst sie sein Gesicht, zieht es zu sich heran und drückt ihm noch einen Kuss auf die Wange. «Schade, dass du keine Zeit hast.

Aber heute Abend kommst du doch ins Dattein, ja? Ich hab den runden Tisch bestellt. Wir feiern im kleinen Kreis.»

Endlich ist seine Posttasche leer. Dafür ist sein Kopf umso voller. Brakenhoff und Matschker geistern darin herum. Und Dörte. Die vor allem. Irgendwie ist ihm nicht wohl bei der Sache mit dem «Dattein». Mit dem kleinen Kreis kann seine komplette Familie nicht gemeint sein. So viele passen nämlich nicht an den runden Tisch.

Aber jetzt hat er erst mal Feierabend. Henner schiebt Berta zum Zebrastreifen, als ein Auto neben ihm hält. Ein cremefarbenes BMW Cabriolet älterer Bauart. So eins hat die Frau des Bauunternehmers aus Wittmund vor Jahren auch gefahren. Ein Mann, jung und blond, lächelt ihn an. Wie so 'n Model aus der Werbung.

«Hallo, können Sie mir helfen? Ich suche die Eucken Straße, aber mein Navi zeigt mir das nicht an.» Er grinst breit, und dabei blitzt sein Pferdegebiss auf.

«Die gibt es auch nicht. Sie suchen bestimmt den Von-Eucken-Weg.» Henner zeigt Richtung Sielhof. «Da müssen Sie wenden. Direkt hinter der Kurve vom Schöpfwerk beginnt die Straße.»

«Okay.»

Das Auto rollt an, bremst jedoch wieder ab. Der Blonde legt den Rückwärtsgang ein und stoppt erneut vor Henner.

«Ach, ich hab noch eine Frage, ich hab nämlich keine Hausnummer. Aber Sie als Postbote kennen sich hier ja sicher aus.»

Nicht danke sagen, aber blöde Fragen stellen. Das passt zu einem, der ein hellblau gestreiftes Hemd mit aufgesticktem Pferd trägt.

«Wen suchen Sie denn?»

«Sie wohnt noch nicht so lange hier. Rosa Moll heißt sie.»

Henner sagt gar nichts. Das muss der Typ vom Telefon sein. Dieser Ingo. Er nimmt den Kerl genauer unter die Lupe. Große Augen, gerade Nase, normaler Mund, jedenfalls wenn er geschlossen ist. Geöffnet sieht es aus, als wenn er gleich zubeißen wollte. Braune Haut, ein kleiner Leberfleck am Kinn. Glatt rasiert. Die vollen Haare blond, durchgestuft, nach rechts gekämmt. Und garantiert mit Gel gestylt. Wenn Gudrun ihm die Haare schneidet, sieht Henner auch so ähnlich aus. Freestyle, sagt Gudrun dazu. Henner gefällt das aber nicht. Dem Typen im Auto hingegen steht es. Das muss er zugeben. Und seine Schwestern würden den garantiert als hübsch bezeichnen. Vermutlich sogar als gutaussehend. Vielleicht liegt es an Dörtes Geburtstagsgeschenk, dass Henner bei dem hier eher an den Typ brunftiger Hengst denken muss.

«Und? Wissen Sie nun, wo Frau Moll wohnt?» Der Kerl guckt ihn leicht genervt an.

«Schon mal was von Postgeheimnis gehört?» Henner steigt wieder in die Pedale. So weit kommt es noch, dass er fremden Männern erzählt, wo hier alleinstehende Frauen wohnen. Nee, nee, er hat schließlich auch so etwas wie eine Fürsorgepflicht. Vor allem Rosa gegenüber, die ist ja neu und außerdem seine Nachbarin.

Zügiger als sonst bringt er die Posttasche zurück und radelt nach Hause. Auf der Bank neben dem Eingang sitzt der Blonde, die Beine weit von sich gestreckt.

«Rosa ist wohl noch nicht da.» Henner schließt seine Berta an. Sicher ist sicher, vor allem während der Saison.

«Sie kennen Rosa?» Henner hört Überraschung in der Stimme des Schönlings. «Das hätten Sie mir doch sagen können.»

«Sie haben ja nicht gefragt.» Henner fischt seinen Schlüssel aus der Tasche und schließt die Haustür auf. «Sie wohnt über mir», fügt er erklärend hinzu und verschwindet in der Wohnung. Nach einer ausgiebigen Dusche zieht er sich um. Jeans und ein kariertes Kurzarmhemd. Als er angezogen ist, linst er aus dem Badezimmerfenster. Der Kerl sitzt immer noch vorm Haus. Henner setzt Wasser auf. Bei dem Knaben da draußen hat er ein komisches Gefühl.

Er schnappt sich zwei Tassen, die Teekanne, Kluntjes und Sahne und trägt alles auf einem Tablett raus. Ostfriesen sind schließlich für ihre Gastfreundschaft bekannt.

«Mögen Sie 'ne Tasse?»

«Ehrlich gesagt wäre mir ein Latte macchiato lieber.» Der Blonde lässt sein Gebiss blitzen. Gut sieht das nicht unbedingt aus.

«Latte hab ich nicht.»

«Trotzdem. Vielen Dank. Ich heiße übrigens Ingo. Ingo Bremer. Ich bin ein sehr guter Freund von Rosa.»

«Na denn.» Hat er doch richtig kombiniert. Das ist der Kerl, den Rosa ständig in ihren Kurzkrimis umbringt. Dann kann er ja so 'n guter Freund nicht sein. Henner setzt sich neben Ingo und gießt sich demonstrativ einen Tee ein. Eigentlich wär ihm jetzt ein Bier lieber. Aber um diese Uhrzeit gibt es das nicht bei ihm. Da hat er seine Regeln. Kein Bier vor vier.

«Hat sich Rosa hier gut eingelebt?», fragt der Schnösel.

«Jo.» Wenn der meint, Henner würde ihm was über Rosa erzählen, ist er aber auf dem Holzweg.

«Ist auch wirklich eine schöne Gegend, die sie sich als neue Heimat ausgesucht hat.» Der Kerl streckt die Beine noch weiter von sich und faltet die Hände hinter seinem Kopf. Gehört sich eigentlich nicht, sich auf dem Grundstück von Fremden so zu lümmeln. «Hier lässt es sich bestimmt gut leben.»

Henner zieht argwöhnisch die Augenbrauen zusammen. Ihm schwant Böses.

«Diese Luft, das Meer ... Da ist Rosa sicher in Urlaubsstimmung. Und Frauen im Urlaub sind ja bekanntlich offen für vieles.» Ein kumpelhaftes Augenzwinkern folgt, und Henners ungutes Gefühl wird von Sekunde zu Sekunde stärker.

«Haben Sie eigentlich eine Ahnung, wo Rosa sein könnte? Die Schule ist doch schon längst vorbei.»

Was für ein unangenehmer Knabe. Wie wird er den bloß los? Henner kommt eine Idee. «Vielleicht ist sie bei der Polizei.»

«Wieso bei der Polizei?»

«Ach so, das können Sie ja gar nicht wissen», sagt er gedehnt. «Rosa ist in einen Mordfall verwickelt. Das ist eine ganz verzwickte Situation.»

Bei diesen Worten setzt Ingo sich kerzengrade hin. «In einen Mordfall?», fragt er erschrocken.

«Jo. Die Polizei hat schon mehrere Gespräche mit ihr geführt.» Das ist ja nicht mal gelogen. Rudi ist schließlich die Polizei.

«Ach, ich wusste gar nicht, dass sie in Schwierigkeiten steckt.» Ingo schaut auf seine Uhr. «Ich glaub, ich muss dann weiter.» Er steht auf. «Wenn Sie Rosa sehen, grüßen Sie sie doch bitte von mir. Ich hab wirklich keine Zeit, länger zu warten.»

Zufrieden blickt ihm Henner hinterher, als er in sein Cabrio steigt und voll aufs Gas tritt. Seine gute Tat für heute hat er vollbracht.

Keine fünf Minuten sitzt er so da, als Rosas roter Fiat 500 vorm Haus hält. Doch die Frau, die aussteigt, kennt Henner nicht, obwohl sie durchaus Rosas Figur hat.

«Moin, Henner!», grüßt ihn die Fremde. Die Stimme kennt er. Das ist tatsächlich Rosa.

«Was hast du denn mit deinen Haaren gemacht?»

«Sieht gut aus, nich?»

Henner schluckt. Besser, er sagt nichts. Das hat er in langen Jahren bei seinen acht Schwestern gelernt.

«Also, mir gefällt's.» Sie dreht sich einmal im Kreis und lacht beinahe glücklich, wobei ihr Blick auf das Tablett mit den beiden Teetassen fällt. «Ach», sagt sie und guckt betreten. «Du hast auf mich gewartet? Das ist aber lieb von dir. Ich hab nur gerade heute gar keine Zeit. Ich kriege gleich Besuch. Ein alter Freund aus Hannover. Sei mir nicht böse, aber ich muss eben nach oben, ein wenig Klarschiff machen und mich umziehen. Wir holen das nach mit dem Tee, ja?»

Irrt Henner sich, oder glänzen ihre Augen heute besonders? Oder liegt das an diesen glatten Haaren? Egal. Henner stellt das Geschirr auf dem Tablett zusammen.

«Ist irgendwas, Henner?», fragt Rosa argwöhnisch.

«Nee, is nichts.» Henner steht auf. «Ich geh auch rein. Bin heute Abend noch auf einer Geburtstagsfeier im Dattein.»

«Dann sehen wir uns vielleicht. Ich denke, ich gehe mit Ingo auch da hin. Ich will ihm mal zeigen, wie schön es hier ist.»

«Ingo?»

«Ja. Ingo.» Rosas Finger fahren automatisch in ihre Haare. Sie merkt gar nicht, dass sie dabei ihre sorgfältig fabrizierte Frisur kaputt macht. Schon lockt sich wieder eine der geglätteten Strähnen. Henner gefällt das sowieso viel besser, aber Rosas verklärter Blick macht ihm Sorgen. Sieht aus wie Vorfreude auf Ingos Besuch.

«Also, bis später», trällert Rosa und verschwindet im Haus.

Zufrieden bleibt Henner noch einen Moment sitzen. Manche Dinge erledigen sich, bevor sie zu echten Problemen werden.

Ohne dass Rudi etwas sagen muss, stellt Theo ein Bier vor ihn auf die Theke und macht den ersten Strich auf den Deckel.

«Köm?», fragt der Wirt des «Dattein», ein kräftiger Mann, dem zwar oben auf dem Kopf die Haare fehlen, dafür sprießen sie an den Seiten umso länger und sind hinten zu einem dünnen Schwänzchen zusammengefasst. Rudi und Henner treffen sich gern in der Kneipe oberhalb des kleinen Fischerhafens. Der Thekenbereich sieht wie der Bug eines Kutters aus. Nebst barbusiger Galionsfigur. Der Eiergrog, den Theo macht, zählt zu den besten, die Rudi je getrunken hat. Nur im Teehäuschen am Südstrand in Wilhelmshaven schmeckt der mindestens genauso gut. Das war fast ein Heimatgefühl, als er bei den Kollegen dort ein paar Monate ausgeholfen hat.

«Was is nun? Köm?»

«Später.»

«Warteste noch auf Henner?»

«Jo.»

«Na denn.» Theo wendet sich Jens Janssen zu, einem der Krabbenfischer, der ebenfalls hier Stammgast ist. «Noch 'n Bier?» Jens nickt, und Theo hält ein Jever-Glas unter den Zapfhahn.

«Was macht die Aufklärung vom Mord?», fragt Theo beiläufig und tut so, als ob es ihn nicht wirklich interessieren würde. Dabei weiß Rudi ganz genau, dass der ganze Ort wissen will, ob Rudi den Mörder schon überführt hat. Hat er aber leider noch nicht.

«Lüppt.»

«Denn is ja gut.» Theo hat verstanden, dass Rudi nicht darüber reden will. Er zapft das Jever fertig und stellt es mit perfekter Blume vor Jens, als die Tür geöffnet wird und Henners sonore Stimme mit einem raumfüllenden «Moin» ertönt. Der übt wohl schon für den Ausruferwettbewerb.

Erfreut dreht Rudi sich auf dem Barhocker um, doch beim Anblick von Henners Begleitung sacken seine Mundwinkel nach unten. Rosa. Kann Henner denn gar nichts mehr ohne seine Obermieterin machen? Die sind ja schlimmer als ein Ehepaar. Rudi dreht sich wieder zu seinem Bier um.

«Theo, machste mir doch 'nen Köm.»

«'n Abend, Rudi.» Rosas Stimme ist fast ein Flüstern, als sie auf den Barhocker neben ihm rutscht. Henner nimmt den übernächsten.

«'n Abend,» Rudi starrt in sein Bier. Er hatte sich so auf einen Männerabend mit Henner gefreut. Nicht, dass er etwas gegen Rosa hätte, im Gegenteil, aber er möchte auch mal wieder ungestört mit Henner reden. Ein Abend allein mit Rosa wäre sicherlich auch nicht schlecht, nur so ständig zu dritt ... das hat ja schon mit Denise nicht funktioniert.

«Nicht böse sein, dass ich mit bin.» Rosa hat seine Stimmung gleich richtig gedeutet. «Henner meinte, es täte mir gut, abgelenkt zu werden. Ich meine, nach der Enttäuschung heute.»

Bei diesen Worten wird Rudi hellhörig und dreht sich zu Rosa um. Henner macht ihm ein Zeichen über ihren Kopf hinweg. Erst jetzt fällt Rudi der glatt frisierte Haarschopf auf.

«Was ist denn passiert?», fragt Rudi, und schon fließen bei Rosa die Tränen.

«Ach, nichts», weint sie, sagt zu Theo «einen Grauen Burgunder, bitte» und wischt sich die Tränen mit den Händen fort. Sie muss schon mehr geweint haben, vermutet Rudi, nicht mal die Wimperntusche verwischt mehr. Oder liegt das am schummrigen Licht?

«Erzähl doch», sagt er aufmunternd. «Reden ist immer gut.»

Kaum hat er das gesagt, legt Rosa los. Spricht von Ingo,

diesem Mistkerl, und dass er sie in Hannover betrogen hat, obwohl sie es sich doch zusammen in dieser kuscheligen Dachgeschosswohnung so gemütlich eingerichtet hatten und bald heiraten wollten, aber dass er sie eiskalt abserviert und an ihrer Figur rumgemeckert hat und dass sie sich nur deswegen nach Esens hat versetzen lassen, damit sie so weit wie möglich von ihm entfernt ist. «Und dann ruft er am Montag an, gerade als wir zum Spargelessen bei Henners Eltern waren, und sagt, er würde mich vermissen. Er hätte jetzt erst gemerkt, wie viel ich ihm bedeute, und dass er in der Nähe zu tun hat und dass er vorbeikommen und auch bei mir übernachten wollte.» Sie schnieft laut.

«Übernachten?», fragen Rudi und Henner wie aus einem Mund, und Henner ergänzt beleidigt: «Davon hast du ja gar nichts gesagt.»

Theo stellt den Grauburgunder vor Rosa hin, und Rudi registriert, dass der Wirt großzügig über den Eichstrich hinweg eingegossen hat. Rosa greift zum Glas. Mit dem ersten Schluck hat sie es zum Drittel geleert. Wieder schnieft sie.

«Ist ja sowieso egal, was ich gesagt habe oder nicht. Der Mistkerl ist ja gar nicht erst gekommen. Der hat mich einfach versetzt.»

«Henner, für dich auch 'nen Köm?», fragt Theo gänzlich ungerührt. Henner nickt.

Rosa rutscht vom Hocker runter. «Ich muss mal eben aufs Klo», sagt sie und ist schon verschwunden.

«Was ist denn los?», fragt Rudi seinen Kumpel misstrauisch. «Du bist doch sonst nicht der Tröster für im Stich gelassene Frauen.»

«Ich hab den vergrault», gibt Henner zu und schnappt sich sein Bier. Ist das da ein Grinsen auf seinem Gesicht? Jetzt versteht Rudi gar nichts mehr.

«Wie, du hast den vergrault?»

«Na, der saß vorm Haus, als ich Feierabend hatte und Rosa noch nicht da war. Das ist so ein Schnösel, das kannst du dir überhaupt nicht vorstellen. Und als der nach Rosa gefragt hat, da hab ich gesagt, Rosa ist bestimmt noch bei der Polizei. Weil sie in einen Mord verwickelt ist. Darauf hat der mit seinem Proll-Cabrio Fersengeld gegeben, so schnell kannst du deine Ente gar nicht starten.»

«Aha.» Rudi muss das mal eben einen Moment sacken lassen. Dann grinst auch er. «Theo», ruft er zum Wirt hinüber, «machst du für Henner und mich noch 'nen Köm?»

Gerade als Theo die Gläser wieder füllt, öffnet sich die Kneipentür, und mit der abendlichen Juniluft strömt eine Schar Frauen herein.

«Ey, cool, ihr seid auch da!» Dörte hat den Schal nicht mehr akkurat um den Hals hängen, sondern etwas schräg, und genauso spricht sie auch. In ihrem Schlepptau befinden sich Henners Schwestern Adelheid, Bärbel, Clara, Doro und Gudrun, aber auch Sabine und Annelore, mit denen Dörte in der Gymnastikgruppe ist. Als Letzte kommt Anita, Gudruns Chefin. Ein Weiberabend. Immerhin ist Bärbels Freundin, die Bademeisterin, nicht dabei. Rudi hat sich auch nach ein paar Jahren noch nicht daran gewöhnt, dass Bärbel nichts mehr von Männern will. Und vor allem, dass sie damit nicht hinterm Berg hält.

«Nur dass ihr's wisst», hat Bärbel irgendwann einfach so beim Sonntagskaffee in der Steffens-Küche gesagt. «Ich liebe Birgid.»

Rudi hat befürchtet, dass Henners Vadder der Apfelkuchen quer im Hals stecken bleibt, aber der hat nur gemurmelt: «Frauenliebschaften hat's schon immer gegeben. Aber muss man das gleich so rausposaunen?» Da hat Bärbel ihren

Vater grummelig angesehen, jedoch nicht weiter aufbegehrt, sondern erzählt, dass sie mit ihrer Boßelmannschaft Herbstmeister geworden ist, woraufhin Mudder Steffens erleichtert Tee nachschenkte und Ruhe im Karton war.

«Herzlichen Glückwunsch zum Geburtstag, Dörte», begrüßt Rudi die Sandkastenfreundin. Bestimmt hat sie den Tisch vorn links reserviert. Der ist frei. Aber statt sich dort hinzusetzen, umringen die Mädels Henner und ihn. Keine Chance zu entkommen, es sei denn, sie springen über den Bug-Tresen. Doch da ist kein Platz, Theo schenkt bereits Dörtes Bestellung ein: zehn Sekt.

«Elf», sagt Rudi trocken, woraufhin Dörte schallend lacht.

«Kannste nicht richtig zählen, Rudi?», kichert sie, und er wiederholt trocken: «Elf. Rosa ist auch da. Sie ist nur grad auf dem Klo.»

Prompt verschluckt sich Dörte.

DONNERSTAG

Rosa wird vom Krähen eines Hahns geweckt. Ihr Schädel brummt. Der Hahn hört nicht auf und scheint neben ihrem Kopf zu sitzen. Vorsichtig öffnet Rosa die Augen und schließt sie vor Schreck gleich wieder.

Wo ist sie?

Zögernd öffnet sie die Augen erneut, der krähende Hahn entpuppt sich als Wecker auf einem Nachttisch, und sie selbst liegt in rot karierter Bettwäsche.

Während sie noch nach einer Erklärung sucht, geht die Tür auf, und Henner kommt rein. Vollständig bekleidet. In Arbeitsuniform. Er haut auf den Wecker, und das Krähen erstirbt.

«Moin», sagt er. «In der Küche ist Tee. Der weckt die Lebensgeister. Ich muss jetzt zur Arbeit.»

Schon will er wieder fort, aber Rosa hält ihn am rechten Hosenbein fest.

«Henner ... äh ... warum bin ich in diesem Bett?», fragt sie zaghaft und weiß gar nicht, ob sie die Antwort überhaupt hören möchte.

«Bist abgestürzt gestern. Dörte hat dir einen Seehund nach dem anderen bestellt, und du hast brav jeden getrunken. War schon ein Akt, dich überhaupt nach Hause zu kriegen, aber dich dann nach oben zu tragen, nee, das ging echt nicht mehr. Hab ich dich also hierher gelegt.»

«Da war nichts? Also ... zwischen dir und mir?»

«Nee. Ich hab auf der Couch geschlafen. Ist ja 'ne Ausziehcouch.»

«Oh ...»

«Brauchst dich nicht aufregen. Bei acht Schwestern hab ich schon alles erlebt. Also, zieh die Tür einfach hinter dir zu, wenn du gehst. Solltest dich aber beeilen, du willst doch mit deiner Klasse nach Norddeich.»

Abrupt setzt Rosa sich auf, wobei sie das Gefühl hat, ihr Schädel würde platzen.

«Aspirin habe ich neben den Tee auf den Küchentisch gelegt. Tschüs dann.» Weg ist er.

Zwei Stunden später lässt Rosa sich in den Sitz des Busses fallen. Puh, das ist schon mal geschafft. Nach den Aspirin, dem Tee und einer eiskalten Dusche geht es. Über den Restalkohol in ihrem Blut wollte sie lieber nicht nachdenken, als sie mit ihrem Fiat nach Esens gefahren ist. Dort hat sie ihre Schüler und Karina eingesammelt. Jetzt sitzen alle im Bus, und sie hat erst mal Ruhe. Zumindest bis Norddeich. Was ist bloß gestern Nacht passiert? Rosa versucht, sich zu erinnern, aber alles ist schwarz. Seehund, hat Henner gesagt, und nur dunkel erinnert sie sich an einen Kräuterschnaps. Verdammt. Und wer hat wieder mal Schuld, dass sie einen dicken Schädel hat? Ingo. Hätte der sie nicht so schäbig versetzt, hätte sie garantiert nicht so viel getrunken. Warum haben Henner und Rudi nicht besser auf sie aufgepasst? Die wussten doch, dass sie heute den Klassenausflug macht, schließlich hat sie in großer Runde von dem Heuler erzählt und dass sie den heute mit der Klasse besuchen will. Bis dahin ist eigentlich auch alles gut gewesen. Aber dann hat Dörte «Seehund» gekreischt und alle Mädels haben gerufen: «Oh ja! Den wollen wir jetzt. Aber den männlichen, Theo.» Ab da wurde es schlimm. Dörte hat immer neue Runden bestellt. Nur Henner und Rudi sind beim Bier geblieben. Glaubt Rosa. Ganz sicher ist sie sich allerdings nicht. Den Kräutergeschmack hat sie jedenfalls noch in der Früh im Mund gehabt. Als sie in Henners Bett aufgewacht ist. Wenn sie sich doch bloß an das Ende des Abends erinnern könnte.

«Alle Mann an Deck?», ruft der Busfahrer nach hinten, und die Bustür schließt sich. Zeit, noch einmal durchzuzählen. Das soll Karina machen. Da kann sie gleich mal erleben, was es heißt, Verantwortung für so einen Haufen zu tragen. «Du übernimmst das heute», sagt Rosa und kommt ihr dabei nicht zu nahe. Schließlich kann es sein, dass sie noch immer eine Seehund-Fahne hat. Das wäre echt zu peinlich.

Karina beginnt sofort mit dem Zählen. «Eins, zwei, drei ... fünfzehn ... zwanzig ... sechsundzwanzig. Alle da.»

Rosa nickt der Referendarin dankbar zu.

«Ich glaube, es ist besser, wenn Kevin neben dir sitzt.» Karina drückt den Unruhigsten der Klasse auf den Sitz neben Rosa. «Ich geh dann mal wieder nach hinten, dann hab ich sie alle im Blick.»

«Okay», sagt Rosa und wendet sich an Kevin. «Nur ein Mucks, und ich binde dich in Norddeich draußen bei der Aufzuchtstation an. Da, wo man normalerweise die Hunde festmacht.» Kevin sieht sie mit großen Augen an. «Das dürfen Sie nicht, dass sag ich mein ...»

«Halt die Klappe.»

Vor lauter Schreck ist Kevin jetzt wirklich still. Geht doch, denkt Rosa und sinkt erschöpft an die Lehne zurück.

Sofort rattert es wieder in ihrem Kopf. Sie hat gestern die ganze Zeit an der Theke gestanden. Zwischen Rudi und Henner. Die beiden haben sie getröstet. Je später der Abend wurde, umso weniger musste sie an Ingo denken. Einmal hat

Henner sogar den Arm um sie gelegt. Rudi auch. Die beiden waren richtig niedlich. Henner besonders. «Vielleicht ist es ja auch ganz gut, dass Ingo nicht gekommen ist. Nachher brechen die alten Wunden wieder auf und tun doppelt weh», hat er gesagt. So viel Einfühlungsvermögen hat sie Henner gar nicht zugetraut.

Kevin ist noch immer still. Er hat aus seinem Rucksack sein Smartphone geholt, und schon schießt er virtuelle Comic-Hühner ab. Rosa hat Handys für ihre Grundschüler während des Unterrichts verboten. Aber jetzt ist ja kein Unterricht, und außerdem fehlt ihr gerade jede Energie, überhaupt nur den Mund aufzumachen. Sie guckt aus dem Fenster. Weite Wiesen und Felder ziehen sich bis zum Deich. Darüber der blaue Himmel mit weißen Schäfchenwolken. Eine sieht aus wie Dörte im Profil. Sogar mit Zopf. Dörte. Je länger Rosa überlegt, umso sicherer ist sie, dass es Dörte war, die sie mit dem Seehund abgefüllt hat. «Ein Heuler muss schwimmen», hat sie gesagt, sich von Theo die Pulle geben lassen und immer wieder eingeschenkt. Und dann ist Rosas Erinnerung wie abgeschnitten. Bis zu dem peinlichen Moment, in dem sie in Henners Bett aufgewacht ist. Immerhin war sie vollständig angezogen. Kevin zupft an ihrem Ärmel. Rosa schlägt die Augen auf.

«Du, Frau Moll, dürfen die das?»

«Was?»

«Jetzt schon essen?»

Rosa dreht sich um und stützt sich auf der Rückenlehne ihres Sitzes ab. Wo sie hinsieht, geöffnete Brotdosen, Trinkflaschen und Kekspackungen. Ihren Schülern schmeckt's, und auch eine ältere Frau mit Kopftuch hat einen Apfel in der Hand. Fast ein Wunder, dass Karina kein Mepfel-Brot mümmelt. Resigniert lässt Rosa sich zurückfallen.

Es ist jedes Mal das Gleiche. Auf Klassenfahrten setzt der Hunger ein, kaum dass der Bus losfährt. Da kann sie vor Reiseantritt noch so bestimmt sagen, dass sie eine Frühstückspause einlegen, bevor sie in die Seehundaufzuchtstation gehen.

«Du, Frau Moll, darf ich auch mein Brot essen?», fragt Kevin zaghaft.

«Nein.» Rosa verleiht ihrer Stimme einen festen Klang. Dann dreht sie sich wieder um. «Alle Brote weg und die Trinkflaschen auch. Aber zackig.» Zwei Minuten später dreht sie sich noch einmal nach ihren Schülern um. Niemand kaut mehr. Alles ist wieder in den Rucksäcken verschwunden. Warum nicht gleich so.

Der Bus wählt die Route über die Küstenbadeorte. Ein «Siel» kommt nach dem anderen: Bensersiel, Dornumersiel, Neßmersiel. Das erinnert sie an etwas. In Neßmersiel hat doch Brakenhoff seine Yacht liegen. Ob die Polizei sich schon damit beschäftigt hat? Könnte ja sein, dass man an Bord was findet. Waffen oder Drogen. Vielleicht hat der ja geschmuggelt, immerhin soll der ständig mit seinem Boot unterwegs gewesen sein. Vielleicht hat der nicht nur nach Fischen geangelt. Darauf muss sie Rudi unbedingt mal ansetzen. Wer weiß, ob die in Wittmund von alleine auf die Idee kommen. Bei diesem Gedanken geht es Rosa schon gleich besser.

Kurz vor Norddeich drehen die Kinder richtig auf. Man kann sie einfach nicht lange ruhig halten, sosehr Karina sich auch bemüht. Rosa merkt, dass Kevin am liebsten mitmischen will, doch sie hat ihn vorhin wohl so eingeschüchtert, dass er sich nicht traut. Dafür beschweren sich drei ältere Damen in Seniorenbeige. «So ein Geschrei hat es früher nicht gegeben. Sorgt denn hier keiner für Ordnung? Diese Lehrer von heute!»

Rosa überlegt noch, ob sie etwas erwidern will, da schimpft eine andere Frau dazwischen: «Nun, machen Sie aber einen Punkt. So laut sind die Kinder nun auch nicht. Und immerhin waren sie von Esens bis jetzt ziemlich ruhig. Da sollten Sie mal bei einer der Rentner-Butterfahrten dabei sein. Da tun Ihnen hinterher die Ohren weh.»

Rosa dreht sich um und zwinkert der Frau zu, die Mitte vierzig sein muss. Beim Aussteigen bedankt sie sich bei ihr: «Das war sehr nett von Ihnen. Man trifft leider nicht oft auf Leute, die Kindergruppen nicht als Störung empfinden.»

«Gern geschehen. Wohin geht denn Ihr Ausflug?»

«Zur Seehundstation. Wir haben um halb elf dort einen Termin.»

«Dann viel Spaß. Ist sehr interessant. Ich hab's mir auch schon mal angeguckt.»

Als Rudi die Polizeistation Esens betritt, sitzt Bernie Bütefisch vor einer dampfenden Tasse Tee und einem Teller mit Möhrenspalten. Rohes Gemüse isst Bernie nur im äußersten Notfall. Aber jedem kann ja mal etwas quersitzen. Er selbst hat nach dem Aufstehen auch gleich nach einer Aspirin gegriffen. Früher hat er einfach mehr vertragen. Dörte konnte aber auch nicht genug bekommen. Dabei ist das sonst gar nicht ihre Art. Die ist ja eher eine Ruhige. Aber wenn man Geburtstag hat, darf man auch mal über die Stränge schlagen. Immerzu kam sie mit der Seehundflasche an. Rudi hat ja gleich abgewimmelt und lieber noch einen Köm getrunken, aber Rosa hat die Kurve nicht gekriegt. Ob Dörte sie wohl extra so abgefüllt hat? Nein, das kann er sich nicht vorstellen. Andererseits hat Dörte erst Henner und dann Rosa so seltsam angesehen. Ach, verstehe einer die Frauen. Rudi geht um den Eingangstresen herum zum Schreibtisch.

«Was ist denn mit dir heute los, geht es dir nicht gut?»

«Geht schon. Marga findet, ich bin zu dick.» Bernie nimmt sich eine Mohrrübenspalte und knabbert daran. «Ein Herr Münsterberg hat angerufen», sagt er, während er kaut. «Du kannst ihn noch in den nächsten zwei Stunden erreichen, dann ist es erst mal wieder schlecht.» Bernie schiebt ihm den Zettel rüber. «Außerdem hat Schnepel angerufen. Der wollte mir aber nichts sagen. Du kennst ihn ja.»

Rudi wählt Schnepels Nummer und lässt es sechsmal klingeln, bevor er auflegt. Schnepel kann ihm jedenfalls nicht den Vorwurf machen, nicht zurückgerufen zu haben. Reinhard Münsterberg allerdings meldet sich nach dem zweiten Klingelton.

«Kommissar Bakker hier. Danke, dass Sie zurückgerufen haben», begrüßt Rudi ihn. «Ich hab ein paar Fragen wegen Ihres Aufenthaltes hier in Neuharlingersiel.»

«Hab ich was angestellt? Die Kurtaxe hab ich bezahlt.» Der Mann scheint ein Scherzbold zu sein.

«Es tut mir wirklich leid, Sie stören zu müssen, aber wir ermitteln in einem Mordfall. Wir befragen routinemäßig alle Gäste.»

«Ach so.» Noch immer klingt sein Gesprächspartner nicht gerade sehr kooperationsfreudig.

«Darf ich Sie fragen, weshalb Sie in Neuharlingersiel gewesen sind?» Dem Mann muss man ja wirklich die Antworten wie Würmer aus der Nase ziehen.

«Es ging um eine Familienangelegenheit.»

«Geht es vielleicht etwas genauer?»

Im Hintergrund rauscht es, dann klappert etwas. «Herr Münsterberg, können Sie mich hören?»

«Ja.»

«Vielleicht ist meine Frage gerade untergegangen: Worum ging es denn bei dieser Familienangelegenheit?»

«Eine Erbschaftssache. Ich habe mit meinem Cousin ein Haus geerbt. Da galt es, die Details abzuklären.»

Ach nee. Diese Geschichte hat Rudi doch schon mal gehört. Er wischt sich über die Nase. «Ihr Cousin ist nicht zufällig Hans-Otto Brakenhoff?» Er lässt einfach einen Schuss ins Blaue los.

«Entschuldigung. Ich bin im Auto unterwegs, hab keine Freisprecheinrichtung, und vorn macht die Polizei eine Verkehrskontrolle. Ich melde mich wieder.»

«Was war das denn jetzt?», fragt Bernie und greift nach der nächsten Mohrrübenspalte.

«Keine Ahnung. Der hat gesagt, er meldet sich wieder. Abwarten. Zumindest haben wir seine Handynummer und seinen Namen, abtauchen kann der nicht so einfach.» Dennoch rumort es in Rudi. «Sach mal, Bernie, hast du eigentlich noch etwas über diesen Cousin, diesen Reiner Brakenhoff, herausfinden können?»

«Nee. Der taucht wirklich nirgendwo auf. Da brauche ich noch mehr Details.» Bernie blickt ihn an, und dabei hat er was von einem Berner Sennenhund.

Die Luft ist so mild, darum beschließen Rosa und Karina, die Frühstückspause auf dem Spielplatz neben der Aufzuchtstation zu verbringen. Nach dem ungeplanten Busfrühstück haben nicht mehr alle Kinder ein Pausenbrot in der Tasche, außerdem kann es nicht schaden, wenn sie sich ein wenig austoben, bevor sie zu den Seehunden und Heulern gehen.

Rosa selbst trinkt nur etwas grünen Tee aus der Thermoskanne. Essen mag sie nichts.

In der Seehundstation herrscht großes Gedränge. Gut, dass sie sich vorher angemeldet haben.

Eine sympathische Frau begrüßt Rosa freundlich am Empfangstresen. «Ich bin Angela Forstmann und betreue Sie heute Vormittag. Kommen Sie mit Ihrer Klasse erst einmal rein. Am besten, alle setzen sich vor das Panoramafenster. Dann besprechen wir das Programm.»

Die Kinder setzen sich auf die Treppenstufen. Durch große Fenster kann man auf die Schwimmbecken im Außenbereich gucken. Dort tummeln sich ein paar ältere Seehunde und einige Heuler.

«Wo ist denn nun Flossi?», quengelt Kevin, kaum dass er sitzt.

«Flossi?», fragt die Betreuerin. «Einen Flossi haben wir hier nicht.»

Rosa berichtet von ihrem Erlebnis am letzten Samstag und erzählt, dass die Klasse die Patenschaft für den kleinen Kerl übernehmen möchte und sogar schon einen Namen ausgesucht hat: Flossi.

«Das ist ja schön.» Angela Forstmann freut sich sichtlich. «Und vor allem haben Sie Glück. Der kleine Heuler ist kerngesund und heute Morgen schon aus der Quarantänestation im Waloseum zu uns rübergebracht worden. Doktor Schröter hat ihn bereits geimpft und gechipt.»

«Können wir denn nun zu Flossi? Ich möchte den mal streicheln.» Kevin gibt nicht auf.

Doch die Biologin schüttelt den Kopf. «Das tut mir leid. Wenn wir einen Heuler hierherbringen, bleibt er auch nach der Quarantäne noch in einem Einzelbecken. Damit wollen wir verhindern, dass die neuen Tiere Krankheiten einschleppen. Kleine Seehunde sind sehr empfindlich, und da wäre es schlimm, wenn sie sich anstecken.»

«Können wir dann wenigstens zu Flossis Becken?», fragt Kevin und steht längst wieder. Dabei zappelt er von einem Bein aufs andere.

«Du hörst auch nie zu», staucht ihn sein Mitschüler Finn zusammen, der gestern im Sachunterricht einen Kurzvortrag über die Seehundstation gehalten hat. «Sehen ja, anfassen nein. Deswegen sind doch die großen Glasscheiben da.»

«Nun spiel dich mal nicht so auf», nuschelt Kevin und ballt seine Faust. Bevor er jedoch seinem Ärger richtig Luft machen kann, geht Karina zwischen die beiden Streithähne. «Nur die Tierpfleger dürfen zu den Tieren hinein», erklärt sie geduldig. «Die Heuler müssen sich erst einmal eine Fettschicht anfressen, damit sie robuster sind.»

Angela Forstmann lacht. «Ja, das ist hier der reinste Kindergarten. Füttern, putzen, füttern, putzen. Wenn man alle durchhat, kann man wieder von vorne anfangen. Hier», sie zeigt durch die Fensterscheibe auf die Einzelbecken. Ein Tierpfleger schiebt gerade einem Heuler einen Schlauch ins Maul. «Wir können den Tieren keine Flasche geben, das dauert viel zu lange. Sie bekommen stattdessen eine Mischung aus Fisch und Haferschleim. Ganze Fische können die jetzt noch nicht fressen.»

«Genauso ist es.» Wie auf Kommando drehen sich Kinder und Erwachsene zu der tiefen Stimme um. Ein Mann hat sich zu ihnen gesellt. «Und wenn die Pfleger die Tiere nicht gerade füttern, sollen sie so wenig Kontakt wie möglich zu den Heulern haben. Denn die dürfen sich nicht an Menschen gewöhnen, weil sie doch zurück in die Nordsee sollen, wenn sie etwas größer und robuster sind.» Der groß gewachsene

Mann mit den breiten Schultern trägt einen weißen Kittel. Er hat kurze dunkle Haare, ein markantes Gesicht, einen Dreitagebart und leuchtende Augen. Kein Zweifel, dies muss der Baywatch-Rettungsschwimmer sein. Auf Adelheids Beobachtungsgabe ist Verlass.

«Und wer bist du?» Für diese Frage sollte Rosa Kevin ein Sternchen für mündliche Beteiligung ins Notenbuch schreiben.

«Ich bin Tierarzt.» Das tiefe Timbre seiner Stimme schwingt bei Rosa durch den Magen in die Knie. Sie ist wohl immer noch ein bisschen angeschlagen von gestern.

«Gestatten, Volker Schröter», stellt er sich vor und reicht ihr und Karina die Hand.

«Doktor Schröter, das ist ja nett, dass Sie sich ein wenig Zeit für uns nehmen.» Rosa schenkt ihm ihr schönstes Lächeln. «Ich habe am Samstag einen kleinen Seehund in den Salzwiesen bei Neuharlingersiel gefunden. Meine Klasse würde gerne die Patenschaft für ihn übernehmen. Einen Namen haben wir auch schon. Flossi.»

«Das ist eine wunderbare Idee.» Er zwinkert ihr zu, und Rosa atmet das flaue Gefühl in ihrer Magengegend weg. Manche Männer haben eine Aura, auf die sie körperlich reagiert. Da kann sie machen, was sie will.

«Sie wissen sicher, dass eine Patenschaft fünfhundert Euro kostet? Dafür dürfen Sie dann aber auch dabei sein, wenn Ihr Flossi in die Freiheit zurückgebracht wird. Allerdings wird es mit der ganzen Klasse etwas schwierig. So viele können wir nicht mitnehmen. Da müssten Sie schon eine Auswahl treffen.»

Bei den letzten Worten hat Rosa gar nicht mehr richtig zugehört. Ihr Blick ist an Kratzern auf dem Handrücken des Tierarztes kleben geblieben. Verkrustete Schürfwunden.

«Oh, Sie haben sich verletzt?» Eine diplomatischere Frage fällt Rosa auf die Schnelle nicht ein.

«Ach, das ist nichts weiter. Ihr kleiner Heuler hat mich erwischt.» Sein Lächeln ist bei diesen letzten Worten breiter geworden. Nur seine Augen wirken kälter.

«Wo waren Sie eigentlich am Samstagnachmittag gegen vier?» Die Frage rutscht Rosa einfach so heraus.

«Wie bitte?» Jetzt sind nicht nur seine Augen eisig, sondern auch seine Stimme.

Rudi kommt gerade aus der Teeküche, als Schnepel zurückruft.

«Bakker, gut, dass ich dich erreiche. Ich habe Brakenhoffs ein- und ausgehende Anrufe überprüft. Es gibt tatsächlich in den letzten drei Wochen vier Anrufe von Andreas Matschker. Und jetzt kommt's: Der letzte ist am Samstag gegen elf Uhr verzeichnet. Ein paar Stunden vor Brakenhoffs Tod.» Schnepels Stimme ist ein einziger Triumph. Dabei weiß Rudi gar nicht, auf was Schnepel eigentlich so stolz ist. Ohne ihn, Rudi, hätten Haueisen und Schnepel Andreas Matschker gar nicht auf dem Schirm. Aber ob er das jetzt sagt oder in China ein Sack Reis umfällt, ist völlig egal, denn Schnepel redet schon weiter: «Hast du denn nun eigentlich etwas wegen der Waffe rausgekriegt?»

«Matschker war gestern nicht da. Der kommt erst heute zurück.»

«Und warum hast du uns das nicht gemeldet? Wir haben doch noch ganz andere Möglichkeiten, etwas herauszufinden.»

«Dann mach das doch einfach und pup mich nicht an.»

Rudi hat keinen Bock auf Schnepels Überheblichkeit. «Ich gucke nachher noch mal bei Matschker vorbei, und dann melde ich mich. Ich hab hier auch noch ein paar andere Dinge im Zusammenhang mit dem Mord zu erledigen.»

«Stress dich bloß nicht», sagt Schnepel und legt auf.

Blödmann! Schon klingelt das Telefon wieder. Ist Schnepel noch eine weitere Gemeinheit eingefallen? Rudi reißt den altmodischen Hörer von der Gabel und brüllt: «Du kannst mich mal! Aber kreuzweise!»

«Entschuldigung, bin ich da nicht bei der Polizei in Esens?»

Scheibenkleister. «Doch. Tut mir leid. Das war ...» Rudi weiß nicht, was er sagen soll.

«Hier ist Iris Brakenhoff. Könnte ich bitte Kommissar Bakker sprechen?»

Am liebsten würde Rudi im Boden versinken. Das ist ja peinlich hoch zehn. «Entschuldigen Sie, das ...» Er überlegt kurz, was er sagen soll, dann entscheidet er, einfach darüber hinwegzugehen. «Was kann ich denn für Sie tun, Frau Brakenhoff?», fragt er jovial.

«Sie sagten, ich soll mich melden, wenn mir etwas einfällt.»

Bevor Rudi antworten kann, ertönt die Fanfare seines Handys. Das Display zeigt Rosas Nummer. Aber die muss jetzt warten. Wahrscheinlich möchte sie sich entschuldigen, dass sie gestern so viel getrunken hat. Die konnte ja nicht mal mehr geradeaus gehen. Henner und er mussten sie links und rechts einhaken, um sie nach Hause zu bringen.

«Prima, Frau Brakenhoff. Soll ich vorbeikommen?»

«Ach, das muss nicht sein. Das geht auch am Telefon. Denn eigentlich geht es auch nur um ein Telefongespräch.»

Schon wieder ertönt die Fanfare. Rudi schaltet auf lautlos.

«Entschuldigen Sie, Frau Brakenhoff. Ich musste nur eben mein Handy leiser stellen. In so einer Mordermittlung klingelt es fast den ganzen Tag. Aber jetzt bin ich wieder ganz Ohr.»

«Ich weiß ja gar nicht, ob das wichtig ist. Aber Ihr Kollege aus Wittmund hat doch gefragt, ob mein Mann Kontakte in den Osten hat. Davon weiß ich zwar nichts, und das habe ich Ihrem Kollegen auch gesagt. Andererseits kenne ich meinen Mann erst seit zehn Jahren, und ich weiß nicht, was vor meiner Zeit war. Auf jeden Fall hat er in den letzten vier Wochen ein paar Anrufe bekommen, die ihn sehr aufgeregt haben. Er hat mir aber nicht gesagt, worum es ging. Den letzten am vergangenen Samstag. Vormittags. Ich hab das Telefon nur klingeln hören, und bevor ich abnehmen konnte, hatte mein Mann in seinem Büro den Anruf angenommen. Nach einer Weile kam Hans-Otto ziemlich bleich aus seinem Zimmer. Ich fragte ihn, ob es ihm nicht gutgehe, ob ich etwas für ihn tun könne, doch er wimmelte ab. Es sei nichts, mit dem er nicht allein fertig werde, sagte er.» Iris Brakenhoff schweigt einen Augenblick. Dann folgt ein melancholisches Lachen. «Er hat immer versucht, alles Schwierige von mir fernzuhalten. Als ob ich ein kleines Kind wäre und nicht seine Frau.»

Rudis Körper spannt sich an. Ein Anruf, der Brakenhoff bedrückt hat. Und Matschker hat am Samstagvormittag beim Mordopfer angerufen. Wer da nicht eins und eins zusammenzählen kann, der hat bei der Polizei nichts zu suchen. Völlig fasziniert hört er der Brakenhoff weiter zu.

«Ich hab mir da gar nichts weiter bei gedacht. Aber jetzt ist Hans-Otto tot, und vielleicht haben diese Anrufe mit seinem Tod zu tun.»

Die Witwe schweigt, und Rudi bedauert, nicht doch direkt zu ihr gefahren und dieses Gespräch unter vier Augen geführt zu haben. Aber das ist jetzt leider nicht mehr zu ändern.

«Ist schon richtig, dass Sie mich angerufen haben.»

«Ich ärgere mich, denn das hätte mir natürlich früher einfallen müssen. Aber ich war so durcheinander ...»

Schluchzt sie? Rudi ist sich nicht sicher. Er bedankt sich noch einmal für den Anruf und verspricht: «Ich schaue heute Nachmittag noch einmal bei Ihnen vorbei. Dann können wir Ihre Aussage fürs Protokoll aufnehmen. Außerdem hab ich da noch die eine oder andere Frage wegen des Cousins Ihres Mannes. Aber das ist jetzt nicht so wichtig. Das besprechen wir nachher.»

Kaum hat er aufgelegt, blinkt das Handydisplay wieder. Rosa. Zum dritten Mal. Was hat die nur? Das ist ja wie letzten Samstag. Rudi läuft es eiskalt den Rücken herunter. Hoffentlich ist sie nicht schon wieder über eine Leiche gestolpert.

«Endlich. Wo steckst du denn die ganze Zeit?», fragt Rosa empört.

«In meiner Dienststelle. Ich bin mit der Aufklärung eines Mordfalls beschäftigt, falls du das vergessen haben solltest. Da müssen viele Dinge erledigt werden. Personen überprüft, Anrufe nachverfolgt, Zeugen verhört. Was gibt es denn bei dir so Wichtiges? Ist etwa schon wieder jemand ermordet worden?»

«Wie bist du denn drauf?»

«Bestens. Und was macht dein Kopf?» So viel Retourkutsche darf sein.

«Na ja ... Geht so ...» Rosa schweigt einen Moment. Dann fragt sie: «Hab ich mich sehr danebenbenommen?»

«Nö. Aber sagen wir mal so: Du warst ganz schön angeschlagen.»

«Angeschlagen?» Das kommt jetzt ziemlich kleinlaut.

«Tja. Konntest nicht mehr alleine geradeaus gehen.» Dass sie auch nicht mehr normal reden konnte, verschweigt er lieber.

«Oh.»

«Weswegen rufst du denn an?», fragt Rudi. «Gibt's was Besonderes?»

«Ich bin mit meiner Klasse doch heute Morgen nach Norddeich gefahren. Und wir sind jetzt in der Seehundstation.»

«Und?» Rudi verkneift sich einen bissigen Kommentar, weil er sich vorstellen kann, wie schwer es Rosa heute fällt, bei einem Klassenausflug den Überblick zu behalten.

«Der Lover arbeitet hier.»

«Wer?»

«Na, der Lover von der Brakenhoff.» Rosa flüstert in den Hörer. «Und stell dir vor, der hat dicke Kratzer an der Hand. Rudi, du musst unbedingt herkommen und seine DNA nehmen. Das ist der Mörder. Garantiert. Der Schröter hat Brakenhoff umgebracht. Aus Liebe zur Tierärztin. Und den Beweis haben wir auf seiner Hand.»

«Wofür haben Sie den Beweis, Frau Moll?», fragt eine tiefe männliche Stimme im Hintergrund. Dann ist die Verbindung unterbrochen.

Gegen Viertel vor elf stellt Henner seine Berta vor Doros Internetcafé ab.

«Moin, Doro», begrüßt Henner seine Schwester und legt ihr einen Stapel Kataloge auf den Tisch. «Biste wieder nüchtern?»

«Geht so. Diese Seehunde haben es ganz schön in sich.» Doro zeigt auf die Thermoskanne. «Magste 'nen Kaffee?»

Ohne die Antwort abzuwarten, schenkt Doro ihm ein, gibt einen Schuss Milch dazu, rührt um und leckt genüsslich den Löffel ab. Sie kann es einfach nicht lassen.

«Hast du schon gesehen, was Ludwig heute in der Mitmachzeitung schreibt?» Doro zeigt auf den Computer-Bildschirm. «Es gebe eindeutige Hinweise auf den Mörder von Brakenhoff, schreibt er. Bei der Festnahme des Verdächtigen könne es sich nur noch um Stunden handeln. Ludwigs Dank gilt der Mithilfe aller Bürger, die sich nach der Veröffentlichung des Phantombildes gemeldet haben. Das ist ja schon mal was. Einen Namen nennt er nicht, aber garantiert ist Rudis Chef gemeint.»

Haueisen ein Mörder? Nein, das kann Henner immer noch nicht glauben. Obwohl er ihn nicht besonders mag. Aber zum Glück ist Rudi am Ball und hat Haueisens DNA genommen. Er muss Rudi unbedingt fragen, was dabei rausgekommen ist. «Und was verkündet Ludwig sonst noch an Gerüchten und anderen Unwahrheiten?»

«Henni, nun sei mal nicht so empfindlich. Ludwig äußert sich eben in jeder Hinsicht kritisch. Auch über den Schützenverein in Esens. Stell dir vor, Frauen dürfen noch immer nicht bei deren Schützenfest mitschießen. Das geht doch gar nicht! Das ist doch vollkommen überholt. Mir gefällt es, dass Ludwig sich auf seine alten Tage noch zum Frauenrechtler entwickelt. Besser, als allen nach dem Mund zu reden.» Doro lacht auf. «Und dann hat er sich noch den Adel vorgenommen. Stell dir vor: Ludwig und der Adel. Und die Schlösser in Ostfriesland. Das ist doch zum Schreien. Eine Homestory über das Wasserschloss Dornum hat er geschrieben. Unser Ludwig. Glaubt man nicht, oder?»

Henner zuckt mit den Schultern.

«Über die Geschichte des Schlosses, die Gartenfeste, die Pferdezucht und die Fohlenschau. Auch da nimmt er kein Blatt vor den Mund.»

Henner wirft einen Blick auf den Bildschirm und die bunten Bilder. Gäule sind sowieso nicht sein Ding. Kühe geben zumindest Milch. Aber Pferde? Nicht mal mehr Rossbratwürste gibt es noch auf dem Schützenfest.

«Sind doch schöne Pferde, oder? Und der Graf erst. So ein gutaussehender Mann.» Doro seufzt schwärmerisch.

Henner wirft ihr einen überraschten Blick zu. «Verstehe einer euch Weibsbilder.» Dörte ist auch nicht besser. Strahlt wie ein Honigkuchenpferd, nur weil der Graf vor ihr hin und her scharwenzelt und ein bisschen rumsäuselt. Könnte der doch mit Dörte zur Reitanlage nach Großefehn fahren. Der hat wenigstens Ahnung von Pferden. Aber nein, das traut Dörte sich nicht zu fragen. Bei Henner hat sie dieses Schamgefühl nicht. Er ist dazu verdonnert, sie zu begleiten. Ob er nun Lust dazu hat oder nicht. Das gehört zum Geschenk dazu, hat Dörte gestern bestimmt, und Adelheid, Bärbel, Clara und Doro haben ihn zufrieden angesehen. Denen ist es egal, dass sich ihr Bruder wieder mit Medikamenten vollstopfen muss, um seine Tierhaarallergie in Schach zu halten.

«Und, was gibt's bei dir Neues?», fragt er seine Schwester, weil ihn Ludwig, die Pferde und der Graf überhaupt nicht interessieren.

«Das sollte ich wohl eher dich fragen.»

«Wieso?»

«So wie du gestern mit Rosa im Dattein rumgeturtelt hast, gibt das Gesprächsstoff für die nächsten Wochen.» Doro spitzt die Lippen. «Dörte war jedenfalls ziemlich sauer, als du Arm in Arm mit Rosa abgezischt bist.»

Dörte? Das versteht Henner nun gar nicht. Er will schon etwas erwidern, lässt es dann aber. Verteidigung ist bei seinen Schwestern zwecklos. Er stellt die immer noch volle Tasse auf den Stapel mit den Katalogen. «Ich muss dann mal weiter.»

«Jetzt schon? Du bist doch grad gekommen.»

«Ist heute besonders viel zum Austragen. Vor allem Kataloge.» Henner zeigt auf Doros Stapel. «Und bestell nicht wieder so viel!»

Das war jetzt aber sehr seltsam. Rudi kräuselt die Stirn. Rosa legt nie ohne Gruß auf. Da stimmt was nicht. Ob der Mann, den er gehört hat, der Tierarzt war? Die Stimme hörte sich drohend an. Das gefällt Rudi gar nicht. Zum Glück ist Rosa nicht allein. Sie hat immerhin über zwanzig Kinder und eine Referendarin dabei.

Dennoch drückt Rudi die Wahlwiederholungstaste. Schon von Berufs wegen möchte er Gewissheit haben. Nach sechsmaligem Klingeln meldet sich die Mailbox. Rudi zögert. Nein, da spricht er jetzt nicht drauf. Frauen sind manchmal launenhaft, das kennt er von Denise noch zur Genüge. Wenn die am Abend zu viel getrunken hatte, dann war die am nächsten Tag zu nichts zu gebrauchen. Das wird schon alles mit rechten Dingen zugehen. Wer weiß, auf was für Gedanken Rosa gerade gekommen ist. Am besten, er macht sich da keinen Kopf drüber.

«Ich kann das Zeug nicht mehr sehen», stöhnt Bernie Bütefisch in diesem Moment und sieht im Gesicht schon so grün aus wie der Kohlrabi, der erst morgen auf seinem Ernährungsplan steht. Rudi hat die Liste gründlich studiert, als er sich vorhin in der kleinen Küche einen Kaffee mit ordentlich Milch gemacht hat.

«Bei diesem Grünfutter isst man sich ja hungrig. Haste nicht noch einen Keks in deiner Schublade?», bettelt Bernie.

«Nö, tut mir echt leid», sagt Rudi. «Aber eins kannst du

mir glauben, ich hätte jetzt auch gern ein Stück Knüppeltorte. Keiner macht die so gut wie Marga.»

«Damit ist jetzt sowieso Schluss», flüstert Bernie und fixiert die Möhrenspalte mit bösem Blick. «Marga sagt, dass da zu viel Fett und Zucker drin ist. Und keine Vitamine.» Bernie ist ganz blass um die Nase. So geht das nicht weiter. Rudi muss schnellstens ein ernstes Wort mit Marga sprechen. Sie kann Bernie nicht abrupt auf tausendfünfhundert Kalorien runtersetzen. Schließlich kommt der von mindestens viereinhalbtausend. Da ist Bernie ja überhaupt nicht mehr dienstfähig. Der kann sich quasi gleich krankschreiben lassen. Und wenn Rudi ehrlich ist, muss er zugeben, dass ihm selbst der süße Mittagsimbiss auch fehlt. Marga muss ihre Strategie echt überdenken.

Wieder klingelt sein Mobiltelefon. Das wird Rosa sein.

«Bakker», meldet er sich und verleiht seiner Stimme einen sehr beschäftigten Tonfall. Rosa kann ruhig merken, dass er gewissermaßen die Schaltzentrale in diesem Mordfall ist.

«Matschker. Sie ham meener Frau jesacht, Se wollen mer sprechen.»

«Ach, Herr Matschker.» Automatisch springt Rudi hoch. «Wie schön, dass Sie sich gleich melden. Ja, ich habe ein paar Fragen an Sie. Sind Sie jetzt zu Hause?»

«Ja, aber ...»

Rudi schneidet dem Dixi-Klo-Verleiher das Wort ab. «Das ist wunderbar, ich bin in einer halben Stunde bei Ihnen. Bis gleich also.» Schnell legt er auf, bevor Matschker noch Einwände erheben kann. Nein, den Fehler wie bei Iris Brakenhoff macht er kein zweites Mal. Diese Aussage nimmt er persönlich auf.

«Ich bin dann wieder weg.» Schwungvoll schnappt Rudi seine Dienstmütze und steckt sie in die Jackentasche. Bernie seufzt und schaut zum Teller. Nicht mal ein Möhrenminischnipsel liegt mehr darauf.

«Kannst du mir 'ne Packung ‹Jeversche Leidenschaften› mitbringen?», fragt er mit waidwundem Hundeblick. Rudi sieht ihn mitfühlend an. Die mit Zucker bestreuten Blätterteigbrezeln sprengen definitiv den Diätrahmen. Bernie bemerkt sein Zögern. «Bitte», sagt er. «Ich verpetz dich auch nicht bei Marga.»

«Ich guck mal, ob ich an einer Bäckerei vorbeikomme», antwortet Rudi vage. Dann stülpt er sich die Halbschale über und schwingt sich auf die DKW. Morgen soll die Ente fertig sein, Knut hat eine SMS geschickt, als Rudi mit Münsterberg telefoniert hat. Wird auch Zeit. Es passt einfach nicht zu seinem Image, auf einem Moped durch die Gegend zu kurven. Als Mordermittler muss er angemessen motorisiert sein.

Diesmal öffnet Andreas Matschker selbst die Tür. «Kommense rin.» Matschker trägt ein blaues Polo-Shirt, auf dessen linker Brust ein Dixi-Klo eingestickt ist. «Geh'n wir in die Küche. Marina is nich da. Wollnse 'nen Kaffee?»

«Danke, nein.» Rudi deutet auf die Kratzer an seinen Armen. «Was haben Sie denn da gemacht?»

«Gartenarbeit. Ich hab die wilden Brombeerranken am Zaun rausgerissen. Setzense sich doch.» Matschker zeigt auf den kleinen Tisch, an dem nur zwei Stühle stehen. Definitiv ist dies hier keine Familienküche. «Wat wollnse denn von mir?» Der massige Mann legt ein Kaffeepad in die Maschine und drückt einen Knopf. Schon wird das Wasser unter lautem Brummen durch den Kaffee gepresst.

«Sie haben in der letzten Zeit öfter mit Doktor Brakenhoff telefoniert.»

«Kann sein.» Matschker öffnet den Kühlschrank, kippt

einen ordentlichen Schluck Milch in den blauen Keramikbecher und gibt zwei Löffel Zucker hinzu. Noch während er rührt, setzt er sich Rudi gegenüber.

«Was wollten Sie von ihm?»

«Wollt ihn wat fragen.»

«Und was war das?»

«Ging so um wat mit Medikamenten.»

«Hatten Sie Streit deswegen?»

«Nee.»

So kommt Rudi nicht weiter. «Ich hab gehört, dass Sie früher Grenzsoldat waren?»

«Is det neuerdings verboten?» Matschker trinkt einen Schluck. Sein Gesicht sieht verlebt aus, aufgedunsen.

«Nein. Natürlich ist das nicht verboten. Aber Sie kennen das ja, ich muss Ihnen leider Fragen stellen, die auch mal unbequem sein können. Und darum würde ich gerne wissen, ob sich Ihre alte Dienstwaffe immer noch in Ihrem Besitz befindet.»

Matschker sieht ihn an, ohne eine Miene zu verziehen. Dann setzt er den Becher an den Mund und trinkt. Rudi wartet. Er hat Zeit.

Der Fachmann für Dixi-Klos hält seinem Blick noch immer stand, als er den Becher wieder absetzt. Die Lider hängen jetzt ein wenig über den Augen. Schläfrig sieht das nicht aus, eher lauernd. «Is schon een kleener Ort hier», stellt er mehr für sich selbst fest.

Nun guckt Rudi regungslos, und sein Gegenüber lässt einen Moment verstreichen, bevor er weiterredet.

«Hamse richtich jehört. Ick war Grenzpolizist. Bis zur Wende. Dann hamse mich entlassen. Marina hat erst noch die Arbeit im VEB Ölmühle jehabt, aber die ham '91 nach fast hundertsiebzich Jahren die Produktion eingestellt. Ham wer uns also jedacht, wat hält uns denn noch. Und dann ham wer rüberjemacht. Nach'm Westen. Und weil Marina kieken wollte, wie et is, wenn dat Wasser mal richtich wech is, ham wer Urlaub hier jemacht. Und det hat uns so jut gefallen, dat wer herjezogen sind. War erst nicht leicht, mit de Klo-Verleihung, doch inzwischen läuft et jut.»

«Und Ihre Dienstpistole? Haben Sie die mit hergebracht?»

Matschker guckt Rudi kritisch an. Als wolle er überprüfen, ob er Rudi trauen kann. Wieder verstreichen wortlose Momente.

«Ja.»

Auf dieses einsame Wort ist Rudi gar nicht vorbereitet. «Ähm ... Wissen Sie, was das für ein Fabrikat war?»

«Ick denk, Sie sind Polizist.»

Rudi ist überrascht. «Ich versteh nicht, was Sie damit meinen.»

«Wennse Polizist sind, wissense, watse für 'ne Waffe führen. Is wie beim Auto. Da wissense ja ooch, ob dat ein Fiat is oder ein Mercedes.»

Mist. Da hat der Knabe ihn kalt erwischt.

«Also, was für'n Fabrikat?»

«Ne Makarow. Müssten Se eigentlich wissen.»

Rudi übergeht den Einwand. «Gut. Dann würde ich die jetzt gern sehen.»

«Warum?»

«Weil die Kriminaltechnik sie untersuchen muss.»

«Warum?»

«Wir ermitteln in einem Mordfall. Geben Sie mir also bitte die Waffe.»

«Det is jetze leider etwas unglücklich.» Matschker räuspert sich. Unruhe befällt Rudi. Er hätte nicht alleine kommen sollen. Wenn er wirklich dem Mörder von Brakenhoff gegenübersitzt, kann das brenzlig werden. Schließlich hat Matschker Übung an der Waffe. Rudis Körper spannt sich. Wortlos blickt er Matschker an.

Der lässt wie auf Kommando die Mundwinkel fallen. «Die Makarow is im Waffenschrank. Aber ick weeß nich, wo der Schlüssel dafür is. Det müssense mer globen.»

Was für eine dumme Ausrede. «Gucken Sie an Ihrem Schlüsselbund», schlägt Rudi trocken vor.

«Hab ick nich. Hab ick immer verloren. Und darum hab ick die Schlüssel einzeln. An farbigen Bändern. Den fürs Auto, den für die Wohnung, den für den Betrieb. Aber wo der für den Waffenschrank is ... keene Ahnung.»

Rudi entspannt sich. «Na, dann suchen Sie mal. Ich hab Zeit.»

Um zwei Minuten nach elf steht Henner vor Adelheids Andenkenladen und schiebt Bertas Vorderrad in den Fahrradständer. Die Ladentür steht weit offen. Drinnen klirren Tassen. Er erkennt Adelheids Stimme und auch Sigrids. Ludwigs Frau hilft als 400-Euro-Kraft im Geschäft aus. Auch Gisela ist da. Die größte Tratschtante von ganz Neuharlingersiel würde er überall heraushören.

Henner geht mit drei Briefen in der Hand zum Tresen. «Punkt elf. Da haben sich ja die Richtigen zum Elführtje zusammengefunden.»

«Man muss die Traditionen hochhalten, sonst gehen sie unter. Möchtest du auch eine Tasse?» Adelheid lässt bereits ein Stück Kandis mit lautem Klackern in die leere Tasse fallen.

«Klar doch.»

Dann gießt sie den kräftigen schwarzen Tee darüber, dass

es laut knackt. Zum Abschluss noch etwas Sahne mit der kleinen Kelle, und die aufsteigenden Wulkjes krönen den ostfriesischen Tee.

Das erinnert Henner an früher, wie er als kleiner Junge im Gras gelegen und die Wolken am Himmel beobachtet hat.

«Nun erzähl mal, was gibt es Neues? Hat Rudi den Haueisen inzwischen verhaftet?», fragt Sigrid neugierig.

«Haueisen?» Adelheid ist überrascht. «Das ist doch Rudis Chef. Wieso soll Rudi den verhaften?»

«Hast du den Artikel von Ludwig etwa nicht gelesen?» Sigrid schweigt einen Augenblick, bevor sie weiterredet: «Er hat doch das Phantombild von dem Mörder nicht nur in die Mitmachzeitung gesetzt, sondern auch einen Aufruf bei Facebook gestartet. Mit allem Drum und Dran. Und», wieder macht sie eine Pause, «zehn Leute haben ihn zweifelsfrei erkannt, diesen Haueisen.» Sigrid dreht sich mit einem Ruck zu Henner um. «Hat Rudi den nun verhaftet oder nicht?»

Henner zuckt mit den Schultern und trinkt einen Schluck. Besser, er sagt nichts.

«Was ist denn nun, Henner, Sigrid hat dich was gefragt», drängelt Adelheid. In genau diesem Tonfall hat sie ihn früher immer angepfiffen, wenn mal etwas nicht nach ihrer Mütze ging.

«Keine Ahnung. Ich misch mich nicht in Polizeiangelegenheiten. Aber Rudi ist kräftig am Rumwirbeln. Der hat im Moment richtig Stress.»

Kaum hat Henner die Tasse wieder an die Lippen gesetzt, tippt ihm Gisela auf die Schulter. «Und was ist mit der Waffe von ... hmhmhm?»

«Hmhmhm?» Sigrids kleine Augen wandern hin und her.

«Ich will hier keinen Namen nennen.»

«Was heißt das denn?», empört sich Sigrid. «Wir sind doch

unter uns. Nee, nee, nee, meine Liebe. Jetzt mal Butter bei die Fische.»

«Ich möchte nicht, dass das die große Runde macht. Du weißt doch, wie manche Leute hier im Ort sind.» Gisela senkt die Stimme. «Und schon gar nicht möchte ich, dass du das Ludwig erzählst. Sonst verhackstückt der das wieder in einem Artikel, und dann kann der Matschker einpacken.»

«Der Matschker?» Sigrid guckt irritiert. «Ist das nicht der aus dem Osten? Der jetzt in Plumpsklos macht?»

«Genau. Der war mal Mieter von mir. In der Ferienwohnung. Ist aber schon ein paar Jahre her.»

«Und da hatte der 'ne Waffe dabei?»

«Nee. Natürlich nicht. Aber wir haben uns unterhalten, und er hat gesagt, dass er beim DDR-Grenzschutz war. Und weil der Brakenhoff doch mit einer russischen Waffe erschossen wurde, hab ich halt eins und eins zusammengezählt. Und Henner Bescheid gesagt.»

«Ach.» Adelheid ist neugierig geworden. «Und du meinst, der hat die Knarre noch?»

«Weiß ich nicht. Hab nur gedacht, es kann ja nicht schaden, wenn Rudi sich mal drum kümmert.» Gisela hält Adelheid die Tasse hin. «Krieg ich noch 'nen Tee?»

«Das ist ja ein Ding», sagt Adelheid, während sie Gisela nachschenkt. «Dann liegt Ludwig ja ziemlich daneben mit seinem Verdächtigen Nummer eins.»

Sigrid zuckt mit den Schultern. «Abwarten. Die Ähnlichkeit zwischen dem Phantombild und Rudis Chef kann man zumindest nicht abstreiten.»

«Hat Rudi nun die Waffe überprüft oder nicht?», fragt Gisela. Etwas Forderndes liegt in ihrem Blick.

«Das weiß ich echt nicht. Aber mal 'ne Gegenfrage: Aus welchem Grund sollte der Matschker den Brakenhoff erschießen?» Henner hat seine Tasse leer und sieht die Frauen an. «Kann mir das vielleicht eine von euch sagen? Ihr wisst doch immer alles.»

Kurzes Schweigen, dann räuspert sich Adelheid. «Auf jeden Fall war Andreas Matschker nicht gut auf Brakenhoff zu sprechen. Ist erst vier Wochen her, dass er hier im Laden war. Erst hat er in einem Magazin geblättert, und dann hat er laut geschimpft. Über Ärzte im Allgemeinen und den Brakenhoff im Besonderen. Und dass er den am liebsten sonst wohin befördern würde.»

Alle starren Adelheid an.

«Was hat denn der Ossi mit dem Brakenhoff zu tun?» Sigrid gießt sich selbst eine Tasse Tee ein. Der alte Kluntje ist noch groß genug.

«Vor ein paar Jahren hatte ich doch die Fehlgeburt. Kurz vor meinem achtunddreißigsten Geburtstag», sagt Adelheid mit belegter Stimme und reibt sich mit dem Handrücken über die Augenbrauen. «Vielleicht ist es ja auch ganz gut, dass alles so gekommen ist. Die Natur korrigiert manche Fehler eben von ganz alleine.» Sie presst die Lippen zusammen und starrt geradeaus. Direkt auf das Regal mit den Plüsch-Enten und den Leuchttürmen.

«Ja, das war eine schwere Zeit», sagt Sigrid. «Ich erinnere mich gut. Ich hab doch Clara noch diese gehäkelte Bettjacke für dich ins Krankenhaus mitgegeben. Damit du schön warme Schultern hast.» Sigrid tätschelt Adelheids Wange.

«Aber was hat das mit Andreas Matschker zu tun?», fragt Henner.

«Seine Frau lag bei mir mit im Zimmer. Marina Matschker. Kannst du dich nicht mehr erinnern, Henner? Du hast doch damals noch geflüstert, man würde gar nicht sehen, dass die nicht mehr schwanger ist.»

«Nee.»

«Männer.» Adelheid trinkt noch einen Schluck. «Die hatte eine Frühgeburt. Das war ganz tragisch. Sie war in der 28. Woche. Im Kreißsaal haben die Hebammen noch versucht, die Geburt hinauszuzögern, aber das hat nicht geklappt. Alles kam dann zusammen: vorzeitige Wehen, schlechte Herzwerte beim Kind, Nabelschnur um den Hals. Die haben dann einen Kaiserschnitt gemacht. Professor Brakenhoff hat das persönlich übernommen – obwohl die Matschker Kassenpatientin war. Das Kind hat noch sieben Tage gelebt, dann ist es gestorben. Da war ich aber schon längst nicht mehr im Krankenhaus. Ich hab es nur in der Zeitung gelesen. Sie haben eine Todesanzeige damals aufgegeben: ‹Cindy. Unser kleiner Engel ist nach sieben Tagen von uns gegangen›. Ich musste richtig heulen, als ich das gelesen hab.»

Henner rechnet nach. Seine Schwester ist Jahrgang 1961. «Das ist dann aber schon ein büschen her.»

«Genau fünfzehn Jahre.» Adelheids Mundwinkel zuckt. «Unser Junge wäre jetzt mitten in der Pubertät.»

Und das Kind von Matschkers auch, setzt Henner in Gedanken dazu. «Wieso war der Matschker nach so vielen Jahren plötzlich so sauer auf den Brakenhoff?» In Henners Kopf arbeitet es.

Adelheid zuckt mit der Schulter. «Es muss etwas mit der Zeitschrift zu tun haben, die er gekauft hat. Normalerweise holt er immer nur die *Bild*, an dem Tag hat er aber auch den *Focus* mitgenommen. Er hat gestutzt, als er das Titelbild sah, und sofort drin geblättert. Er wirkte irgendwie aufgedreht.» Als Adelheid Henners fragenden Blick auffängt, sagt sie: «Ja, ich habe noch ein Exemplar davon. Es liegt hinten auf dem Stapel. Musste gucken, auf dem Titelbild geht es um irgendwelche Medikamentenversuche und um ausgefallene Karrieren von Frauen. Deshalb hab ich das Heft auch behalten.»

«Willste 'ne besondere Karriere machen mit deinem Laden?», stichelt Henner.

«Unsinn. Aber da war ein Bericht über eine Dildo-Designerin drin. Und weil Engeline und Frieda doch neuerdings in Dildos machen, hat es mich interessiert.» Sie zwinkert ihm zu, und Henner schüttelt den Kopf.

«Ihr immer mit euren verrückten Ideen.»

«Nun tu das mal nicht einfach so ab. Frieda muss ja wieder zu Geld kommen. Und wir anderen haben beschlossen, die beiden zu unterstützen.»

«Ihr anderen?»

«Na, unser Häkelbüdel-Club», sagt Sigrid, als sei es das Normalste der Welt, Stricknadeln gegen Liebesspielzeug einzutauschen.

Henner schüttelt noch immer den Kopf, als er Adelheids Laden verlässt. Obwohl ... interessieren würde ihn doch, wie das Zeug aussieht, das seine Schwestern herstellen.

Als die Wohnungstür hinter ihr ins Schloss fällt, lehnt Rosa sich dagegen und rutscht langsam herunter. Was für ein Tag. Sie ist vollkommen erledigt. Als Kevin in der Seehundstation gesehen hat, wie sie zwei Kopfschmerztabletten eingeworfen hat, hat er sie am Ärmel gezogen und gesagt, dass seine Mama gleich morgens einen Schnaps trinkt, wenn es der mal wieder nicht gut geht. Oder zwei. Und dann sei sie wieder richtig prima drauf. In diesem Moment hätte Rosa im Erdboden versinken mögen. Zum Glück hat das sonst niemand gehört, weil alle Kinder mit der interaktiven Multimediawand beschäftigt waren. Sie hat sich gleich noch einen Pfefferminzbonbon in den Mund geschoben und sich zusammengerissen. Schautafelrundgang, Film, Mittagspause, Wattspaziergang und Busrückfahrt sind überstanden, und sie ist endlich wieder in ihren eigenen vier Wänden. Ein Schokowannenbad wird ihr jetzt guttun. Dazu einen Becher Tee und den neuen Ostfriesen-Krimi von Klaus-Peter Wolf – und früh ins Bett. Mühsam rappelt sie sich auf, schlurft ins Bad und lässt das Wasser ein. Sie steigt aus den Klamotten und schlüpft in ihren grauen Herren-Bademantel. Den hat sie extra in XXL gekauft. Das ist dann immer ein Gefühl wie früher, als sie noch ein kleines Mädchen war und ihr Vater sie in seinen Bademantel gewickelt hat.

In der Küche vor dem Wasserkocher entscheidet sie spontan, dass eine heiße Schokolade viel besser zum Schokobad passt als ein Ostfriesentee. Für frisch geschlagene Sahne reicht ihre Energie aber nicht. Die aus der Sprühdose muss reichen.

Sie stellt den Becher auf den Wannenrand und zündet die Teelichter in den rosa Gläsern an. Dabei fällt die gelbe Quietsche-Ente mit dem Arztkittel ins Wasser. Dieser Schröter ist ein wirklich gutaussehender Kerl. Da kann sie verstehen, dass Iris Brakenhoff schwach geworden ist. Aber ganz geheuer ist der ihr nicht. Allein, wie der sie angesehen hat. Und dieser drohende Blick dabei. Blöd, dass ihr Akku sich gerade in dem Moment verabschiedet hat, als sie mit Rudi telefoniert hat. Den muss sie unbedingt anrufen, damit der sich um den Tierarzt kümmert. Diese Kratzer machen ihn höchst verdächtig. Wenn seine DNA mit der unter Brakenhoffs Fingernägeln übereinstimmt, dann kann Rudi den Fall zu den Akten legen. Und wer hat's geschafft?

Rosa trällert ein Lied vor sich hin. Jetzt geht es ihr schon wieder richtig gut. Sie fischt die Quietsche-Ente aus der Wanne und setzt sie neben das kleine Holzsegelboot. Segelboot. Da war doch heute Vormittag noch etwas. Genau, die Yacht von Brakenhoff in Neßmersiel. Sie muss Rudi noch von ihrem Verdacht erzählen, dass Brakenhoff in Schmugglergeschäfte verwickelt gewesen sein könnte.

Rosa steckt die Hand in das Badewasser; eindeutig noch zu heiß. Dann kann sie schnell bei Rudi anrufen, bevor sie in die Wanne steigt.

Der gibt sich ziemlich aufgeregt, als sie sich meldet. «Meine Güte, ich hab mir schon fast Sorgen gemacht», sagt er, «was war denn los heute Mittag? Bist ja gar nicht mehr ans Telefon gegangen.»

Rudis Fürsorge tut Rosa gut. Sie erzählt alles, auch, wie Schröter sie mit eisigem Blick angesehen hat. Da läuft es ihr immer noch kalt den Rücken runter. Vor allem war es gar nicht so leicht, sich wieder aus der Nummer rauszuwinden. Das grenzte schon an Flucht.

«Du musst dich unbedingt um diesen Schröter kümmern», endet Rosa schließlich. «Möglichst solange die Schürfkruste drauf ist. Da musst du Fotos machen und alles dokumentieren.»

«Mach ich morgen. Jetzt ist Feierabend. Und so schnell verheilt eine Wunde ja nicht. Außerdem reicht die DNA.»

«Wo du gerade DNA sagst, hast du schon die Ergebnisse von Haueisens Stäbchentest?» Das würde Rosa nun wirklich brennend interessieren.

«Noch nicht.» Rudi klingt nicht begeistert, dass sie nachgefragt hat.

«Na ja. Ist ja auch nicht so wichtig. Was mir aber noch eingefallen ist: Brakenhoff könnte mit seiner Yacht geschmuggelt haben. Drogen und so was. Vielleicht hat er mit der russischen Mafia zusammengearbeitet und die über den Tisch gezogen. Das mögen die doch nicht. Und dann haben sie ihn aus dem Weg geräumt. Ich finde, da müsst ihr mal nachhaken. Deine Chefs in Wittmund haben doch gute Verbindungen.»

«Ich hab nur einen einzigen Chef in Wittmund, und das ist Haueisen», korrigiert Rudi Rosa. «Schnepel ist einfach nur ein Kollege. Ich darf mindestens genauso viel entscheiden wie der. Aber jetzt hab ich Feierabend. Wenn du noch mehr Theorien hast, kannst du mich morgen in der Polizeistation anrufen.» Rudi klingt irgendwie beleidigt.

«Ist ja jetzt auch wurscht», wiegelt Rosa ab. «Ich muss auflegen, sonst wird mein Badewasser kalt. Ich steh hier ja schon fast nackig.» Rosa hört nur noch Rudis überraschtes «Oh», als sie das Gespräch beendet.

Nun ist das Wasser angenehm. Und noch heiß genug. Sie bekommt eine Gänsehaut, als sie langsam in die Wanne steigt, erst auf die Knie, dann langsam auf den Po. Dazu der Duft ... Perfekt. Sie rutscht hin und her, bis sie vernünftig in der Wanne liegt, nur ihre Knie ragen ein paar Zentimeter aus dem Wasser. Sie schlürft die sündhaft cremige Schokolade aus dem Becher mit dem Glückspilz drauf und fühlt sich zum ersten Mal an diesem Tag richtig wohl. Die Ruhe währt genau eine Minute, dann ertönt die Tatortmelodie. Rosa wischt sich die Hände an dem Handtuch auf dem Wannenrand ab und nimmt das Gespräch an.

«Rosa, ich bin's.»

Ingo. Aus einem Impuls heraus will Rosa gleich wieder auflegen. Stattdessen sagt sie: «Du Arschloch.»

«Rosa.»

«Was?» Sie lässt sich tiefer ins Wasser gleiten, die Knie

stechen heraus wie Gletscher im Gebirge, ihre Brüste verschwinden im Schokobadeschaum.

«Wieso ermittelt man gegen dich in einem Mordfall?»

Augenblicklich flutscht Rosa wieder in die Senkrechte.

«Wer hat dir denn diesen Schwachsinn erzählt?»

«Der Postbote. Keine Ahnung, wie der heißt. Ich hab den nach dem Weg zu dir gefragt. Du warst aber nicht da. Da hab ich auf der Bank vorm Haus gewartet. Und da kam der Typ irgendwann. Der wohnt in der Wohnung unter dir. Nach einer Weile hat er mir einen Tee angeboten, und als ich gefragt hab, wie du dich so eingelebt hast, hat er gesagt, dass das ja alles nicht so einfach zu sagen ist, weil du bestimmt noch bei der Polizei bist, wegen dem Mord, in den du verwickelt bist.»

«Was bin ich?»

«Kannste dir ja vorstellen, wie perplex ich war. Ich dachte nur: nix wie weg. Immerhin hab ich mich dir gegenüber nicht so wirklich klasse verhalten, und da hab ich Schiss gekriegt, dass all deine Gefühle nun total nach hinten losgegangen sind. Darum bin ich einfach abgehauen. Aber das ist nicht okay. Weil ich ja gar nicht mit dir selbst gesprochen hab. Und ich will meine Fehler nicht wiederholen. Gibst du mir noch 'ne Chance, Rosa?»

Die Gänsehaut, die Rosa nun fühlt, kommt nicht mehr nur vom heißen Wasser.

«Wo bist du denn jetzt?»

«In Aurich. Hatte gestern ein Seminar im Europahaus. Aber ich kann schnell bei dir sein, wenn du möchtest.»

Für einen Moment überlegt Rosa tatsächlich, doch dann schüttelt sie den Kopf. «Nein. Das ist heute keine so gute Idee. Ich war den ganzen Tag mit der Klasse unterwegs, und das hat mich ziemlich geschlaucht. Aber ...», Rosa macht eine kleine Pause, «wenn du morgen noch in der Gegend bist, können wir uns auf einen Kaffee treffen. Am Nachmittag. Oder auch am Abend zum Essen. Wir können ja noch telefonieren.» Sie dreht den Wasserhahn wieder auf und lässt heißes Wasser nachlaufen.

«Badest du?»

Rosa schluckt. «Ja.»

«Schokobad?»

Der Kerl kennt sie wirklich gut.

«Ja ...»

«Schade, dass ich nicht da bin, um dir den Rücken einzuschäumen.»

«Bis morgen, Ingo», sagt Rosa und beendet das Gespräch. Wenn sie Henner erwischt, macht sie aus dem Hühnerfrikassee. Aber ohne vorher die Federn zu rupfen.

FREITAG

Manchmal hat Henner freitags Berge von Post auf seinem Tisch. Am Donnerstag hauen die Leute noch mal alles an Briefen raus, was gerade so geht – als wenn es keinen nächsten Montag gebe. Zum Glück ist heute einer von den anderen Freitagen. Den postbotenfreundlichen. Das liegt garantiert am guten Wetter. Da gehen alle lieber an die frische Luft und lassen sich den Wind um die Nase wehen, als am Schreibtisch Briefe zu diktieren oder Rechnungen zu schreiben. Selbst für die Versicherung hat er heute nur einen klitzekleinen Stapel. Am liebsten würde Henner die für Samstag lassen. Für den Briefkasten. Aber das geht nicht. Bei einer Versicherung werden ja dauernd Schäden abgewickelt. Mit Gebäuden, die brennen, Kühen, die von der Weide laufen, Hunden, die Briefträger beißen. Und da will er nicht schuld sein, wenn einer sein Geld nicht bekommt. Trotzdem müsste er jetzt nicht unbedingt Dörte sehen.

Vielleicht gelingt es ihm ja, die Post auf den Empfangstresen zu legen und zu verschwinden, bevor sie ihn sieht. Da ist eine ausgefeilte Taktik gefragt. Henner stellt Berta hinter der Mauer ab und sucht die Briefe für die Versicherung heraus. Dann nähert er sich vorsichtig der Eingangstür. Auf ganz leisen Sohlen. Dörte ist nicht zu sehen. Bestens. Er rast auf den Empfang zu, legt die Briefe ab und will gerade mit einer schnellen Drehbewegung wieder verschwinden, als Dörtes Kopf hinter dem Tresen auftaucht.

«Moin, Henner.» Sie streicht eine Haarsträhne hinters Ohr. «Der Internetstecker rutscht immer mal wieder raus.» Sie lächelt ihn an. Heute ist sie ganz in Hellblau. Mit grünen Tupfen. «Es bleibt doch dabei: Du holst mich direkt nach der Arbeit hier ab. Ich hab heute extra eher frei. Drei Uhr?»

«Ja, also», druckst Henner. Wenn man ein Spiel verloren hat, macht man nicht den Spielverderber. Aber einen Versuch ist es wert. «Du, das ist jetzt echt blöd. Zum einen muss ich mich für den Stadtausruferwettbewerb vorbereiten, und zum anderen hab ich heute keinen fahrbaren Untersatz. Rudis Auto ist noch in der Werkstatt.»

«Das macht doch nichts. Dann nehmen wir meins.»

Gegen eins ist Henner mit der Arbeit fertig. Wie jeden Freitag fährt er noch bei der Fischereigenossenschaft vorbei. Die haben immer so günstige Mittagsangebote. Heute gibt es Backfisch mit Kartoffelsalat. Da könnte er sich glatt reinsetzen, so lecker schmeckt der. Er darf das nur seiner Mutter nicht sagen, sonst ist die beleidigt, weil sie ja angeblich den besten Backfisch macht. Mit vollem Bauch radelt er schnurstracks nach Hause, gießt die Geranien im Hof und geht rein.

Auf dem Küchentisch liegt sein Handy. Das hat er heute Morgen vergessen. Er hat das zwar schon in der Poststelle gemerkt, ist aber nicht noch mal zurück. Man muss ja auch nicht immer erreichbar sein. Geht auch ohne, hat er sich gesagt. Er ist ja schließlich nicht abhängig von der Kommunikationstechnik. Schließlich trifft er den ganzen Vormittag Menschen und hat genug Klönschnack. Ein bisschen neugierig ist er aber schon, ob sich jemand bei ihm gemeldet hat. Zwei Anrufe in Abwesenheit. Beide von Rosa. Und dann noch drei SMS. Auch von ihr. Die scheint ja echte Sehnsucht nach ihm zu haben. Ein Lächeln huscht über Henners Mund. Irgendwie sind die Frauen im Moment ganz verrückt nach ihm. Selbst Doro stichelt schon. Dabei hat er im «Dattein» doch eigentlich gar nichts gemacht. Nur Rosa ein bisschen getröstet. Henner klickt auf die erste SMS: Nachricht auf der Mailbox. Er drückt auf die Taste. Kurz darauf ertönt eine elektronische Stimme: *Es liegen drei neue Nachrichten für Sie vor. Nachricht eins:* «Henner, hier ist Rosa. Ich bin so was von stinksauer auf dich. Das kannst du dir gar nicht vorstellen. Und jetzt komm nicht mit irgendwelchen Ausreden. Echt, ich bin sooooooooo enttäuscht von dir. Was hast du dir bloß dabei gedacht, du ...» Dann tutet es. Henner begreift jetzt gar nichts mehr. Bloß, weil er mit Dörte zu diesem Reitverein fährt, macht Rosa gleich so ein Theater. Er wird doch wohl noch tun und lassen können, was er möchte. Er ist ein freier Mann. Henner legt auf und liest die erste Textnachricht von Rosa. «Wenn man solche Freunde hat, braucht man keine Feinde.»

Die kann ihn mal. Er kann mit Dörte in den Reitverein fahren, so oft und so lange er will. Die übrigen Nachrichten spart er sich. Stattdessen duscht Henner erst einmal ausgiebig, rasiert sich und macht dann Mittagsschlaf. Schließlich ist heute Freitag. Meist trifft er sich mit Rudi ja noch bei Theo an der Theke. Auf ein Bier oder zwei.

Kaum liegt Henner im Bett, ist er auch schon eingeschlafen. Gegen zwei wacht er von lautem Getrampel auf der Treppe auf. Jetzt klingelt es bei ihm Sturm. Das wird Rosa sein. Nee, auf Vorwürfe hat er jetzt echt keine Lust. Er dreht sich um und zieht die Bettdecke über beide Ohren.

Als die Tür der Polizeistation aufgeht und Schnepel hereinkommt, sinkt Rudis Laune augenblicklich.

«Na, dann woll'n wir mal», sagt der Wichtigtuer aus Wittmund, «und diesmal wird der Knabe uns die Waffe geben. Da sorg ich schon für.» Er grinst gehässig. «Kann ja nicht angehen, dass du dich von dem so hast abspeisen lassen.» Er schüttelt nachsichtig den Kopf. «Na ja, was will man auch schon erwarten, könntest du mehr, würdest du ja nicht hier versauern.»

«Nun mach mal halblang», erwidert Rudi verärgert, schnappt sich seine Mütze und geht um den Tresen herum zu Schnepel. Bernie Bütefisch guckt interessiert von einem zum anderen und schiebt sich dabei einen Kohlrabistreifen in den Mund. «Erstens hab ich über eine Stunde darauf gewartet, dass der den Schlüssel findet, und zweitens, was sollte ich denn machen – den Waffenschrank abbauen und nach Wittmund schleppen?»

«Zum Beispiel.»

«Nur weil Matschker ein paarmal mit Brakenhoff telefoniert hat? Du hast ja 'nen Knall.»

«So hat er jedenfalls genügend Zeit gehabt, die Fingerabdrücke zu entfernen.» Schnepel setzt sein Schlaumeiergrinsen auf, und Rudi ist kurz davor zu explodieren.

«Wenn es tatsächlich Matschkers Waffe war», kontert Rudi, «dann nützt das Abwischen der Fingerabdrücke nichts. Ob es die Tatwaffe ist, kann man problemlos an den Hülsen feststellen. Das müsstest du eigentlich wissen. Kleines Einmaleins der Kriminaltechnik.»

Schnepel übergeht Rudis Einwand. «Wir gucken jetzt, ob der gute Mann den Schlüssel hat, wenn nicht, werde ich den Abtransport des Schranks veranlassen. Und jetzt mach zu, Rudi.» Schnepel hat die Tür schon geöffnet, als er sich noch einmal umdreht. «Tschüs, Bütefisch.»

«Tschüs denn.» Bernie guckt ihm nach, zu Rudi gewandt

sagt er: «Und viel Erfolg. Übrigens: Die Telefonliste der Brakenhoffs ist gerade gekommen. Die leg ich dir auf den Tisch.» Dann greift Bernie wieder in seine Tupperdose mit den Kohlrabistreifen.

Wenig begeistert folgt Rudi Schnepel. «Ich hätte das mit Matschker nun wirklich allein erledigen können.»

«Ich bitte dich. Haueisen weiß schon, warum er mich schickt. Seit dem letzten Lehrgang bin ich Spezialist für psychologische Unterminierung von Verdächtigen. Die richtige Strategie ist im Verhör nämlich das A und O.»

«Was ist übrigens mit Haueisens DNA?»

Schnepel guckt Rudi entgeistert an. «Haste se nicht mehr alle?»

«Wieso? Das Ergebnis müsste doch schon längst da sein.»

Andy Matschker öffnet schon nach dem ersten Klingeln die Tür und zeigt ihnen freudestrahlend einen Schlüssel mit einem Seehund-Anhänger.

«Hier. Ick hab ihn. Hab die Waffe ooch schon rausjeholt. Da isse.» Er weist auf eine Eichenkommode im Flur.

«Na prima.» Schnepel zieht eine durchsichtige Plastiktüte aus seiner Tasche und hält sie auf.

«Würden Sie die Waffe bitte hereinfallen lassen?»

«Klar. Ick hab ja nüscht zu verbergen.»

«Wir haben allerdings noch ein paar Fragen an Sie», sagt Schnepel. «Können wir uns setzen?»

«Wenn's sein muss. Kommense mit.» Der Dixi-Klo-Verleiher geht in die Küche vor. Rudi und Schnepel folgen. Matschker und Schnepel quetschen sich an den Tisch, Rudi muss stehen bleiben.

«Als Grenzpolizist», fängt Schnepel an, «haben Sie doch diverse Kontakte gehabt.»

«Und ob.»

«Also auch zu den Genossen aus Russland.»

«Klar.»

«Sie sind doch ein tüchtiger Mann, warum haben Sie zu den Ersten gehört, die man damals entlassen hat?»

«Weeß ick nich. Müssense meene damaligen Vorjesetzten fragen.»

«Ist es nicht vielmehr so, dass man Sie abgeworben hat?»

«Hä?» Mit offenem Mund guckt Matschker Schnepel an.

«Und zwar für den Geheimdienst.»

«Für wat?»

«Für den KGB. Ist es nicht vielmehr so, dass Sie hier einen Auftrag ausgeführt haben?»

«Sie ham ja 'ne Macke.» Matschker guckt Rudi an. «Der hat echt 'ne Macke.»

«Na, na, nicht so schnell, Herr Matschker.» Schnepel redet in schmierigem Tonfall. Rudi fühlt sich körperlich richtig unwohl dabei. «Es ist doch nicht normal, dass Sie als Dixi-Klo-Vermieter einen Waffenschrank haben. Ich hätte es ja noch verstanden, wenn Sie *keinen* Waffenschrank besäßen und die Waffe *ohne* Munition einfach aus sentimentaler Erinnerung behalten hätten, aber so macht es Sie sehr verdächtig.»

Wieder guckt Matschker Rudi an. «Ick sach ja, der hat 'ne Macke.»

Das findet Rudi auch, darf er aber nicht sagen. «Lassen wir die Überlegungen meines Kollegen mal außen vor», sagt er stattdessen, «und kommen wir auf Brakenhoff zurück. Wie gesagt: Wir wissen, dass Sie miteinander telefoniert haben. Sie wollten mir gestern nicht verraten, worum es ging, aber inzwischen ist mir bekannt, dass Ihre Frau vor fünfzehn Jahren ihr Kind kurz nach der Geburt verloren hat.»

Matschker wird blass.

«Und Doktor Brakenhoff hat damals den Kaiserschnitt durchgeführt, die einzige Möglichkeit, Ihre kleine Tochter überhaupt durchzubringen, obwohl es in der achtundzwanzigsten Schwangerschaftswoche noch viel zu früh war.»

«Woher wissense dat allet?» Matschker presst die Kiefer aufeinander, und Schnepel sieht Rudi überrascht an. Mit offenem Mund sieht der noch blöder aus als sonst.

«Sagen wir einfach, ich habe meine Quellen.» Er muss ja keinem erklären, dass es Henner war, der ihm gestern Abend am Telefon von den Gesprächen beim Elfhürtje berichtet hat. Schon gar nicht Schnepel. «Ich weiß auch, dass Sie vor kurzem auf einen Artikel gestoßen sind, in dem es um Medikamentenversuche bei Frühgeborenen ging. Das Mittel, EPO, ist eigentlich eher bekannt als Dopingmittel. Wenn man den Kleinen dieses Zeug gibt, dann brauchen die keine Bluttransfusionen, was ihre Überlebenschancen erhöht.» Rudi hat sich heute Morgen extra ganz früh den *Focus* bei Adelheid rausgeholt und alles dreimal gelesen, bis er es verstanden hat. Jedenfalls so ungefähr. «Und wenn ich da jetzt kombiniere, komme ich zu dem Schluss, dass es in Ihren Anrufen bei Brakenhoff um diese Medikamente ging. Richtig?»

Matschker überlegt. Rudi kann fast sehen, wie seine Gedanken durcheinanderwirbeln. Schnepel macht schon wieder den Mund auf, aber Rudi tritt ihm vors Schienbein, bevor er etwas sagen kann. Wütend verzieht sein Kollege das Gesicht. Aber zumindest hält er die Klappe. Dafür fängt Matschker an zu reden.

«Stimmt. Ick hab den deswejen anjerufen. Meene Kleene hätte leben können, wenn dat Arschloch ihr ooch die Medikamente jejeben hätte. Unser Leben wär janz anders jeloofen. Kiekense uns doch an: Meene Frau hat dat nie verwunden, dat Cindy jestorben is. Die is seitdem depressiv. Globense, det macht Spaß? Und denn sieht man, wie der Arzt fröhlich vor sich hin lebt ...»

«Andy. Bitte.» Ohne dass sie es bemerkt haben, steht Marina Matschker im Türrahmen. Einen Moment herrscht Schweigen. Dann steht Schnepel auf.

«Wir nehmen Sie mit. Sie stehen im Verdacht, Hans-Otto Brakenhoff ermordet zu haben. Können wir auf Handschellen verzichten?»

Matschker schüttelt den Kopf. «Sie ham echt 'ne Macke», wiederholt er, «ick war det nich.»

Um Punkt 15 Uhr steht Henner in Jeans, bunt kariertem Baumwollhemd und nagelneuen Leinenschuhen vorm Haus. Umhüllt von einer Wolke Rasierwasser. *L'Homme*. Die Probe hat ihm Clara schon vor Wochen geschenkt, es hat aber bislang keinen Anlass gegeben, sie zu benutzen. Doch heute ist ihm danach. Unauffällig schaut Henner nach oben. Ob Rosa wohl am Fenster steht? Tatsächlich. Die Gardine bewegt sich. Das könnte aber auch Pepe sein, der krallt sich gerne daran fest und schaukelt dann hin und her. Der Vorhang hat deshalb sogar schon Löcher. Zum Glück ist es Rosas eigener und nicht der von Tante Hildegard. Also halb so schlimm. Tante Hildegard wird bei so was nämlich fuchsteufelswild. Er erinnert sich mit Grausen daran, wie sie den Saxophon spielenden Finanzbeamten zur Minna gemacht hat, weil der im Wohnzimmer den Putz von der Wand abgehauen hatte, nur weil er das nackte Klinkermauerwerk so schön fand. Das musste er bei seinem Auszug alles wieder verputzen. Tante Hildegard stand neben ihm und hat ihm ganz genau auf die Finger geguckt.

Jetzt wird das Küchenfenster geöffnet und die Gardine

zurückgeschoben. Genau in diesem Moment fährt Dörte in ihrem Asbach-Uralt-Polo vor, den sie vor Jahren von ihren Eltern geschenkt bekommen hat.

Dörte steigt aus. In eng anliegender Sporthose und Gummistiefeln. «Einsteigen, bitte. Das Taxi ist da.»

«Henner», ruft Rosa herunter. «Ich muss mal mit dir reden. Dringend. Ich ...»

«Aber nicht jetzt. Henner und ich fahren zum Reiten. Wir haben da einen Termin.» Dörte zieht Henner an der Hand vom Bürgersteig. «Los, steig ein. Wir sind spät dran.» Sie kräuselt ihre Nase und nähert sich schnuppernd Henners Hals. «Du riechst heute aber gut.»

«Äh ...» So eine Reaktion hat Henner jetzt nicht erwartet. Sein Blick ist immer noch auf Rosa gerichtet. Die knallt das Küchenfenster zu.

Bis Esens schweigt Dörte, und Henner hängt seinen Gedanken über Rosas Auftritt nach. Kurz vor Aurich platzt Dörte heraus: «Was ist das eigentlich mit deiner Nachbarin, wieso kann die dich so rumkommandieren?»

«Kann die überhaupt nicht», widerspricht Henner energisch.

«Tut die aber.»

Henner starrt aus dem Fenster auf die dahinfliegende Landschaft mit ihren schnurgeraden Baumreihen. Auf den Feldern stehen Kühe, Pferde und Windkraftanlagen. Henner schweigt noch, als sie in Bagband an der Ostfriesenbrauerei vorbeikommen. Da würde er jetzt viel lieber im Hof sitzen, als Dörte beim Reiten zuzugucken. Erst als sie das Hinweisschild vom Reitsport-Touristik-Centrum Ostfriesland sehen, macht Henner den Mund wieder auf.

«Nur damit das mal klar ist: Ich tu immer noch, was ich will.»

«Dann ist ja gut.» Dörte parkt ihren grellgrünen Polo und zieht den Zündschlüssel ab. Noch einmal wandert ihre Nase zu Henners Hals. «Das riecht zum Anbeißen gut.»

«Dörte!» Henner wird rot. Jetzt weiß er wirklich nicht, was er sagen soll. Die machen ihn noch völlig fertig, die Frauen. Eine wie die andere. Wie erholsam ist es dagegen, wenn er mit Rudi vorm Hühnerstall sitzt und einfach nur das Gescharre des Federviehs beobachtet.

Dörte zeigt auf die Ställe. «Am besten gehen wir da rüber. Ich muss mich beim Reitlehrer melden. Los, komm!» Entschlossen läuft sie auf das Gebäude zu. Henner folgt ihr und bleibt unschlüssig im Gang stehen. Er blickt auf die Pinnwand. Die Reitpläne interessieren ihn aber nicht. Gelangweilt schlendert er an den Metallboxen vorbei. Eine Reiterin kratzt gerade ihrem Pferd die Hufe ab. Dann drückt sie auf eine Wasserspritze und spült den Dreck weg. Sieht fast so aus wie in der Autowaschanlage. Dörte ist noch immer nicht aus dem Büro zurück. Henner geht weiter. Links führt eine Tür in eine riesige Reithalle. Ein junges Mädchen sammelt gerade mit der Schaufel Pferdeäpfel auf. Henners Nase kribbelt jetzt, und seine Augen beginnen zu jucken. Obwohl er zu Hause bereits ein Antihistamin genommen hat, schluckt er zur Sicherheit noch eine Tablette.

«Huhu, Henner!» Dörte kommt mit einem Mann in Reithose um die Ecke. Das Pferd, das er am Zügel führt, ist eines der kleineren Sorte. Gute Wahl. Dann ist die Fallhöhe nicht so groß.

«Wir gehen gleich zum Reitplatz. Kommst du mit?», ruft Dörte. «Ingo zeigt uns vorher aber noch, wie wir in den Sattel kommen.»

Bei dem Namen Ingo zuckt Henner zusammen. Er inspiziert das Gesicht des drahtigen Mannes um die vierzig. Mittelgroß, mausgraues Haar, Halbglatze. Das ist definitiv nicht Rosas Ingo. Der hätte ihm jetzt auch gerade noch gefehlt. Dieser blonde Grinser.

«Machst du ein paar Fotos? Meine erste Reitstunde muss doch festgehalten werden.»

«Ich hab keinen Apparat dabei.» Das hätte ihr nun wirklich früher einfallen können.

«Nimm doch dein Handy.»

Gibt man Frauen den kleinen Finger, nehmen die nicht nur die Hand, die reißen einem gleich den ganzen Arm aus. Fotografieren ist echt nicht sein Ding. Er würde sich jetzt lieber in Ruhe ein schattiges Plätzchen suchen und sich die Sache aus gebührender Entfernung ansehen. Vielleicht mit einem Becher Kaffee. Linker Hand vom Reitplatz ist ein Bistro. Das sieht gar nicht schlecht aus.

«Nun komm schon, Henner. Du darfst nicht verpassen, wenn ich das erste Mal im Sattel sitze.»

Mal ganz ehrlich, es interessiert ihn wirklich nicht, wie sie auf einem Gaul sitzt, aber das darf er nicht laut sagen, sonst braucht er Dörte nie wieder fragen, ob sie ihm das Formular für den Lohnsteuerjahresausgleich ausfüllt. Das ist neben den Versicherungen nämlich ihr Spezialgebiet. Und er hat das mit diesen trockenen Dingen nicht so. Rudi auch nicht. Mit sinkender Laune folgt Henner Dörte, dem Reitlehrer und dem Pferd. Sie steuern direkt auf eine Gruppe von Frauen und Pferden zu. Es kribbelt jetzt noch stärker in seiner Nase. Am besten, er bringt die Sache mit den Fotos schnell hinter sich, und dann nichts wie weg, vor allem weit weg von den Gäulen. Er legt los: Dörte vorm Pferd. Knips. Dörte mit den Händen an den Zügeln. Knipps. Dörte streichelt das Pferd. Knips, knips. Henner muss niesen. «Ich darf nicht so dicht an die Pferde ran, tut mir leid, Dörte.» Schon läuft er los. Wenn Dörte jetzt beleidigt ist, kann er auch nichts machen. Sie weiß doch ganz genau, dass er allergisch auf Tierhaare reagiert. Wenn nicht, wäre er längst Bauer auf dem Steffens-Hof.

Je weiter er sich vom Reitplatz und den Tieren entfernt, umso besser kriegt er wieder Luft. Im Schatten eines Sonnenschirms entdeckt Henner eine Bank. Jetzt fehlt nur noch der Kaffee. Der kommt zwar nicht, aber dafür steht plötzlich ein älterer Herr vor ihm. «Gestatten, Leopold von Frixen. Darf ich?»

«Sicher.»

Der Mann um die siebzig, in ausgeblichener Reithose und schwarzen Lederstiefeln, setzt sich neben ihn, und gleich fängt Henners Nase wieder an zu kribbeln.

«Ich habe Sie hier noch nie gesehen. Sind Sie auf Reiterurlaub hier?»

«Nee, ganz bestimmt nicht. Ich wohne ein paar Orte weiter. In Neuharlingersiel. Eine ...», Henner überlegt kurz, wie er die Beziehung zu Dörte beschreiben soll, «Freundin der Familie hat heute ihre erste Reitstunde.»

«Ich sage immer, es ist nie zu spät, mit dem schönsten Sport der Welt anzufangen. Sehen Sie nur, da kommen unsere Anfänger.»

Er weist auf die Gruppe von Reitschülern. Alle Frauen tragen einen Helm. Dörte strahlt. «Gleich geht's los. Vergiss die Fotos nicht!»

Wenig später wuchten sich alle Damen in den Sattel. Bei den wenigsten sieht das elegant aus, bei Dörte durchaus passabel, aber sie hat ja früher auch immer auf Roswitha geübt. Sie kommt mit Schwung hoch, rutscht allerdings gleich auf der anderen Seite wieder runter. Völlig verstaubt versucht sie es ein zweites Mal. Knips, knips. Das muss Henner einfach für die Ewigkeit festhalten. Als die Damengruppe schon fast den

Reitplatz erreicht hat, kommt ein Mann in Tweedsakko, Reithose und Stiefeln auf die Bank zu.

«Frixen, altes Haus, lange nicht gesehen.»

«Stimmt, Gero, ist ewig her. Aber spätestens Sonntag auf der Hengstgala hätten wir uns getroffen. Man hört ja von Don Giovanni nur das Allerbeste. Da wirst du wohl ordentlich Preise einheimsen.»

«Du hast es noch nicht gehört?» Der Neuankömmling schluckt. «Don Giovanni ist tot.»

«Nein. Davon wusste ich nichts. Das ist ja schrecklich. Mein herzliches Beileid. Du hattest dir doch so viel von ihm versprochen.»

«Das kannst du wohl sagen. Don Giovannis Tod wirft mich ordentlich zurück. Auch finanziell gerate ich ganz schön in die Bredouille. Komm, lass uns im Bistro was trinken. Da können wir in Ruhe reden.»

«Wenn du mich wieder anpumpen willst, sag ich dir gleich, dass ich im Moment selbst nicht besonders liquide bin.»

«Nein, darum geht es nicht.»

Henner sieht den beiden hinterher. Der Mann im Tweedsakko kommt ihm bekannt vor.

Für Schnepel und Haueisen ist mal wieder alles klar. Makarow. KGB. Und ein Ossi. Aber ist Matschker wirklich der Täter? Rudi hat da so seine Zweifel. Auch an Schnepels Verhörtaktik. Und seine Wadenbeißermethoden machen den sowieso blind für alle anderen Überlegungen. Da muss Rudi eben auf eigene Faust der neuen Spur nachgehen. Ein kleiner Ausflug nach Norddeich ist keine schlechte Sache an einem Freitag. Zum Glück ist seine Ente endlich wieder startklar.

Er rollt das Faltdach zurück und klemmt es fest. Was für ein Wetter! Die Sonne scheint, keine Wolke am Himmel. Er legt die Mütze auf den Beifahrersitz, fischt die Sonnenbrille aus dem Handschuhfach und setzt sie auf. Laut und falsch singt er zur Radiomusik, während er die Küstenstraße entlang nach Norden gondelt. Rechts der Deich, links die Felder und Wiesen, dazwischen Windlooper entlang der Schlote. Eigentlich ja Pech für die Bäume, dass sie nicht vor den Nordstürmen flüchten können und deshalb so krumm gewachsen sind. Ja, Henner hat schon recht, wenn er behauptet, dass es auf der ganzen Welt keinen schöneren Landstrich als Ostfriesland gibt. Voller Inbrunst singt er den Song der Friesenfolker Laway mit: «Freje Wind de Wulken weiht», als sein Telefon klingelt. Soll er rangehen? Ohne Freisprecheinrichtung? Egal. Er nimmt das Gespräch an und ist erstaunt, als sich Reinhold Münsterberg meldet.

«Entschuldigen Sie», sagt der, «ich hab es nicht eher geschafft zurückzurufen, es war alles so viel. Jetzt weiß ich auch, warum es Sie interessiert hat, ob Hans-Otto und ich Cousins sind, *er* ist der Tote, von dem Sie sprachen.»

«Jo. Und deshalb müssen wir Ihr Alibi überprüfen, Sie waren ja bei ihm und haben sich wegen der Erbschaft gestritten.»

«Aber ich bringe doch meinen Cousin wegen der Bruchbude nicht gleich um!», protestiert Münsterberg. «Außerdem hat Iris gesagt, Hans-Otto ist erschossen worden. Wo soll ich denn eine Waffe herhaben?»

«Och, Mittel und Wege gibt es immer.» Eine scharfe Kurve kommt, Rudi klemmt sich das Handy schnell zwischen Ohr und Schulter. «Und da es eine russische Waffe war und Sie in Leipzig leben, liegt es nahe, eins und eins zusammenzuzählen.»

«Also hören Sie, was reden Sie denn da? Als ob mich allein mein Wohnort verdächtig macht.»

«Wir werden in jedem Fall Ihre Fingerabdrücke brauchen. Soll ich Ihnen die Kollegen in Leipzig schicken, oder kommen Sie zur Beerdigung, und wir erledigen das hier vor Ort?»

«Ich bin am Montag da.»

Das lüppt ja richtig gut. Rudi ist zufrieden. Und gleich ist er in Neßmersiel. Da kann er sich im Fährhaus was zwischen die Kiemen schieben und nebenbei die Yacht von Brakenhoff angucken. Liegt ja alles auf dem Weg.

In diesem Moment wird er von einem dunkelblauen Passat überholt. Eine Rudi sehr bekannte rot-weiße Kelle wird aus dem Fenster gehalten, und ihm bleibt nichts anderes übrig, als anzuhalten.

Eine Viertelstunde später kommt er schlecht gelaunt im Neßmersieler Hafen an. Da telefoniert er ein einziges Mal während der Fahrt und das auch noch dienstlich, und schon übersieht er einen mobilen Blitzer, und die Kollegen haben nichts Besseres zu tun, als ihm hinterherzufahren und zu stoppen. Vierzig Euro muss er abdrücken. Da kann er sich das Mittagessen am Hafen sparen. Ein Matjesbrötchen muss reichen, denn die Kollegen haben trotz seiner Uniform und der Beteuerung, mit einem Zeugen im Mordfall Brakenhoff gesprochen zu haben, keine Ausnahme gemacht. Er hätte eben zum Telefonieren anhalten sollen, haben sie ihm trocken gesagt. Als Polizist habe man eine Vorbildfunktion. Diese Korinthenkacker.

Missmutig stapft Rudi zum Büro des Hafenmeisters und lässt sich Brakenhoffs Yacht zeigen. Bei deren Anblick gehen ihm die Augen über. Was ist das denn für ein geiles Teil. Die ist bestimmt zehn Meter lang. Mit so was würde er auch gern mal die Inseln entlangschippern. Ob an Brakenhoff was auffällig war, will er vom Hafenmeister wissen, aber der schüttelt mit dem Kopf. «Nix Besonderes. Der ist meist nur zwischen Langeoog und hier gependelt. Sind alles Rentner, die haben alle Zeit der Welt. Ist 'ne richtige Clique, die das macht. Bestimmt zehn Schiffe.»

«Könnte es sich bei denen um Schmuggler handeln?»

Der Hafenmeister bricht in lautes Gelächter aus. «Sie haben ja Ideen.»

Vielleicht hat er jetzt wirklich überdreht. Schnepels Verschwörungstheorien scheinen ansteckend zu sein.

In Norddeich stellt Rudi den Wagen auf dem großen Parkplatz vom Ocean Wave ab und ärgert sich darüber, dass man hier fürs Parken ein Ticket ziehen muss. Halsabschneiderei, wohin man schaut. Das Portemonnaie legt er auf den Rücksitz unter die Wolldecke, das beult nur die Hosentasche aus, dann geht er rüber zur Seehundstation.

Die Dame an der Kasse ist ausgesprochen freundlich. Sie ruft Doktor Schröter an.

«Er kommt gleich», sagt sie und sortiert die Plüschtiere auf dem Verkaufstisch neben der Kasse. Doktor Schröter lässt sich Zeit, und Rudi inspiziert die Seehundkuscheltiere in unterschiedlichen Größen. Die kleinen gefallen ihm besonders gut. Endlich kommt der Tierarzt.

«Was wollen Sie von mir?», fragt er unwirsch, kaum dass sich Rudi vorgestellt hat. «Ich habe zu tun.»

«Es geht um den Mordfall Brakenhoff», kommt Rudi gleich zur Sache. «Wo sind Sie am Samstagnachmittag gewesen? So zwischen dreizehn und siebzehn Uhr?»

«Ich weiß zwar nicht, was ich damit zu tun haben soll, aber Samstag ... da war ich hier.»

Die Frau am Büchertisch blickt auf und schnaubt, doch Schröter scheint das nicht zu bemerken.

«Den ganzen Nachmittag», sagt er. «Da kam doch der Heuler. Das können die Mitarbeiter hier bestätigen.»

Ach ja. Rosas Heuler. Den hat Rudi ganz vergessen. Hat Schröter also doch ein Alibi. «Ja, dann nichts für ungut. Dann mach ich mich mal wieder auf den Weg.»

«Nein, Doktor Schröter, ganz so war es aber nicht. Der Anruf wegen des Heulers kam so gegen sechs, da waren Sie nicht hier.» Die Dame in der weißen Bluse richtet sich vom Tisch mit den Geschenkartikeln auf. «Ich kann mich da noch gut dran erinnern. Timo hatte nämlich Schwierigkeiten, Sie zu erreichen.» Sie kommt näher. «Ich hab ihm gesagt, dass Sie unterwegs sind, weil ich durch Zufall auf der Kameraüberwachung im Pausenraum gesehen hab, dass Sie weggegangen sind. Und zwar durch die Tür vom Lieferanteneingang. Warum haben Sie sich eigentlich nicht wie sonst abgemeldet?» Ein wahres Schätzchen als Kollegin. Die ist wohl nicht gut auf Schröter zu sprechen.

«Stimmt. Sie haben recht. Ich kam wirklich erst zurück, als der Heuler schon hier war, aber ich hab überhaupt kein Gefühl für die Uhrzeit.»

«Na, dann helfen Sie Ihrer Erinnerung mal ein wenig auf die Sprünge. Es ist für Sie nicht ganz unwichtig.» Rudi blickt ihn herausfordernd an.

Nun kommt Leben in den Tierarzt. Er wirft der Mitarbeiterin einen giftigen Blick zu und bittet Rudi, ihn in sein Büro zu begleiten. Dort lehnt er sich gegen einen erstaunlich aufgeräumten Schreibtisch und steckt die Hände in die Vordertaschen seiner Jeans. Dabei sieht Rudi die Kratzer. Rosa hat nicht übertrieben.

«Ich war in Neuharlingersiel», gibt Schröter zu. «Ich habe

mich mit Frau Brakenhoff getroffen. Wir haben einen Spaziergang gemacht und geredet.»

«Ach.» Rudi sieht Schröter mit leichter Genugtuung an. «Und da fragen Sie noch, was Sie mit dem Fall zu tun haben sollen, wenn Sie mit Frau Brakenhoff ... spazieren waren?»

«Wir sind Kollegen ...» Das kommt nun überheblich.

Der Kerl soll nur nicht meinen, dass er ihn mit seinem studierten Gehabe beeindrucken kann. Nicht Rudolf Hieronymus Bakker.

«Und ein Verhältnis haben Sie auch mit ihr», behauptet Rudi, denn was die Spatzen in Adelheids Laden pfeifen, wird in diesem Fall garantiert wahr sein.

«Auf jeden Fall war ich mit Frau Brakenhoff zusammen und sie mit mir», übergeht Schröter Rudis Behauptung, «das heißt, wir haben beide ein Alibi. Deswegen sind Sie ja wohl gekommen.»

«Stimmt. Obwohl, ein Alibi mit der Ehefrau des Opfers zu haben, ist für einen Geliebten nicht so wirklich viel wert.»

Schröter zuckt zusammen, und Rudi weist auf den Handrücken. «Sie haben da ein paar Kratzer.»

«Ja, von dem kleinen Heuler.» Schröter sieht ihn mit stechendem Blick an.

«Wir haben Hautpartikel unter Doktor Brakenhoffs Fingernägeln gefunden. Ich muss Sie bitten, sich einem DNA-Vergleichstest zu unterziehen.»

Diesmal hat Rudi an alles gedacht und nimmt das Stäbchen in der durchsichtigen Röhre aus seiner Jackentasche.

Mit der Speichelprobe des Tierarztes in der Tasche kommt er auf den Parkplatz. Er ist richtig zufrieden. Bis er ins Auto guckt. Da trifft ihn fast der Schlag. Die Wolldecke liegt nicht mehr akkurat zusammengefaltet auf der Rückbank. Hektisch hebt er sie hoch und sucht sogar noch den Fußraum ab. So ein Schiet. Seine Geldbörse ist futsch.

Männer sind überhaupt das Allerletzte. Und Dörte auch. Rosa schnaubt. Erst füllt die sie im «Dattein» mit Seehunden ab, und jetzt nimmt sie einfach so Henner am helllichten Tag in Beschlag. Und der lässt sich das auch noch gefallen. Blödmann! Was bildet der sich überhaupt ein, Ingo zu erzählen, sie sei eine Verdächtige in dem Mordfall. Unverschämt ist das. Wütend hackt sie die nächste Nachricht auf das Display ihres Smartphones: *Misch dich gefälligst nicht in mein Leben ein. Das geht dich nämlich nichts an. Gar nichts.*

Zutiefst befriedigt drückt sie auf «senden», als ihr die Uhrzeit ins Auge springt. In einer halben Stunde ist sie mit Ingo verabredet. Nicht bei ihr zu Hause, den Vorschlag hat sie gleich abgewimmelt. Neutraler Boden eignet sich für das erste Treffen nach so langer Zeit besser. Richtig neutral ist der Sielhof natürlich auch nicht, die haben sich ja eher auf Hochzeiten spezialisiert. Romantik hinterm Deich. Aber man kann dort im Pavillon in aller Ruhe sitzen und ins Grüne schauen.

Ingo wird begeistert sein. Der steht auf geschichtsträchtige Orte, da kann sie mit der Fliesenwand mit den handgemalten biblischen Motiven Eindruck schinden. Die sind etwas ganz Besonderes, genau wie der Kachel-Kamin in der Upkammer. Und wenn sie sich mit Ingo nichts zu sagen hat, dann können sie sich wenigstens gemeinsam die Fliesen angucken. Aber dazu wird es nicht kommen. Sie haben sich früher dauernd etwas zu erzählen gehabt. Gut, Ingo hat meistens von sich selbst erzählt und von seiner Band. Mittlerweile kennt sie alle Geschichten. Wie er es fast in die Ausscheidung für *Deutschland sucht den Superstar* geschafft hat, Dieter Bohlen ihn aber als Einziger in der Jury nicht wollte. Vielleicht, weil Ingo und Dieter sich von weitem ein bisschen ähnlich sehen. Und dann die Geschichten von seinen Auftritten auf Kreuzfahrtschiffen. Meist vergisst Ingo zu erwähnen, dass die nur den Rhein rauf- und runterzockelten und er Tanzteemusik spielte.

Ein bisschen überrascht hat sie sein Anruf nach der langen Zeit schon. Er möchte sie um etwas bitten, hat er gesagt. Um Verzeihung, das ist ihr völlig klar. Manche Leute brauchen lange, bis sie merken, was ihnen entgangen ist. Doch soll sie ihm so einfach verzeihen? Andererseits kann er manchmal auch ein richtiger Schatz sein. Aber so wie früher wird ihre Beziehung nicht. Sie möchte einen Mann, der zu ihr steht. In guten wie in schlechten Tagen. Und sie will auf keinen Fall einen, der sie einfach so stehenlässt, wenn sie mit ihm reden will, und mit einer anderen zum Reiten fährt.

Ingo sieht auch viel besser aus als Henner. Als Rudi sowieso. Und Emterbäumler hat so komische Zähne. Außerdem muss sie sich heute ja auch gar nicht entscheiden. Sie kann das Treffen mit Ingo und seine Entschuldigung erst mal genießen.

Die Frage ist nur, was sie anzieht. Das Überraschungsmoment mit den glatt geföhnten Haaren ist perdu. Die haben sich längst wieder gekringelt. Und eigentlich stehen ihr Locken auch viel besser. Da hat Henner ausnahmsweise einmal recht. Vielleicht sollte sie die neue weiße Hose anziehen. Oder das Kleid mit dem Blümchenmuster. Aber welche Schuhe?

Der halbe Inhalt ihres Kleiderschranks liegt auf dem Bett, als ihr Handy piept und Ingo per SMS ankündigt, dass er sich um dreißig Minuten verspätet. Gut, hat sie eben noch etwas mehr Zeit. Sie zieht den Bauch ein und dreht sich vorm Spiegel. Am besten nimmt sie das rote Kleid. Das betont ihr Dekolleté und bringt ihre Beine gut zur Geltung. Wenn sie die weiße Strickjacke darüberzieht, werden die Rundungen unterhalb der Brust perfekt kaschiert. Bei dem Stress der letzten Tage ist ihr Sportprogramm auf der Strecke geblieben. In puncto Schuhfrage bleiben zum Schluss zwei Paare in der engeren Wahl. Halbhohe schwarze Pumps mit breiterem Absatz und roter Sohle und ein Paar schwindelerregend hohe knallrote Stilettos mit schwarzer Sohle. Auf den Dingern kann sie allerdings nicht laufen. Selbst wenn sie mit dem Auto die paar Meter zum Sielhof fahren würde, bliebe noch der Weg vom Parkplatz zum Eingang.

Ganz bewusst erscheint sie fünf Minuten zu spät. Als Frau sollte man nie die Erste bei einer Verabredung sein. Lässig blickt sie sich im Restaurant um. Doch Ingo ist nirgendwo zu sehen. Sie sucht sich einen Platz am Fenster und bestellt ein Mineralwasser. Ohne Kohlensäure. Gegen fünf hat Rosa das Wasser und auch einen Earl Grey ausgetrunken und ärgert sich. Wie blöd muss man sein, um sich auf Ingo und seine Zeitangaben zu verlassen. Henner und Rudi sind da ganz anders. Wenn die vier Uhr sagen, dann sind sie um vier Uhr da. Sie macht der Bedienung ein Zeichen. Ingo kann sie mal. Gerade hat sie das beschlossen, da kommt er auf sie zu.

«Rosa, es tut mir so leid.» In der Hand keinen Rosenstrauß, auch kein Präsent. Das fängt ja gut an. Er setzt sich neben sie und drückt ihr einen Kuss auf die Wange. Und einen mitten auf den Mund. Rosa versteift sich.

«Es ist so schön, dich zu sehen.» Ingo strahlt sie an. «Ich hab mich so auf dich gefreut. Du siehst phantastisch aus.» Nun blickt er sich im Raum um. «Das ist ja ein tolles Anwesen. Ist das so ein ostfriesischer Häuptlingspalast wie der in Aurich?»

Sie verschränkt die Arme vor ihrer Brust. «Warum kommst du so spät?» Eine Entschuldigung ist das mindeste, was sie nach dieser Stunde Warten verdient hat.

Ingo sieht sie mit Glubschaugen an. Hat der neuerdings Schilddrüsenprobleme? «Ich bin mit dem alten BMW von Karsten da. Du weißt doch, der aus meiner Band in Hannover. Das Auto hat ein paar Zicken gemacht.»

«Karsten, der notorische Kokser? Der Karsten, der immer noch auf Kosten seiner Eltern lebt? Ist der noch im zweiundzwanzigsten Semester oder schon im vierundzwanzigsten?»

«So, wie du das sagst, hört sich das ziemlich hart an.» Ingos Lächeln erstirbt für einen kurzen Augenblick. Dann hat er sich wieder gefangen, und ein bellendes Lachen folgt. «Auf jeden Fall ist das Auto nicht angesprungen, und ich brauchte Starthilfe. Ich sage dir, das war vielleicht ein Theater.»

Früher ist Rosa nie aufgefallen, dass Ingo beim Lachen den Mund so weit aufreißt, dass man die Backenzähne sehen kann.

«Aber jetzt bin ich ja da.»

«Was für ein Seminar machst du denn in Aurich mit?»

«Seminar? Das hast du falsch verstanden. Das war eine Hochzeit. So im ganz großen Stil. Ich bin dort mit einer Combo aufgetreten, als Stargast. Ich hab ja in der letzten Zeit meist nur noch Soloauftritte.»

«Combo? Auf einer Hochzeit? Da warst du doch früher strikt dagegen.» Das verdirbt den Stil, hat Ingo stets gesagt. Und das ist nicht förderlich für die große Musikerkarriere. Er will sich nicht verbiegen lassen. Keine Kompromisse. Lieber nur einen trockenen Kanten Brot zum Essen als massenkompatibel sein. Rosa kann seine Vorträge immer noch auswendig abspulen. Kein Wunder, spätestens ab dem Fünfzehnten jeden Monats hat er sie erst heruntergebetet und Rosa anschließend angepumpt. Weil der Durchbruch immer noch auf sich warten ließ, genau wie der erste Plattenvertrag oder der Vorschuss eines Veranstalters. Das ist gut angelegtes Geld, hat Ingo jedes Mal gesagt. Er bezahlt es doppelt und dreifach zurück, hat er gesagt. Bis er dann irgendwann weg war.

«Ich bin ja auch immer noch gegen solche Auftritte», gibt Ingo zu und fletscht schon wieder so komisch die Zähne. «Aber ich muss an die Miete denken.»

«Wohnst du denn nicht mehr bei deiner Miss Hannover?»

«Ach, Rosa, nun fang nicht schon wieder damit an, gerade wo wir uns versöhnen. Das war ein Ausrutscher.» Ingo versucht sich im Augenaufschlag eines Koalabären. Kugelrund und niedlich. Aber irgendwie wirkt der Blick auf Rosa eher schmierig oder schleimig. Sie fühlt sich plötzlich sehr unwohl.

Als hätte Ingo das gespürt, legt er seine Hand auf ihren Oberschenkel. «Gib uns doch eine zweite Chance. Du und ich, wir beide ...»

«Lass das!» Rosa schiebt seine Hand zur Seite und fängt den Blick der Kellnerin auf. Die versteht das als Signal und tritt an den Tisch.

«Was darf ich Ihnen bringen?», fragt sie neutral, als hätte sie die Peinlichkeit nicht mitbekommen.

Ingo sieht Rosa mit seinem schmachtenden Schlagersängerblick an. «Prosecco?»

Sie schüttelt den Kopf. «Für mich nicht.»

Der Prosecco kommt, und Ingo prostet Rosa zu. «Ich träume jede Nacht von dir und deinen wunderbaren Augen.»

Dieser Schleimer. «Was genau hat dir eigentlich mein Nachbar gesagt, dass du sofort wieder weg bist?» Rosa dreht die leere Teetasse in der Hand, während Ingo an seinem Prosecco nippt.

«Wie kommst du denn jetzt auf den, wo wir zwei so kuschelig zusammensitzen?»

«Ich möchte es einfach wissen.»

«Na, der hat davon geredet, dass du unter Mordverdacht stehst und wohl noch bei der Polizei bist. Wie blöd muss man sein, um einen Mordverdacht nicht von einer Zeugenaussage zu unterscheiden. Aber das ist ja typisch, der Ostfriese an sich ist ja schwer von Begriff, wenn nicht gar ein bisschen blöd.» Ingo legt seine Hand wieder auf ihr Knie. «Sag mal, Rosa, könntest du mir noch mal ein bisschen unter die Arme greifen? Ich meine so finanziell. Ich habe nächsten Monat ein tolles Engagement, vier Wochen auf einem Kreuzfahrtschiff, das bringt richtig viel Geld. Danach kann ich dir auch die andere Kohle zurückgeben. Mit Zinsen, versteht sich. Aber bis dahin habe ich noch eine kleine Durststrecke.» Mit der anderen Hand greift Ingo nach ihrer rechten Hand, die steif auf der Tischkante liegt.

Mit einem Ruck schiebt Rosa den Tisch nach vorne und steht auf. Ingos Hände platschen ins Leere.

«Danke für die Lehrstunde, Ingo. Die Einzige, die bisher schwer von Begriff war, bin wohl ich. Aber die frische Nordseeluft hat Klarheit in meinen Kopf gebracht.» Rosa winkt der Bedienung. «Die Rechnung für deinen Prosecco übernehme ich.» Sie lächelt ihn an. «Es ist die allerletzte, die ich für dich begleiche. Darauf kannst du einen lassen.»

Dann rauscht sie davon. Gut, dass sie sich für die bequemeren Schuhe entschieden hat.

Auf der Rückfahrt vom Reitstall kurbelt Henner das Fenster herunter. Seine Nase kribbelt immer noch. Das sind garantiert die Pferdehaare auf Dörtes Hose.

«Ey, mach das Fenster wieder zu. Das stinkt ja bestialisch.» Dörte hat recht. Irgendein Bauer hat Gülle gefahren. Also, Fenster zu und durchhalten. Lange kann es ja nicht mehr dauern, bis sie zurück in Neuharlingersiel sind.

«Das war so lieb, dass du bei meiner ersten Reitstunde dabei warst.» Dörtes Augen leuchten. «Auf dem Rücken der Pferde liegt das Glück dieser Erde. Ein bisschen was ist schon dran, findest du nicht?»

Henner findet das zwar überhaupt nicht, hält aber lieber den Mund. Das scheint Dörte nicht zu stören, sie plappert unentwegt weiter. «Bei Anfängern nimmt Ingo am liebsten seine Friesen. Die wissen genau, was sie machen sollen, sagt er. Meiner hatte den schönsten Kötenbehang, findest du nicht?»

«Klötenbehang?»

«Nein, Köten. Die längeren Haare am Fesselgelenk.»

«Ach so.»

«Du bist so einsilbig, Henner. Hast du was?»

«Nee, nur ein bisschen Kribbeln in der Nase von dem vielen Pferdehaar.» Freiwillig fährt er da nie wieder mit hin.

«Stimmt. Deine Allergie. Hab ich gar nicht dran gedacht. Tut mir leid. Umso schöner ist es für mich, dass du trotzdem mitgekommen bist.» Sie strahlt ihn kurz an, guckt dann jedoch wieder auf die Straße. «Aber auf der Bank unter dem Sonnenschirm war es besser?»

«Jo. Bis der eine Typ sich neben mich setzte. Der ist direkt vom Reiten gekommen. Na ja, zum Glück ist der schnell mit einem anderen verschwunden. Der kam mir irgendwie bekannt vor, ich weiß nur nicht, wo ich ihn hinstecken soll.»

Dörte tritt auf die Bremse, weil sie den Ortseingang von

Esens passieren. «Das war Graf von Wörtz und Klosterberg. Den hast du heute Morgen bei uns in der Versicherung gesehen. Der arme Mann. Das mit Don Giovanni tut mir so leid.»

«Don Giovanni. Ja, das hat der Typ neben mir auch gesagt. Der ist tot, ne?»

«Ach, Henner. Das war der Topzuchthengst vom Grafen. Mit dem hatte er ganz Großes vor. Der hat bei der Körung die höchste Punktzahl erreicht. Angeblich soll der Stall Schockemöhle schon drei Millionen Euro für das Pferd geboten haben. Aber das kann natürlich auch ein Gerücht sein. Auf jeden Fall bringt so ein Rassepferd wie Don Giovanni achttausend Euro Decktaxe. Ist natürlich kein Natursprung, sondern einer in der Deckstation.»

«Wahnsinn. Achttausend Euro für einen Schuss!»

«Nee, mein Lieber. Das ist viel mehr. Fünfzehn Portionen kann man aus so einer abgezapften Ejakulation rausholen. Meist wird ja auch was für den späteren Verkauf eingefroren. Überleg mal, das ist echt 'ne Menge Kohle.»

Es wundert Henner nun schon ein wenig, dass Dörte sich so gut mit den Samen von Hengsten auskennt. Und vor allem mit dem Hengst vom Grafen. «Aber warum redest du dann immer vom armen Grafen? Der muss doch steinreich sein, wenn der Gaul so viel Geld einspielt.»

«Der hat ja grad erst angefangen, Don Giovanni für die Zucht einzusetzen. Bis vor kurzem ist der nur bei Dressurwettbewerben in Erscheinung getreten. Und nun ist er tot. Und der Traum vom großen Geld geplatzt. Eigentlich sollte der Hengst am Sonntag auf der ‹Gala der Besten› Furore machen. Aber letzte Woche bekam er Husten. An sich keine große Sache, aber der Graf wollte kein Risiko eingehen und hat am Samstag die Brakenhoff gerufen, damit die den Husten behandelt. Liest du denn gar keine Zeitung? Sogar Ludwig hat in der Mitmachzeitung darüber berichtet. Und zwar in aller Ausführlichkeit.»

«Ich kann mich doch nicht um alles kümmern. Rudi soll ich bei den Mordermittlungen unter die Arme greifen und dich zur Reitstunde begleiten. Ich komm ja zu gar nichts mehr. Und was war das denn nun mit dem Husten? Von so ein bisschen Erkältung stirbt man doch nicht.»

Dörte wirft Henner einen Blick zu, den er nicht so richtig deuten kann. Dann konzentriert sie sich wieder auf die Straße.

Sie haben Esens verlassen, und Dörte beschleunigt erneut. Felder, Bäume und Büsche fliegen nur so an ihnen vorbei. Henner hält sich am Türgriff fest. Zum Glück sind sie auf der Zielgeraden nach Neuharlingersiel.

«Die Brakenhoff hat Don Giovanni ein Antibiotikum gespritzt. Kurz darauf war das Pferd tot. Ist einfach umgefallen. Aufgebäumt, Augen verdreht und mausetot. Don Giovanni muss auf das Mittel allergisch reagiert haben. Und keiner hat's gewusst.»

Dörte setzt den Blinker und überholt einen Trecker. Henner kurbelt die Scheibe wieder runter und winkt. Wie es aussieht, kommt Vaddern gerade vom Feld. Dörte redet immer noch, als wenn sie Quasselwasser getrunken hätte.

«Der Graf tut mir so leid.»

Jetzt geht das schon wieder los. Irgendwie hat Dörte an dem Adligen einen Narren gefressen.

«... und so schnell ist alles vorbei. Nicht mal ausreichend versichert war das Pferd. Vielleicht, weil der Graf sich die Beiträge nicht leisten konnte. Der Arme. Du hast ja gehört, wie aufgebracht er heute Morgen war. Er hat versucht, Freese zu überreden, die Police im Nachhinein höher zu setzen. Aber das geht ja gar nicht. Das wäre ja Betrug. Und das hat Freese ihm auch deutlich gesagt.»

Dörte bremst ab und schweigt für einen Augenblick, als sie das Ortsschild passieren. Dann legt sie wieder los: «Aber der Graf hat es ja auch wirklich nicht leicht. Das Schloss ist doch ein Fass ohne Boden. Dauernd muss er da Geld reinstecken.»

«Das ist dann eben wohl Schicksal.» Was Besseres fällt Henner dazu nicht ein. Er ist es nicht gewohnt, in diesen Dimensionen zu denken. Sechsstellige Summen für einen Samenabschuss, drei Millionen für einen Gaul. Das ist nicht seine Welt. Und in der des Adels kennt er sich sowieso nicht aus. Da tut ihm schon fast die Tierärztin leid. Der scheint ja im Moment das Pech an den Fingern zu kleben. «Und was hat die Brakenhoff gemacht, als der Gaul so einfach umgekippt ist? Versucht man da Wiederbelebung so von Mund zu Mund wie bei Menschen?»

«Die war doch gar nicht mehr da, als das passiert ist. Die hat dem Hengst die Spritze gegeben und ist zum nächsten Kunden weitergefahren. Der Graf war ganz alleine mit Don Giovanni, als der quasi von einer Minute zur anderen tot umfiel.» Dörte hält vor Henners Haus. «So, da wären wir. Darf ich dich noch zu einem Eis einladen?»

«Das ist lieb, Dörte. Aber ich muss mich jetzt echt an meine Rede machen. Sonst wird das nichts.»

Es gibt Tage, da sollte man lieber im Bett bleiben. Heute ist einer davon. Rudi zieht die Tür des Brakenhoff'schen Hauses hinter sich ins Schloss und steigt in seine Ente. Und Frauen wird er nie verstehen. Jetzt, wo er Iris Brakenhoff drauf angesprochen hat, hat sie unumwunden zugegeben, sich mit Schröter getroffen zu haben. Heimlich. Zu einem Zeitpunkt, als sie noch gar nicht wusste, dass ihr Mann tot war. Hätte sie ihnen doch gleich sagen können, als sie Samstag nach Hause gekommen ist, die Polizei im Haus war und der Leichenwagen davorstand.

Rudi startet. Nach wenigen Metern fädelt er von der kleinen Straße der Tierärztin auf die Landstraße ein. Hätte sie ihm von Anfang an die Wahrheit gesagt, hätte ihm das viel Lauferei erspart. Was wäre so schlimm gewesen, wenn sie von ihrem Schäferstündchen mit Schröter erzählt hätte? Untreue kommt in den besten Familien vor. Denn dass die nur am Strand langgegangen sind, können die wem anders erzählen. Da ist er schon bei Denise nicht drauf reingefallen. Bestimmt hat Schröter die Brakenhoff gleich instruiert, als Rudi aus Norddeich weggefahren ist. Damit die Aussagen 1 a zusammenpassen.

Auf Höhe der Krabbenschälfabrik ertönt die Fanfare in seiner Jackentasche. Rudi setzt den Blinker und biegt auf den Parkplatz ab. Den Fehler macht er kein zweites Mal. Während er das Handy rausholt, fällt sein Blick auf das Plakat mit den Matjes. Wie auf Kommando meldet sich sein Magen, und er merkt, wie hungrig er ist. Schließlich hat er den ganzen Tag noch nichts Richtiges gegessen.

«Rudi, gut, dass du dran bist», sagt Henners Vater, kaum dass Rudi sich am Telefon gemeldet hat. «Vor unserm Haus hat es einen Unfall gegeben. Du musst da ganz fix mal kommen.»

«Habt ihr schon den Krankenwagen gerufen?» Rudis Adrenalinspiegel schnellt nach oben.

«Nee, das muss nicht sein. Der Fahrer ist obenauf. Aber ein bisschen kiebich. Außerdem ist sein Auto halb im Graben.

Ich weiß nicht, ob das gut ist, wenn ich den mit dem Trecker rausziehe. Is besser, wenn du kommst.»

Pleiten, Pech und Pannen. Der Tag hat es wirklich in sich.

«Alles klar. Ich sag Feuerwehr-Dieter Bescheid und bin gleich da.» Das Matjesbrötchen muss er sich sowieso schenken, er hat ja gar kein Geld mehr. Außerdem wird es bestimmt bei Mudder Steffens was Leckeres geben.

In der Einfahrt vom Steffens-Hof steht der Traktor. Ein grüner Fendt, der schon fünfunddreißig Jahre auf dem Buckel hat und auf dem sie als lütte Stöpkes gerne mitgefahren sind. Henner links, Rudi rechts neben dem Fahrersitz, ein Sitzkissen auf dem Blech, festgehalten von einem Stretchgummi.

Der Fendt sieht aus wie immer. Das ist schon mal gut. Aber was da in den Graben gerutscht ist, ist wohl fast genauso alt wie der Traktor. Ein uraltes BMW-Cabrio hängt mit einem Reifen im Schlot. Sieht irgendwie traurig aus. Daneben steht ein blonder Mann und gestikuliert wild vor Henners Vater. Der lässt die Schultern hängen und sieht aus wie ein Häufchen Elend.

Rudi nimmt seine Mütze vom Beifahrersitz und steigt aus, als Dieter mit seinem Abschleppwagen vorfährt.

«Du bist ja schneller als die Feuerwehr», lacht Rudi, und zusammen gehen sie auf Heinrich Steffens und den blonden Mann zu.

«Moin, Vadder Steffens.» Rudi klopft dem Alten freundschaftlich auf die Schulter. «Nu vertell doch eben, wat passiert is.»

Der Blonde schiebt sich sofort vor ihn. «Mein Name ist Bremer, Ingo Bremer.» Rudi stutzt und notiert sich den Namen. Das muss ein Zufall sein. Es wird ja noch mehr Ingos geben.

«Und woher kommen Sie?»

«Aus Aurich. Aber da bin ich nur bis morgen.»

«Ich meine Ihre Anschrift. Die, unter der Sie gemeldet sind.»

«Ach so. Limmerstraße 5 in Hannover. Aber was hat das jetzt mit dem Unfall zu tun?»

«Hier muss alles ordentlich notiert werden. Das geht vor.» Rudi schaut sich diesen Ingo genauer an. «Verletzt sind Sie nicht?»

Der Dieter-Bohlen-Verschnitt schüttelt den Kopf.

«Gut.» Rudi zeigt auf den Wagen im Graben. «Wie ist das passiert?»

Bevor der Blonde antworten kann, spricht Vadder Steffens. «Ich musste noch mal aufs Feld. Wir fahren doch heute Gülle. Gerade als ich auf die Straße gefahren bin, kam der Sportflitzer angeschossen und ist dann auch genauso plötzlich in den Graben gedonnert.» Der Alte wischt sich den Schweiß von der Stirn. Die Sache scheint ihm ordentlich zuzusetzen. Besonders weil Ingo Bremer sich schon wieder aufplustert.

«Was heißt hier angeschossen! Sie sind doch, ohne rechts und links zu gucken, aus der Einfahrt gedonnert. Sie haben mir die Vorfahrt genommen. Schreiben Sie das so ins Unfallprotokoll.» Ingo Bremer hat einen hochroten Kopf. «Das Auto ist hin. Ich brauche ein Ersatzfahrzeug, Schadensersatz, Schmerzensgeld.»

Der legt ja flott los. Henners Vater ist ganz blass um die Nase, als das Wort Schadensersatz fällt.

«Is mir letzten Samstagnachmittag auch passiert», sagt Feuerwehr-Dieter. «Da fahr ich so sinnig die Straße entlang, hör die Bundesligakonferenz im Radio, kommt da doch kurz vorm Kreisel Richtung Carolinensiel ein Auto aus der Wohnstraße geschossen und nimmt mir die Vorfahrt. Mann, bin ich da in die Eisen getreten, aber frag nicht nach Sonnenschein.

Ich konnte meinen Wagen gerade noch so auf der Fahrbahn halten. Und die Tussi ist einfach weitergefahren. Als ich gesehen hab, dass es ...»

«Kannst mir nachher in Ruhe erzählen», unterbricht Rudi ihn. «Jetzt holen wir den Wagen erst mal aus dem Graben, und dann sehen wir weiter.»

Zehn Minuten später steht das Cabrio am Straßenrand. Dieter ist einfach spitze, wenn es darum geht, Autos aus schwierigen Lagen zu bergen. Da macht ihm keiner was vor.

Anspringen tut der Wagen auch. «Na, sehen Sie, ist doch alles halb so schlimm. Und auch wenn Herr Steffens Schuld am Unfall hat, ich glaub, da sollten Sie ein Auge zudrücken.»

«Auge zudrücken? So weit kommt es noch!», bläht sich der Mann auf. «Ich will Schadensersatz. Schmerzensgeld ...»

«Gucken Sie mal.» Rudi zeigt auf die Plakette auf dem rückwärtigen Nummernschild. «Der TÜV ist abgelaufen. Schon seit einem halben Jahr. Ich könnte Ihnen das gute Stück jetzt stilllegen.»

«Aber ...» Ingo Bremer schnappt nach Luft. Das gefällt Rudi. Und wenn es tatsächlich Rosas Ingo wäre, würde es ihm gleich noch besser gefallen.

«Sie könnten aber auch einfach fahren und die ganze Sache vergessen. Ohne Anzeige und Schadensersatz und so einen Firlefanz.»

«So weit kommt es noch.» Ingo Bremers Augen treten weiter vor. «Vorhin hat der Bauer mir wenigstens fünfzig Euro angeboten.»

«Los, Vaddern, hast du dein Portemonnaie dabei?»

Kaum hat der Geldschein den Besitzer gewechselt, steigt der Blonde ein und ist schneller weg, als alle gucken können.

Vadder Steffens atmet erleichtert auf. «Danke.» Er klopft Rudi auf die Schulter. «Kommt doch noch mit rein. Auf den

Schreck müssen wir einen Küstennebel nehmen. Und Mudder hat frische Matjes. Ganz zarte.»

Henner schäumt sich kräftig mit Seife ein und rubbelt sich danach tüchtig mit dem Handtuch ab. Jetzt müsste auch das letzte Pferdehaar von ihm runtergespült sein. Noch mal macht er so einen Kram aber nicht mit, Geburtstagsgeschenk hin oder her. Als er frische Klamotten anhat, überlegt er, dass ein Bierchen mit Rudi jetzt genau richtig wäre, doch als er kurz darauf vor dessen Tür steht, ist die zwar offen, aber weder Sven noch Rudi sind da. Auch bei den Hühnern ist keiner. Henner schmunzelt. Rudis Vertrauen in die Neuharlingersieler möchte er haben. Vorsorglich lässt er in der Küche das Licht an, bevor er die Haustür ins Schloss zieht, dann sieht es zumindest so aus, als wäre jemand zu Hause. Kurz darauf steuert er das «Dattein» an, das schon gut besucht ist. Die übliche Handvoll Krabbenfischer um Jens Janssen sitzt gleich rechts neben dem Eingang. Sigrid und Gisela hocken am Tisch linker Hand, gemeinsam mit der Hälfte seiner Schwestern: Adelheid, Clara, Engeline und Frieda. Henner klopft grüßend auf den Tisch. Am liebsten würde er ihnen auf der Stelle klarmachen, dass er Dörte auf keinen Fall zu den nächsten Reitstunden begleitet. Aber nicht jetzt. Seine Schwestern schnappt er sich demnächst, ohne Publikum. Vor allem, wenn die noch nicht so viel Kümmerling getrunken haben. Die geleerten Kräuterschnaps-Fläschchen liegen dicht aneinander, es fehlen nur noch wenige, dann ist der Kranz geschlossen.

«Hab ich mir gedacht, dass du im Dattein sitzt und das Wochenende einleitest.» Henner setzt sich neben Rudi an die

Theke. «Aber das nächste Mal solltest du deine Wohnung abschließen. Man weiß ja nie. Jetzt, wo wieder die Touristen da sind ...»

«Oh. Hab ich die aufgelassen? War wohl in Gedanken woanders.»

Rudi hebt den Kopf. «Theo, für mich noch ein Bier. Und für Henner auch.»

«Was ist dir denn für eine Laus über die Leber gelaufen?»

«Was heißt hier *eine* Laus? Das war ein ganzes Läusenest. Wie ein Idiot bin ich heute rumgehetzt, ohne dass viel dabei rausgekommen ist. Und kaum bin ich zu Hause, macht Sven mir Vorwürfe, dass der Kühlschrank leer ist. Und dann ist er beleidigt abgezischt.» Rudi reicht Theo das leere Glas und nimmt das volle entgegen. Theo stellt auch Henner ein Pils hin und macht einen Strich auf dem Bierdeckel. «Prost», sagt er.

«Prost», antwortet Henner und wendet sich wieder Rudi zu. «Nun reg dich mal nicht so auf. Ist halt nicht so einfach in so 'nem Männerhaushalt. Kochen wir Sonntag eben wieder vernünftig zu dritt. Was hältst du von Labskaus? Mit Rollmops, Rote Beete, sauren Gurken und Spiegelei?»

«Ach, Henner. Lenk nich ab. Ich glaub, ich bin kein guter Vater.» Rudi trinkt einen ordentlichen Schluck. «Manchmal habe ich das Gefühl, dass ich noch nicht mal ein guter Polizist bin.»

So duster hat Henner Rudi selten erlebt. Irgendwie muss er seinen Kumpel aufmuntern. In diesem Augenblick geht die Tür auf, und Rosa kommt rein. Im Jogginganzug. Sie klopft auf den Mädels-Tisch und begrüßt Henners Schwestern mit Küsschen auf die Wangen. Gerade als Henner glaubt, dass sie sich zu den Frauen setzt, die mittlerweile schon den zweiten Kranz angefangen haben, steht sie zwischen ihm und Rudi.

«Theo, eine Apfelschorle, bitte.»

«Apfelschorle?», fragt Rudi und schiebt ihr seinen Barhocker hin.

«Ja.» Rosa rutscht auf das Lederpolster. «Eine Stunde bin ich jetzt am Strand entlanggejoggt, aber ich könnte immer noch schreien vor Wut.»

«Warum das denn?»

«Wegen Ingo.» Rosa atmet schwer aus. «Scheißkerl.»

«Aha.» Mehr sagt Henner nicht.

«Einen Ingo hab ich heute auch gehabt, als ich aus Norddeich zurückkam. Der lag im Graben beim Steffens-Hof mit seinem Uralt-BMW.»

«Echt?» Augenblicklich sitzt Rosa kerzengerade auf dem Hocker. «Ist ihm was passiert?»

«Nö. Dieter hat die Karre aus dem Schlot gezogen, und Vadder Steffens hat ihm fuffzich Euro gegeben, weil er dem Typen doch die Vorfahrt genommen hat. Dann isser weg.»

«Sag ich ja. Scheißkerl», wiederholt Rosa und sackt wieder in sich zusammen. Dann schüttelt sie sich kurz. «Gibt's denn was Neues im Mordfall?» Bei dieser Frage dreht sie Henner geradezu demonstrativ den Rücken zu.

«War bei mir auch ein Scheißtag», sagt Rudi, und Henner kann noch einen draufsetzen.

«Mein Nachmittag war erst recht scheiße. Also, nicht wegen der Begleitung», beeilt er sich zu sagen, weil ja seine Schwestern zuhören, «sondern wegen der Tierhaare.» Nun hebt er seine Stimme extra, damit sie ihn hören. «Ich musste Dörte auf den Reiterhof begleiten, obwohl alle meine Schwestern, ich wiederhole: ALLE, wissen, wie allergisch ich auf Tierhaare reagiere.»

Seine Schwestern grinsen zu ihm herüber. «Hast es ja gut überstanden, Henni», ruft Gudrun, die immer gern auftrumpft.

«Ihr könnt mich mal», ruft Henner zurück. «Ich verspreche euch, ich werde mich revanchieren.»

Kaum dreht sich Henner wieder um, legt Rudi los. «Wir arbeiten auf Hochtouren. Haueisen und Schnepel haben Matschker in der Mangel. Vermutlich sitzen die immer noch in Wittmund und verhören ihn. Die beiden lassen sich ja immer noch nicht von ihrer Spionagetheorie abbringen. Die Makarow von Matschker ist jedenfalls bei der KTU, vielleicht gibt es ja auch schon ein Ergebnis, mir hat nur noch keiner was gesagt. Aber ich lass die erst mal machen. Gibt ja noch einige andere Verdächtige.» Rudis Stimmung bessert sich augenblicklich, als er registriert, wie aufmerksam Henner, Rosa und Theo ihn anschauen. «Ich jedenfalls bin nach Neßmersiel zur Yacht und anschließend nach Norddeich gefahren. Hab mir den Tierarzt vorgeknöpft.» Rudi leert das Bierglas nun fast ganz. «Er behauptet mit Iris Brakenhoff am Samstagnachmittag zusammen gewesen zu sein. Das bestätigen die sich übrigens jetzt gegenseitig. Hätte mir viel Arbeit gespart, wenn sie das früher zugegeben hätten. Ich hab trotzdem seine DNA genommen. Bin gespannt, was dabei herauskommt.»

«Mit dem Tierarzt stimmt was nicht. Der hat mich so seltsam angesehen», sagt Rosa. «Ich würde den noch nicht von der Verdächtigenliste streichen.»

Die drei schweigen. Dann fragt Rudi: «Und sonst?»

Henner zögert einen Augenblick, dann berichtet er vom Grafen und dem toten Millionengaul. «Wie es aussieht, hat sich der Graf große Hoffnungen auf einen Geldsegen gemacht. Auf der Hengstgala wollte er sein Zuchtpferd präsentieren. Das hatte wohl Top-Bewertungen. Und nun ist das Tier tot.»

«Wie viel war das denn wert?», will Rosa wissen.

«Ein Stall soll drei Millionen geboten haben. Allein sein abgezapfter Samen brachte ein Schweinegeld.»

«Mein lieber Herr Gesangsverein.» Rudi ist sichtlich beeindruckt. «Das ist dann natürlich echt Schiete, wenn dir so 'n Gaul verreckt.»

Langsam entwickeln sich die Dinge. Der Tierarzt ist bis vor fünf Minuten Rosas Verdächtiger Nummer eins gewesen, aber der Graf hat ihm gerade eben den Rang abgelaufen.

«Gleich morgen musst du nach Dornum fahren und dem auf den Zahn fühlen», fordert Rosa. Ihre Wangen glühen vor Aufregung.

«Nun mal nicht so wild mit den jungen Pferden.» Rudi hebt das Glas.

«Ich könnte dich begleiten. Ist ja keine Schule.»

Vor Schreck pustet Rudi in die Bierblume, dass der Schaum spritzt. «Polizeiarbeit führe ich immer noch alleine durch. Damit das mal klar ist. Und ich mag auch nicht, wenn du mir dauernd sagst, was ich machen soll. *Ich* bin der Kommissar. Morgen früh fahre ich erst mal nach Wittmund. Ich muss nachsehen, ob das Ergebnis von Haueisens DNA-Test schon da ist und natürlich, was meine Kollegen in Sachen Matschker herausbekommen haben.» Es folgt ein großer Schluck Bier.

«Und dann?», fragt Rosa ungeduldig.

«Dann sehen wir weiter. Wie ich Haueisen kenne, gibt's erst mal eine Besprechung. Sicherlich ist bei Matschkers Vernehmungen was rausgekommen. Das muss alles analysiert werden. Dazu kommen die Protokolle und Berichte. Das geht vor. Außerdem ist Wochenende, und der Graf wird uns schon nicht davonlaufen.»

«Also passiert gar nichts.»

«So hat Rudi das nicht gesagt», springt Henner seinem Freund zur Seite. «Bei denen geht eben alles der Reihe nach, das muss alles Hand und Fuß haben.»

Rosa blickt ihn verschmitzt an. «Dann könnten wir beide doch zum Schloss fahren.»

«Wie jetzt?» Henner verzieht unwillig das Gesicht.

«Ich dachte, wir können einen netten Ausflug nach Dornum machen und beim Grafen klingeln.»

«Henner trägt auch samstags die Post aus», erinnert Rudi Rosa. Die beiden halten zusammen wie Pech und Schwefel.

«Dann eben nicht.» Wütend rutscht Rosa vom Hocker. «Bin gleich wieder da. Ich muss mir mal die Nase pudern.»

Mit einem Rums schließt sich die Toilettentür, gerade als Rosa auf die Wasserspülung drückt. Lautes Lachen.

«Am besten finde ich immer noch die Gurke.» Die Frau wiehert wie ein Pferd. Das ist Sigrid, kein Zweifel.

«Psst, das muss doch nicht jeder hören.» Adelheid ist auch mit von der Partie.

Rosa öffnet die Kabinentür. «Geht es um eure Dildo-Produktion? Kann ich da eigentlich auch mitmachen?»

«Klar.» Sigrid schlüpft in die frei gewordene Kabine. «Frieda hat es endlich geschafft, dass die Backformen halten.»

«Posaun das doch nicht überall rum», wispert Adelheid. «Müssen doch nicht alle wissen.»

Jetzt ist Rosa ein bisschen beleidigt. Sie ist doch nicht irgendwer. Adelheid muss das gemerkt haben und flüstert ihr zu: «War nicht gegen dich gemeint, aber wer weiß, wer auf den anderen Klos ist. Da müssen wir vorsichtig sein. Jedenfalls hat Frieda eine stabile Form hinbekommen. Originalabdruck von einer Gurke. Direkt in so einem Zwei-Komponenten-

Kunststoffzeugs. Den ersten Zehn-Liter-Eimer Silikon haben wir gestern schon verbraucht.»

«War aber auch viel Ausschuss dabei», ruft Sigrid hinter der Toilettentür. «Die Ergebnisse werden immer besser. Unsere Kerle werden noch staunen, wenn erst die Internetbestellungen anlaufen.»

SAMSTAG

Das Wetter ist einfach phantastisch. Sonnenschein, einundzwanzig Grad. Rudi rollt das Verdeck der Ente zurück und freut sich auf einen Cabrio-Ausflug nach Wittmund. Vorsichtshalber lässt er das Radio noch aus, nicht, dass es zu viel Saft von der Batterie frisst. Als er den Zündschlüssel umdreht, tut sich nichts. Das darf doch nicht wahr sein. Der Wagen war doch gerade erst bei Knut.

Er versucht es erneut.

Nichts. Die Ente quakt nicht mal.

Wütend haut Rudi aufs Lenkrad, fischt sein Mobiltelefon aus der Tasche und drückt die Kurzwahl für Knut. Als der sich meldet, bölkt Rudi seinem Schrauberfreund seinen Frust ins Ohr. Der ist ganz kleinlaut und verspricht, sich heute noch darum zu kümmern. Mit leichter Genugtuung beendet Rudi das Gespräch.

Er setzt die Halbschale auf, und los geht's. Vorbei an der Krabbenschälfabrik, den Parkplätzen für die Spiekeroog-Touristen und der kleinen Siedlung, in der die Brakenhoff wohnt. Am Kreisel nach Carolinensiel hat er plötzlich ein komisches Gefühl. Irgendetwas hat er vergessen. Irgendetwas Wichtiges. Es ist nicht das Jerry-Cotton-Heft. Das hat er in der Jackentasche. Zur Sicherheit fährt er zweimal im Kreisel herum. Natürlich, das Teststäbchen von Schröter. Also, noch mal zurück.

Als er in Wittmund ankommt, steht Haueisen am Fenster. Missmutig guckt er Rudi an. Gute Laune sieht anders aus.

«Na, Bakker, ist der Bericht von gestern fertig?»

«Getippt hab ich ihn noch nicht. Ist aber alles im Kopf. Ist spät geworden gestern. Da war noch ein Verkehrsunfall.»

«Dann mal Schnellrapport.»

Haueisen hat wirklich schlechte Laune.

«Gut. In Kürzestform: Neßmersiel, Brakenhoffs Yacht. Superkahn. Kein Hinweis auf Schmuggelei. Norddeich, der Tierarzt. Kratzer an der Hand. DNA-Probe genommen, Alibi durch die Brakenhoff. Dann noch mal zur Brakenhoff. Bestätigung des Alibis. Korrektur ihres eigenen. Dann der Verkehrsunfall ...» Details lässt er besser weg. «Hier.» Rudi reicht Haueisen Schröters DNA. «Was hat eigentlich Ihre Probe ergeben? Ist das Ergebnis schon da?» Rudi bemüht sich um einen besonders respektvollen Ton.

Haueisen legt die Stirn in Falten. Seine Mundwinkel zucken. «Natürlich ein Satz mit x. Nur weil Sie unbedingt den Columbo geben mussten. Ich hab Ihnen ja gleich gesagt, dass Ihr Phantombildzeichner ein Stümper ist. Da haben Sie dem Steuerzahler unnötige Kosten aufgebürdet. Aber das halten wir mal unter dem Deckel. Wir müssen schließlich zusammenhalten in Zeiten wie diesen, wo man nicht einmal unter engen Kollegen auf Verschwiegenheit zählen kann, und alles immer gleich an die Presse weitergetragen wird. Allerdings frage ich mich schon, wen dieser Typ da eigentlich gesehen hat.»

«Welcher Typ?», fragt Schnepel, der gerade ins Zimmer kommt.

«Der Graue, dieser Oberlehrer. Und jetzt raus, schreiben Sie Ihre Berichte. Ich muss nachdenken. Irgendwie müssen wir in der Sache weiterkommen, denn da passt einiges nicht zusammen. Die ballistische Untersuchung hat zwar ergeben, dass das Projektil im Fall Brakenhoff nicht aus Matschkers Waffe stammt, aber es ist seine DNA, die unter Brakenhoffs Fingernägeln sichergestellt wurde. Und die Staatsanwältin will Fakten. Und am liebsten gleich den Mörder.»

Rudi zuckt wie elektrisiert zusammen, aber Schnepel kennt anscheinend solche Anwandlungen von Haueisen.

«Ach Chef, die bläst sich mal wieder auf. Matschker war das. Das ist ein ganz Gerissener. Der hat garantiert noch eine zweite Makarow. Die gab es doch damals an der Grenze massenhaft. Und erst recht hinterher.»

«Aber wenn es eben nicht seine Makarow war ...», beharrt Rudi.

«Jedenfalls war es nicht die, die er uns gegeben hat. Aber das heißt doch nichts. Spione haben immer mehrere Waffen. Das weiß doch jedes Kind.»

Rudi guckt Schnepel entgeistert an. «Habt ihr ihn immer noch in U-Haft?»

«Natürlich. Achtundvierzig Stunden sind schließlich ohne richterliche Vernehmung drin. Bis dahin haben wir hoffentlich sein Alibi geknackt. Angeblich ist er mit seiner Frau am Strand spazieren gegangen. Aber mit so was muss er uns nicht kommen. Den kriegen wir. Die DNA wird ihm zum Verhängnis.»

«Ich glaub's trotzdem nicht.»

«Fakten, Bakker, Fakten», grummelt Haueisen.

Ihr habt sie doch nicht mehr alle, denkt Rudi und will nur noch raus. Dass die sich so auf die Spitzelgeschichte eingeschossen haben, geht ihm völlig gegen den Strich. Die haben ja die anderen Verdächtigen überhaupt nicht mehr auf dem Plan. Wozu schreibt Rudi denn ständig diese blöden Berichte, wenn Haueisen die nicht mal liest? Da kann er sich den für gestern auch gleich schenken. Lieber schaut er sich den Grafen an. Manchmal hat Rosa ja den richtigen Riecher.

Adelheid hat recht. Nur wer wagt, gewinnt. Also wird sie alleine zum Schloss fahren und sich dort umschauen. Von den beiden Zauderern Henner und Rudi lässt sie sich die Nachforschungen jedenfalls nicht einfach aus der Hand nehmen. Wie gut, dass es gestern nicht so spät geworden ist und sie nur Apfelschorle getrunken hat. Rosa steht vor dem Kleiderschrank und überlegt, was sie anziehen soll. So häufig hat sie es ja nun nicht mit Adligen zu tun, und sie möchte weder over- noch underdressed sein.

Sie entscheidet sich für ein enganliegendes Kleid. Schwarzweiß. Oben wenige schwarze Quadrate auf viel Weiß, nach unten immer mehr Quadrate, bis es überwiegend schwarz mit wenigen weißen Karrees am Saum ist. Das Kleid betont ihren Busen perfekt. Auf eine Perlonstrumpfhose verzichtet sie in Anbetracht der Außentemperaturen, wechselt aber noch mal den Schlüpfer gegen einen String. Der zeichnet sich nicht unter dem Kleid ab. Dann schlüpft sie in schwarze Pumps. Kurz liebäugelt sie mit dem wagenradgroßen schwarzen Strohhut und seiner puscheligen Federblume. Doch der wäre wohl etwas übertrieben. Den kann sie im August beim Pferderennen auf der Jade-Rennbahn in Hooksiel aufsetzen.

Sie rollt das Stoffverdeck ihres knallroten Fiat 500 zurück und wirft die Pumps in den Fußraum auf der Beifahrerseite. Beim Autofahren verlässt sie sich lieber auf ihre Chucks. Das Rosé passt zwar nicht so gut zum Kleid wie das Pepitamuster der Stoffbezüge, aber das sieht ja keiner.

Bestens gelaunt setzt sie ihre Sonnenbrille auf, wendet und drückt gerade aufs Gaspedal, als Henner mit seinem Postfahrrad aus dem Lindenweg kommt. Sie winkt ihm durch das geöffnete Verdeck zu. Wenn der wüsste ...

Im Radio dudelt Musik, «Atemlos durch die Nacht», und Rosa lässt ihre Finger auf dem Lenkrad tanzen. Helene Fischer. Die gefällt Rosa wirklich gut. In Bensersiel besorgt sie noch einen Blumenstrauß, bei einem Kondolenzbesuch steht sie nicht gerne mit leeren Händen da. Rosen oder Nelken? Rosa entscheidet sich für gelbe Rosen. Zehn Stück für zwanzig Euro. Das macht ordentlich was her.

Als sie in der schmalen Straße neben dem Wasserschloss parkt, ist ihr allerdings ein wenig mulmig zumute. Du schaffst das, spornt sie sich an. Augen zu und durch. Sie tauscht die Sportschuhe gegen die Pumps, schnappt sich den Blumenstrauß und stöckelt durch den Torbogen auf den großen Schlossvorplatz. Beeindruckt bleibt sie stehen. Herrschaftszeiten, das ist ja mal ein Anwesen. Rosa kommt aus dem Staunen gar nicht mehr raus. Ob der Graf wohl verheiratet ist?

Eine Brücke führt über den breiten Burggraben direkt auf den imposanten Eingang zu. Beherzt geht sie los, Schritt für Schritt rutscht ihr Herz ein wenig mehr in den Stringtanga. Endlich steht sie vorm Tor. Ihr Blick fällt auf den Messing-Türklopfer mit Löwenkopf. Sie hat ihn schon in der Hand, als sie den Klingelknopf bemerkt. Wie blöd von ihr. Auch hier bittet man natürlich nicht mehr nach mittelalterlicher Art um Einlass.

Kurz darauf öffnet Graf von Wörtz und Klosterberg höchstpersönlich die Tür. Ein gutaussehender Mann im Tweedsakko mit einer kräftigen Narbe auf der linken Wange. Also gehört er zu einer schlagenden Verbindung. Um solche Knaben hat sie in ihrem Studium einen großen Bogen gemacht.

Überrascht mustert der Graf Rosa. Bevor er etwas sagen kann, streckt sie ihm die gelben Rosen entgegen.

«Herr Graf. Ich kann nicht anders. Ich muss Ihnen mein tiefes Beileid zu Don Giovannis Tod aussprechen. Ich kann es noch gar nicht glauben. Sie müssen sich schrecklich fühlen. Dieser plötzliche Verlust. Und gerade jetzt zur Hengst-Gala.» Rosa atmet hörbar aus und hofft, dass sie nicht zu dick aufträgt.

«Danke für Ihr Mitgefühl, Frau ... äh ...» Der Graf weiß gar nicht, wohin mit dem Strauß.

«Moll. Rosa Moll. Wissen Sie, ich habe Don Giovannis Karriere ja aufmerksam verfolgt. Wenn man mit Pferden aufgewachsen ist ... Sie kennen das ja. Ich wusste, dass er Großes leisten könnte, und Ihren Stall hat er ja auch weit über die Landesgrenzen bekannt gemacht. Hoffentlich war es nicht doch ein bisschen viel für ihn, dass Sie ihn nicht nur für die Dressur, sondern auch für die Zucht eingesetzt haben.»

Sie hat noch gestern Nacht im Internet ausgiebig über Don Giovanni und den Grafen recherchiert. Anscheinend erfolgreich, denn die Skepsis weicht aus seinem Blick. «Kommen Sie doch herein, Frau Moll. An der Pforte spricht es sich nicht entspannt.» Zufrieden folgt Rosa dem Grafen in das Schloss. Die erste Hürde ist genommen.

Sie treten in eine große Halle. Trotz der Fenster auf der gegenüberliegenden Seite wirkt alles düster. An den Wänden hängen Gemälde in üppigen Goldrahmen. Ehrfürchtig mustert Rosa die zahlreichen Vorfahren des Schlossherrn. Die großformatige Ahnengalerie verschlägt ihr für einen Moment die Sprache. In ihrem Schlafzimmer gibt es nur Bilder von ihren Eltern, der Schwester und den beiden Nichten. Die leben aber alle noch.

Links führt eine breite Treppe ins Obergeschoss. Rosa strebt darauf zu, doch der Graf macht ihr mit dem Rosenstrauß ein Zeichen in die andere Richtung. «Kommen Sie bitte hier entlang.» Er öffnet die Tür zu einer riesigen Wohnküche und legt die Blumen achtlos auf die Arbeitsfläche. «Nehmen Sie doch Platz. Darf ich Ihnen einen Kaffee anbieten?»

«Haben Sie vielleicht ein großes Glas Wasser?»

Der Graf guckt sie irritiert an.

«Keinen Kaffee?»

«Doch gern. Das Wasser ist für die Blumen.»

«Ach so.» Der Graf nimmt einen Messbecher aus einer der Schubladen, füllt ihn mit Wasser und stellt den Strauß hinein.

Wenig später sitzen sie sich mit Kaffeetassen am großen Eichentisch gegenüber. In der Mitte thront bereits ein üppiger Strauß Rosen. Rottöne in allen Schattierungen. Und wie die duften. Ob er wohl doch verheiratet ist? Ihr eigener Strauß steht unbeachtet auf der Arbeitsfläche.

«Das hat Ihre Gattin aber wunderschön arrangiert.»

Er guckt sie verblüfft an. «Wie?»

«Na, den Strauß.»

«Ach so, nein, das war meine Tochter.»

«Wie hat sie den Tod Ihres Pferdes denn verkraftet?» Irgendwie muss Rosa wieder zurück zum Thema kommen.

«Sophia interessiert sich nicht so wirklich für Pferde.» Graf von Wörtz und Klosterberg räuspert sich. «Don Giovanni hätte noch so viel erreichen können.»

«Er hatte das Zeug, das beste Dressurpferd der Welt zu werden. Es ist wirklich eine Tragödie. Er hätte sogar noch dem legendären Totilas den Rang ablaufen können», leitet Rosa ihre Offensive ein.

«Ich bitte Sie», wiegelt der Graf ab. «An Totilas kommt so

schnell keiner ran, obwohl ...» Der Satz bleibt unvollendet im Raum hängen. Nachdenklich blickt er aus dem Fenster, bevor er wieder zu Rosa schaut. «Sie haben recht. Ich habe in letzter Zeit selbst gemerkt, dass Zucht und Dressur eine Doppelbelastung für ihn waren. Er brachte in der Dressur einfach nicht mehr die gewohnten Leistungen. Ich habe schon überlegt, ihn erst mal wieder ausschließlich im Sport einzusetzen. Das gibt zwar böses Blut bei den Züchtern, aber mit so was kann ich leben. Der Sport geht vor.» Der Graf seufzt. «Ging vor.»

«Und nun das.»

«Ja. Und nun das.» Für einige Sekunden schweigen sie beide. Dann wagt Rosa einen Vorstoß.

«War denn so gar nicht abzusehen, dass Don Giovanni allergisch veranlagt war?»

«Nein. Überhaupt nicht. Ich hätte doch sonst nicht ohne weiteres diese Spritze zugelassen. Es ist wirklich fatal.»

Jetzt ist der richtige Zeitpunkt, Salz in die gräfliche Wunde zu streuen. «Aber ist da nicht auch die Tierärztin in der Pflicht? Die muss doch eine Versicherung dafür haben, wenn ihr nach einem Behandlungsfehler ein Tier stirbt. Und ein so wertvolles noch dazu.»

«Gehen Sie mir bloß weg mit dieser Pfuscherin.» Graf von Wörtz und Klosterberg wird lauter. «Natürlich muss die um die Gefahren gewusst haben. Wozu ist die Ärztin und lässt sich jeden Besuch teuer bezahlen. Gibt ihm die Spritze und tschüs. Just als die vom Hof fuhr, fing Don Giovanni an zu zucken und bäumte sich auf. Da hab ich sofort ihre Nummer gewählt, aber sie ging nicht ans Handy. Ich hab ihr auf die Mailbox und in der Praxis auf den Anrufbeantworter gesprochen. Schließlich habe ich ihren Mann erwischt. Der wimmelte mich aber eiskalt ab. Seine Frau sei bei Kunden und ich solle mich mal nicht so aufblasen. Und dann legte er auf.»

«Ich kann mir Ihre Verzweiflung gut vorstellen», sagt Rosa aufrichtig. Sie weiß, wie sie sich fühlt, wenn Pepe mal was hat. Nicht, dass man das direkt vergleichen kann. Pepe ist ja nur ein kleiner vorlauter Beo und keine drei Millionen Euro wert. Doch ihr Herz hängt an ihm, und das zählt. Das sieht bei Don Giovanni und Graf von Wörtz und Klosterberg sicher nicht anders aus.

«Ja. Verzweiflung ist genau das richtige Wort.» Der Graf reibt sich mit dem Zeigefinger langsam über die Narbe an seiner linken Wange. «Ich musste tatenlos zusehen, wie drei Millionen Euro elendig eingingen. Da ging mir, mit Verlaub, der Arsch auf Grundeis.»

Samstags ist es eigentlich immer ein bisschen ruhiger. Nur nicht heute. Ständig wird Henner vor den Briefkästen angequatscht. Und wer hat Schuld? Ludwig. Kaum hat Ludwig nämlich Wind davon bekommen, dass die Polizei Matschker nach Wittmund mitgenommen hat, muss er sich schon an seinen Computer gesetzt haben. Tatverdächtiger im Verhör, lautet die Überschrift seines Sensationsartikels. Danach verliert Ludwig sich in nebulösen Andeutungen. Was soll er auch schreiben, wenn nicht mal Henner etwas weiß. Und dem würde Rudi Neuigkeiten als Erstes erzählen, das ist so sicher wie steuerbord rechts ist.

Henner schiebt sein Rad in die Gasse hinter dem Hafen.

«Gut, dass du endlich da bist», nölt Tante Hildegard und hängt sich dabei halb aus dem Fenster. «War es nun der Matschker oder nicht?»

«Woher soll ich das denn wissen?» Henner läuft an ihrem Fenster vorbei, ohne anzuhalten.

«Bin ich Rudi?»

«Hast du heute gar keine Post für mich?», fragt sie in einem zweiten Anlauf.

«Nee, siehste doch.»

«Nun sei mal ein bisschen freundlicher zu deiner alten Tante. Schließlich warte ich schon seit einer Stunde auf dich. Der Tee ist inzwischen kalt geworden. Aber ich mach dir fix einen frischen, und ein Stück Knüppeltorte habe ich auch noch.»

Zwei Stunden später ist Henner pappsatt und mit Tee abgefüllt. Nach Tante Hildegard war er bei Adelheid. Dann hat er Ludwig die Meinung gegeigt. Doros Kaffee hat er abgelehnt, und Dörte ist am Samstag zum Glück nicht im Büro, da wirft er die Post nur in den Briefkasten.

Mit halbvoller Tasche radelt er gegen elf in die Siedlung hinter dem Sieltief. Hier geht es flotter. Wieder eine Postkarte für Hauke Mathiessen von dessen Bruder. Der hat Dienstag einen Ausflug zum Großglockner gemacht. Die Berge drumrum sehen ja ganz imposant aus, aber für Henner ist das nichts. Die versperren einem nur die Sicht. Wenn man ganz oben ist, mag das ja gehen. Aber wann ist man da schon.

Der nächste Umschlag ist für Feuerwehr-Dieter. Der interessiert sich neuerdings für Hochseeangeln. Henner muss sich ranhalten. Bei Mudder Steffens gibt es samstags immer um Punkt eins Mittagessen.

Er ist schon fast am Ende der Nordseestraße, als er Marina Matschker auf den Stufen vor ihrem Haus sitzen sieht. Die Arme hat sie eng um ihren Körper geschlungen, sie schaukelt hin und her. Schade, dass er heute keine Post für sie hat. Sonst wäre es leichter, mit ihr ins Gespräch zu kommen.

«Moin, Frau Matschker.»

Marina Matschker hebt langsam den Kopf und sieht Henner aus verquollenen Augen an. Da ist in den letzten Stunden wohl so manche Träne geflossen.

«Was machen Sie hier draußen?», fragt er behutsam.

«Ich warte.»

Henner nickt, weiß aber nicht, was er nun machen soll, er ist ja kein ausgebildeter Psychologe. So einer wüsste vielleicht, was man jetzt tun müsste.

«Das wird schon wieder.» Eine kleine Aufmunterung kann nie schaden.

«Andy hat det nich jetan», schluchzt sie plötzlich und zittert am ganzen Leib.

Henner lehnt seine Berta an den Zaun. Langsam geht er auf Marina Matschker zu und setzt sich neben sie auf die Stufe.

«Ich glaub Ihnen.»

Marina Matschker hebt den Kopf. Tränen funkeln in ihren Augen. «Der Andy hat det nie leicht jehabt. Nie. Der war schon nich jerne anner Jrenze. Und denn war allet futsch, und wir ham rüberjemacht. Und jrade, als wir gloobten, det allet jut wird, passiert det mit Cindy. Und seitdem hatter ooch noch mir an de Hacken. Besser wär's, ick wär tot statt der Cindy.» Wieder fließen Tränen.

«Nun sagen Sie doch so was nicht.»

«Andy gloobt, det der Brakenhoff schuld is an der Cindy ihr Tod. Weil die det Zeug nich jekriegt hat, wat et damals schon längst gab. Andy hat det allet jelesen. Und denn hatter dem Doktor det jesagt und wollt wissen, ob det stimmt. Der hat aber nich mit Andy jeredet. Einfach den Telefonhörer aufjeknallt hatter. Andy hat det noch 'n paarmal probiert. Abba der Doktor hat nich mit ihm reden woll'n. Na ja. Und dann issa letzten Samstag hin zu dem sauberen Doktor und hat ihn zur Rede jestellt. So Auge in Auge.» Marina wischt sich die Tränen weg.

Eher Auge um Auge, denkt Henner. Er hat kein gutes Gefühl, wenn er an die Makarow denkt.

«Haben die beiden sich gestritten?»

«Klar doch. Der Doktor hat jeschrien, det Andy die Mücke machen soll.»

«Und da ist Andy die Hutschnur geplatzt, und er hat geschossen.»

«Andy hat keen Hut. Und jeschossen hatter ooch nich. Erstens hätt ick det jehört und zweetens: Die Pistole war doch die janze Zeit im Schrank. Und der Schlüssel wech. Hab ick versteckt. Ick hab immer Schiss wegen der Waffe. Da kann ja nix Gutes bei rumkommen.» Marina zieht die Arme fester um ihren Körper und murmelt: «Der Andy kann det jar nich jewesen sein. Det jeht jar nich.» Sie schnieft. Henner greift in seine Hosentasche und holt ein frisch gebügeltes Taschentuch heraus. «Bitte.»

Marina Matschker schaut auf. Ein Lächeln huscht über ihr Gesicht, als sie danach greift. Es folgt ein lautes Schnäuzen, dann streckt sie ihm das Taschentuch zusammengeknüllt entgegen. «Wollnse 'ne Schrippe und 'nen Kaffee?»

In der engen Küche trinkt Henner dann doch noch eine Tasse Kaffee. Bei den Schrippen allerdings streikt er. Die sind steinhart und mindestens von gestern.

Marina merkt das nicht. Sie starrt ein Foto an. Der Blick vom Hafen rüber nach Spiekeroog. «Die Nordsee is Cindy ihr Grab. Wir jehen jeden Samstach auf'n Deich. Und gucken aufs Meer. Die jenauen Koordinaten ham wer natürlich ooch, aber det is ja egal. Da hatse ihre Ruhe, die Kleene. Und wenn wer jeguckt ham und mit ihr jesprochen, gehn wer beede den Strand lang.»

«So wie letzten Samstag?»

«Jenau. Wie letzten Samstach. Da ham wer det ooch jemacht. Allet war wie immer, nur det der Andy vorher zum Doktor hin is. Weil der ihn wieder am Telefon abjebürstet hat. Andy hat jesacht, det ihm det nun reicht und er den Doktor endlich zur Rede stell'n will, aber det hat keene halbe Stunde jedauert. Als er wiederkam, jings ihm gleech besser. ‹Den hab ick aber am Kragen jepackt›, hat er jesacht, ‹den hätteste mal sehen sollen, wie der sich losreißen wollte. Aber so leicht wird der mich nich los. Ick hab ihm jesacht, er soll sich mal 'n paar Jedanken machen, und dass ick wiederkomm.› Dann sin wer rüber zur Fischereigenossenschaft un ham wat jejessen. Der Andy Matjes und ick Schollenfilets mit Kartoffelsalat. Dann sin wer zurück an Strand. Ham uns da einfach hinjefläzt. Und aufs Meer jeguckt. Zu Cindy. Und Andy hat mer in Arm jenommen. Det weeß ick noch. Und gegen halb vier allet wieder retour.»

«Dafür gibt's doch bestimmt Zeugen.»

«Klar doch. Die Quittung vonner Fischereigenossenschaft übers Essen. Hab ick im Haushaltsbuch. Und als wir noch mal auf'n Deich sind, war da doch det mit'm Heuler. Da war'n ja en Hoofen Leute. Und so 'ne verrückte Blondine im rosa Jogginganzug.»

Als Rosa durch den Bogengang hindurch ist, zückt sie ihr Smartphone. Sie hat Rudi jetzt allerhand zu berichten. Allein die Wut des Grafen auf Iris Brakenhoff. Wenn das mal kein astreines Motiv ist.

Sie wartet nur ein Tuten ab, dann steckt sie das Handy wieder in die Tasche, denn eine ihr wohlbekannte Gestalt auf einer genauso wohlbekannten DKW steuert direkt auf sie zu.

«Rudi», sagt sie überrascht, als er vor ihr hält und sie durch die Mopedbrille anguckt, als habe ein Zauberer sie gerade aus dem Hut gezogen.

«Was machst du denn hier?», fragen beide gleichzeitig.

«Ich ...»

«Du zuerst.» Rudi kehrt ganz den Polizisten heraus, und Rosa ärgert sich. Jetzt geht das schon wieder los. Sie ist doch kein kleines Mädchen, das Rechenschaft ablegen muss.

«Ich habe dem Grafen zu seinem besonderen Verlust kondoliert», sagt sie patzig, reckt die Brust nach vorn und hätte jetzt doch gern den großen Hut auf dem Kopf. «Und du?»

«Haueisen und Schnepel reiten noch immer auf der Spionage-Sache mit Matschker herum. Dabei hat das ballistische Gutachten ergeben, dass der Schuss nicht aus seiner Waffe stammt. Aber Schnepel reicht das nicht. Der versteigt sich jetzt in neue Theorien. Matschker könnte so gerissen sein und noch andere Waffen gleichen Modells besitzen. Der hat sie doch nicht mehr alle.» Rudi nimmt seine Halbschale ab und befestigt sie am Lenker.

«Und was hat das mit dem Grafen zu tun?»

«Wenn die in Wittmund so verbohrt sind, muss ich das eben in die Hand nehmen. Du weißt doch selbst, was Henner gestern gesagt hat. Das mit dem Pferd und dem Grafen. Ich muss wissen, was von Wörtz am Samstag noch so gemacht hat. Besonders am späteren Nachmittag.»

«Hab ich doch gestern gleich gesagt. Aber da wolltest du ja nicht», schmollt Rosa. «Deswegen bin ich allein hergefahren. Ich hab einen extraschönen Blumenstrauß gekauft. Zwei, drei fachkundige Bemerkungen über den toten Gaul reichten, schon hatte ich ihn überzeugt, dass ich eine absolute Pferdenärrin bin.» Rosa grinst Rudi spitzbübisch an.

«Hat es sich gelohnt?»

«Und wie. Der hat so richtig aus dem Nähkästchen geplaudert und ist so was von sauer auf die Brakenhoff. Also», Rosa holt tief Luft, «wenn so ein Graf sagt, dass ihm der Arsch auf Grundeis geht, weil sein Drei-Millionen-Gaul faktisch in seinen Armen gestorben ist, dann halte ich das für ein respektables Motiv. Darum wollte ich dich anrufen und dir sagen, dass du unbedingt herkommen musst. Und jetzt bist du schon da. Das ist doch ein Wink des Schicksals. Oder?» Rosa ist vor Aufregung ganz zappelig. Ihre Locken wippen auf und ab.

«Das Gleiche hab ich nach gestern Abend auch gedacht. Den Grafen muss man noch mal unter die Lupe nehmen. Du musst nicht denken, wir Ostfriesen sind blöd. Wir sind nur anders.»

Lahmarschig seid ihr, denkt Rosa. Rudi genau wie Henner. Denen fehlt jeglicher Schmäh. Und Impulsivität ist für die ein Fremdwort. Gut, sie müssen es nicht so übertreiben wie Ingo, aber ein wenig mehr Nonchalance wie beim Grafen würde Rosa gefallen. Sie hat sich schon häufiger gefragt, wie Frauen und Männer in Ostfriesland zusammenfinden. Aber irgendwie scheint es zu klappen.

«Also los, fühl ihm auf den Zahn», fordert Rosa. «Hau einfach so richtig auf den Tisch. Du spielst doch mit Henner und seinem Vater Skat. Da blufft ihr doch auch beim Reizen. Nichts anderes musst du hier machen. Lock ihn einfach aus der Reserve.» Sie strahlt Rudi an. «Ich warte im Auto auf dich. Und wenn du mich brauchst, ruf einfach an.»

«Du musst mir meine Arbeit nicht erklären.»

Rosa zuckt mit der Schulter. Bei Männern kann man sagen, was man will, dauernd sind sie beleidigt.

Henner versteht die Welt nicht mehr. Wieso sitzt Andy immer noch in Wittmund, wenn der das gar nicht war? Und wenn er noch dazu ein richtig gutes Alibi hat? Der Heuler. Da war Rosa doch auch dabei. Eigentlich müsste er umgehend Rudi anrufen, aber er hat sein Handy vergessen. Das hängt immer noch an der Steckdose. Muss er sich eben mit seiner Postrunde beeilen.

Henner bringt die nächsten drei Straßen in der Rekordzeit von zwölf Minuten hinter sich. Jetzt noch das Viertel um den Carolinenhof, und dann geht es an den Ortsrand. Zur Tierärztin. Zum einen hat er sie die ganze Woche noch nicht gesehen und nicht mal ordentlich kondoliert. Für andere Todesfälle wird er sogar extra gebucht, damit er eine offizielle Bekanntmachung nach alter Tradition daraus macht. Aber ist schon klar, dass die Brakenhoff ihn für so etwas nicht bestellt. Erstens sind sie zugezogen, und außerdem ist so eine lautstarke Bekanntmachung bei einem Mord irgendwie pietätlos, solange der Mörder nicht gefasst ist.

Aber es ist nicht nur die Sache mit dem versäumten Kondolenzbesuch, die in seinem Bauch rumort. Die Sache mit Andy Matschker liegt ihm genauso quer im Magen. Für Henner ist es so klar wie Mudders Kloßbrühe, dass Marina Matschker nicht gelogen hat. Aber wenn es der Matschker nicht war, wer dann?

Henner tritt in die Pedale. Ach was, bei ein paar Briefen kommt es auf einen Tag nicht an. Am Haus von Jens Janssen stoppt er dennoch. Der bekommt ein Einschreiben, damit soll man lieber nicht trödeln. Besonders wenn es vom Amtsgericht ist.

«Stimmt das, was der Ludwig schreibt?», will Jens Janssen wissen, kaum dass er den Empfang quittiert hat.

«Nee, stimmt überhaupt nicht. Mit dem ist mal wieder seine Phantasie durchgegangen. Der Matschker war das nicht. Ist nur eine Frage von Stunden, bis Ludwig das verkündet.» Henner sieht den Krabbenfischer an. Plötzlich hat er eine Idee. «Kann ich mal bei dir telefonieren?»

Das kann er zwar, aber Rudi geht nicht ran. Mist.

«Ich versuch's später noch mal», spricht Henner auf die Mailbox. Und nun? Am besten, er ruft direkt in Wittmund an und sagt Bescheid, dass die Andy Matschker nach Hause schicken können. Er hat bloß keine Telefonnummer von denen. Also versucht er es mit der 110. Die sind aber nur für Notrufe zuständig. Henner wählt noch einmal Rudis Nummer. Der geht immer noch nicht ans Telefon.

«Was ist denn los?», fragt Jens neugierig. «Probleme?»

«Wie man's nimmt.»

Jens runzelt die Stirn, sagt aber nichts. Henner will auch nicht darüber reden, aber plötzlich hat er ein ganz ungutes Gefühl. Das liegt weniger an Matschker. Aber woran dann?

«Ich mach dann mal weiter meine Tour.» Henner schnappt sich Berta, in seinem Kopf arbeitet es ununterbrochen. Wenn Rosa mit ihrem Verdacht recht hätte und tatsächlich der Graf der Mörder ist, warum hat der dann den Brakenhoff umgebracht und nicht dessen Frau? Immer neue Fragen kommen ihm in den Sinn. An der nächsten Ecke hat er das unbedingte Gefühl, dass der Mörder vielleicht noch ein zweites Mal zuschlagen könnte. Keine fünf Minuten später stellt er Berta vor seiner Haustür ab und holt sein Handy aus der Küche. Wieder wählt er Rudis Nummer. Verdammt, wo steckt der Kerl nur?

Diesmal drückt Rudi gleich den Klingelknopf. So eine Blamage wie vor ein paar Tagen passiert ihm kein zweites Mal.

«Was wollen Sie denn schon wieder?» Graf von Wörtz und Klosterberg ist sichtlich ungehalten, als er öffnet und Rudi ihn freundlich anlächelt.

«Wieso haben Sie mir eigentlich nicht gesagt, dass Ihr wertvoller Hengst fast unmittelbar nach dem Besuch der Tierärztin tot umgefallen ist?»

Das Gesicht des Grafen erstarrt. «Kommen Sie rein.»

Rudi folgt ihm durch die düstere Halle in die große helle Wohnküche. In der Mitte des Tisches steht ein prächtiger Blumenstrauß. Da hat sich Rosa wirklich nicht lumpen lassen.

«Nehmen Sie Platz.» Der Graf selbst sinkt auf einen schweren Lehnstuhl. Er scheint in den letzten Minuten um Jahre gealtert zu sein.

Rudi setzt sich ihm gegenüber und fixiert ihn mit ernstem Gesicht. Dem feinen Herrn fühlt er jetzt mal richtig auf den Zahn. «Also? Warum haben Sie das verschwiegen? Das ist ein erstklassiges Motiv, das ist Ihnen doch wohl klar. Und dass Sie es mir nicht gesagt haben, macht Sie umso verdächtiger.»

Der Graf sieht ihn verdattert an. Frontaler Angriff. Kleines Einmaleins der Verhörtechnik. Damit lockt man Verdächtige aus der Reserve. So eingeschüchtert, wie der Graf jetzt ist, verschwendet der keinen Gedanken daran, dass Rudi nicht allein gekommen wäre, wenn er tatsächlich Beweise hätte. Bluffen gehört zum Handwerk. Deswegen spielt Rudi ja auch so gerne Karten. Vielleicht sollte er es mal mit Poker versuchen. «Herr Graf, ich warte auf eine Erklärung.»

«Und wieso sollte ich Hans-Otto Brakenhoff umbringen? Seine Frau ist doch schuld am Tod meines Hengstes. Nicht er.» Die gräflichen Gesichtszüge entspannen sich etwas, er sitzt aufrechter. Mist. Das läuft nicht so, wie Rudi es kalkuliert hat. Er hat gedacht, der Graf knickt ein und gesteht. Aber danach sieht es nicht aus. Und jetzt? Aufgeben ist nicht. Muss er eben noch tiefer in die Trickkiste greifen.

«Ich bitte Sie, Herr Graf, wir wollen uns hier doch nicht über Kleinigkeiten streiten. Kann ja jeder Ihre Wut auf die Tierärztin verstehen, denn Don Giovanni war ja nicht irgendein Pferd. Und plötzlich liegt es tot am Boden. Ein finanzieller Albtraum. Kein Wunder, dass Ihnen da die Nerven durchgegangen sind. Sie wollten die Tierärztin zur Rede stellen. Also sind Sie ins Auto gestiegen und hingefahren. Dafür haben wir Zeugen.» Das stimmt jetzt zwar überhaupt nicht, aber egal. Ein guter Bluff wirkt manchmal Wunder.

Bei dem Wort «Zeugen» sinkt der Graf wieder ein wenig in sich zusammen. Rudi ist also auf der richtigen Spur. Jetzt muss er nachlegen. Aber womit? Plötzlich erinnert er sich an die Telefonliste von Brakenhoffs Haustelefon, die Bernie ihm gestern auf den Schreibtisch gelegt hat. Er ist sich ganz sicher, da war auch die Nummer des Grafen drauf. Rudi hat noch gedacht, passt exakt, weil der Graf ja gesagt hat, er habe die Tierärztin angerufen. Blöd, dass Rudi nicht auf die Uhrzeit des Anrufes geachtet hat. Aber das ist ja gar nicht seine Aufgabe, sondern die von Haueisen und Schnepel. Die hätten den Grafen schon viel eher zur Rechenschaft ziehen können, wenn sein Chef und Schnepel, der Zwergenfurzer, sauber arbeiten würden. Da muss erst er, Rudolf Hieronymus Bakker, mit seinem phänomenalen Gedächtnis kommen. Rudi spannt seinen Rücken und drückt die Brust raus, die Augen fest auf von Wörtz gerichtet.

«Außerdem haben Sie bei Brakenhoffs angerufen. Sie haben mir zwar gesagt, Sie hätten Frau Doktor Brakenhoff angerufen, damit sie nach dem Hengst sieht, aber Sie haben mir nicht erzählt, dass Sie später erneut angerufen haben. Als Ihr Pferd schon tot war.» Mit durchdringendem Blick fixiert

Rudi den Grafen. Wenn Haueisen das macht, sieht das immer richtig bedrohlich aus. Rudi hofft, ihm gelingt das ebenso gut. «Sie haben mit ihrem Mann gesprochen, weil Frau Brakenhoff noch unterwegs war. Und dann sind Sie hingefahren, voller Wut. Wollten sie zur Rechenschaft ziehen. Doch dann ist die Sache eskaliert.»

Der Graf hat die ganze Zeit auf den Tisch gestarrt. Rudi sieht, wie es in seinem Gesicht arbeitet, als er jetzt den Kopf hebt.

«Das sind alles lächerliche Vermutungen. Sie können gar nichts beweisen.»

«Da irren Sie sich aber gewaltig», entgegnet Rudi. «Wir haben den Zeugen, wir haben die Telefonliste, und wir sind dabei, die Telefonlisten von Frau Brakenhoffs Handy zu überprüfen.» Auch das stimmt zwar nicht, aber das wird Rudi so schnell wie möglich veranlassen. «Und ich wette jede Summe, dass wir dort weitere Anrufe von Ihnen nachweisen können.» Er zieht sein eigenes Mobiltelefon aus der Brusttasche seiner Uniform. «Ich werde jetzt die Kollegen der Kriminaltechnik anrufen. Die werden das Schloss auf den Kopf stellen. Und dann werden wir sehen, ob sie die Waffe finden, mit der Sie auf Brakenhoff geschossen haben.» Er tippt auf die Kurzwahl für Haueisen. Hauptsache, der Graf hat die Pistole nicht schon längst im Burggraben entsorgt.

«Wenn Sie mich bitte entschuldigen.» Von Wörtz steht auf. Abhauen wird er ja wohl nicht, denkt Rudi, als Haueisen sich meldet.

«Chef, ich bin's. Ich bin bei Graf von Wörtz und Klosterberg in Dornum und bräuchte hier die Kriminaltechnik.»

«Was ist passiert?»

«Es geht um die Makarow. Ich glaube ...»

«Haben Sie nicht mehr alle Tassen im Schrank, Bakker?

Sie reden von Graf von Wörtz ... Uralter Adel. Wie kommen Sie denn auf den?»

«Er ist derjenige, der auf Brakenhoff geschossen hat.» Jetzt ist Rudi doch ganz froh, dass er alleine im Raum ist und ganz offen sprechen kann.

«Bakker, was faseln Sie da? Passen Sie auf, dass der Sie nicht wegen Verleumdung drankriegt. Mit solchen Leuten ist nicht zu spaßen.»

«Mit der ganzen Familie ist noch nie zu spaßen gewesen.» Rudi kennt sich aus in der ostfriesischen Geschichte. «Die sind seit jeher kriminell. Schon Lütet, der Sohn des Erbauers der Norderburg, erschlug seine Frau. Weil die ihn angeblich betrogen hat, wie seine verlogene Schwiegermutter ihm auftischte. Aber damit nicht genug: Ebendiese Schwiegermutter übernahm nach dem Mord an ihrer Tochter kurzerhand die Burg und ließ Lütet und seinen Vater als skrupellose Verbrecher enthaupten. Das hatte die raffiniert eingefädelt, um die Burg für sich selbst zu gewinnen. Da kann man den Nachfahren doch wohl alles zutrauen. Chef, schicken Sie die ...»

Plötzlich knallt ein Schuss durchs Schloss.

«Scheiße!», brüllt Rudi ins Telefon.

«Was ist denn los?»

«Der hat geschossen!» Mit dem Telefon in der Hand rennt Rudi in die Halle und bleibt abrupt stehen. Guckt nach links und nach rechts. Alles still. Vor ihm ist die Treppe. Hinten sind zwei geschlossene Türen.

Er rast auf die erste Tür zu, reißt sie auf und blickt in ein leeres Badezimmer.

Hinter der zweiten Tür befindet sich das gräfliche Büro. Graf von Wörtz sitzt hinter dem Schreibtisch. Sein Kopf liegt auf der dunklen Lederauflage. Überall ist Blut.

«Scheiße!», brüllt Rudi noch einmal und rennt auf den

Schreibtisch zu. «Graf von Wörtz!» Das ‹und Klosterberg› schenkt er sich, dafür ist jetzt keine Zeit. Der Mann rührt sich nicht.

«Was ist los?», hört Rudi Haueisen durchs Telefon. «Nun reden Sie schon. Ist er tot?»

«Sieht nicht gut aus, Chef. Warten Sie, ich geh mal dichter ran.» Rudi berührt den Mann vorsichtig an der Schulter. «Graf von Wörtz?»

Langsam hebt der Graf den Kopf. Ein blutendes Loch klafft in seiner Wange, da, wo vorher der Schmiss war. Wange, Kinn, Nase, alles blutverschmiert. Rudi schmeißt das Handy auf den Schreibtisch, rennt ins Bad und holt ein Handtuch. Er drückt es dem Grafen auf die Wunde.

«Nicht mal das kann ich vernünftig», klagt der Adlige beinahe tonlos. «Nicht mal mich selbst richten.» Dann fällt er in Ohnmacht.

«Bakker?» Irritiert guckt Rudi sich um. Sein Blick fällt auf das Handy. Haueisen. Den hat er in der Aufregung ganz vergessen. Rudi nimmt das Telefon wieder ans Ohr. «Wir brauchen die Kriminaltechnik nicht mehr. Ich glaub, ich hab die Waffe. Die liegt nämlich auf dem Schreibtisch. Aber einen Krankenwagen können Sie schicken.»

Rosa zieht einen Flunsch, umklammert das Lenkrad und starrt durch das geöffnete Verdeck in den Himmel. Was macht Rudi nur so lange da drinnen? Und was war das eben für ein Knall? Sie nimmt ihr Smartphone vom Beifahrersitz. Vielleicht findet sie über den Grafen und sein Pferd noch mehr im Internet. Nichts. Kein Netz. Das ist ja mal wieder typisch für Ostfriesland. In Hannover hatte sie immer Empfang.

Zumindest kann Rosa ihre Nachrichten kontrollieren. Keine SMS von Ingo. Dieser Blödmann. Er hätte sich doch eben melden können. Ist ja keine Bagatelle, in einem Straßengraben zu landen. Er muss sich doch denken können, dass sich so was in einem Dorf wie Neuharlingersiel schnell rumspricht. Aber der denkt anscheinend überhaupt nicht. Schon gar nicht an sie. Andererseits: Mit einem Schleudertrauma ist nicht zu spaßen, und so ein Unfall setzt die normalen Gesetze außer Kraft. Aus einem Impuls heraus tippt sie: Hast du deinen Unfall gut überstanden? Sie drückt auf ‹senden›, bevor sie es sich noch einmal anders überlegt. Und nun? Vielleicht sollte sie mal nachsehen, was im Schloss los ist. Sie könnte zumindest bis zum Portal gehen. Dann ist sie dichter dran.

In der Ferne hört sie eine Sirene. Nein, zwei. Die werden immer lauter. Jetzt sieht Rosa Blaulichter im Rückspiegel. Ein Notarzt. Und ein Krankenwagen. Sie fahren die Auffahrt zum Schloss hoch. Rosa zögert keinen Moment und springt aus dem Auto. Hoffentlich ist Rudi nichts passiert. Sie rennt den Rettungsfahrzeugen hinterher. Wenn der Graf jetzt auch noch ihn erschossen hat, wird sie sich ewig Vorwürfe machen. Wenn *sie* Rudi nicht so angestachelt hätte, wäre der nie hierhergefahren. Bitte, lieber Gott, lass ihm nichts passiert sein. Ich will auch nie wieder meine Nase in Sachen stecken, die mich nichts angehen. So schnell sie kann, läuft sie über das Kopfsteinpflaster und bleibt prompt mit dem Absatz in einer Fuge hängen. Auch das noch. Sie schlüpft aus dem Schuh, bückt sich und ruckelt daran. Als sie ihn aus der Lücke befreit, ist das Leder abgeschabt. Normalerweise würde sie sich über so etwas tierisch aufregen, aber jetzt ist ihr alles egal. Rudi ist vielleicht tot oder schwer verletzt! Spontan zieht sie auch den anderen Schuh aus und läuft barfuß zum Schloss.

Das Blaulicht blinkt immer noch. Männer in weiß-signalorangeroten Uniformen verschwinden mit einer Trage im Eingang. Noch in der Tür klappen sie die Räder der Fahrtrage aus. Einer trägt einen kastenförmigen roten Rucksack. Die Notfallausrüstung. Rosa beeilt sich, ihnen zu folgen. Gerade noch rechtzeitig ist sie am Tor, um hinter ihnen in die Halle zu schlüpfen.

Als sie sieht, wie Rudi die Sanitäter zu sich winkt, fällt ihr ein riesiger Stein vom Herzen. Rudi ist ganz blass. Aber er sieht unverletzt aus. Immerhin. Die Sanitäter verschwinden mit ihm hinter der Tür. Was ist da passiert? Schnell läuft sie hin und wirft einen Blick um die Ecke. Die Trage steht vor dem Schreibtisch. Ein Sanitäter beugt sich über den Grafen, der sich ein Handtuch an die Wange hält. Sein Gesicht ist blutverschmiert. Der Sanitäter nimmt dem Grafen vorsichtig das Handtuch fort. Entsetzt sieht Rosa die Wunde in der Wange. Da ist tatsächlich geschossen worden. War Rudi das? So was zieht ein Disziplinarverfahren nach sich. Und das kann es in sich haben. Suspendierung. Psychologische Betreuung. Entlassung aus dem aktiven Polizeidienst. Der Sanitäter – oder ist es ein Arzt? – untersucht die blutende Wunde, ein anderer reicht ihm Verbandszeug. Rosa muss sich wegdrehen. Ihr wird schwindelig, und plötzlich wird alles um sie ganz dunkel.

Gegen halb zwölf klingelt Henner bei Iris Brakenhoff. Er muss sie warnen. Vielleicht versucht es der Mörder tatsächlich noch einmal.

«Moin.» Sie sieht ihn fragend an. «Was gibt es?»

«Nichts», stammelt er. «Ich wollt Ihnen eigentlich nur die Kondolenzbriefe persönlich geben und sie nicht einfach so in den Kasten stecken.» Er hält ihr den Stapel hin.

«Danke.» Sie schnappt danach und hat die Tür wieder geschlossen, ehe er sichs versieht.

Einen Moment ist er perplex. Eigentlich ist *er* ja derjenige, der dauernd bei der Arbeit in Gespräche verwickelt wird und deswegen seine Runde nie in der geplanten Zeit schafft. Aber jetzt, wo er gerne mal was loswerden will, wird ihm die Tür vor der Nase zugeschlagen.

Henner zögert, dann klingelt er noch einmal.

«Wer ist denn das schon wieder?», hört er zu seiner Überraschung eine Männerstimme hinter der Tür.

«Weiß ich doch nicht», antwortet die Tierärztin kiebig und öffnet die Tür ruckartig.

«Ich ...», stammelt Henner, und irgendwie weiß er nicht, wie er anfangen soll.

«Ja, was denn nun?» Iris Brakenhoff ist ungehalten. Hinter ihr taucht ein gut gebauter Mann auf. Das muss der Vertretungsarzt sein, dieser Schröter. Er sieht jedenfalls genauso aus, wie Adelheid ihn beschrieben hat.

«Was wollen Sie denn noch?», fragt der nicht wirklich freundlich. «Sie sehen doch, dass es ihr nicht gut geht.»

«Ich ...» Genau in diesem Moment klingelt Henners Telefon. «Entschuldigung», sagt er, nimmt das Gespräch an und sieht, dass sich die Haustür schließt. Na ja. Er kann es ja am Montag noch mal bei der Brakenhoff versuchen. So schnell wird der Graf wohl nicht herkommen. Und wenn die Brakenhoff sowieso einen Beschützer an ihrer Seite hat ... «Gut, dass du zurückrufst, Rudi.» Nun kann er endlich alles loswerden. Dass Matschker ein Alibi hat. Dass der Graf vielleicht der Mörder ist und dass der vielleicht noch einmal zuschlägt. «Ich versuche schon die ganze Zeit, dich ...»

«Ich konnt nicht rangehen», unterbricht Rudi ihn. «Hier haben sich die Ereignisse überschlagen. Mannomann. Ich war beim Grafen. Eigentlich wollte ich bloß ein bisschen auf die Kacke hauen und mal sehen, wie er reagiert, wenn ich ihm an den Kopf werfe, dass ich ihn für den Mörder halte. Dass der aber gleich zur Pistole greift und sich in den Kopf schießt, konnte ich ja nicht ahnen.»

«Was?» Henner glaubt seinen Ohren nicht zu trauen. «Der Graf hat sich in den Kopf geschossen?»

«Sach ich doch. Erzähl ich dir später in Ruhe, hab jetzt echt keine Zeit. Was gibt's denn so Wichtiges?»

«Äh», stammelt Henner. Seine Befürchtung hat sich ja quasi erledigt. Bleibt noch Matschker, der unschuldig in Wittmund sitzt. «Ich war auf der Postrunde bei Matschkers. Er und seine Frau haben ein Alibi für den Samstagnachmittag. Die waren in der Fischereigenossenschaft essen. Und dann dabei, als Rosa den Heuler gefunden hat. Der kann's nicht gewesen sein. Das wollte ich nur sagen, damit dein Chef ihn endlich gehen lässt.»

«Auf ein oder zwei Stunden kommt es ja auch nicht mehr an. Aber ich kümmer mich drum», sagt Rudi und legt auf.

Ein Sanitäter klatscht Rosa auf die Wange und legt ihre Beine hoch. Keine Reaktion. Hoffentlich ist das jetzt nichts Ernstes. Was muss die auch gleich hier hereinschneien? Rudi hat schon genug an den Hacken, da kann er sich nicht noch um ohnmächtige Frauen kümmern. Na endlich. Rosa öffnet die Augen.

«Bleiben Sie mal bei ihr. Wenn's Probleme gibt, sagen Sie Bescheid. Wir werden bei dem anderen Patienten gebraucht», sagt der größere der beiden Sanitäter und kümmert sich wieder um den Grafen.

Rudi tätschelt Rosas Hand. «Na, alles wieder im grünen Bereich?»

«Jaaa», antwortet sie, noch ziemlich schwach. «Tut mir leid. Geht bestimmt gleich besser.»

«Dann ist ja alles paletti. Ich muss mal eben mit dem Chef telefonieren.» Rudi tritt einen Schritt zur Seite und holt sein Handy aus der Jackentasche. Jens Janssen hat dreimal angerufen, Henner auch einmal, und die Mailbox zeigt eine Nachricht an. Aber das muss warten. Er tippt auf die Kurzwahl für Haueisen.

«Chef, ich bin's. Bakker. Das ist hier gerade noch mal gutgegangen. Der Graf hat wohl nur eine Fleischwunde. Einmal zack durch die Wange. Der Rettungswagen bringt ihn jetzt ins Krankenhaus. Wir können ihn sicher bald verhören.»

«Hat er schon gestanden?»

«Nö, er hat nur gemeint, dass er nix richtig hinkriegt, nicht mal, sich selbst umzubringen. Das ja wohl eindeutig.»

«Bakker, Bakker. Sie haben es faustdick hinter den Ohren.»

So viel Lob wie in der letzten Woche hat Rudi vom Chef in den vergangenen Jahren selten bekommen.

«Na ja ... als klar war, dass der Graf durch den Tod seines Pferdes ein Vermögen verloren hat, bin ich hellhörig geworden. Ich ...»

«Sag deinem Chef ruhig, dass *ich* der Sache auf die Spur gekommen bin», ruft Rosa. Ihre Stimme ist inzwischen wieder fest und laut, und aufgestanden ist sie auch. «Der soll ruhig wissen, wo hier die kriminalistischen Talente liegen.»

«Wer ist denn da bei Ihnen?», will Haueisen wissen, und Rudi hört Schnepel im Hintergrund sagen: «Das ist garantiert diese Frau Moll.» Hat der Chef also wieder auf den Lautsprecher gedrückt.

«Was meinten Sie gerade?» Rudi übergeht Haueisens Frage. «Es ist so laut hier. Die Sanitäter bringen den Grafen jetzt raus. Ich fahr mal besser mit nach Wittmund.»

«Machen Sie das. Schnepel und ich kommen ins Krankenhaus nach.»

Der Graf hat sich erschossen. Henner ist wie vom Donner gerührt. Er weiß überhaupt nicht mehr, was er denken soll. Und vor allem hat er plötzlich rasende Kopfschmerzen. Ob er noch einmal klingeln kann, um nach einem Glas Wasser und einer Kopfschmerztablette zu fragen? Andererseits ist das ja auch eine Neuigkeit, die die Brakenhoff interessieren dürfte.

Er drückt auf den Klingelknopf.

«Was ist denn nun schon wieder?» Die Tierärztin sieht aus, als ob sie jeden Moment explodiert.

«Ich habe gerade mit der Polizei gesprochen, also mit meinem Kumpel Rudi. Gibt schlechte Nachrichten aus Dornum. Graf von Wörtz hat sich das Leben genommen. Könnte ich wohl ein Glas Wasser und eine Kopfschmerztablette haben?»

«Graf von Wörtz hat sich umgebracht?» Augenblicklich öffnet sie die Tür. «Kommen Sie rein. Ich hole Ihnen eine Tablette.»

Die Kühle des Hauses und der dunkle Flur tun Henners Kopf gleich gut. Im nächsten Augenblick reicht ihm die Hausherrin ein Glas Wasser und eine Tablette. Henner schluckt sie dankbar.

«Geht's?», fragt die Ärztin und hakt nach: «Habe ich Sie gerade richtig verstanden? Graf von Wörtz hat sich umgebracht?»

«Ja. Er hat sich erschossen.»

«Ach nee.»

«Und wie's aussieht, ist er wohl der Mörder Ihres Mannes. Und das ist ja nun mal 'ne gute Nachricht, finde ich, dass der nun keinem mehr was antun kann. Man weiß ja nie, was in den Köpfen solcher Menschen vorgeht. Wenn es denen in den Sinn kommt, töten die vielleicht wieder. Weil die nichts zu verlieren haben.» Das hat Rosa ihm nämlich neulich lang und breit erklärt, als sie über ihr Krimischreiben doziert hat. Da hat sie auch wirklich recht. «Und jemand, der nichts mehr zu verlieren hat, ist zu allem fähig.» Als Henner das jetzt so sagt, kommt er sich fast ein bisschen philosophisch vor.

Schröter legt den Arm um Iris Brakenhoff, als wolle er sie beschützen. «Sie meinen, Iris hätte die Nächste auf seiner Liste sein können?»

Sie blickt ihn überrascht an. «Volker, glaubst du, ich war in Gefahr? Das ist ja unglaublich.» Sie sieht von ihm zu Henner. Der zuckt mit den Schultern.

«Man muss alles einrechnen in so einem Fall.»

«Stimmt. Da hat Ihr Freund vielleicht tatsächlich den richtigen Riecher gehabt. Auch wenn man auf den ersten Blick keinen Sinn darin erkennt, dass der Graf deinen Mann getötet haben soll», ergänzt Schröter. «Du hast doch gesagt, die beiden kannten sich so gut wie gar nicht. Und wenn der Graf auf jemanden eine Stinkwut hatte, dann doch wohl auf dich.» Er zögert einen Moment: «Aber deswegen bringt man doch nicht gleich jemanden um, der mit der ganzen Sache nichts zu tun hat. Obwohl ... ich hab ihn mal ausflippen sehen, als ihn die Punktrichter beim Turnier angeblich unfair behandelt haben, da machst du dir gar keine Vorstellungen von. Der ist hochgegangen wie eine Pershing.» Er drückt Iris Brakenhoff ein wenig fester an sich. «Wenn man es recht betrachtet, hättest du das Opfer sein müssen. Nicht dein Mann. Auch wenn Don Giovanni dadurch nicht wieder lebendig geworden wäre.»

«Volker!» Empört windet sich Iris Brakenhoff aus seinem Arm. «Was sagst du denn da! Würdest du es lieber sehen, ich wäre jetzt tot?»

«So habe ich das doch nicht gemeint», beschwichtigt der Tierarzt eilig. «Es ist nur, dass es mehr Sinn gemacht hätte, wenn du das Opfer gewesen wärst, wo die beiden sich nicht mal gekannt haben. Er muss doch ein Motiv gehabt haben.»

Da hat der Schröter recht, denkt Henner, der still dem Gespräch der beiden lauscht. Augenscheinlich haben die ihn im Moment ganz vergessen.

«Einmal sind sie sich schon begegnet. Letztes Jahr beim Sommerfest auf Schloss Dornum. Ich habe sie einander vorgestellt. Aber geredet haben sie kaum miteinander.» Sie schüttelt nachdenklich den Kopf. «Nein, du hast recht. Ich verstehe auch nicht, warum der Graf Hans-Otto erschossen hat.» Sie blickt Henner an, ihr Redefluss gerät ins Stocken. Sie sieht regelrecht hilflos aus. Aber so schwach und allein scheint sie nicht zu sein. Die Anwesenheit ihres Kollegen spricht für sich. Man muss ja nur sehen, wie er seine Hand um ihre Schulter legt. Adelheid wird schon recht haben. Der ist mehr als nur ein Kollege.

«Wissen *Sie* denn Genaueres?» Iris Brakenhoff hat sich offensichtlich wieder gefangen.

Henner sieht sie überrascht an. «Da fragen Sie nun wirklich den Falschen. Ich bin schließlich nur der Briefträger.» Er leert das Glas Wasser, blickt sich suchend im Flur um und stellt es dann auf einem schmalen Etwas ab, das vermutlich ein Schuhschrank ist.

«Es muss bei allem um Don Giovanni gehen», sagt der Tierarzt im Brustton der Überzeugung. «Sein Tod wird der Schlüssel zu diesem ... unglücklichen Todesfall sein. Wahrscheinlich hat sich der Graf deshalb erschossen.»

Iris Brakenhoff wirft ihm einen Blick zu, den Henner nicht deuten kann. Vielleicht begreift sie erst jetzt, in welcher Gefahr sie geschwebt hat. Denn wenn *sie* eigentlich für den Tod des Pferdes hätte zur Rechenschaft gezogen werden sollen, hätte der Mörder den Fehler noch korrigieren können. Ein nächtlicher Besuch, ein weiterer Schuss, dann wär's das auch für Iris Brakenhoff gewesen. Allerdings hätte die Spur dann ziemlich deutlich zum Grafen geführt.

«Von Wörtz ist wirklich ein sehr spezieller Typ», erzählt die Tierärztin. «Für den war nur die Hengstgala wichtig. Ich sollte Don Giovanni so schnell wie möglich wieder fit machen. Die Diagnose hat ihn überhaupt nicht interessiert. ‹Schaffen Sie den Husten weg, er muss bei der Gala überzeugen›, waren seine Worte. Ich wollte eigentlich nicht gleich ein Antibiotikum geben, sondern sanfter rangehen, aber der Graf hat es verlangt. Ich habe noch einen Allergietest vorgeschlagen, aber davon wollte er nichts wissen. Die Zeit renne ihm davon, hat er gesagt. Ich war ziemlich sauer, denn wenn etwas schiefläuft, muss ich schließlich dafür geradestehen. Natürlich habe ich eine Versicherung, aber mein guter Ruf als Tierärztin ist meine Visitenkarte. Andererseits ist der Graf ein guter Kunde, und für mein Renommee ist es von Vorteil, ihn auf der Kundenliste zu haben. Darum bin ich seiner Forderung nachgekommen.» Iris Brakenhoff knetet ihre Hände. «Eine solch heftige Reaktion war überhaupt nicht abzusehen. Und dann kam auch noch der Notruf wegen der verletzten Kuh.» Sie presst die Lippen aufeinander. «Wissen Sie, wenn die Therapie klappt, küssen die Pferdebesitzer dem Tierarzt die Füße. Wenn nicht, gehen sie uns an die Gurgel. Dann ist man der allerletzte Pfuscher.»

Natürlich wäre Rosa am liebsten mit ins Krankenhaus gefahren und bei dem Verhör dabei gewesen. Nicht aus Neugierde, beileibe nicht, nur, damit das in die richtige Richtung geht. Aber Rudi war von dieser Idee nicht sonderlich begeistert.

«Lass mich bitte meine Arbeit machen!» Richtig laut ist er geworden. Das kennt sie gar nicht von ihm. Er ist ganz klar überfordert. So eine Situation erlebt er ja nicht jeden Tag. Nicht so wie Rosa, die sich ständig kriminelle Szenarien ausdenkt und deshalb anders kombinieren und sogar um die Ecke denken kann. Vermutlich macht Rudi sich auch Vorwürfe, die Sachlage nicht richtig eingeschätzt zu haben.

Unentschlossen startet Rosa den Motor und legt den Rückwärtsgang ein. Vorsichtig manövriert sie ihren Fiat aus der Parklücke. Fieberhaft denkt sie nach. Sie wirft einen Blick auf die Uhr im Armaturenbrett. Es ist gerade mal zwölf. Henner ist noch mitten in seiner Postrunde. Da kann sie ihn schlecht abfangen. Aber sie braucht jemanden, mit dem sie über alles reden kann. Kurz vor Esens kommt ihr der zündende Gedanke.

Wie immer bimmelt das Windspiel, als sie den Frisiersalon «Anita» betritt. Und wie immer kommt Mischlingsrüde Schecki bellend auf sie zugerannt und springt an ihren Beinen hoch.

«Schecki, aus.» Gudrun klatscht in die Hände. «Rosa, was machst du denn hier? Irgendwas mit deiner Frisur nicht in Ordnung?»

«Nein, alles gut. Ich war nur grad in der Nähe und hab gedacht, ich könnte mir eben noch den Pony nachschneiden lassen.»

«Dann setz dich schon mal.» Gudrun zeigt auf einen Stuhl zwischen Gisela und Sigrid. «Ich muss nur eben Sabine die

Haare auswaschen. Möchtest du eine Tasse Kaffee?» Als Rosa nickt, ruft Gudrun: «Celine, bring mal einen Kaffee. Nur mit Milch. Ohne Zucker.»

Rosas Blick wandert durch den Laden. Anita, Gudrun, Gisela, Sigrid. Lauter vertraute Gesichter. Selbst Sabine, die doch auch erst vor ein paar Tagen hier war. «Seid ihr zu einem konspirativen Treffen verabredet?»

«Nee», sagt Gisela. «Aber Montag ist doch die Beerdigung von Brakenhoff. Und weil Anita montags geschlossen hat, müssen wir uns heut schon in Form bringen. Wir können ja nicht völlig zerzaust auf dem Friedhof auflaufen. Wie sieht das denn aus?»

Sigrid schiebt den Kopf unter der Trockenhaube vor: «Vor allem, wo die ganzen hohen Herrschaften aus Wittmund kommen.»

«Hohe Herrschaften aus Wittmund?» Rosa dreht sich zu Gisela um und hätte beinahe Celine angestoßen, die die Tasse Kaffee in der Hand balanciert. Das hätte jetzt noch gefehlt, dass sie ihr den Kaffee über ihr schönes Schwarz-Weiß-Kleid kippt; das Talent dazu hat Celine ja.

«Bitte schön.» Das Lehrlingsmädel mit dem Nasenpiercing reicht ihr die Tasse. Auf dem Unterteller liegen eine verschweißte Milchkapsel und drei Kekse. Die schiebt Rosa mit dem Finger sofort hinter die Tasse, in der Hoffnung, sie dann nicht mehr zu sehen und in Versuchung zu geraten.

«Na ja, die ganzen Ärzte, seine ehemaligen Kollegen und so. Der hat doch Gott und die Welt gekannt. Da erscheint bestimmt die gesamte Prominenz der Gegend», erklärt Gudrun, während sie mit der Handbrause Sabines Spülung herauswäscht. «Und wir reden uns schon die ganze Zeit die Köpfe heiß, ob Ludwig mit seiner Theorie wohl recht hat. Ob wirklich ein hoher Polizeibeamter Brakenhoffs Mörder ist.»

«Och Mensch. Jetzt hört doch mal mit Ludwig auf. Es reicht mir schon, wenn ich seine wilden Theorien zu Hause anhören muss.» Sigrid stöhnt bewusst laut. «Manchmal sehne ich mir direkt die Zeiten zurück, als er jeden Tag zur Arbeit ist. Zehn Stunden ohne ihn. Das war ja wie im Paradies.»

Bis auf Rosa grinsen alle. «Weißt du vielleicht, wen Ludwig meint?», fragt Sabine, die zwar mit dem Hinterkopf auf dem gepolsterten Rand des Waschbeckens liegt, was sie aber nicht daran hindert zu reden. «Henner kann es wohl kaum sein, der ist ja nur Postbote. Und Rudi ist das auch nicht. Unter einem hohen Polizeibeamten stell ich mir einen ganz anderen Rang vor.»

«Außerdem würde mein Bruder keinen umbringen. Nur dass das mal klar ist!», regt sich Gudrun auf.

«Das wollte ich damit gar nicht sagen. Autsch. Das Wasser ist viel zu heiß. Du verbrennst mir ja die Birne.»

«Dann red nicht so einen Blödsinn. Außerdem ist überhaupt nicht gesagt, dass Ludwig richtigliegt. Wer weiß schon, ob das Phantombild wirklich stimmt.» Gudrun legt die Handbrause zur Seite. «Jetzt komm ein bisschen hoch.» Vorsichtig wickelt sie ein Handtuch um Sabines Kopf. «Die Zeichnung stammt nämlich von Rudis altem Schulfreund Hinnerk Stolle. Der war zwar in der Schule immer gut im Malen, aber ein echter Phantomzeichner ist der eben nicht.»

«Ich tippe sowieso eher auf den Tierarzt», vermutet Gisela, deren grauer Haaransatz mit einer Farbtönung eingepinselt ist.

«Du mit diesem Doktor Schröter», sagt Anita und schiebt die Trockenhaube über Sigrids Kopf zur Seite. «Bist wohl neidisch, dass die Brakenhoff so einen gutaussehenden Kerl abgeschleppt hat.»

«Geh mir weg mit dem.» Gisela tippt sich an die Stirn. «Das

ist doch eine Mogelpackung. Der sieht zwar gut aus, aber charakterlich steckt da nicht viel hinter. Außen hui, innen pfui. Da solltest du mal meine Freundin Uschi hören.»

«Was hat denn die Uschi mit dem zu tun?», fragt Anita und bürstet Sigrid die Haare aus.

«Na, die arbeitet doch bei der Seehundstation in Norddeich. Und die hat auch mitgekriegt, dass sich der Schröter letzten Samstag heimlich, still und leise vom Acker gemacht hat. Am frühen Nachmittag. Kurz bevor der Brakenhoff erschossen wurde. Das hat sie Rudi gesagt, als der am Freitag wegen der Nachforschungen dort war. Da hat der Schröter ganz schön dumm geguckt. Der hatte Rudi nämlich eine ganz andere Version aufgetischt. Das gab vielleicht hinterher ein Theater, hat Uschi gesagt. Kaum war Rudi nämlich wieder weg, hat der Schröter sie richtig zur Minna gemacht.»

«Ach nee.» Dazu fällt Anita jetzt nichts ein. Gudrun auch nicht, selbst Gisela und Sabine halten den Mund.

Für Rosa allerdings ist dies der perfekte Moment. Sie stellt ihre Kaffeetasse ab. «Ich verrat euch jetzt mal was.» Sie macht eine kleine Kunstpause, bevor sie weiterspricht. «Ihr könnt aufhören mit dem Rätselraten. Brakenhoffs Mörder ist gefasst.»

Augenblicklich herrscht Ruhe im Frisiersalon. Nur die Trockenhaube summt.

«Es war Graf von Wörtz und Klosterberg.»
«Nein.»
«Das glaub ich jetzt nicht.»
«Das kann doch nicht sein.»
«Nein, so was aber auch.»
«Warum sollte der das gemacht haben?»

Alle reden durcheinander. Rosa wartet, bis sich die Aufregung gelegt hat. Das kennt sie aus der Schule, und tatsächlich dauert es keine zwei Minuten, bis Ruhe einkehrt. Rosa lächelt verschwörerisch. «Das dürft ihr aber erst mal nicht weitersagen. Als Rudi den Grafen vernommen hat, ist der rausgerannt und hat sich in den Kopf geschossen.»

«Was?» Wieder reden alle durcheinander.

«Das gibt's doch nicht.»

«Lebt er denn noch?»

Nun dauert es etwas länger, bis Rosa wieder zu Wort kommt. «Der Graf ist jetzt in Wittmund im Krankenhaus. Ist wohl nicht so schlimm mit der Schussverletzung. Rudi vernimmt ihn, sobald ihn die Ärzte behandelt haben. Vermutlich hängt alles mit Don Giovanni zusammen. Ihr wisst schon, dem preisgekrönten Hengst.»

Die Damen schweigen betreten.

Gudrun fängt sich als Erste: «Und wann hat der das gemacht?»

«Eben gerade, ich komme ja direkt aus Dornum, ich war quasi dabei.»

«Du warst dabei?» Anitas Stimme überschlägt sich.

«Ja, natürlich. Ich hab Rudi schließlich den Tipp gegeben. Von alleine wäre der gar nicht auf den Grafen gekommen. Männer. Die können eben nicht so kombinieren wie wir Frauen.»

Die anwesenden Damen nicken heftig, dabei fällt Sabine das Handtuch vom Kopf.

«Rudi wird ja von seinem Chef an der ganz kurzen Leine gehalten und muss dauernd nur Laufarbeiten erledigen, während die in Wittmund sich in ihre Spionagegeschichte verbissen haben. Ich hab da mal ein bisschen nachgeholfen. Schließlich haben wir Frauen eher ein Gefühl für solche Sachen.»

«Ach ja.» Alle seufzen.

«Männern fehlt einfach die Intuition.»

«Genau.»

Die Damen sind sich einig, und Anita schüttelt den Kopf. «Das sind ja wieder Sachen heute. Celine, ich glaube, wir brauchen dringend eine Flasche Rotkäppchen-Sekt. Nimm mal den Rosé. Aber zerdepper nicht wieder die Gläser.»

Der Krankenwagen fährt zwar ohne Blaulicht und Sirene, Rudi hat aber trotzdem Mühe, ihm mit seiner DKW zu folgen. Kurz vor Esens wird er abgehängt. Er überlegt, ob er einen kleinen Zwischenstopp in der Polizeistation macht, um sich die Telefonliste noch einmal genauer anzusehen. Aber dann verwirft er den Gedanken und fährt direkt nach Wittmund. Erstens ist der Telefonanruf des Grafen bei Brakenhoff nach diesem Selbstmordversuch nicht mehr wichtig, und zweitens will Haueisen das Verhör persönlich führen. Muss Rudi sich also keinen Kopf machen.

Er parkt sein Moped direkt vor der Notaufnahme. Die Sommer-Handschuhe verstaut er in der Halbschale, die er an den Lenker hängt. Er ist schon drei Schritte Richtung Eingangstür gegangen, als er es sich anders überlegt, den Helm vom Lenker zieht und mit hinein nimmt. Seit der Sache mit dem Portemonnaie ist er noch misstrauischer als sonst. Allein die Lauferei wegen der Papiere und der neuen Karten nervt ihn. Von den Kosten ganz zu schweigen.

Hinter dem Empfangstresen der Notaufnahme wuseln zwei Frauen und ein Mann in weißen Kitteln herum. Eine propere Brünette lächelt ihn an. Ihr Mund erinnert ihn ein bisschen an Denise.

«Moin, was können wir für Sie tun?»

«Bakker. Kripo Wittmund-Esens», stellt er sich vor. «Hier muss gerade ein Patient mit einem Kopfschuss eingeliefert worden sein. Graf von Wörtz und Klosterberg.»

«Einen Moment bitte.» Die Brünette tippt auf die Tastatur ihres PCs. Dann schaut sie hoch. «Der Patient wird gerade operiert. Sie können so lange vorne im Warteraum Platz nehmen.»

Auf dem kleinen Tisch dort liegen das *Ostfriesland Magazin* und die Tageszeitung. Rudis Magen knurrt. Ist schon Stunden her, seit er zuletzt etwas gegessen hat. Doch das muss jetzt warten. Rudi blättert in der Tageszeitung. Samstags ist sie besonders dick. Die Schlagzeile verspricht gute Wetteraussichten, das überfliegt er. Auf Seite drei wird über Autoaufbrüche in Norddeich berichtet. Von den Tätern gibt es inzwischen eine Spur. Diesen Artikel liest Rudi ganz genau. Da wird er mal bei den Kollegen nachfragen, ob die was Neues zu seinem geklauten Portemonnaie haben. Und bei der Gelegenheit wird er denen auch die Meinung geigen: Statt mit der Blitzerei die Autofahrer wie Wegelagerer abzuzocken, sollten sie sich lieber um die Kriminellen kümmern. Rudi blättert weiter. Der Sportteil interessiert ihn samstags immer ganz besonders. Die Bundesliga-Saison ist zu Ende, deshalb gibt es viel Platz für die anderen Sportarten. Basketball, Handball und die bevorstehende Schlickschlittenrennen-Wältmeisterschaft in den Sommerferien. Bei diesem Rennen machen Henner, Sven und er jedes Jahr mit. Im letzten Jahr landeten sie sogar auf dem dritten Platz.

Der Artikel über den tragischen Tod von Don Giovanni interessiert ihn mehr. Rudi ist überrascht, wie viele Preise der junge Hengst bereits gewonnen hatte. In letzter Zeit ist er zusätzlich zur Zucht eingesetzt worden. Mit Erstaunen liest Rudi, dass es den Beruf eines Besamungstechnikers gibt. Die verhelfen den Gäulen zu künstlichen Decksprüngen. Wat es nich all gift. Die füllen die ganze Ladung Samen in einen sterilen Behälter. Wie muss man sich das denn vorstellen? Arme Tiere, nicht mal dabei haben die mehr ihren Spaß. Und was man für Kohle mit diesem Pferdesamen verdienen kann. Irre. Ob Don Giovanni sich bei dieser Abzapferei wohl den Husten geholt hat? Rudi schmunzelt. Nee, nee, nee. Sachen gibt's ... Er greift sich das *Ostfriesland Magazin* und ist gerade in den Artikel über seine Lieblingsinsel Spiekeroog vertieft, als Haueisen und Schnepel vor ihm stehen.

«Dauert noch da drinnen, die geben sich ordentlich Mühe beim Nähen», sagt Haueisen und setzt sich neben Rudi. Anerkennend klopft er ihm auf die Schulter. «Das war sehr gut, Bakker. Wie sind Sie denn auf den Grafen gekommen? Den hatten wir doch gar nicht auf dem Schirm.»

Schnepel steht mit verkniffenem Gesichtsausdruck daneben. Seine Kiefer mahlen wütend hin und her. Anscheinend hat er einen Einlauf von Haueisen bekommen. Geschieht ihm recht.

«Bei der Recherche nach Übernachtungsgästen aus dem Ostblock kam ich nicht weiter. Zufällig bin ich dann auf das plötzlich verstorbene Pferd von Graf Wörtz gestoßen.»

«Graf von Wörtz und Klosterberg», korrigiert Schnepel ihn.

«Von mir aus. Jedenfalls hat Iris Brakenhoff das Pferd vom Grafen Wörtz behandelt», sagt Rudi und wartet direkt auf Schnepels Einwurf.

«Graf von Wörtz und Klosterberg», kommt es prompt vom Korinthenkacker.

«Ich glaube, das wissen wir jetzt alle.» Rudi grinst Schnepel an. «Was du aber vielleicht nicht weißt: Iris Brakenhoff hat dem Pferd ein Antibiotikum gegen Husten gespritzt, und danach war es ratzfatz tot. Der Gaul war Millionen wert und sollte den maroden Haushalt des Grafen sanieren.» Rudi hält einen Augenblick inne, doch Schnepel scheint die Lust an Einwürfen vergangen zu sein. «Das Tragische ist vor allem», fährt Rudi fort, «dass Don Giovanni nicht ausreichend versichert war. Der Graf war klamm, konnte seine Beiträge nicht zahlen und hatte vergeblich um Zahlungsaufschub gebeten.»

Haueisen pfeift durch die Zähne. «Respekt, Bakker. Woher wissen Sie das alles?»

Rudi streckt den Rücken und zieht seine Uniformjacke straff. «Mir ist das eine oder andere Detail von Informanten zugetragen worden, und dann habe ich die Puzzleteile zusammengesetzt und neu kombiniert.»

Jetzt knirschen Schnepels Vorderzähne laut. Da läuft es Rudi kalt den Rücken runter. Aber davon lässt er sich nicht irritieren. «Im Übrigen habe ich erfahren, dass Andy Matschker ein Alibi hat. Die Details bekomme ich noch, das muss natürlich auch überprüft werden, aber ich glaube, das ist reine Routine. Außerdem waren die Matschkers danach auf dem Deich bei dem Heuler. Auch dafür gibt es Zeugen. Wenn er der Mörder wäre, hätte er doch längst das Weite gesucht.»

Haueisen nickt bedächtig, und sein Blick wandert zu Schnepel. «Das nenne ich mal Eigeninitiative. Mit Ihrem Spionageverdacht haben Sie sich völlig verrannt. Sackgasse nennt man das.» Haueisen schüttelt den Kopf. «Gut, dass der Kollege Bakker so selbständig geschaltet hat. Ich werde das an entsprechender Stelle hervorheben.» Haueisen nickt Rudi zufrieden zu.

«Wenn Sie mir bitte folgen möchten ...» Die propere Brünette kommt auf sie zu. «Sie können den Doktor jetzt sprechen.»

Sie führt die drei gerade den Gang entlang, da tritt der Arzt aus einem der Räume. Sein Blick bleibt an Rudis Uniform hängen. «Moin. Wanger», stellt er sich vor und reicht ihnen die Hand. «Dem Patienten geht es den Umständen entsprechend. Der Schuss ging direkt durch die Wange. Glatter Durchschuss. Wir haben das unter örtlicher Betäubung genäht. Eventuell muss ein plastischer Chirurg da noch einmal nacharbeiten. Aber da der Patient an der gleichen Stelle vorher einen Schmiss hatte, muss man abwarten, wie er sich entscheidet. Die Narbe ist ja in diesem Fall wohl das geringste Übel.»

«Da haben Sie recht.» Haueisen lächelt jovial. «Bei Adligen gehört so ein Schmiss ja zum guten Ton. Aber das ist uns ziemlich wurscht, wir sind hier, weil Graf von Wörtz ...»

«... und Klosterberg», schiebt Schnepel eilig nach, was ihm einen strafenden Blick des Chefs einbringt.

Doktor Wanger öffnet die Tür einen Spalt. «Herr Graf, drei Herren von der Polizei würden gerne mit Ihnen sprechen. Wenn Sie sich dazu nicht in der Lage fühlen, müssen Sie das heute noch nicht. Ich kann die auch auf morgen vertrösten.»

Haueisen wirft ihm einen bösen Blick zu, sagt aber nichts. Schnepel steht schmollend am Flurfenster und starrt ins Grüne.

«Ist schon in Ordnung. Lassen Sie sie rein. Ich will endlich reinen Tisch machen.»

Es geht auf halb eins zu. Endlich ist Henner mit seiner Runde fertig. Er tritt in die Pedale und genießt den Blick zum Sieltor. Kurz streifen seine Augen das muntere Treiben rund um das Hafenbecken. Die Fähnchen der Krabbenkutter bewegen sich im Wind sachte hin und her, die Touristen stehen im Pulk davor. Dann ist er aber schon vorbei. Auch am Siel- und Schöpfwerk ist einiges los. Eine Hochzeitsgesellschaft nimmt gerade vor dem Sielhof Aufstellung. Die Braut trägt ein langes weißes Kleid und läuft mit dem Bräutigam händchenhaltend durch das weit geöffnete, schmiedeeiserne Tor. Dem Fotografen scheint das Lachen noch nicht breit genug zu sein, und sie müssen die Szene wiederholen. Für Henner wäre diese Heiraterei nichts. Alles Dummtüch. Für ihn steht ja schon seit Jahren fest: Liebe und Sex werden völlig überbewertet. Und von dieser Meinung rückt er auch nicht ab, egal, was seine Schwestern sagen. Muss man sich doch nur die Brakenhoff angucken. Erst hängt der Himmel voller Geigen mit ihrem Hans-Otto, auch wenn der mindestens zwanzig Jahre älter ist. Der verlässt sogar Frau und Kinder und heiratet sie. Und dann muss nur so ein gut gebauter Aushilfstierarzt auftauchen, und schon fällt sie mit fliegenden Fahnen in die Arme des Jüngeren. Und warum das alles? Weil die Leute ihre Hormone nicht im Griff haben.

Henner radelt am Campingplatz vorbei. Gerade fährt ein Lastwagen mit aufgeladenen Dixi-Klos durch die Schranke. Sacky scheint seine Waschhäuschen wieder in Ordnung gebracht zu haben. Irgendwie ist es ja auch blöd, dass sich Leute wie er nur bei Problemen melden, aber nie, wenn die gelöst sind. Bei dem Wort Probleme fällt ihm der Graf wieder ein. Wenn der den Brakenhoff erschossen hat, dann doch wohl nicht wegen des Gauls. Damit hatte Brakenhoff ja gar nichts zu tun. Es muss also einen anderen Zusammenhang zwischen den beiden Männern geben. Aber welches Motiv hatte der Graf, Brakenhoff umzubringen? Ob seine Frau vielleicht auch was mit dem gehabt hat und der den Ehemann deshalb aus dem Weg räumen wollte? Aber da kann man sich doch besser scheiden lassen. Vielleicht hat Brakenhoff den Grafen ja zu sich bestellt und wollte ihm die Sache mit seiner Frau ausreden und hat dem Grafen gedroht. Und der hat Brakenhoff die Waffe entwendet. Dabei hat sich der Schuss gelöst, und nun konnte der Graf mit dieser Schande nicht leben und hat sich deshalb erschossen. Das macht schon eher Sinn.

Na, es gibt ja die dollsten Sachen. Henner tritt noch einmal kräftig in die Pedale und ist schon auf der Zielgeraden zu seinem Elternhaus.

Der Graf ruht mit einem Kopfverband auf dem Bett. Er ist blass. Unter seinen Augen liegen dunkle Schatten.

«Dann legen Sie mal los», sagt Haueisen, kaum dass sie im Krankenzimmer stehen.

«Ich habe das alles nicht gewollt», fängt der Graf an und schließt für einen Moment die Augen, als wolle er sich vor seiner eigenen Erinnerung verstecken, wie der Vogel Strauß seinen Kopf in den Wüstensand steckt, wenn ihm der Feind zu dicht auf den Fersen ist. Seine Lider zucken. Er scheint zu begreifen, dass er nicht länger vor sich selbst weglaufen kann. Zögerlich beginnt er: «Alles fing am letzten Freitag mit Don Giovannis Husten an.» Seine Stimme klingt brüchig. «Vielleicht hat der Stallknecht ihn nicht richtig trocken gerieben. Oder es war ein Virus. Was auch immer. Ich weiß es nicht. Ich habe die Sache erst auch gar nicht so ernst genommen. Am Samstag hatte sich der Husten allerdings verschlimmert. Deswegen habe ich die Brakenhoff angerufen. Sie ist schon seit ein paar Jahren meine Tierärztin und kennt sich gut mit Pferden aus, ist sogar ausgebildete Besamungstechnikerin. Davon gibt es hier in der Gegend nicht viele. Mit ihrer Arbeit war ich bislang auch immer zufrieden.» Er hält inne, schlägt die Augen ganz auf und sieht Haueisen an. «Sie hat gesagt, für eine schnelle Genesung hilft nur ein Antibiotikum. Dann sei alles bald wieder in Ordnung.» Der Graf fixiert Rudi, als er weiterredet. «Aber nichts war in Ordnung. Don Giovanni fing ein paar Minuten nach der Spritze an zu zittern, schwankte und fiel tot um. Gerade als die Brakenhoff vom Hof fuhr.»

Niemand sagt etwas. Selbst Schnepel hört auf, mit den Zähnen zu knirschen.

«Und dann?», hakt Haueisen nach.

«Ich habe versucht, sie zu erreichen, aber es sprang nur die Mailbox an. Dann habe ich es in der Praxis versucht. Da war aber auch niemand. Schließlich habe ich ihre Privatnummer gewählt. Ihr Mann hat abgenommen. Seine Frau sei unterwegs, hat er gesagt. Dann hat er einfach aufgelegt, dieser Saukerl. Ich hab natürlich gleich noch mal angerufen und ihm erzählt, dass es sich um einen Notfall handelt, dass mein Pferd nach der Spritze gestorben ist. Aber wenn Sie glauben, dass jetzt Bewegung in den Mann gekommen wäre, irren Sie sich. Ist schließlich nur ein Pferd, hat er gesagt, wird ja wohl gut versichert sein. Spritzen Sie einfach was von seinem Samen in eine gute Stute und produzieren Sie ein neues Pferd.» Der Graf schaut Rudi verbittert an. Sind das etwa Tränen in seinen Augen?

«Dann hat Brakenhoff gelacht und gesagt, ich könne bei denen vorbeikommen. Seine Frau habe noch reichlich Samen von Don Giovanni im Tiefkühlfach liegen.» Der Graf zuckt zusammen. Vermutlich lässt die Betäubung der Wunde nach. Eine Weile schweigt er, und Rudi registriert aus dem Augenwinkel, dass Schnepel den Mund aufmacht. Oh nee, der gibt bestimmt wieder irgendeinen Blödsinn von sich.

«Samen. Herr Graf von Wörtz und Klosterberg, kommen Sie doch bitte zur Sache. Warum haben Sie Herrn Brakenhoff erschossen?», fragt sein Kollege dann auch völlig unsensibel.

«Sie haben ja keine Ahnung», platzt der Graf heraus, und Schnepel wird rot wie Adelheids Johannisbeergelee. Kritik konnte der noch nie vertragen. Der Graf seinerseits sieht aus, als hätte er sich wieder in sein Schneckenhaus zurückgezogen. Das ist in dieser Phase der Vernehmung überhaupt nicht gut. Von einfühlsamer Verhörtechnik hat Schnepel keine Ahnung.

«Wieso hatte die Tierärztin denn Don Giovannis Samen im Kühlschrank?», fragt Haueisen.

Die gräflichen Augen blitzen auf. «Das ist die entscheidende Frage. Wieso hat diese Pfuscherin Samen meines Hengstes? Genau das habe ich mich nach dem Telefonat auch gefragt. Diese Frau ist eine Verbrecherin! Sie hat nicht nur Don Giovanni auf dem Gewissen, sondern klammheimlich seinen wertvollen Samen abgezweigt. Um sein Erbgut auf eigene Rechnung zu verkaufen oder selbst Pferde mit dem richtigen Stammbaum zu züchten. Das ist ganz mieser Diebstahl. Deshalb bin ich stante pede in die Praxis gefahren. Das wollte ich mit eigenen Augen sehen. Schließlich ist der Samen mein Eigentum. Und das hol ich mir notfalls mit Gewalt. Darum hab ich auch die Waffe mitgenommen. Es ging für mich um alles. Um meine Existenz!» Der Graf redet sich richtig in Rage. Rudi bekommt eine Ahnung davon, was sich in dem Mann am letzten Samstag abgespielt haben muss.

«Als ich bei Brakenhoffs klingelte, war sie noch immer nicht da. Nur er. Sie sei noch irgendwo unterwegs. Vermutlich vögelt sie ihren Geliebten, hat ihr Mann gemeint und wollte mich erst gar nicht reinlassen. Ich hab ihn einfach zur Seite geschoben, die Makarow gezückt und ihm die Pistole auf die Brust gedrückt. ‹Wo ist der Samen?›, habe ich geschrien. Er kenne sich mit der Sortierung nicht aus, ich müsse ihn selbst heraussuchen, hat er gesagt. Dann hat er mir die Verbindungstür zur Praxis aufgeschlossen. Ich hab mich aber nicht zurechtgefunden, weil die Beschriftung der Proben im Samencontainer unverständlich war. Also bin ich wieder zurück und hab ihn aufgefordert, mir zu helfen, doch er hat nur gelacht und die Arme vor der Brust verschränkt. Ich hab wieder mit der Pistole gedroht und geschrien, aber er hat nur zurückgebrüllt: ‹Hauen Sie endlich ab›, und ist auf mich los. Dann ging alles ganz schnell. Wir haben miteinander gerungen, und plötzlich fiel ein Schuss.»

Der Graf presst die Hände aufeinander, als wolle er beten. «Er war aber nicht tot. Ich habe Blut gesehen, aber auch nicht besonders viel. Angeschrien hat er mich, dass ich verschwinden soll. Und da bin ich eben weg. Der war ja Arzt. Ich hab gedacht, der legt sich jetzt 'nen Verband an, und alles ist wieder okay, sonst hätte der mich ja nicht weggeschickt.»

«Und die Waffe?», fragt Haueisen.

«Die hatte ich immer noch in der Hand.»

Der Graf blickt nacheinander Haueisen, Rudi und Schnepel an. «Ich hab wirklich gedacht, dass es nur ein Streifschuss war.»

Henner ist tatsächlich ein wenig ins Schwitzen gekommen. Besser, er zieht Montag beim Austragen nur das blau-gelbe Post-T-Shirt unter der Windjacke an. Der Weg zum Hof steigt leicht an. Kein Wunder, der wurde ja auf einer Warft gebaut. Schon 1725. Hat man damals in Ostfriesland und auf den Halligen so gemacht. Bei Höfen und bei Kirchen. Als Schutz vor Sturmfluten.

Bertas Bremsen quietschen, als Henner neben der Holzbank hält, auf der Vaddern in der Sonne sitzt.

«Moin.» Henner setzt sich neben ihn.

«Moin.»

«Endlich Wochenende.»

«Jo.»

Henner wirft einen Blick auf seine Armbanduhr, ein Geschenk seiner Großmutter zur Konfirmation. Das ist noch solide alte Handwerksarbeit, kein neumodisches Billigzeug. Jetzt stehen die Zeiger auf Viertel vor eins. Hat er also noch ein paar Minuten.

«Allns moi?», fragt Henner.

«Jo.» Manchmal hat sein Vadder nämlich Lust auf ein Gespräch. Meist, wenn es ums Vieh geht. Da ist er beinahe redselig. In letzter Zeit hat er aber auch mal über Probleme mit dem Rücken geklagt, wobei klagen das falsche Wort ist; er hat lediglich erwähnt, dass es ihn im Rücken zwickt. Deshalb achtet Henner inzwischen darauf, immer ein bisschen früher zum Essen auf dem Hof zu sein, falls Vaddern etwas mit ihm besprechen möchte. Das scheint heute nicht der Fall zu sein.

«Was gibt's denn?»

«Scholle.»

«Lecker.» Hoffentlich reichen die Schollen. Meistens taucht nämlich noch eine seiner Schwestern zum Essen auf. Zu achtzig Prozent ist das Doro, die muss sich nicht drum kümmern, dass ihr Kerl was zwischen die Kiemen kriegt, John ist ja in England. Frieda guckt auch schon mal vorbei, wenn es grad in ihre Schicht passt oder sie sich wieder mit ihrem Mann Max in der Wolle hat.

«Der Brakenhoff ist wohl vom Grafen Wörtz erschossen worden», sagt Henner.

«Hm.»

«Ich hab grad mit Rudi telefoniert. Der hat das gesacht. Und nun hat der Graf sich selbst erschossen.»

«Ach.»

«Macht man vielleicht so in Adelskreisen, wenn man erwischt wird.»

«Tja. Kenn ich mich nicht so mit aus.»

Gesprächig ist Vaddern heute wirklich nicht.

«Vorher war ich bei der Brakenhoff», erzählt Henner weiter. «Wollt ihr den Rat geben, ein büschen vorsichtig zu sein, solange der Mörder von ihrem Mann noch nicht dingfest gemacht ist. Da wusst ich das vom Grafen ja noch nicht. Hab's erst erfahren, als ich bei der war.»

«Kann man eben nix machen.»

«Die war gar nicht allein. Dieser Schröter war bei ihr. Der, den sie damals zur Aushilfe in der Praxis gehabt hat.»

«Jo. Besuch kann man ja mal haben.»

«Och, Vaddern», stöhnt Henner, «ich glaub nicht, dass der nur auf Kondolenzbesuch da war. Danach sah das nich aus. Ich meine, nicht, dass ich viel gesehen hab, aber die Art, wie er die Brakenhoff umarmt hat, das war schon mehr als nur so beiläufig. Weißt doch, was Adelheid gesagt hat. Dass die Brakenhoff was mit dem Schröter gehabt haben soll. Das kann ich mir jetzt fast schon vorstellen.»

Heinrich Steffens sieht seinen Sohn mit verschmitztem Gesichtsausdruck an. Das Funkeln seiner Augen erinnert daran, dass er in jungen Jahren durchaus recht lebhaft gewesen ist.

«Die scheint 'n lüttes Temperamentbündel zu sein, die Brakenhoff», sagt er, und jetzt ist es an Henner, seinen Vadder verwundert anzusehen.

«Wie kommst du darauf?», fragt er.

«Na, der Feuerwehr-Dieter hat doch gestern gesacht, dass die Brakenhoff ihm Samstagnachmittag die Vorfahrt genommen hat und er fast im Graben gelandet wär.»

«Letzten Samstagnachmittag? Hier? In Neuharlingersiel?»

«Jo. Kurz vorm Kreisel.»

«Ach nee. Rudi hat sie erzählt, dass sie gar nicht im Ort war. Und ... kurz vorm Kreisel ... da wohnt sie doch. Das ist ja eigenartig. Hm. Muss ich Rudi mal sagen.»

«Der weet dat. Der war dorbi, als Dieter das vertellt hat.»

«Eigenartig.» Warum hat Rudi das gar nicht erwähnt? Natürlich ahnt Henner, dass sein Kumpel die dunkelhaarige Tierärztin gern leiden mag, und bestimmt nicht nur, weil die große Ähnlichkeit mit Iris Berben hat. Aber deshalb würde Rudi doch nichts vertuschen. Bestimmt nicht. Henner nimmt sich vor, Rudi nachher darauf anzusprechen. Oder am Abend. Der hat ja im Moment ganz andere Dinge zu erledigen. In diesem Moment öffnet Gerda Steffens das Küchenfenster und blinzelt in ihrer gemusterten Kittelschürze ins Sonnenlicht. «Essen ist fertig. Und: Händewaschen nicht vergessen.»

Beide Männer erheben sich. Henners Vadder wankt einen kleinen Moment, fängt sich jedoch gleich wieder. «Der Kreislauf, ist nur der Kreislauf», sagt er, als er Henners besorgten Blick sieht. «Hab seit um sieben nix gegessen, und die schwere Arbeit bleibt mir auch nicht im Hemd stecken. Bin ja nicht mehr der Jüngste.» Henner guckt seinen Vadder noch nachdenklich an, als Rosas knallroter Fiat mit Karacho auf den Hof prescht und knapp vor dem Scheunentor zum Stehen kommt. Überrascht sieht Henner seine Nachbarin aus dem Auto springen. Was will die denn hier? Und dann in so 'nem enganliegenden schicken Kleid.

«Ich komme gerade aus Dornum!», ruft sie, während sie die Autotür zuknallt. «Der Graf ...»

«... hat sich umgebracht», unterbricht Henner sie. «Ich weiß.»

«Umgebracht?», fragt Rosa verwundert. «Nein. Nicht umgebracht. Das hat er versucht, aber nicht hingekriegt. Der hat sich einen satten Schuss durch die Wange verpasst. Das hat geblutet wie Sau. Aber solche Typen haben ja immer Glück. Der hat doch glatt genau die Stelle erwischt, wo er sowieso den Schmiss hat. Fällt bestimmt nicht mal auf, wenn die das im Krankenhaus vernünftig genäht haben.»

«Das is ja ein Ding», sagt Henners Vadder und bleibt mit seinen Augen an Rosas Busen kleben. Das ist Henner fast ein bisschen peinlich. Henners Mudder hat das Auto vorfahren hören und steht schon wieder am geöffneten Küchenfenster: «Komm man mit rin, min Deern, kannste beim Essen alles in Ruhe vertelln. Es gibt Scholle. Ich hab genug für vier.» Ihr Blick fällt aufs Kleid. «Chic siehste aus.» Rosas Gesicht leuchtet auf. Sie hakt Henners Vadder unter, und schon stiefeln die beiden Richtung Küche.

«Ich komm gleich nach», ruft Henner ihnen hinterher, «ich muss nur schnell bei Rudi anrufen.»

Rudi steht noch eine Weile mit Schnepel und Haueisen vorm Krankenhaus.

«Ist ja irgendwie dumm gelaufen für den Grafen», meint Rudi und schielt zu Schnepel. Der verkneift sich nach dem letzten Einlauf das ‹von Wörtz und Klosterberg›. «Wenn rechtzeitig Hilfe gekommen wäre, könnte der Brakenhoff noch leben. Und nun ist er dran wegen Mord.»

«Tja. Nicht wegen Mord, aber zumindest wegen schwerer Körperverletzung mit Todesfolge. Was auch nicht gerade ohne ist. Dann hätten wir's also. Bakker, Sie können jetzt ins wohlverdiente Wochenende gehen. Wir kümmern uns um den Rest.» Haueisen wirft Schnepel einen schiefen Blick zu. «Sie können sich schon mal an den Papierkram machen. Da gibt es einiges zu erledigen. Ich setze mich inzwischen mit der Staatsanwältin in Verbindung, und dann wird das Ganze seinen Gang gehen. Seinen sozialistischen.» Haueisen grinst. Er scheint heute ausgesprochen gut gelaunt zu sein. Im Unterschied zu Schnepel, der läuft schon wieder rot an, dieses Mal sieht er aber eher aus wie ein Hummer, der aus dem kochenden Wasser kommt.

Rudi setzt die Halbschale auf den Kopf, zieht die Handschuhe über und startet die DKW. Was gibt es Schöneres, als bei diesem herrlichen Wetter Moped zu fahren. Auf der Landstraße fliegen die Felder und vereinzelten Häuser nur so links und rechts vorbei. Rudis Magen knurrt immer lauter. Er muss jetzt dringend was zwischen die Zähne bekommen, schließlich ist es schon kurz nach eins. Sven ist zum Glück heute Mittag mit seinen Kumpels irgendwo zum Grillen verabredet. Da muss er nicht schon wieder ein schlechtes Gewissen haben. Aber ein geregelter Familienhaushalt sind sie im Moment nicht gerade. Wird alles besser. Jetzt, wo der Mord aufgeklärt ist. Am besten, er hält bei der Fischereigenossenschaft und besorgt schon mal was fürs Wochenende. Matjesvariationen. In Dill-Sahne oder in Currydip, im Ganzen oder auch als Aalrauchmatjes oder in Rotwein eingelegt, dazu die leckere Küstenkruste von Bäcker Hinrichs. Vielleicht auch ein Pfund Granat und ein Stück Räucherfisch, obwohl er garantiert keinen Aal kaufen wird, der kostet aktuell 3,89 Euro pro hundert Gramm, das ist ja der Wahnsinn.

Rudi fädelt sich in den Kreisverkehr kurz vor Neuharlingersiel ein, als ihn ein komisches Gefühl beschleicht. Das hat mit diesem Kreisel zu tun. Etwas sitzt in der Wichtig-Ecke in seinem Kopf, das unbedingt rauswill. Er bekommt es aber nicht zu fassen. Rudi dreht eine weitere Runde, aber es will und will ihm einfach nicht einfallen. Auch nicht bei der dritten Runde. Resigniert fährt er zur Fischereigenossenschaft und gerade als er den Motor der DKW abgeschaltet hat, ertönt die Fanfare seines Handys. Henner. Ob Mudder Steffens ihn zum Essen einladen will? Da würde er nicht nein sagen.

«Moin, Henner!», ruft Rudi fröhlich ins Telefon. «Hat deine Mudder mal wieder zu viel gekocht, und ich soll beim Aufessen helfen?»

«Nee. Heut gibt's nur Reste. Außerdem ist Rosa schon unangemeldet aufgekreuzt. Und die langt bestimmt ordentlich zu. Ich fürchte, mir wird der Magen auch nach dem Essen noch knurren. Aber deshalb ruf ich nicht an.»

Schade. «Weswegen dann?» Rudi ist fast ein bisschen beleidigt. Es hätte ihm schon gefallen, in der Tischrunde auf dem Steffens-Hof in aller Ausführlichkeit zu erzählen, wie er den Fall voll rumgerissen und Haueisens und Schnepels Spionagetheorie endgültig in die Tonne getreten hat. Sogar Lob von allerhöchster Stelle soll er bekommen. Eine Beförderung ist quasi nur noch eine Frage der Zeit. Und dann ist vielleicht auch ein neues Auto drin.

«Vadder hat grad was von Feuerwehr-Dieter erzählt.»

«Ja, und?» Jetzt ist Rudi wirklich beleidigt. Früher brauchte Henner keinen Wink mit dem Zaunpfahl, um eine Einladung zum Mittagessen auszusprechen. Und eigentlich gehört Rudi ja zur Familie, wo er auf dem Hof geboren wurde und da aufgewachsen ist. Anders als Rosa, die sich da sutsche reindrängelt.

«Mensch, du warst doch dabei, als Dieter das Auto aus dem Graben gezogen hat. Von dem Verflossenen von Rosa, diesem Ingo. Der, den sie immer in ihren Kurzkrimis umbringt. Dem mein Vadder die Vorfahrt genommen hat.»

«Ja. Da war ich dabei. Nun komm mal zur Sache. Ich hab einen Bärenhunger und stehe direkt vor der Fischereigenossenschaft.» Aufdrängen tut er sich nicht. So viel ist schon mal klar.

«Vadder hat gesagt, Dieter hat gesagt, er kam am letzten Samstag aus Carolinensiel, und kurz hinter dem Kreisel ist ihm die Vorfahrt genommen worden. Von Iris Brakenhoff.»

Ach du Scheibenkleister. Siedend heiß fällt Rudi ein, dass Feuerwehr-Dieter ihm noch was hatte erzählen wollen, er ihn aber unterbrochen hat. Das wird es gewesen sein. «Du brauchst gar nicht weiterreden.»

Auf dem Tisch stehen zwei Pfannen und ein Topf auf einem Messing-Stövchen. Rosa läuft das Wasser im Mund zusammen. Sie hat gar nicht gewusst, wie hungrig sie ist.

«Danke, dass ich zum Essen bleiben darf», sagt sie.

«Dafür nich, min Deern. Wir sind ja heute auch nur die lütte Besetzung. Set di man dal und lang zu, Henner ist bestimmt auch gleich da. Der weiß ja, dass wir pünktlich essen.»

Henner. Der steht draußen und telefoniert mit Rudi. Was Rosa nun überhaupt nicht versteht. Er bräuchte doch nur sie zu fragen, was in Dornum passiert ist. Stattdessen sieht sie ihn draußen aufgeregt auf und ab marschieren und mit den Händen herumfuchteln, während er auf Rudi einredet. Was seltsam ist. Wer redet, kann nicht zuhören. Und als Quasselstrippe ist Henner ja nun gar nicht bekannt.

Gerda Steffens hält es vor Neugierde nicht aus und will wissen, was auf Schloss Dornum vorgefallen ist. Rosa erzählt es ihr in allen Einzelheiten. Sie ist gerade an der Stelle, als der Krankenwagen vorm Schloss vorfährt, da kommt Henner mit vier Flaschen Jever aus der Speisekammer. «Oder möchte einer lieber was Alkoholfreies?»

«Nö. Ist schließlich Wochenende, und Fisch muss schwimmen», sagt der alte Steffens. Rosa nickt. Ein Bier wird man ja trinken können, auch wenn man Auto fährt.

«Prost und guten Hunger.»

Irgendwie hört sich Henner seltsam an. Seine Stimme klingt gedämpft. Was Rudi ihm wohl erzählt hat? Aber da fragt sie jetzt besser nicht nach. Henners Mutter mag es nicht, wenn während des Essens über Probleme gesprochen wird. Schon gar nicht über solche, die mit Mord und Totschlag zu tun haben. Und wo Rosa sich schon in diese Mittagsrunde reingemogelt hat, will sie die alten Steffens nun auch nicht verärgern.

Henners Mudder verteilt die in Mehl gewälzten und in Butter gebratenen Schollen schwungvoll auf den Tellern, ebenso die Kartoffeln. Dazu wird Buttersoße rumgereicht und frischer Gurkensalat mit kleingeschnittenem Dill.

«Mahltiet», brummt Henners Vater und fängt an zu essen. Das Besteck klappert. «Haste noch mal Salz?»

Henner drückt seinem Vater den Salzstreuer in die Hand. Dann klappern wieder nur die Messer und Gabeln. Rosa hat ein seltsames Gefühl. Eigentlich müsste sie sich freuen, dass sie den Mörder quasi im Alleingang überführt hat, aber irgendetwas nagt an ihr. Und das ist definitiv nicht die Scholle. Die schmeckt nämlich ausgezeichnet. Eher das Gerede im Frisiersalon. Das, was Gisela von ihrer Freundin erzählt hat, die im Nationalparkhaus arbeitet. Dass der Schröter gelogen hätte. Das passt zu den Kratzern auf seiner Hand. Da stinkt doch was zum Himmel. Bestimmt hat Rudi sich da noch nicht richtig drum gekümmert. Der neigt einfach dazu, eingleisig zu fahren. Sei's drum, schiebt Rosa ihre Gedanken energisch beiseite. Der Fall ist gelöst. Und das mit der seltsamen Stimmung hat bestimmt nur mit ihrer Phantasie als Krimiautorin zu tun. Doch wenn sie ehrlich ist, bedauert sie es schon ein bisschen, dass der Fall so schnell geklärt ist. Das Rätselraten macht ihr immer ganz besonderen Spaß. Eine Fährte wittern, die Verfolgung aufnehmen, den Gesuchten stellen. Manchmal fühlt sie sich wie ein kleiner Jagdterrier. Immer bereit, vollen Einsatz zu zeigen.

Statt sich wenigstens schnell ein Matjesbrötchen zwischen die Kiemen zu schieben, tippt Rudi sofort Dieters Nummer ein.

«Erzähl mir doch mal von letztem Samstag», beginnt er ohne Vorwarnung.

«Ey, wie bist du denn drauf?»

«Du, das ist jetzt wichtig. Was genau ist an dem Kreisel passiert?»

«Ach, die Geschichte meinst du. Sach das doch gleich. Ich kam jedenfalls aus Carolinensiel. Gerade, wie ich rauswill aus dem Kreisel, kam die Tierärztin mit ihrem Auto aus der Straße geschossen. Frag nicht nach Sonnenschein. Ich habe richtig in die Eisen treten müssen. Sonst hätte es gewaltig gerumst.»

«Wann war das ungefähr?» Rudis Nase juckt wie immer, wenn er aufgeregt ist, und das passiert besonders dann, wenn er das Gefühl hat, dass der Fall eine unvermutete Wendung nehmen könnte. Sogar beim sonntäglichen Tatortgucken juckt die manchmal.

«Das weiß ich nicht nur ungefähr, sondern ganz genau. Weil ich doch für Bremen mitgezittert habe. Es war in der Schlussphase der ersten Halbzeit, gerade als die Bundesliga-Halbzeitkonferenz im Radio angefangen hat.» Das Spiel von Werder. Rudi kommt es vor, als sei es schon Ewigkeiten her.

«Dieter, überleg noch mal. Bist du dir wirklich hundertprozentig sicher, dass du dich nicht in der Uhrzeit täuschst? War es wirklich die Tierärztin, oder könnte das nicht auch jemand anders gewesen sein, der ihr vielleicht ein bisschen ähnlich sieht?»

«Nee, Rudi, ich weiß das hundertpro. Den blauen Land Rover der Brakenhoff würde ich überall erkennen. Das ist, als wenn du mich fragen würdest, wem die alte Ente gehört, die hier immer durch den Ort zockelt. Außerdem hat mir die Brakenhoff einen Mordsschreck eingejagt. Wenn die mich gerammt hätte, wär mein Polo Schrott. Und bei ihr hätte es vermutlich nur einen Kratzer gegeben. Ich hab noch einen Moment am Straßenrand gehalten und mich von dem Schreck erholt, und als ich da stand, kam der Abpfiff der ersten Halbzeit. Daran erinnere ich mich ganz genau.»

Als Mudder Steffens das Birnenkompott auftischt, sagt sie: «Nun mal Klartext, Henner. Warum guckste so nachdenklich aus der Wäsche? Ist doch gut, wenn Rudi den Mörder beim Wickel gekricht hat.» Sie schiebt ihrem Sohn eine Schale Kompott zu. «Und was musstest du mit Rudi partout vorm Essen noch beschnacken? Das hätt doch sicher auch bis nachher warten können.»

Das interessiert Rosa auch brennend. Sie faltet ihre Hände wie eine Kirchgängerin im Gebetsstuhl und stützt dabei ihre Ellbogen auf dem Tisch ab. Dabei fixiert sie Henner, der die ganze Zeit unruhig mit dem Hintern auf seinem Stuhl hin und her rutscht. Immer wieder sucht er den Blick seines Vaters. Doch Vaddern nimmt wortlos einen Schluck Bier aus der Buddel und wischt sich mit dem Handrücken den

Schaum vom Mund. «Na ja, der Feuerwehr-Dieter ...», fängt Henner schließlich an und lässt den Satz in der Luft hängen. Die beiden Frauen sehen ihn neugierig an, sein Vadder trinkt noch einen Schluck.

«... der hat die Brakenhoff um zehn nach vier aus ihrer Straße kommen sehen – zu einer Zeit, als sie angeblich ganz woanders war.»

«Das ist ja ein Ding», sagt Mudder Steffens.

«Alter Schwede!», ruft Rosa und klatscht begeistert in die Hände. Hat ihr Gefühl sie doch nicht getrogen. «Dann war die Brakenhoff also zu Hause, als auf ihren Mann geschossen wurde.»

«Jedenfalls ungefähr zu der Zeit», verbessert Henner sie. «Rudi will das jetzt überprüfen.» Er zieht die Kompottschale heran und stochert mit dem Dessertlöffel unentschlossen in den Früchten herum.

«Ist irgendwie seltsam. Die Brakenhoff wird doch mit dem Auto nicht nur in ihre Straße gefahren sein und dann gleich wieder gewendet haben. Oder?» Rosa sieht Henner an.

Der zuckt mit den Schultern. «Aber wenn der Graf zugegeben hat, geschossen zu haben, dann ist das mit ihrer Rumfahrerei ja auch völlig egal. Kann ja ein tragischer Zufall gewesen sein, dass sie eigentlich zurückwollte, dann einen Anruf bekam und zu einem weiteren Patienten musste.»

Rosas flaues Gefühl wird immer stärker. An solche Zufälle glaubt sie nicht. «Der Schröter hat auch gelogen. Vielleicht haben die ihren Mann zusammen umgebracht und sich gegenseitig ein Alibi gegeben.»

«Aber was ist denn nu mit dem Grafen?», fragt Mudder Steffens irritiert. «Wenn der doch gesacht hat, dass er geschossen hat ... Ich versteh jetzt gar nichts mehr.»

Rosa geht es nicht anders. Aber eins ist ihr plötzlich klar:

Die Ruhe findet vor dem Sturm statt und nicht danach. Und wenn ihr Gefühl stimmt, dann steht jetzt ein Tornado ins Haus. Egal, was mit Graf von Wörtz und Klosterberg heute Morgen gewesen ist.

Rudi stellt das Tablett mit dem Teller und dem leeren Cola-Glas in die Geschirrrückgabe und verlässt das Restaurant der Fischereigenossenschaft. Er linst zu den Werbeplakaten für Matjes: «Mit vollem Magen denkt es sich besser.»

Stimmt. Nach zwei Matjesbrötchen kann er wieder klare Gedanken fassen. Feuerwehr-Dieter ist sich seiner Sache sicher. Iris Brakenhoff kam am vergangenen Samstag aus der Krummhörn-Straße. Verdammte Hacke. Das ist nicht gut. Und vor allem ist nichts mehr so klar wie noch vor einer Stunde. Rudi pult einen Matjesrest zwischen zwei Backenzähnen heraus und spuckt ihn aus. Kaum landet er auf dem Asphalt, ist ihm eins klar: Haueisen darf auf keinen Fall mitbekommen, dass Rudi schon seit Freitagabend hätte wissen können, dass die Brakenhoff gelogen hat und ihr Alibi vorne und hinten nicht stimmt. Das lässt er mal schön unter den Tisch fallen. Denn wenn die tatsächlich zu Hause war, erscheint alles in einem ganz anderen Licht. Und das kann man nicht einfach ausknipsen. Denn dann muss sie ihren Mann gesehen haben. Es sei denn, sie ist gar nicht im Haus, sondern nur in der Praxis gewesen. So eine Schiete aber auch. Da sah alles so schön danach aus, als hätte er den Fall mit Bravour quasi im Alleingang gelöst, und nun gibt es neue Verdachtsmomente. Wie er es dreht und wendet, es nützt nix, er muss seinen Chef anrufen. Nachher heißt es noch, er hätte den Grafen zu hart angefasst und der hätte sich deswegen die Pistole an den Kopf gesetzt. Er greift zu seinem Telefon und drückt auf Wahlwiederholung. «Chef, ich bin's, Bakker.»

«Was gibt's denn schon wieder?», fragt Haueisen unwirsch. «Ich will grad bei der Staatsanwältin anrufen, um den Haftbefehl für den Grafen zu beantragen.»

«Ja, also ...»

«Nun kommen Sie zur Sache, Bakker.»

Im Hintergrund hört er Schnepel. «Was will denn unser Dorfsheriff?» Rudi schwillt der Kamm, doch er reißt sich zusammen: «Gerade hat sich ein neuer Zeuge gemeldet. Dadurch ist das Alibi von Iris Brakenhoff zusammengebrochen. Sie ist Samstag um kurz nach vier gesehen worden, wie sie mit Karacho aus ihrer Straße gefahren ist. Es wäre fast zu einem Unfall gekommen. Aber um das Vorfahrtnehmen geht es nicht. Fakt ist, sie war da, wo sie eigentlich nicht gewesen sein will.»

«Was faseln Sie da?»

Rudi hört am Tuten in der Leitung, dass jemand versucht, ihn zu erreichen. Schnell wirft er einen Blick aufs Display: Rosa. Was will die denn schon wieder? «Durch die neue Zeugenaussage ergibt sich», konzentriert sich Rudi wieder auf das Gespräch mit Haueisen, «dass die Brakenhoff im Haus oder zumindest vor dem Haus war, als Brakenhoff schon verletzt, aber – laut Obduktionsbericht – noch nicht tot war. Der Zeuge hat sie kurz darauf wegfahren sehen. Sie hätte also theoretisch ihren Ehemann retten können.»

Wieder klopft es an. Rosa kann wirklich penetrant sein.

«Bakker, gehen Sie mir nicht auf den Geist», sagt Haueisen verärgert. «Wir haben einen geständigen Täter, und gut ist. Die Protokolle sind fast fertig.»

«Aber ...»

«Jetzt machen Sie mal 'nen Punkt. Dauernd kommen Sie mit neuen Geschichten. Gestern noch war der Tierarzt Ihr Favorit, nur weil er Kratzer auf der Hand hat. Heute Morgen dann der, zugegebenermaßen sehr gelungene, Einsatz beim Grafen. Aber kaum hat der gestanden, zaubern Sie eine neue Verdächtige aus dem Hut.» Haueisen schnaubt. Rudi hört im Hintergrund Schnepel brabbeln, er versteht nur nicht, was der Wadenbeißer sagt. Dafür hört er Haueisen umso besser. Der blafft nämlich mittlerweile in gehöriger Lautstärke: «Machen Sie sich selbst und vor allem mich nicht verrückt. Der Graf hat gestanden. Und die Obduktion hat ergeben, dass Brakenhoff an dieser Schussverletzung gestorben ist. Basta. Ende. Finito. Ich mach jetzt Feierabend, der Fall ist für mich erledigt.»

So schnell gibt Rudi nicht auf. «Chef. Sie wollen sich doch später keine Vorwürfe machen, dass wir nicht ordentlich ermittelt haben.»

Schweigen am anderen Ende der Leitung. Rudi glaubt, im Hintergrund so etwas wie «der Schwachkopf spinnt doch» zu hören.

«Die Presse wartet nur auf so einen Fehler», setzt Rudi nach. «Wenn die Brakenhoff kurz nach dem Schuss zu Hause gewesen ist und ihren Mann verletzt vorgefunden hat, hätte sie nicht nur helfen können, sondern helfen müssen! Er war ja nicht sofort tot, sondern ist langsam verblutet. Weil er durch den Schlaganfall nicht selbst Hilfe rufen konnte. Dann wäre letztlich sie diejenige, die wegen unterlassener Hilfeleistung für seinen Tod verantwortlich ist. Und damit kippt der Fall.»

Haueisens Schweigen wirkt in Rudis Ohren nachdenklicher als das davor. Auch Schnepel hält endlich die Klappe.

Haueisen räuspert sich. Dann sagt er: «Überredet. Wir veranlassen eine Funkzellenanalyse, um Iris Brakenhoffs Handy für den Tatzeitraum zu lokalisieren. Aber bevor wir die nicht haben, wird gar nichts unternommen. Haben Sie mich verstanden? Machen Sie jetzt einfach Wochenende. Ich kümmere mich derweil darum, dass derjenige, der geschossen hat, hinter Schloss und Riegel kommt, wenn ich jetzt endlich mit der Staatsanwaltschaft telefonieren kann.»

«Aber ich könnte doch bei der Tierärztin vorbeischauen ...»

«Bakker, ich warne Sie. So ein Verhör wird nicht im Alleingang durchgeführt. Da müssen entweder Schnepel oder ich dabei sein.»

So hat Rudi sich das nun ganz und gar nicht vorgestellt. «Sicher haben Sie recht, Chef. Das hat wirklich noch Zeit bis nach der Beerdigung. Die ist ja schon am Montag. Wird bestimmt ein größerer Auflauf auf dem Friedhof in Esens. Es ist bestimmt nicht schlimm, wenn wir der Presse heute den Grafen als Täter servieren. Und wenn es sich hinterher doch rausstellt, dass Brakenhoff gestorben ist, weil seine Frau ihn hat verbluten lassen, dann können wir ja sagen, wir sind da erst später hintergekommen.»

Am anderen Ende der Leitung ist es merkwürdig still.

«Chef?»

«Sie haben vielleicht recht. Wir wollen uns nichts in puncto Nachlässigkeiten vorwerfen lassen. Schnepel macht sich gleich auf den Weg zu Ihnen. Und dann fahren Sie gemeinsam zu Iris Brakenhoff.»

Rudis Einspruch hört Haueisen nicht mehr, der hat schon aufgelegt.

Was für ein Tag! Schon im Flur zieht Rosa ihre Schuhe aus. Auch wenn die Pumps keine extrem hohen Absätze haben, hat sie das Gefühl, dass ihre Füße dampfen. Vielleicht hätte sie in Dornum doch für die Rückfahrt wieder auf die Sneaker wechseln sollen. Aber auf den Gedanken ist sie in der ganzen Aufregung nicht gekommen. Noch einmal wirft sie einen Blick auf ihr Handy. Rudi hat sich immer noch nicht auf ihre SMS gemeldet. Sie tippt eine zweite Nachricht: *Was ist denn nun mit der Tierärztin?* Sofort fühlt sie sich besser.

Jetzt ab aufs Sofa und erst mal eine halbe Stunde Augenpflege, dann warten drei Stapel Aufsätze. Außerdem muss sie noch die Mathearbeit für Montag vorbereiten. Wenn man während der Woche nicht genug am Schreibtisch sitzt, muss man das eben am Wochenende nachholen. In der Küche gießt sie sich ein Glas Mineralwasser ein, trinkt im Gehen, bleibt auf dem Flur stehen und schnuppert. Irgendetwas riecht hier. Rosa geht zurück in die Küche, guckt in den Gemüsekorb und steckt vorsichtig die Nase hinein. Das ist es nicht. Hier ist alles im grünen Bereich. Sie geht ins Wohnzimmer. Die Luft ist ein bisschen abgestanden, aber auch hier kommt der Geruch nicht her. Sie nähert sich ihrem Arbeitszimmer. Es muffelt stärker. Als sie Pepes Käfig sieht, überfällt sie das schlechte Gewissen. Wann hat sie den das letzte Mal sauber gemacht? Pepe scheint das aber egal zu sein. Der springt freudig von einer Stange auf die andere und danach ans Gitter. Dort hängt er schwankend am Gehäuse. Mit dem Schnabel hält er sich an einem der oberen Gitterstäbe fest, mit den beiden Krallen an den tieferen, die dort beginnen, wo die Klarsichtfolie aufhört. Bequemer Schutz vor unangenehmem Schmutz. Rosa sagt es ja nicht gerne laut, aber so ein Beo macht verdammt viel Dreck. Wo er sitzt und fliegt, lässt er seine Haufen fallen. Wird es also nichts mit der Augenpflege auf dem Sofa.

Eine halbe Stunde später hat Rosa das auf dem Käfigboden ausgelegte Zeitungspapier im Mülleimer entsorgt und ist gerade dabei, den Käfig in der Dusche abzuspülen, als Pepe im Sturzflug angeflogen kommt, um sich seine Privatdusche abzuholen. Dabei schreit er die ganze Zeit: «Halt die Klappe!»

«Hey, du Racker», amüsiert sich Rosa. «Ist alles in Ordnung mit dir? Ich hab dich in den letzten Tagen ja ziemlich vernachlässigt.»

«Halt die Klappe!»

Pepe. Das ist überhaupt *die* Idee. In letzter Zeit hat er wirklich einen sehr flüssigen Stuhl. Das muss dringend ärztlich überprüft werden. Auch wenn Samstagnachmittag ist. Müssen die Aufsätze der 3A noch ein bisschen warten. Schnell schrubbt Rosa den Käfig ab und legt ihn mit neuem Zeitungspapier aus. Zum Anlocken klemmt sie eine Apfelspalte zwischen die Gitterstäbe. Kurz darauf sitzt Pepe auf der Stange und knabbert daran. Gewusst wie, lobt sich Rosa, schließt die Klappe und trägt den Käfig zum Auto.

Schnepel schlägt die Autotür zu und streckt sich ausgiebig. Er legt die Stirn in Falten und kneift die Augen zusammen. Nur ein kleiner Tick, aber es reicht, um Rudis Adrenalinspiegel in die Höhe zu treiben.

«Damit eins von Anfang an klar ist, Bakker: Ich habe das Kommando. Und du sagst nur etwas, wenn ich dir ein Zeichen gebe.» Schnepel wartet gar nicht erst auf eine Reaktion, sondern drückt entschlossen auf den Klingelknopf.

Als wenn der Ahnung von Verhörtechniken hätte. Das haben sie ja gerade erst bei Matschker gesehen. Nach dem zweiten Klingeln wird der Schlüssel im Schloss gedreht. Begeistert wirkt Iris Brakenhoff nicht, dass die beiden Polizisten vor ihrer Haustür stehen. Das kann Rudi gut verstehen. Er würde sich auch nicht gerne von Schnepel am Samstagnachmittag stören lassen. Abgesehen davon, dass er selbst nicht gerne mit diesem Zwergenfurzer hier steht. Hätte er am Telefon bloß die Klappe gehalten und alles auf Montag verschoben.

«Die Polizei. Was gibt es denn noch?», fragt die Tierärztin in einem Tonfall, der Rudi verdammt abfällig vorkommt. So hat sie bislang nie mit ihm geredet. Ihre Stimme war immer viel freundlicher. Er wäre besser alleine gekommen. Oder gar nicht.

«Entschuldigung, dass wir noch einmal stören», fängt Rudi deshalb vorsichtig an, aber Schnepel haut ihm mit dem Ellbogen in die Rippen. Idiot. Selbst wenn Schnepel das Verhör leitet, kann Rudi doch wohl auch was sagen. Schließlich ist er derjenige gewesen, der Feuerwehr-Dieter als Zeugen ausgegraben hat.

Iris Brakenhoff bittet sie mit einem dezent angedeuteten Winken ins Wohnzimmer. «Nehmen Sie Platz», sagt sie mit schwacher Stimme, bleibt selbst jedoch stehen. Rudi nimmt ihr diese Verletzlichkeit aber nicht ab. Das wirkt gespielt. «Gibt es Neuigkeiten?»

«Wir wissen inzwischen, dass Graf von Wörtz und Klosterberg auf Ihren Mann geschossen hat», poltert Schnepel los.

«Ich habe bereits davon gehört», sagt die Tierärztin knapp.

Schnepel ist überrascht. Rudi nicht. Immerhin hat er mit Henner telefoniert, als der bei Iris Brakenhoff war. Nee, Schnepel müsste sich im Vorfeld einer Vernehmung erst einmal über alles informieren und nicht so tun, als hätte er die Weisheit mit Löffeln gefressen und er, Rudolph Hieronymus Bakker, wäre nur ein kleiner Blödmann. Wird Schnepel schon noch merken, wer hier der Blödmann ist. Er grinst innerlich, schweigt jedoch. Dafür redet Schnepel weiter und fühlt sich anscheinend ganz wichtig dabei. «Ist ja interessant, dass Sie das schon wissen. Weil doch noch gar nichts davon an die Presse gegeben wurde. Oder wissen Sie von ganz anderer Seite davon? Haben Sie vielleicht mit dem Grafen gemeinsame Sache gemacht? Immerhin waren Sie zur Tatzeit hier. Dafür gibt es Zeugen.»

Das ist wieder typisch Schnepel. Geht ran wie Blücher, statt eine sensible Verhörtaktik zu entwickeln. Rudi hat seinen Gedanken noch nicht mal zu Ende gebracht, als die Tierärztin Schnepel auch schon anmotzt: «Was reden Sie denn da für einen Schwachsinn. So was ist mir ja überhaupt noch nicht untergekommen.»

Da muss Rudi ihr recht geben. In der Sache natürlich nicht, aber in der Art, wie Schnepel vorgeprescht ist.

«Liebe Frau Brakenhoff», versucht Rudi es deshalb behutsamer. «Wir haben einen Zeugen, dem haben Sie letzten Samstag die Vorfahrt genommen. Als Sie aus dieser Straße gekommen sind.» Rudi zeigt Richtung Fenster. «Und zwar gegen sechzehn Uhr zehn.»

Er wirft ihr einen aufmunternden Blick zu. Sie sieht ihn an und scheint zu überlegen. Jetzt könnte eine Erklärung kommen, sie liegt quasi schon in der Luft. Aber in diese vielversprechende Situation platzt Schnepel: «Als Sie angeblich nach den Tieren auf der Weide geguckt haben.»

Iris Brakenhoff blinzelt erst Schnepel und dann Rudi wütend an. «Hören Sie auf mit diesen Lügengeschichten. Ihr Zeuge muss sich irren. Zu der Uhrzeit war ich mit Doktor Schröter zusammen.» Sie dreht sich um und läuft zur Tür. «Stimmt's, Volker?» Als keine Antwort kommt, ruft sie lauter: «Volker?»

«Bitte?» Die Dielen im Flur knarren, dann steht Doktor

Schröter in der Tür. Der groß gewachsene Mann nickt den beiden Polizisten zu.

«Moin. Ich hab jetzt die Frage nicht gehört, worum geht es?»

«Um Samstagnachmittag», wiederholt die Tierärztin. «Die wollen noch mal wissen, was wir da gemacht haben.»

«Da waren wir am Strand spazieren.»

«Es ist eine Unverschämtheit, dass Sie es noch einmal wagen, hier aufzutauchen», keift Iris Brakenhoff. «Vor allem, wenn Sie wissen, wer auf meinen Mann geschossen hat. Und dann die Art, wie Sie mit mir reden. Ich werde mich bei Ihren Vorgesetzten beschweren. Und zwar ganz oben.»

Damit hat Rudi ja nun nichts zu tun, er ist ja nur der Hilfswilli hier. Wollte Schnepel ja so. Also soll der jetzt mal zusehen, wie er ohne blaues Auge aus dieser Sache wieder rauskommt. Während Schnepel noch vor sich hin stottert, sieht Rudi sich in dem Wohnzimmer um, in dem vor einer Woche Hans-Otto Brakenhoff gelegen hat. Sieht alles fast genauso aus, nur der Teppich fehlt.

«Verlassen Sie mein Haus», fordert die Brakenhoff und weist mit ausgestrecktem Arm zur Tür. Der Tierarzt steht stumm neben ihr.

Nun denn. Da scheint das Verhör tatsächlich zu Ende zu sein. Schnepel will aber offenbar nicht kampflos den Ring verlassen, denn er droht der Witwe mit erhobenem Zeigefinger: «Wir sprechen uns noch.»

Rudi unterdrückt den Impuls, eine kleine fröhliche Melodie zu pfeifen, und öffnet stattdessen die Haustür. Unbewusst weicht er einen Schritt zurück, als Rosa vor ihm steht. In ihrer Hand baumelt der Käfig mit Pepe.

«Rudi? Was machst du denn hier? Ist schon wieder was passiert?»

«Rosa.» Mehr bekommt er nicht über die Lippen.

«Pepe hat Durchfall.» Sie drängelt sich an Rudi vorbei in den Flur. «Frau Doktor Brakenhoff, hätten Sie vielleicht einen Moment Zeit, sich meinen Beo anzusehen?»

«Eigentlich habe ich heute keine Sprechstunde», sagt Iris Brakenhoff, stutzt jedoch, als sie Rosa erkennt. «Waren Sie nicht am Dienstag hier zum Putzen?»

Rosa nickt nur, weil Rudi sie gerade mit Blicken erdolcht.

Die Tierärztin öffnet die Verbindungstür zur Praxis. «Na, dann gucken wir uns Ihren Vogel doch besser mal eben an. Gehen Sie schon vor, ich bin gleich bei Ihnen.»

Schnurstracks steuert Rosa auf das Behandlungszimmer zu. Erstens ist es besser, wenn die Brakenhoff erst gar nicht mitbekommt, dass sie Rudi gut kennt – und zweitens sieht Rudi aus, als ob mit ihm im Moment nicht gut Kirschen essen ist. Rosa stellt den Käfig auf der Liege ab und schließt die Tür hinter sich. Pepe ruckelt mit dem Schnabel an den Gitterstäben, ansonsten ist es still im Raum. Nur das Kreischen der Möwen dringt durch das gekippte Fenster. Wer lange genug hier wohnt, nimmt dieses Geschrei wahrscheinlich überhaupt nicht mehr wahr, genau wie das Meeresrauschen. Rosa würde gern einen Blick nach draußen werfen, aber die Jalousien sind heruntergelassen. Sie hört Motorengeräusch und hat beinahe den Eindruck, als würde das Brummen ein bisschen wütend klingen. Genauso, wie Rudi geguckt hat, als sie sich an der Tür begegnet sind. Dabei hat er gar keinen Grund, sauer zu sein. Er hätte einfach nur auf ihre SMS reagieren müssen. Wenn sie nämlich gewusst hätte, dass Rudi seine Hausaufgaben macht und die Spur mit den Lügengeschichten weiterverfolgt, hätte sie sich den Gang zur Tierärztin gespart. Ein ordentlicher Mittagsschlaf wäre nicht zu verachten gewesen, außerdem türmen sich die Klassenarbeiten auf ihrem Schreibtisch.

Aber wo sie nun schon einmal hier ist, kann sie auch nicht so einfach wieder weggehen. Wie sieht das denn aus? Und dann ist das mit Pepes Dünnpfiff ja auch nicht komplett gelogen. Jedenfalls hat er seit einer Woche wieder ziemlich flüssigen Stuhlgang. Obwohl das ja fast alle Beos haben sollen, hat sie in einem Blog gelesen.

Rosa sieht sich um. Direkt neben dem Fenster steht eine Glasvitrine. Darin sind Medikamentenschachteln gestapelt. Weiter unten liegen die Spritzen. Nach Größen sortiert. Im mittleren Fach liegt das Modell eines Kniegelenks von irgendeinem Tier. Vermutlich ein Hund oder eine Katze. Die Tierärztin hat ja eine merkwürdige Art von Humor. Auf der gegenüberliegenden Seite steht eine Spüle. Nirosta. Alles picobello sauber. Kein Wunder, Clara putzt ja auch hier. Daneben reihen sich auf einer Arbeitsfläche Kästen mit Verbandsmaterial und Plastikhandschuhen aneinander. Ganz rechts steht ein Gerät, das aussieht wie eine Mikrowelle. Darüber hängt ein viertüriger Wandschrank. Neugierig öffnet Rosa ihn.

«Halt die Klappe!»

Rosa fühlt sich ertappt und schließt schnell den Schrank. Pepe hat ja recht, das geht sie gar nichts an. Wo die Brakenhoff nur bleibt?

Sie legt den Zeigefinger auf ihre Lippen, als ob sie so Pepe dazu bewegen könnte, den Schnabel zu halten, und öffnet leise die Verbindungstür einen Spalt.

Henner sitzt auf der Bank vor seinem Haus und hält sein Gesicht in die Sonne. Eigentlich müsste er das Badezimmer mal wieder gründlich sauber machen, aber danach ist ihm heute nicht. Heute möchte er einfach mal fünfe gerade sein lassen.

Er schließt die Augen und genießt die Wärme auf seiner Haut. Im Busch neben der Bank zwitschert eine Amsel, über ihm kreischt eine Möwe. Nur der Beo ist heute ruhig. Wenn der seine Freiflüge in Rosas Wohnung macht, kreischt der in einer Tour. Da macht er mehr Krach als der Saxophon spielende Finanzbeamte, der vor Rosa oben gewohnt hat. Und als ob das nicht reicht, bittet Rosa ihn schon die ganze Zeit, dass er im Garten eine Voliere für Pepe baut. Aber davon hält Henner nichts. Denn der einzige Platz, der in Frage käme, wäre zwischen dem Schuppen und dem Haus. Direkt vor seinem Schlafzimmer. Nee, so weit geht die Nachbarschaftsfreundschaft dann doch nicht.

Was für eine himmlische Ruhe. Die Luft ist so mild, beinahe sanft, ausnahmsweise ist es windstill, und niemand ist da, der was von ihm will ... Henner stößt einen wohligen Seufzer aus. Eine Fliege krabbelt über seine Nase. Er verscheucht sie mit einer kurzen Handbewegung, und wenig später ist er auch schon weggedöst. Bis das Knattern von Svens Moped ihn weckt.

«So faulenzen wie du möchte ich auch mal», kommentiert Rudi sein verschlafenes Blinzeln.

«Dann setz dich doch», murmelt Henner und zeigt auf den Platz neben sich. «Is noch frei.»

Rudi klappt den Kippständer des Mopeds aus und lässt sich neben Henner fallen.

«Mann, ist das ein Tag heute.» Rudi streckt die Beine aus. Mit dem Rücken drückt er so stark gegen die Lehne, dass die Bank ein bisschen wackelt.

«Gibt's was Neues wegen der Sache mit Feuerwehr-Dieter?», fragt Henner.

«Hmmh.»

«Was hmmh?»

«Na, ja und nein. Ich hab Haueisen informiert und vorgeschlagen, der Brakenhoff das mit ihren Mogeleien direkt auf den Kopf zuzusagen, um mal zu sehen, wie sie so reagiert.»

«Und?» Henner setzt sich ein wenig aufrechter hin.

«Erst wollte Haueisen nicht, dass ich zu ihr fahre, und dann hatte ich Schnepel an den Hacken. Kannst dir ja vorstellen, was das heißt. Der hat natürlich gleich den dicken Max markiert. Ging ran wie Blücher, aber sein unvermittelter Angriff endete im Fiasko.»

«Im Fiasko?»

«War ein Vergleich, aber ist auch egal. Die Brakenhoff hat jedenfalls alles abgestritten. Sie sacht, der Zeuge irrt sich. Und dann hat sie uns rausgeschmissen. Und mit Beschwerden an allerhöchster Stelle gedroht.

«Wieso das denn?» Henner ist nun endgültig wach. Und er hat Durst. Außerdem hat ihn gerade eine Mücke gestochen. Er hat sich seinen Samstagabend angenehmer vorgestellt. Bevor Rudi zu einer Antwort ansetzen kann, fragt er: «Trinkste 'n Tee mit?»

«Jo. Gern.»

«Kommt.» Henner drückt sich von der Bank und schlurft in die Küche. Wenig später kehrt er mit einem Tablett zurück, auf dem zwei Tassen, die Porzellankanne und alles steht, was für eine Teezeremonie nötig ist. Er gießt den Tee über den Kluntjes, der augenblicklich knistert.

«Na, dann schieß man los», sagt Henner, als das Wulkje aufsteigt.

«Ach.» Rudi stöhnt. «Du kennst doch Schnepel. Der hat anschließend alles so gedreht, dass ich seine Verhörtaktik unterminiert hätte und es deshalb den Bach runtergegangen ist.»

Auf Henners Arm wächst die Mückenstich-Quaddel. Der Blutsauger scheint ihn längere Zeit angezapft zu haben. «Schnepel ist und bleibt eben ein Arsch.» Henner kratzt sich. «Und nun? Wie geht ihr weiter vor?» Er spuckt auf die Stelle und reibt weiter. Rudi beobachtet das irritiert.

«Aber sonst geht's dir gut?», fragt er.

«Altes Hausmittel. Noch von meiner Oma», rechtfertigt Henner sich. «Spucke soll gegen Juckreiz helfen. Müsstest du doch kennen. Aber nun erzähl. Wie will Haueisen vorgehen?»

«Sobald wir die Funkzellenanalyse haben, sehen wir weiter. Ich befürchte ja, dass die Brakenhoff doch gelogen hat. Und dann wird's spannend.»

Stimmen dringen durch den Türspalt an ihr Ohr. Die Brakenhoff streitet sich mit jemandem. Schnell zückt Rosa ihr Smartphone, tippt auf die Aufzeichnungstaste und hält das Gerät an den Spalt. Wie aufregend!

«Kannst du mir mal erklären, was das eben sollte?»

Das ist eindeutig Schröters Stimme.

«Wieso?»

Iris Brakenhoff klingt gedämpft. Sie muss weiter weg stehen.

«Du hast mich letzten Samstag um kurz nach vier angerufen. Weil du mich ganz dringend sehen wolltest. Ich hab mich auch sofort auf den Weg gemacht. Wir haben uns aber erst nach halb fünf getroffen. Du hast die Polizisten angelogen. Also: Was hast du in eurem Haus gemacht?»

Jetzt wird es interessant. Rosa hält es kaum aus. Die Tierärztin schweigt.

«War Don Giovanni gar nicht der Grund, warum du mich unbedingt sofort treffen wolltest?»

«Lass uns nachher darüber reden. In der Praxis wartet eine Frau mit ihrem Beo. Den guck ich mir erst an, dann können wir in aller Ruhe sprechen.»

«Nein. Die kann warten. Wenn ich dir schon ein Alibi gebe, will ich wenigstens die Wahrheit erfahren», braust Schröter auf. Das kann Rosa gut verstehen. Er muss doch wenigstens wissen, wofür er seinen Kopf hinhält.

«Liebst du mich überhaupt, oder bin ich nur gut genug dafür, dir ein Alibi für den Mord an deinem Mann zu geben?»

Seine Nerven liegen jetzt blank. Auch das kann Rosa verstehen.

«Volker, du hast doch gerade gehört, dass der Graf auf Hans-Otto geschossen hat. Außerdem weißt du, dass ich dich liebe. Die letzten vier Jahre mit Hans-Otto waren das Allerletzte. Hätte ich ihn bloß nie geheiratet. Solange wir uns heimlich trafen, war alles in Ordnung. Er hat mir meine Freiheit gelassen ... aber seit er nicht mehr im Krankenhaus arbeitete, ist er wahnsinnig eifersüchtig gewesen. Sogar auf den Briefträger. Von den Patienten gar nicht zu reden. Und damit meine ich nicht die Kühe und Pferde.»

Rosa hält sich die Hand vor den Mund, damit sie nicht kichert. Eifersüchtig auf Henner. Das glaubt sie ja nun nicht, dass die Brakenhoff was von dem gewollt hätte, die sucht sich andere Typen.

«Ich hab's dir doch gesagt, letzte Woche Samstag ging's schon wieder los. Und dann platzte um die Mittagszeit auch noch ein Mann rein, mit dem Hans-Otto Zoff hatte. Richtig angebrüllt haben die beiden sich, bis Hans-Otto ihn rausgeschmissen und seinen ganzen Frust an mir ausgelassen hat.» Ihre Stimme wird schriller. «Ich sei ein elendes Flittchen und er habe die Nase voll von meiner Rumvögelei, hat er geschrien. Er wisse ganz genau, dass ich nicht in der Seehundstation arbeite, sondern mit dir im Bett liege. Es war widerlich, welche Obszönitäten er von sich gegeben hat. Als er brüllte, er würde sich scheiden lassen und ich bekäme keinen Cent von ihm, bin ich einfach losgefahren. Ich hatte genug Patienten am Samstagnachmittag abzuarbeiten, da musste ich mir seine Gemeinheiten nicht länger anhören.»

Die letzten Worte kommen deutlich schwächer herüber, außerdem hört man im Hintergrund das Klappern von Absätzen. Anscheinend läuft sie beim Reden auf und ab. «Bitte, ich muss jetzt zu dem Beo. Lass uns danach weiterreden.»

Schnell drückt Rosa die Stopptaste, steckt ihr Handy ein und eilt zurück zu Pepe. Ihr Kopf ist bestimmt hochrot, als Iris Brakenhoff hereinkommt. Aber die scheint das nicht zu bemerken. «Na, dann wollen wir uns Ihren Vogel einmal angucken.»

Einträchtig schweigend sitzen Henner und Rudi auf der Bank in der Abendsonne. Nach der zweiten Tasse Tee geht es Rudi schon bedeutend besser, und Haueisen und sein Anschiss sind in weite Ferne gerückt. Man kann sich seine Vorgesetzten eben nicht aussuchen. In Zukunft wird er sich jedenfalls nicht wieder so wichtigmachen, das bringt nur Ärger. Vor allem, wenn die Dinge noch nicht so richtig ausgegoren sind.

«Die Polizei, dein Freund und Helfer, und immer in vollem Arbeitseinsatz», reißt ihn Rosas spottende Stimme aus seinen

Gedanken. Den großen Vogelbauer in der Hand, kommt sie näher, hinter ihr fällt die Gartenpforte mit lautem Krachen ins Schloss. «Aber gut, dass du auch hier bist, Rudi, ich hab was herausgefunden!»

Rosa stellt den Käfig neben der Bank ab und zieht ihr Handy hervor. «Hier. Hört euch das mal an. Das ist der Durchbruch.»

«Vergiss es, wir haben den Täter doch schon», brummt Rudi. Er will nicht schon wieder bei Haueisen anrufen müssen. Montag ist auch noch ein Tag.

«Wartet doch mal ab», fordert Rosa.

In diesem Moment bimmelt eine Fahrradklingel, und Dörte ruft fröhlich vom Bürgersteig aus: «So hab ich das gern, ihr macht es euch in der Sonne gemütlich und ich ... Ich hab übrigens dein Portemonnaie, Rudi. Das ist in der Seehundstation abgegeben worden, und Uschi hat es mitgebracht. Hat wohl in einem Papierkorb gelegen. Habt ihr für mich auch einen Tee?»

Diese Dörte hat Rosa langsam gefressen. «Nee», ruft sie, «ein andermal vielleicht, wir sind gerade mitten in einer ganz wichtigen Sache. Da können wir keine Störung gebrauchen.» Sie läuft zum Zaun, nimmt der überraschten Dörte die Geldbörse aus der Hand und reicht sie Rudi, bevor der überhaupt reagieren kann.

Henner guckt bedröppelt, und auch Rudi hat es vor Überraschung die Sprache verschlagen, doch darauf kann Rosa jetzt keine Rücksicht nehmen. Etwas freundlicher sagt sie: «Ist echt nicht gegen dich gemeint, Dörte, aber wir müssen das hier unbedingt erledigen.»

«Ich hab schon verstanden», antwortet Henners Jugendfreundin eingeschnappt, schwingt sich auf ihren Drahtesel und tritt in die Pedale.

«Danke», ruft Rudi, «ich meld mich bei dir.»

«Dörte!», ruft Henner, aber Dörte hört die beiden wohl nicht mehr. Gut so. Denn sobald Henner auf diese dumme Kuh trifft, ist er nicht mehr zu gebrauchen. Rosa ist sich ganz sicher: Irgendetwas läuft zwischen den beiden.

«Kann ich euch das nun endlich vorspielen?», fragt sie und schaltet den Lautsprecher des Smartphones ein.

Rauschen. Doch plötzlich ist da mehr als nur das Knistern. Der Ton ist etwas gedämpft, aber klar. Gespannt hören sich die drei das Gespräch zwischen Iris Brakenhoff und Volker Schröter an.

«Nun seid ihr platt, nicht?» Rosa freut sich über die verdatterten Gesichter der Männer. «Damit haben wir sie. Die muss da irgendwie mit drinstecken, sonst hätte sie sich nicht einfach vom Acker gemacht.»

Rudi atmet hörbar ein, und Henner steht auf.

«Ich glaub, ich brauch jetzt ein Bier. Trinkst du eins mit, Rosa?», fragt er.

«Klar. Ich bring nur erst Pepe nach oben.»

Als Rosa den Vogel wegbringt und Rudi allein vorm Haus sitzt, guckt er sich erst mal in Ruhe sein Portemonnaie an. War ja klar: kein Geld mehr drin, aber zumindest die Karten und Ausweise. Kann er also alle Neuanträge rückgängig machen. Ob dann trotzdem die Bearbeitungsgebühren anfallen?

«Hast gar nichts davon erzählt, dass dein Portemonnaie weg is», sagt Henner, der mit drei Bierbuddeln in der Hand zurückkommt. «Wo haste das denn verloren?»

«Was heißt verloren? Geklaut haben sie's mir. Die Kollegen greifen einen ja lieber auf der Straße ab, weil man minimal zu schnell gefahren ist, statt die Autoeinbruchsbanden dingfest zu machen.»

«Echt, die haben's dir geklaut?»

«Ja. Aber nun isses ja wieder da. Interessant war das Gespräch zwischen den beiden Tierärzten ja schon», sagt Rudi, um das Thema zu wechseln. «Aber eigentlich weitergebracht hat es uns nicht. Sie hat nicht zugegeben, dass sie in der Wohnung war. Zumindest wissen wir, dass der Brakenhoff sogar auf dich eifersüchtig war», stichelt er.

Den letzten Satz schnappt Rosa auf. «Das ist wohl das Einzige, was du aus der Aufnahme rausgehört hast. Es steckt doch da viel mehr drin. Hör es dir einfach noch einmal genau an.»

Macht die jetzt einen auf Schulmeister?

Rudi trinkt einen Schluck Bier, hört sich aber das Gespräch noch ein zweites Mal an.

«Und?», sagt er hinterher. «Zugegeben hat sie immer noch nichts.»

«Mensch, Rudi», legt Rosa jetzt schon wieder in einem Ton los, der Rudi überhaupt nicht gefällt. «Du musst auf die Zwischentöne achten. Schröter sagt, dass er ihr ein Alibi gibt. Das heißt, sie hat keins. Und sie sagt ihm auch nicht, wo sie war. Da liegt doch die Vermutung nahe, dass es stimmt, was Feuerwehr-Dieter sagt.»

Rudi nickt bedächtig. Wo diese Frau recht hat, hat sie recht.

«Und außerdem ist damit eindeutig klar, dass wir Schröter von unserer Verdächtigenliste streichen können. Die Kratzer auf der Hand scheinen wirklich von dem Heuler zu stammen.»

Auch da hat sie recht. Die stammen ja von der Matschker.

«Trotzdem ist der Graf der Mörder. Er hat zugegeben, dass er auf Brakenhoff geschossen hat.»

«Denk an das Obduktionsergebnis.»

Muss Rosa eigentlich immer das letzte Wort haben?

SONNTAG

Henner gießt das heiße Wasser in die Porzellankanne. Er beobachtet, wie die Teeblätter durcheinanderwirbeln und sich langsam auf dem Boden des Siebes absetzen. Wenn doch in diesem Mordfall auch mal alles zur Ruhe käme. Immer wieder erfahren sie neue Dinge, und ständig muss man wieder von vorn anfangen zu denken. Das macht Henner ganz kirre. Aber nach und nach tritt eine Struktur zutage, sagt Rosa. Und damit meint sie diese verdammten Liebesbeziehungen. Gut, dass er damit nichts am Hut hat.

Henner hebt das Stoffsieb vorsichtig aus der Kanne und legt es in den Ausguss, damit es abtropfen kann, bevor er es in den Komposteimer kippt. Die Teeblätter benutzt er nämlich gerne zum Blumendüngen.

Nachdem er drei Tassen getrunken und zwei Butterbrote mit Vadders Mettwurst vertilgt hat, schiebt er alle Gedanken an den Mord beiseite. Das ist schließlich nicht seine Sache. Soll Rudi sich drum kümmern, von ihm aus auch Rosa. Er muss sich jetzt dringend mit seiner Stadtausruferrede beschäftigen, auch wenn er nicht die richtige Ruhe dazu hat. Seine Schuhe könnte er allerdings schon mal auf Hochglanz polieren und seine Uniform ausbürsten. Dann wäre er wenigstens beim Thema.

Henner stellt sich die Schuhe zurecht und holt den Kasten mit dem Putzzeug. Er stülpt sich ein weiches Tuch über seinen Zeigefinger, tupft in die geöffnete Dose mit Schuhwichse und reibt sie in kreisenden Bewegungen ins Leder. Die Schuhe hat er sich zur Hochzeit seiner Cousine Jutta gekauft. Das ist zwar schon ein paar Jahre her, aber sie sehen noch aus wie neu. Er trägt sie allerdings auch nur zu besonderen Anlässen: Hochzeiten, Beerdigungen, Stadtausruferwettbewerb.

Wieder tupft er in die Dose, dann reibt er sorgfältig weiter. Es ist gut, dass er das jetzt macht und nicht auf den letzten Drücker. Außerdem braucht er die Schuhe am Montag zu Brakenhoffs Beerdigung sowieso.

Brakenhoff. Eigentlich weiß er gar nicht, ob der ihm leidtun soll. Adelheid hat vorhin am Telefon gemeint, dass diese alten Kerle doch selbst schuld sind. Lassen sich von einer viel jüngeren Frau anhimmeln, fühlen sich selbst wieder jung und glauben ernsthaft, dass das nach der Hochzeit so bleibt. Henner hat seiner ältesten Schwester nicht den Gefallen getan und nachgefragt, was sie genau damit meint, sonst hätte die gar nicht wieder aufgehört zu reden. Das ist nämlich in letzter Zeit ihr Lieblingsthema: Männer um die sechzig heiraten Frauen von Mitte zwanzig und schicken ihre alten Ehefrauen in die Wüste. Clara hat neulich schon gemeint, dass Adelheid nur deshalb darüber wettert, weil sie insgeheim Angst hat, dass Wilfried sie eines Tages auch abschiebt. Weil der ja so viel unterwegs ist. Als wenn Wilfried beim Krabbenfischen eine Seejungfrau aus dem Wasser holen würde.

Fertig. Nun geht es ans Polieren. Henner nimmt die Schuhbürste und geht mit geraden Strichen über die Seitenflächen. Hin und her. Vor und zurück. Und dann ist der alte Staublappen dran, um den richtigen Glanz zu geben. Das i-Tüpfelchen ist aber eine letzte Politur mit dem Perlonstrumpf seiner Schwester Doro. So müssen Schuhe aussehen, auch wenn sie schon fast zehn Jahre alt sind. Das ist wie mit Beziehungen.

Die muss man pflegen, sagt Muddern, und nicht alle paar Jahre auswechseln. Und Muddern weiß, wovon sie spricht, vor ein paar Jahren hat sie mit Vaddern goldene Hochzeit gefeiert.

Na, so wie die Brakenhoff bei der Tonaufnahme gezetert hat, hätten die beiden nie ein Jubiläum gefeiert, von der goldenen Hochzeit ganz zu schweigen. Das ginge rein alterstechnisch ja sowieso nicht. Es könnte wirklich sein, dass es der Tierärztin ganz gut gefällt, dass ihr Mann tot ist.

Manntje, Manntje, Timpe Te,
Buttje, Buttje in der See,
myne Fru, de Ilsebill
will nich so, as ik wol will.

Rosa liest Jolantes Aufsatz über den Fischer und seine gierige Frau Ilsebill. Der gefällt ihr richtig gut. Jolante ist sowieso eine sehr gute Schülerin, nichts hat sie in ihrer Nacherzählung vergessen. Wie der Fischer den verzauberten Butt fängt, ihn auf dessen Bitten wieder freilässt und Ilsebill fordert, dass der Fisch ihnen dafür Wünsche erfüllen müsse. Doch die werden immer maßloser: Erst wünscht sie sich ein Haus, dann ein Schloss, dann möchte sie Königin werden, Kaiserin, Papst. Als sie zu guter Letzt fordert, Gott zu sein, platzt dem Zauberfisch der Kragen, und sie landet wieder in der alten Hütte wie am Anfang.

Es ist schon seltsam, dass manche Menschen nicht genug bekommen können. Ob Iris Brakenhoff auch so ein Mensch ist? Erst wollte sie unbedingt den Herrn Professor, außerdem ein Haus und eine voll ausgestattete Praxis. Und dann ist da plötzlich ein attraktiver Aushilfstierarzt. Den möchte sie auch, und den betagten Ehegatten wäre sie jetzt am liebsten wieder los. Natürlich muss man niemanden umbringen, nur weil man wütend auf ihn ist. Andererseits kann Rosa das Gefühl gut verstehen. Sie hat immer noch eine grenzenlose Wut auf Ingo. Und deshalb lässt sie ihn in ihren Kurzkrimis auf grausamste Art und Weise sterben. Vielleicht ging es der Tierärztin ähnlich. Vielleicht hat sie davon geträumt, ihm den Hals umzudrehen. Natürlich hätte sie nicht selbst auf ihn geschossen. Dazu ist sie viel zu kontrolliert. Sie hat einfach nur abgewartet. Und nichts unternommen, um ihrem Mann zu helfen. Und ihn so getötet.

Genau das ist es. Jetzt hat sie keine Zweifel mehr.

Rosa springt aufgeregt von ihrem Schreibtischstuhl. Darüber muss sie mit Henner sprechen. Als sie die Wohnungstür erreicht, hört sie das Gartentor klappern. Sie wirft einen Blick auf die Uhr. Kurz nach fünf. Bestimmt ist Henner auf dem Weg zu Rudi. Ist schließlich Tatortabend. Wahrscheinlich bereiten sie was zu essen vor. Hungrig ist sie eigentlich auch. Am besten, sie wartet noch ein bisschen, dann können die beiden sie nicht einfach wieder nach Hause schicken.

Eigentlich hätte Rudi ja gerne die Keule von einem Salzlamm in den Ofen geschoben. Aber die bekommt er am Sonntag nicht so einfach. Deshalb hat er sich für Krabben un Braden Tuffels entschieden. Krabben gibt es auch am Sonntag in der Fischereigenossenschaft, und den Rest hat er zu Hause.

«Sven, du solltest die Kartoffeln nicht nur waschen, sondern auch schälen.»

«Mensch, Papa, die sind doch von Henners Mudder. Und

gerade vorgestern frisch aus der Erde. Bei denen ist die Haut so dünn, die geht beim Waschen fast von alleine ab.»

Rudi will etwas erwidern, doch als er Henners warnenden Blick bemerkt, schweigt er. Manchmal muss man den jungen Leuten einfach ihre Meinung lassen. Rudi nimmt sich das große Küchenmesser und schneidet den Speck in Würfel, während Henner am Küchentisch sitzt und die Krabben pult. Nie würden sie die aus dem Supermarkt holen, die nach Marokko transportiert, dort geschält und dann hier verkauft werden.

Geschickt packt Henner mit Daumen und Zeigefinger die Krabbe am Kopf und dreht mit der anderen Hand das Hinterteil, bis der Panzer in der Mitte aufbricht. Das könnte er mit verbundenen Augen machen. Jetzt zieht er vorsichtig erst den hinteren Teil des Krabbenpanzers vom Fleisch, dann den vorderen. Ab und zu steckt Henner sich ein Granat in den Mund. Das gehört dazu. Die Schalen hebt er auf, daraus kann er eine leckere Krabbensuppe kochen.

«Sach mal, Rudi ...» Für einen Moment hören Henners Finger auf zu arbeiten. «Ich hab vorhin noch mal nachgedacht. Über die Brakenhoff.»

Rudi hebt die Augenbrauen. «Und?»

«Papa, wie dick muss ich die Kartoffelscheiben schneiden?», fragt Sven. «Fingerdick oder dünner?»

«Etwas dünner», antwortet Rudi und sieht wieder zu Henner, der nach der nächsten Krabbe greift und ihr den Panzer abzieht.

«Ich hab so überlegt, dass der Brakenhoff der Tod ihres Mannes eigentlich gut zupasskommt.»

«Da kannste recht haben.» Rudi schiebt die Speckwürfel in eine kleine Schale, nimmt sich das Bund mit dem Dill und der Petersilie und fängt an, beides klein zu hacken. «So 'ne

Scheidung ist ja 'ne unangenehme Sache. Vielleicht hätte die plötzlich mit leeren Händen dagestanden.»

«Genau das mein ich. Sie hat jetzt freie Bahn und erbt vielleicht noch ganz ordentlich. Falls Brakenhoff nicht bereits alles seinen Kindern überschrieben hat.»

Henner schiebt die Schale mit den fertig gepulten Granaten in die Mitte des Tisches. Rudi hat sich derweil zwei Zwiebeln gegriffen und schneidet sie in kleine Würfel.

Es klingelt. Rudi ahnt, wer das ist. Und tatsächlich steht Rosa vor der Tür.

«Ich hab mir gedacht, dass ihr zusammen kocht.» Sie lächelt ihn an.

«Groß kombinieren muss man da ja nicht. Ist schließlich Sonntag.»

«Ich will auch gar nicht stören, mir ist nur plötzlich etwas eingefallen. Ich hab den ganzen Tag darüber nachgedacht, was während dieses Abstechers der Brakenhoff zu sich nach Hause passiert sein könnte. Und dann bin ich draufgekommen.»

Nun ist Rudi doch neugierig geworden. «Nämlich?», fragt er und öffnet die Tür ganz. «Komm erst mal rein.»

Rosa folgt ihm in die Küche. «Ich glaube, die Brakenhoff hat heimlich davon geträumt, ihren Mann zu ermorden.» Als die Männer nicht reagieren, schiebt sie etwas nachdrücklicher hinterher: «Aber natürlich war das nur eine Wunschvorstellung. Denn so etwas macht man nicht.»

«Ja, nee, is klar.» Und das soll nun die große Erkenntnis sein? Manchmal redet Rosa einen unglaublichen Blödsinn. *So etwas macht man nicht.* Klar macht man das nicht, aber dennoch gibt es ja jede Menge Morde, denkt Rudi, aber verkneift sich einen Kommentar.

«Der Graf hat gestanden, dass er auf den Brakenhoff geschossen hat. Als Uhrzeit hat er fünfzehn Uhr angegeben. Ich habe mir vorgestellt, dass Iris Brakenhoff vielleicht aus irgendeinem Grund nach Hause gefahren ist. Vielleicht hatte sie ihr Portemonnaie vergessen, oder sie brauchte für einen ihrer Patienten noch ein besonderes Medikament oder was auch immer. Völlig egal. Sie kommt, geht in die Wohnung und findet ihren Mann auf dem Fußboden. Den Mann, der sie am Vormittag so übel beschimpft hat und den sie am liebsten loswerden möchte. Sie sieht ihn am Boden liegen, bemerkt das Blut und weiß, dass ihr jemand die Arbeit abgenommen hat. Jedenfalls fast. Denn ihr Mann atmet noch. Vielleicht guckt er sie auch an, vielleicht sagt er sogar noch was, ich weiß ja nicht, ob man nach so 'nem Schlaganfall noch reden kann, aber sie lässt ihn einfach liegen und geht wieder.» Rosa hält kurz inne und korrigiert sich: «Nein, er wird sie nicht angesehen haben. Er wird vermutlich schon bewusstlos gewesen sein. Wäre ja sonst ziemlich blöd, wenn er überlebt hätte und sich später daran erinnern könnte, dass sie ihn einfach liegen gelassen hat. Wo ich jetzt so drüber nachdenke, bin ich mir sogar ganz sicher, dass Brakenhoff schon bewusstlos war. Und da hat sie ihre Chance ergriffen und ist wieder verschwunden. Das ist zwar kein Mord. Aber in den Tod geschickt hat sie ihn trotzdem.» Triumphierend blickt Rosa Rudi und Henner an. «Ich habe doch von Anfang an gesagt: Cherchez la femme.»

Rudi nickt. «Henner hat gerade auch schon gemeint, dass der Brakenhoff der Tod ihres Mannes vielleicht ganz gelegen kam.»

Rosa guckt Henner überrascht an. «Echt?»

«Jo.»

«Ich will ja auch gar nicht sagen, dass sie nicht einen Moment überlegt hat, ob sie ihm hilft. Vielleicht hätte sie es sogar getan, wenn er sie am Vormittag nicht so blöd zusammengestaucht hätte. Aber ich finde, möglich wäre das allemal. Was haltet ihr davon?»

«Jo», sagt Henner, «möglich is es.»

«Jo», sagt auch Rudi, «da könnte was dran sein.»

Auch Sven gibt seinen Senf dazu: «Ich finde, das ist eine super Erklärung, echt klasse. Da passt doch alles.»

Rosa strahlt Rudis Sohn an, der gerade die Kartoffeln in der Bratpfanne wendet. Sie schnuppert. «Das riecht aber gut.»

«Sind nur ein paar Kartoffeln», wiegelt Rudi ab. Die kann sich doch nicht dauernd selbst bei ihnen einladen. Zu einem Männerabend gehört keine Frau. Selbst wenn sie noch so gut kombiniert.

«Was heißt hier, das sind nur Kartoffeln», sagt Sven. «Das sind Bratkartoffeln mit Rührei und Krabben. Braden Tuffels un Krabben. Mein Lieblingsessen. Solltest du mal probieren.»

MONTAG

Es ist doch noch ein ganz netter Abend geworden. Rudi hat beim Zubettgehen seine Meinung über Rosa ein bisschen korrigiert. Ein Gespür für Situationen kann man ihr tatsächlich nicht absprechen, das muss er zugeben. Sie ist direkt nach dem Essen – das wieder mal ausgezeichnet war, im Bratkartoffelnmachen sind Sven und er einfach unschlagbar – gegangen.

Vor dem Tatort.

Der war zwar jetzt nicht ganz so prickelnd, und Henner hat gesagt, da hätten sie im Brakenhoff-Fall wesentlich mehr Spannung, aber insgesamt war es ein schöner Herrenabend. Sven hat noch schnell die Küche aufgeräumt und ist zu einem Kumpel gefahren, und Henner und er waren ganz unter sich.

Heute Morgen ist die Luft angenehm mild. Sven hat wieder das Fahrrad statt die DKW für den Schulweg nach Esens genommen. Das macht Rudi ein wenig stutzig, aber immerhin kann er dann das Moped nutzen. Frische Luft findet er immer gut, und sparsamer als seine Ente ist die DKW ja auch. Er sollte Sven mal fragen, warum der in letzter Zeit freiwillig mehr Rad als Moped fährt. Zwar hat Svens Figur davon gehörig profitiert, aber das hat Rudi natürlich nicht angesprochen. Sven arbeitet bestimmt wegen eines Mädchens an seiner Sixpack-Figur. Kurz wandert Rudis Blick an seinem eigenen Bauch runter. Da is nix mit Sixpack. Eher Waschbär als Waschbrett. Aber egal, ist ja derzeit keine Frau in Sicht, die er beeindrucken möchte. Obwohl ... die Brakenhoff gefällt ihm durchaus. Aber wenn Rosa recht hat und die ihren Mann hat verbluten lassen, dann will er die lieber nicht um sich haben. Mann, Mann, Mann, das wird sicher gleich nach der Beerdigung ein Theater geben, wenn sie die verhaften müssen. Schnepel hat Haueisen bestimmt schon brühwarm erzählt, dass die Brakenhoff alles abstreitet. Das mit der Beschwerde ganz oben wird er auch nicht ausgelassen haben, und so wie Rudi Haueisen kennt, ist dessen Laune schon im Keller.

Rudi drückt den Kickstarter und düst über die Landstraße. Er konzentriert sich auf die Fahrbahn, aber er sieht dauernd Haueisens Gesicht vor sich, während er ihm von Rosas neuen Theorien erzählt. Rudi tippt auf versteinerte Miene zwischen Beton und Granit.

Kurz vor Wittmund hat Rudi sich zurechtgelegt, was er sagen will. Doch als er in Haueisens Büro stürmt, steht Schnepel neben dessen Schreibtisch und grinst ihn breit an.

«Was willst du denn schon wieder?»

«Ich freue mich auch, dich zu sehen. Moin, Chef. Ich hätte da ...», versucht Rudi schnell zur Sache zu kommen, doch Haueisen unterbricht ihn.

«Die Funkzellenanalyse hat ergeben, dass die gute Frau Doktor Brakenhoff eine Märchenerzählerin ist.»

«Eine Märchenerzählerin?», fragt Rudi irritiert.

«Sie hatten wieder mal recht, Bakker. Die Brakenhoff hat gelogen.»

«Und nun?», fragt Rudi voller Enthusiasmus, außerdem will er gleich seinen Joker ziehen.

«Nun müssen wir herausfinden, warum sie gelogen hat», sagt Haueisen. Genau darauf hat Rudi gewartet und präsentiert seinem Chef das aufgezeichnete Gespräch zwischen Iris

Brakenhoff und Volker Schröter, das er sich von Rosa über WhatsApp hat senden lassen. Als die Aufnahme zu Ende ist, sind Haueisen und Schnepel baff.

«Solche Aufnahmen sind illegal!», sagt Schnepel gehässig und sucht Haueisens Blick.

Doch der ignoriert ihn und mustert Rudi nachdenklich. «Sie sind mir ja einer. Immer wieder kommen Sie mit neuen Sachen.» Rudi hat sich getäuscht, Haueisens Gesicht ist nicht versteinert. Im Gegenteil, ein ungewöhnlich freundliches Lächeln macht sich darauf breit, als er Rudi zunickt: «Das ist ja sensationell, Bakker. Ich hätte nie gedacht, dass Frau Moll derart investigativ vorgeht. Zwar werden wir diese Aufzeichnung vor Gericht nicht verwenden können, da hat Kollege Schnepel schon recht, aber die Funkzellenanalyse bestätigt, was gesagt wurde. Iris Brakenhoff war gegen sechzehn Uhr in ihrem Haus. Ihr Handy wählt sich da automatisch ins WLAN ein. Das kann sie leugnen, aber damit kommt sie nicht durch. Ihr Handy ist zu einem Zeitpunkt zu Hause gewesen, als ihr Mann zwar schon angeschossen war, aber definitiv noch lebte. Genau wie die Aussagen von Graf von Wörtz und Klosterberg und auch der Obduktionsbericht bestätigen.»

«Gar nicht zu reden von dem Zeugen, der sie aus der Straße hat fahren sehen.» Dieses wichtige Puzzleteil soll schließlich nicht unter den Tisch fallen, findet Rudi.

«Sie hat ihn also sehenden Auges in den Tod geschickt. Und jetzt haben wir sie», strahlt Haueisen. «Das verdanken wir nur Ihnen, Bakker.»

Rudi weiß gar nicht, was er sagen soll. Schnepel auch nicht. Was zur Abwechslung nicht schlecht ist. Aber das Lob scheint ihn zu treffen. Schnepel setzt sein Pokerface auf und knirscht mit den Zähnen. Wahrscheinlich, um nichts Falsches zu sagen.

«Was für ein mieser Charakter», sagt Rudi angewidert und schaut in Schnepels Richtung, der daraufhin zusammenzuckt. Dabei hat Rudi gar nicht ihn gemeint, sondern die Tierärztin. Der hätte er das nämlich niemals zugetraut.

«Da haben Sie wohl recht», stimmt Haueisen ihm zu. «Laut Obduktionsbefund lagen zwischen Schuss und Zeitpunkt des Todes zwei Stunden. Sie hätte ihrem Mann das Leben retten können, wenn sie den Notarzt gerufen hätte, als sie ihn verletzt am Boden sah. Doch sie hat sich dagegen entschieden.»

«Das ist unterlassene Hilfeleistung mit Todesfolge», beeilt sich Schnepel zu sagen, offenbar froh, dass er auch mal etwas beisteuern kann. «Da müssen wir handeln, Chef. Wir müssen sie verhaften. Und zwar schnellstens.»

Haueisen mustert ihn nachdenklich, sagt aber nichts. Rudi auch nicht. Ihm gefällt Schnepels Vorschlag nicht. Schließlich ist heute um dreizehn Uhr die Beerdigung. Wie sieht das denn aus, wenn die Witwe in Handschellen am Grab steht.

«Wenn wir uns beeilen, haben wir in einer halben Stunde den Haftbefehl», drängelt Schnepel.

Jetzt kann Rudi nicht mehr an sich halten. «Das können wir nicht machen», widerspricht er vehement. «Schließlich war Doktor Brakenhoff nicht irgendwer. Da kommt Prominenz aus dem gesamten Umkreis. Wir sollten dezent vorgehen, vor allem im Hinblick auf seine Ehre und seine Kinder. Möglichst keinen Skandal bei der Beerdigung.»

«Sie hätte ihn ja nicht umbringen brauchen», ätzt Schnepel. «Dann könnten wir sie in Ruhe trauern lassen. Aber Schwarze Witwen gehören hinter Schloss und Riegel.»

«Mit unterlassener Hilfeleistung ist nicht zu spaßen», ergänzt auch Haueisen.

«Es geht doch nicht nur um die Witwe, es geht um die ganze Familie», beharrt Rudi. «Brakenhoff hat nicht verdient, dass es an seinem offenen Grab ein solches Drama gibt. Tote sollen in Frieden ruhen und nicht in einem Tumult beerdigt werden. Die Festnahme kann ja auch nach der anschließenden Kaffeetafel erfolgen. Oder ist etwa Gefahr im Verzug?» Rudi hat sich richtig in Rage geredet. «Oder vielleicht sogar Fluchtgefahr?» Bei den letzten Worten blinzelt er Schnepel böse an. Der macht kurz den Mund auf, schließt ihn aber genauso schnell wieder.

Haueisen legt den Zeigefinger an seine Nase. Dann sagt er bedächtig: «Bakker hat völlig recht. Die Tierärztin ist nicht vorbestraft, hat eine florierende Arztpraxis und ihr soziales Umfeld im Ort. Warum sollte sie fliehen? Zumal sie vermutlich noch nicht einmal ahnt, dass sich die Schlinge um ihren Hals zugezogen hat.»

«Dann nehmen wir sie aber direkt nach der Beerdigung fest», fordert Schnepel lautstark.

Rudi kann sich lebhaft vorstellen, wie Schnepel sich das denkt. Kaum hat der Letzte kondoliert, zückt Schnepel die Handschellen und führt die Witwe mit auf dem Rücken gefesselten Händen zum Einsatzwagen. Dann Abgang mit Blaulicht. Der ist nicht nur unsensibel, der hat sie nicht mehr alle. Matschker hat recht.

«Schnepel, jetzt hör mal auf. Das kann man doch auch in aller Ruhe und Zurückhaltung nach dem Kaffeetrinken erledigen, wenn die Gäste weg sind.»

«Schluss jetzt.» Haueisens zusammengekniffene Augen wandern zwischen Schnepel und Rudi hin und her. «Ich werde vorläufig noch keinen Haftbefehl beantragen. Nach der Beerdigung bringen Sie beide zusammen Frau Doktor Brakenhoff zum Verhör hierher. Und ich bitte um Diskretion bei der ...», Haueisen ringt nach Worten, «beim Abführen. Ich möchte kein Aufsehen. Ist das klar, Schnepel?»

«Chef, können Sie das nicht übernehmen, in meinem Bauch rumort es so, ich glaub, der Joghurt heute Morgen war nicht mehr gut.»

Rudi guckt Schnepel verdutzt an. Wie, der ist jetzt nicht begeistert, mal so richtig auftrumpfen zu können? Aber er sieht wirklich etwas verkrampft im Gesicht aus. Haueisen jedoch registriert das nicht, der blättert schon wieder in seinen Unterlagen.

«Reißen Sie sich einfach zusammen, Sie Mimose», bügelt er Schnepels Einwand ab.

Rosa beeilt sich, auf schnellstem Wege von der Schule zum Friedhof zu kommen. Weit hat sie es ja nicht, denn die Neuharlingersieler werden in Esens beerdigt, weil der Fischerort keinen eigenen Friedhof hat. Seltsam, da wo sie herkommt, gibt es in jedem Dorf einen Friedhof. Manchmal sogar zwei. Aber die Sitten ändern sich von Ort zu Ort. Vor einiger Zeit hat sie irgendwo gelesen, dass ein französischer Bürgermeister den Einwohnern seines Dörfchens das Sterben verboten hat, weil es keinen Platz mehr auf dem Friedhof gab. Dinge gibt's ...

Als sie auf die Friedhofskapelle zugeht, stellt sie fest, dass sie ziemlich spät dran ist. Eine große Trauergemeinde hat sich dort bereits zusammengefunden. Viele Ärzte aus Wittmund sind gekommen. Das sieht sie sofort. Die tragen natürlich keine Arztkittel, aber Rosa erkennt sie an ihrem distinguierten, manchmal auch blasierten Gesichtsausdruck. Brakenhoffs Segelfreunde tragen einen Kranz in Form einer Jolle vor sich her. Die Segel aus weißen Rosen, der Schiffsrumpf aus roten Trockenblättern. Irgendetwas Exotisches, was Rosa nicht kennt. Das angedeutete Meer besteht aus blauen Hortensien. Der Kranz muss ein Vermögen gekostet haben.

Auch die Witwe hat sich nicht lumpen lassen, ein riesiges Rosengebinde liegt auf dem Eichensarg. Auf einem Ständer hängt ein zusätzlicher Kranz mit der Aufschrift «In ewiger Liebe, Deine Iris». Die Frau hat echt Nerven.

Etliche weitere Kränze sind neben und vor dem Sarg drapiert, aber die Texte auf den Schärpen kann Rosa auf diese Entfernung nicht entziffern. Weiter vorne entdeckt sie die Damen aus dem Friseursalon, Anita und Gudrun, diesmal ohne Schecki. Adelheid und Gisela sitzen eine Reihe dahinter, zusammen mit Clara und der unvermeidlichen Dörte. Henner sitzt direkt neben ihr. Jetzt tuscheln die beiden auch noch. Blöd, dass in den ersten Reihen alle Plätze belegt sind, sonst würde sie sich nach vorne durchdrängeln. Vielleicht passt es aber doch noch.

Mist. Jetzt stimmt der Organist das Begrüßungslied an. Bleibt ihr wohl nichts anderes übrig, als hinten stehen zu bleiben. Zum Glück ist sie nicht die Einzige. Rudi steht direkt am Eingang der Friedhofskapelle. In Uniform. Er blinzelt ihr zu. Vermutlich, weil Schnepel neben ihm steht. Bevor sie sich im Klaren darüber ist, was das zu bedeuten hat, stimmt die Trauergemeinde das Lied an: *Was Gott tut, das ist wohlgetan.*

Ob die Brakenhoff dieses Lied ausgesucht hat? Das kann ja wohl nicht ihr Ernst sein. Oder will sie ihrem Gatten beim Heimgang auf diese Art noch eins auswischen?

Zurück in Neuharlingersiel, begibt sich Rudi gleich mit Schnepel zum Hotel Rodenbäck. Von dort hat man einen herrlichen Blick auf die Kutter und an ihnen vorbei auf das Wattenmeer.

Spiekeroog liegt voraus, aber bei guter Sicht kann man auch Wangerooge erkennen. Da sogar den neuen Leuchtturm und den Westturm, in dem sich jetzt eine Jugendherberge befindet. Rudi hockt sich erst mal auf die Kaimauer neben die beiden Fischer aus Bronze, Schnepel rennt ins Hotel auf die Toilette. Auf der Fahrt von Esens hierher hat er dauernd Krämpfe gehabt und laut gestöhnt.

Das war ja ein ziemlicher Auflauf auf dem Friedhof, denkt Rudi. Der Professor hat eine verdammt große Verwandtschaft. Den Cousin aus dem Osten hat Rudi auch kennengelernt. Der kam direkt nach der Beerdigung auf ihn zu.

«Wollen Sie immer noch meine Fingerabdrücke?», hat er gefragt. Bevor Rudi überhaupt dazu kam zu antworten, legte Schnepel einen seiner unvergleichlichen Auftritte hin.

«Das hat sich erledigt», hat Schnepel in einer Lautstärke von sich gegeben, dass sich alle zu ihnen umgedreht haben und Rudi ihm gegen die Wade treten musste. Schnepel hat ihn zwar böse angeschaut, aber dann die Klappe gehalten. Danach begnügte er sich damit, die Witwe im Auge zu behalten, damit sie nicht nach der Beerdigung in ein Fluchtauto steigt und mit aufheulendem Motor davonbraust. Bonnie und Clyde sind nichts gegen die Szenarien, die Schnepel auf dem Weg von Wittmund nach Esens entwickelt hat.

Rudi hat den ganzen Vormittag gegrübelt, wie er der Brakenhoff eine unauffällige Einladung zum Verhör übermitteln soll, wenn Schnepel sich wie ein Elefant im Buddelschiffmuseum benimmt. Aber jetzt fallen ihm die Worte des Pastors wieder ein: «Die Devise des Verstorbenen hieß: Leben heißt handeln. Frei nach Albert Camus.»

Leben heißt handeln, das gefällt Rudi. Also muss er handeln, wenn er die Sache unauffällig über die Bühne bringen will.

Eine halbe Stunde nachdem die Trauergäste vom Friedhof eingetrudelt sind, geht Rudi langsam auf das Hotel zu. Schnepel ist gleich aufs Klo gerannt. Wie kann man auch so blöd sein, einen Joghurt zu essen, der schon vier Monate abgelaufen ist. Geschieht Schnepel ganz recht, dass er jetzt von Krämpfen gequält wird. Es wundert Rudi, dass in Schnepels Kühlschrank überhaupt so etwas steht, seine Frau ist doch immer so penibel. Allein wie die seine Hemden bügelt, da ist keine noch so kleine Minifalte mehr drin. Allerdings ... Rudi runzelt die Stirn ... In der letzten Zeit sahen die Hemden nicht mehr so akkurat aus. Daraus schließt Rudi glasklar: Schnepels Frau hat sich vom Acker gemacht. Kann er verstehen. Entschlossen betritt er das Hotel. Wer weiß, wann er wieder die Gelegenheit hat, ohne Schnepel mit Frau Brakenhoff zu sprechen.

Die Trauergäste sitzen immer noch an den Tischen, der Geräuschpegel ist inzwischen deutlich gestiegen. Ab und zu lacht sogar jemand. Rudi entdeckt den Cousin aus dem Osten ganz hinten. Der wirkt ausgesprochen fröhlich. Die Schnittchenteller sind bis auf wenige Brotscheiben geleert, die Ersten haben schon Bier und Schnaps bestellt. Wie gern würde er jetzt auch ein paar Schnittchen essen, aber er ist ja dienstlich hier. Und so leid es ihm tut, jetzt ist es Zeit, mit der Witwe zu reden. Was heißt reden? Es ist Zeit, sie abzuholen. Aber das muss er ganz unauffällig machen, damit niemand es mitbekommt.

Rudi geht auf Iris Brakenhoff zu. Sie sitzt bei zwei älteren Damen, die Rudi nicht kennt. Erstaunt und nicht gerade erfreut blickt sie ihn an. «Was machen Sie denn hier? Waren Sie eingeladen?»

«Nö», sagt Rudi und setzt sein freundlichstes Lächeln auf, obwohl sie gerade mal wieder so arrogant ist.

«Möchten Sie eine Tasse Tee, wenn Sie hier schon hereinschneien? Wenn Sie sitzen, fällt Ihre Uniform wenigstens nicht so auf.» Das wirkt jetzt noch überheblicher.

Rudi beugt sich zu ihr herunter. «Mein Chef möchte Sie sprechen.»

«Aber doch nicht heute!», erwidert Iris Brakenhoff empört. Ihre Stimme ist scharf wie eine Rasierklinge.

«Doch, heute. Jetzt.» Rudi schielt zur Tür, hoffentlich kommt Schnepel nicht so schnell von der Toilette zurück. «Bitte.»

«Nein, wenn er etwas von mir möchte, kann er morgen früh bei mir vorbeikommen.»

«Das ist eigentlich keine Bitte.» Rudi beugt sich noch weiter vor, damit die beiden Damen, die die ganze Zeit mit gespitzten Ohren lauschen, nicht alles mitbekommen. «Das ist eine Vorladung ...» Rudi redet noch leiser.

«Aber ich möchte jetzt nicht mit ihm sprechen.» Iris Brakenhoffs Augen blitzen wütend.

In diesem Moment geht die Tür auf, und Schnepel stürzt herein. Als er Rudi neben der Witwe stehen sieht, seufzt er erleichtert und zischt in Rudis Richtung: «Mann, so was hab ich ja noch gar nicht erlebt. Hätt ich bloß diesen Joghurt nicht gegessen. Das läuft aus mir raus, das kannste gar nicht glauben.» Als Schnepel die betretenen Gesichter der Trauergäste bemerkt, zuckt er zusammen und fragt: «Ist die Dame so weit? Können wir jetzt fahren?»

«Ich hab schon gesagt, dass ich nicht mitkomme», protestiert Iris Brakenhoff in festem Ton.

Schnepels Augen leuchten auf. Genau darauf hat er offensichtlich gewartet. Er greift an die rechte Seite seiner Hose und fingert nach den Handschellen. «Na, wenn Sie nicht freiwillig mitkommen ...» Dann verzieht er das Gesicht, fasst sich an den Bauch und ruft: «Fahr schon mal mit ihr vor. Ich komm nach», bevor er fluchtartig zu den Toilettenräumen stürmt.

Weil Schnepel wohl immer noch in Neuharlingersiel auf dem Klo des Rodenbäck hockt, darf Rudi an Haueisens Seite das Verhör mit Iris Brakenhoff führen.

«Frau Brakenhoff», beginnt Haueisen, «geben Sie zu, dass Sie in Ihrem Haus waren, Ihren verletzten Mann gesehen, aber nicht gehandelt haben.»

Iris Brakenhoff schaut Rudi mit Tränen in den Augen an. Sind die echt, oder sind das Krokodilstränen? Sie müssen jetzt den Sack zumachen, das jedenfalls hat der olle Hansen immer gesagt, wenn sie kurz davor waren, einen Fall zum Abschluss zu bringen.

«Sie brauchen gar nicht zu versuchen, sich rauszureden. Wir können es beweisen. Aber Ihr Geständnis würde sich strafmildernd auswirken», meint er aufmunternd, als würde es ihm schon leidtun, wenn die Brakenhoff für ein paar Jahre hinter Gittern verschwände.

Die Schultern der Tierärztin versteifen sich.

«Nie und nimmer hätte ich Hans-Otto einfach so liegen gelassen. Er war doch mein Mann, und ich habe ihn geliebt.»

Das hörte sich auf der Aufnahme, die Rosa gemacht hat, ganz anders an, denkt Rudi. So ein Schiet, dass er sie nicht darauf ansprechen darf.

«Ich bin gar nicht in unserem Haus gewesen, sondern nur kurz in der Praxis, weil ich mein Diensthandy am Mittag dort vergessen hatte. Ich habe zwei von den Dingern: ein privates und eines für die Praxis, auf das die Anrufe weitergeleitet werden, wenn ich unterwegs bin. Erst als ich nach der Geburt des Kalbes auf mein Diensthandy schauen wollte, bemerkte ich, dass ich es nicht dabeihatte. Also bin ich nach Hause gefahren, bevor ich meine Runde fortsetzte. Damit ich erreichbar bin. Vor allem, weil ich mich nicht wohl fühlte bei dem Gedanken an das starke Antibiotikum, das ich Don Giovanni auf Drängen des Grafen gegeben hatte. Ich wäre lieber sanfter vorgegangen, aber der bestand ja darauf. Als ich dann in meinem Büro die Mailbox abgehört habe, da wusste ich nicht mehr ein noch aus. Der Graf beschimpfte mich, dass ich Don Giovanni ermordet hätte. Dass ich mit der Spritze ihm und seinem Pferd den Todesstoß gegeben hätte. Da war ich völlig fertig und hab Volker, ich meine Doktor Schröter, angerufen, weil ich unbedingt mit ihm darüber reden musste, wie ich mich jetzt verhalte. Ich bin gar nicht erst in die Privaträume rübergegangen.»

Jetzt ist Rudi echt überrascht. Das hat der Graf schon ein bisschen anders erzählt. Und überhaupt: Das ist ein Szenario, das noch nicht einmal Rosa auf der Pfanne hatte. Aber so schnell lässt er sich von der Tierärztin nicht an der Nase herumführen. «Und warum haben Sie das nicht gleich gesagt?»

Sie atmet schwer. «Ich war so durcheinander, ich hab da überhaupt nicht dran gedacht, und später hatte ich Angst, es zu sagen, weil ...», und nun laufen die Tränen über ihre Wangen, «ich Hans-Otto doch hätte retten können, wenn ich nur kurz ins Wohnzimmer geguckt hätte. Aber wir hatten uns mittags gestritten, und ich war immer noch sauer auf ihn. Wenn ich doch die Zeit zurückdrehen könnte ...»

«Hören Sie auf», poltert Haueisen. «Warum haben Sie uns angelogen?»

«Weil ich Angst hatte, verdammt noch mal, dass genau das passiert, was jetzt eingetreten ist: Sie verdächtigen mich.»

«Stimmt. Und nicht ohne Grund. Wir werden Ihre Schuld vor Gericht beweisen.»

EPILOG: MONTAGABEND

Immer noch ist es warm an diesem Frühsommerabend. Henner, Rudi und Rosa sitzen vorm Haus auf der Gartenbank. Es ist ein aufregender Tag gewesen. Für Rudi ganz besonders.

«Das war's dann wohl», sagt Henner.

«Jo», antwortet Rudi. «Der Fall ist geklärt. Auch wenn man gespannt sein darf, ob die Brakenhoff ihre Lügengeschichte vor Gericht halten kann. Ich glaub ihr nämlich kein Wort. Garantiert war sie in den Privaträumen, hat ihren Mann gesehen und ihn eiskalt liegen lassen.»

«Es könnte aber auch so gewesen sein, wie sie gesagt hat», widerspricht Rosa. «Die Fakten lassen ja beide Varianten zu.»

«Nein.» Rudi schüttelt den Kopf. «Wenn es stimmt, dass sie nur in der Praxis war, hätte sie gleich dieses Entsetzen gezeigt, als sie vom Tod ihres Mannes erfuhr. Sie hätte ihn ja retten können, wäre sie nur eben rübergelaufen, statt gleich wieder davonzubrausen.»

«Stimmt», sagt Henner. «Da haste recht.»

«Dann kann es ja auch sein, dass ich noch als Zeugin aussagen muss, ich hab doch das Gespräch zwischen Iris Brakenhoff und dem Schröter belauscht!», ruft Rosa begeistert.

«Jo, das kann sein», stimmt Rudi zu.

«Ohne uns hätten die sicher noch wochenlang nach den wirklichen Hintergründen gesucht», ereifert sich Rosa weiter und beugt sich vor. Sie hat ein T-Shirt mit weitem Ausschnitt an und sitzt zwischen den beiden Männern, was Henner durchaus gefällt, denn sie bildet einen angenehm weichen Puffer. Das ist schön kuschelig.

Rosa blickt Rudi direkt in die Augen. «Die in Wittmund müssen dich aber nun doch mal so langsam befördern. Du löst hier einen Fall nach dem anderen, da können die dich doch nicht weiter in Esens versauern lassen. Das ist doch gemein.»

Henner weiß, dass Rudi es genauso sieht, es aber nie offen zugeben würde. «Das geht bei einer Behörde eben nicht so schnell», erklärt er, «und eigentlich möchte Rudi ja auch nicht nach Wittmund, sondern lieber nach Spiekeroog.»

«Auf die Insel!?», ruft Rosa entsetzt. «Aber da passiert doch nichts. Da stirbt er doch vor Langeweile. Und wir können ihm auch nicht helfen.»

«Das weiß man nie», antwortet Rudi nebulös. «Ein wenig Ruhe täte mir bestimmt gut nach den anstrengenden letzten Jahren. Aber es muss ja nicht gleich dieses Jahr sein.»

Henner geht nicht darauf ein und steht auf.

«Wenn ihr Lust habt, würde ich euch gern mal meinen Entwurf für den Ausruferwettbewerb nächsten Samstag vortragen.»

«Denn man to», antwortet Rudi, und Rosa nickt, wobei Henner bezweifelt, ob sie das verstanden hat. Aber sie wird Plattdeutsch noch lernen, da ist sich Henner ganz sicher. Rudi und er werden schon dafür sorgen.

MATJESTOPF NACH STEFFENS ART

Zutaten:
Frische Matjes-Filets (pro Person 2–3)
3 kleine Zwiebeln – beim Schälen die Zunge zwischen den Lippen rausgucken lassen, dann brennt es nicht in den Augen, sagt Mudder Steffens
3–4 Boskoop-Äpfel (die machen den Matjestopf so schön frisch, sagt Henner)
Salz, Pfeffer, eine Prise Zucker zum Abschmecken
Saure Sahne, Schlagsahne und Schmand, je einen Becher

Und los geht's:
Die Schlagsahne schlagen. Saure Sahne und Schmand miteinander verrühren, dann die geschlagene Sahne drunterheben. Schon mal mit Salz, Pfeffer und der Prise Zucker würzen.

Die Zwiebeln in kleine Würfel und die Äpfel in kleine Stücke schneiden.

Den Matjes nicht ganz so klein, sondern eher mundgerecht. (Sonst erkennt man ihn ja nicht ☺, sagt Rudi.)

Alles unter die Schlagsahne-Schmand-Saure-Sahne-Mischung geben und gut eine Stunde im Kühlschrank durchziehen lassen.

Mudder Steffens macht immer Pellkartoffeln dazu, man kann den Matjestopf aber auch prima auf Schwarzbrot essen. Oder auch solo löffeln. Das macht Rudi am liebsten.

KRABBEN UN BRADEN TUFFELS

Zutaten:
Rudi nimmt ein Kilo festkochende Kartoffeln,
100–150 Gramm Schinkenwürfel
Zwei Zwiebeln, die hackt er klein. (Dabei streckt er immer die Zunge zwischen den Lippen hervor, das hat er ja von Mudder Steffens gelernt.)
8 Eier und 100 ml Milch vermengt er und würzt das Ganze gut mit Salz und Pfeffer.
Und Krabben besorgt er natürlich. Pro Person sind 200 Gramm schon angebracht.

Und los geht's:
Rudi kocht erst mal Pellkartoffeln (aber so, dass sie nicht zu weich sind), schreckt sie unter kaltem Wasser ab, dann lassen sie sich besser pellen. Anschließend schneidet er sie in Scheiben. Die brät er in der Pfanne an, würzt sie mit Salz und Pfeffer, währenddessen schneidet er die Zwiebeln in Würfel. (Nicht zu viel Salz, da die Schinkenwürfel ja auch salzig sind, besser etwas sparsamer, nachwürzen kann man immer noch.) Wenn die Kartoffelscheiben schon etwas braun sind, kommen die Zwiebel- und Schinkenwürfel hinzu, und wenn die Zwiebeln glasig werden, das Eier-Milch-Gemisch.

Nun rührt Rudi gemächlich, bis die Eimasse gestockt (fest) ist, und verteilt es dann gerecht auf die Teller, auf denen schon die Krabben warten.

OSTFRIESENTORTE

(enthält Alkohol!)
Achtung: Die Rosinen werden zwei bis drei Tage vorher in Rum eingelegt!

Zutaten:
250 ml Rum (kann der billige aus dem Discounter sein)
250 Gramm Rosinen
Etwas Kandis (braun oder weiß) ... (Rosinen kurz überbrühen, dann 2–3 Tage in Rum und Kandis einlegen [in einem verschlossenen Glas])
Einen dunklen 3-lagigen Tortenboden (Wiener Boden). Mudder Steffens mogelt hier und kauft ihn im Supermarkt, man kann ihn aber auch selber backen.
4 Becher Sahne
2 Pakete Sahnesteif
3 Beutel Gelantinepulver
Schokostreusel und Schokokaffeebohnen zum Garnieren

Sahne mit Sahnesteif und Gelantinepulver steif schlagen. Die Hälfte der Sahne mit etwas von dem Rum-Sud verrühren und auf den untersten Boden streichen. Dann die Hälfte der mit Rum getränkten Rosinen darauf verteilen. Zweiten Boden drauf, das Ganze wiederholen.

Oben und die Seiten mit der restlichen Sahne verschmieren und als Deko kleine Sahnerosetten am oberen Rand spritzen (dazu schneidet Mudder Steffens an einem Gefrierbeutel die untere Ecke ab, und schon hat sie einen Spritzbeutel). Auf die Rosetten eine Schokokaffeebohne legen und alles mit Schokostreuseln bestreuen. Nach circa einer Stunde ist die Torte genug durchgezogen. Mudder Steffens schenkt sich dann gern zu Tee und Ossitorte noch ein Schlückchen von dem übrig gebliebenen Rum in ein Likörglas.

DANKSAGUNG

CK: In Neuharlingersiel ist aber auch immer was los. Ein wenig bedauern wir es, nicht dort zu wohnen und abends einfach mal so ins Dattein gehen zu können, wo wir am liebsten natürlich Henner, Rudi und Rosa treffen würden.

CF: Nicht zu vergessen: der Salon Anita. Was man da alles erfährt ...

CK: Ostfriesland, die Inseln und Neuharlingersiel habe ich richtig ins Herz geschlossen.

CF: Vor allem all die netten Leute, die uns bei unserer Recherche unterstützt haben. Natürlich können wir hier nicht alle nennen, aber einige möchten wir hervorheben. Die rechtsmedizinischen Hinweise kamen von Prof. Dr. Christian Jackowski und die polizeilichen von KHK Wolfgang Memenga, Polizeidirektor Klaus-Dieter Schulz – dazu die vielen Auskünfte, die wir bei spontanen Anrufen von der PI Wilhelmshaven erhalten haben.

CK: Informationen rund um Seehunde und Heuler kamen von der Seehundstation Nationalpark-Haus.

CF: Als Wattenjagdaufseher hat uns Bernhard Cramer beraten.

CK: Die Tierärztin Dr. Brigitte Otto aus Breitenburg hat ihr wachsames Auge darauf geworfen, dass unsere Aussagen zu Pferdekrankheiten, Impfungen und alles rund ums Thema Besamungen Hand und Fuß hat.

CF: Vor allem möchten wir uns für die tolle Unterstützung durch unseren Verlag bedanken, dieses Mal gilt unser besonderer Dank den Verlagsvertretern, hier sei stellvertretend für alle Marion Bluhm genannt. Auch ein dickes Dankeschön an alle Buchhändler und Veranstalter, die unser Trio ins Herz geschlossen haben und sich freuen, wenn die Fangemeinde der drei wächst.

CK: Und natürlich danken wir unseren Familien, die nicht nur für genügend Bewegung an frischer Luft und spannende Mahlzeiten sorgen, sondere auch für technische Beratungen rund um den Computer geduldig zur Verfügung stehen. Danke: Antje, Friederike, Janni und Günter ☺

CF: Ja, dann sagen wir an dieser Stelle wieder mal «Tschüs» ...

CK: ... und schreiben weiter am dritten Fall. Damit es Henner, Rudi, Rosa und uns nicht zu langweilig wird, taucht im sommerlichen Neuharlingersiel, mitten in der Touristensaison ...

CF: Nein, das wird noch nicht verraten.

CK: Psst ... ☺ Wer nicht so lange warten kann, besucht unsere Homepage oder kommt zu einer unserer Lesungen. Alles unter www.kuestenkrimi.de.